Auseinandergelebt

Zwei Menschen aus sehr unterschiedlichen Kulturkreisen lernen sich kennen und lieben. Natascha ist eine Studentin aus einem Dorf an der Wolga, Richard ein fünfundzwanzig Jahre älterer Mann aus Deutschland. Er ist fasziniert von Nataschas Jugend; sie träumt von einem Leben in Deutschland. Sie heiraten und begeben sich gemeinsam auf einen Weg, der zunächst von Glück gepflastert scheint. Doch im Alltag türmen sich zunehmend Probleme auf. Natascha beginnt unter der Dominanz Richards zu leiden. Hat sie den Richtigen geheiratet? Nach sechzehn Jahren trennt sie sich von ihm. Sie kann dank ihrer Jugend und des gewachsenen Selbstbewusstseins ein neues Kapitel in ihrem Leben aufschlagen. Richard zieht sich resignierend in eine Hütte in den Bergen zurück und sinniert über sein Leben.

Der Autor (Jahrgang 1946) ist Physiker und arbeitete viele Jahre nebenberuflich als Übersetzer. Bei BoD veröffentlichte er 2015 den Roman „Kaiserwalzer". Er lebt in Bayern und in Thailand.

Thomas Stiehler

Auseinandergelebt

Roman

Bibliografische Information
der Deutschen Nationalbibliothek
Die Deutsche Nationalbibliothek verzeichnet diese Publi-
kation in der Deutschen Nationalbibliografie; detaillierte
bibliografische Daten sind im Internet über www.dnb.de
abrufbar.

© 2017 Thomas Stiehler
Herstellung und Verlag:
BoD - Books on Demand, Norderstedt

ISBN 9783744871259

Wunderlichstes Buch der Bücher
 Ist das Buch der Liebe;
Aufmerksam hab ich's gelesen:
Wenig Blätter Freuden,
Ganze Hefte Leiden;
Einen Abschnitt macht die Trennung.

Goethe „West-östlicher Divan"

Prolog

Als Richard den abgedunkelten Spielsaal des Casinos betritt, schnipst der Croupier am mittleren Tisch gerade die Kugel in ihre Umlaufbahn. Zuerst das bekannte surrende Geräusch, dann das langsamer werdende Klapp, Klapp, Klapp. Im Lichtkegel der tief hängenden Lampe, die den Tischfilz mit gelber Glasur überzieht, scheinen die Akteure nur aus Händen zu bestehen, die regungslos auf der Mahagonibande liegen. Als die Kugel auf der roten 21 zur Ruhe kommt, ruft ein Spieler, ein junger, stämmiger Mann mit Sternenbanner am Hemdkragen und Goldkettchen am Hals: „Yes, old fellows, that's great." Einige der old fellows stöhnen leise, einer verzieht den Mund zu einem gequälten Lächeln. Ein Moment des Erstarrens, kaum irgendwo anders liegen Freude und Leid so nah beieinander wie im Casino. Dann plötzliche Betriebsamkeit, die Jetons werden hastig hin und her geschoben, neu platziert oder zum eigenen Jetonhäufchen gerafft. Richard setzt sich auf den einzigen freien Platz neben die alte Dame mit dem hohen Turmaufbau aus gelb gefärbtem Haar. Auch sie – wie Richard – ein Stammgast. Sie nickt ihm zu, er nickt zurück und zwingt sich ein Lächeln ab. Aus ihrem zerfurchten Mund mit den grell geschminkten Lippen ragt wie immer die Zigarettenspitze aus Perlmutt und Silber. Aus dem schlanken Zigarillo kräuselt ein blauer Faden senkrecht nach oben, verwirbelt zu einer Wolke, um schließlich im Dunkel zu verschwinden. Dass sie fast nie gewinnt, nimmt sie gelassen hin. Mit reglosem Blick sieht sie zu, wie der Berg Jetons vor ihr dahin schmilzt. Dieser Blick scheint zu sagen: Auf Glück muss man warten können. Doch das ihr zugewiesene Maß an Zeit wird sich wohl bald erschöpfen.

Richard setzt mehrmals auf die 6, seine Lieblingszahl. Doch die bringt ihm heute kein Glück. Viele Runden lang geht es ihm wie seiner rauchenden Nachbarin – seine Jetons sind von Verschwindsucht befallen. Doch Warten ist Richards Sache nicht, weder auf Glück, diesen unzuverlässigen Gesellen, noch auf weitaus banalere Dinge. Denn er ist Realist, auch ihm bleibt mit seinen fünfundsiebzig Jahren nicht mehr viel Zeit. Er ändert seine Strategie, versucht es mit Primzahlen und deren Quersummen. Tatsächlich klappt es damit besser. Hin und wieder erntet er sogar ein „Compliments, old fellow" von dem Stämmigen mit dem Sternenbanner, der bei jedem „Faites vos jeux!" das Kreuz an seinem Halskettchen anschaut, das ihm offenbar den richtigen Einsatz verrät.

Richard spielt, bis seine Verluste egalisiert sind, drückt dem Croupier dessen Teil in die Hand, nickt der gelbhaarigen Raucherin zu und verlässt lustlos das Casino. Er gehört nicht zu den Fanatikern, die den Virus der Spielsucht in sich tragen. Was will ich überhaupt hier? Einen großen Gewinn einfahren? Ganz bestimmt nicht. Das plissierte Gesicht der Räucherdame studieren oder das Gequatsche von old fellow anhören? Nein, das alles brauche ich nicht. Wenn ich es recht bedenke, brauche ich gar nichts mehr, gar nichts und niemanden. Und niemand braucht mich. Rien ne va plus.

Richard – trotz seines Alters noch erstaunlich rege – überquert die Straße und bleibt vor der Poststation Riezlern stehen, reckt den Kopf hinauf zur vom Mondlicht bestrahlten Kulisse der umliegenden Berge. Links das Fellhorn, dann die Kanzelwand und weiter rechts die Spitze des Großen Widdersteins, die knapp über die Dächer lugt. Davor das Casino.

Wie ein Fremdkörper steht der Glaswürfel inmitten der Allgäuer Architektur. Welcher Architekt hat sich nur diesen Fauxpas erlaubt, und wer hat das zugelassen?

Der Walsertal-Bus kommt, um diese Zeit fast leer; Richard fährt zwei Haltestellen, an Restaurants und geschlossenen Läden vorbei, bis hinunter zur Kanzelwandbahn, und schlägt von dort den Pfad zu seiner Hütte ein. In hellen Mondnächten hinaufsteigen, sich selbst beweisen, dass er es noch kann, ja, das bereitet ihm Vergnügen. Hier kennt er jeden Stein und jede Wurzel. Er spricht mit dem Wald, und der antwortet ihm mit tiefer Rauschestimme. Die einsame Tanne an der ersten Weggabelung mag wohl dreimal so alt sein wie er. Sie blickt ernst auf ihn herab und winkt zur Begrüßung mit ihren nadeligen Armen. Richard hat mit Mystik nichts im Sinn, aber immer wenn er bei der Tanne ankommt legt er eine Verschnaufpause ein und verneigte sich, als müsse er der dem uralten Nadelriesen Respekt zollen.

Nachdem sein Herz wieder im Normaltakt schlägt, verabschiedet er sich von der Tanne und trabt weiter, jetzt in Serpentinen bergauf. Der Aufstieg erinnert ihn an seine Studienzeit. Wie oft war er als Student den steilen Hang zum Spitzhaus in Radebeul hinaufgestiegen, damals natürlich ohne Pausen einzulegen, viele, viele Stufen, er hatte sie nicht gezählt. Er hatte sich gezwungen, erst zurückzublicken, wenn er oben war. Die Belohnung war atemberaubend: das weite Elbtal, ein Fluss, der unbegradigt seinen Weg nimmt, so wie ihm die Natur Raum lässt, davor das vom Krieg unbehelligte Radebeul, Weinberge mit ihren Weingütern und den kleinen schlossartigen Anwesen der Weinbergbesitzer. Wenn ihm seine Mutter in den letzten Brief wieder mal fünf Mark gesteckt hatte, konnte er sich auf der Terrasse des Spitzhauses ein Glas Wein leisten und den Blick die geschwungene Elbe entlang bis hinauf nach Dresden genießen.

Nach Erreichen der Baumgrenze kommen erst der Mast des Lastenaufzugs mit seinem roten Riesenballon und dann seine Hütte in Sicht. Zehn Jahre nach seiner Scheidung hatte Richard sich da oben verschanzt. Alles begann mit einem Anruf des Maklers, eines Herrn Reichel, in allgäugefärbtem Hochdeutsch. Die Hütte sei nicht zu groß und nicht zu klein, abgelegen und ganzjährig bewohnbar, mit Versorgungslift und etwas Land für eine kleine Tierhaltung, alle Touristenpfade seien weit weg, die Substanz sei solide, kurz – ein Bergkristall. Der Redeschwall des eloquenten Herrn Immo-Reichel war kaum zu bremsen. Wie alle Makler gefiel er sich darin, lange Wortschlangen mit schillernden Adjektiven zu schmücken. Richard hatte nur die Hälfte von dem geglaubt, was der Makler so wortreich pries, er kannte die Makler. Die schildern ihre Objekte immer so, als seien es liebgewonnene Kinder, die sie nur unter Schmerzen zur Adoption freigeben. Doch die blumige Schilderung des Objekts passte recht gut zu Richards Wunschliste, die er dem Immobilienbüro Reichel in Sonthofen geschickt hatte.

Er fuhr hin, kletterte mit Herrn Reichel den Berg hinauf, sah den „Bergkristall" und wusste sofort: Das ist sie, seine Hütte. Ein Sockel aus Naturstein, tief gezogenes Dach, im Erdgeschoss ein einziger Raum mit Kamin, rohen Holzdielen und rustikalen Stützbalken, oben drei Kammern, in denen man den Kopf einziehen musste, wenn man an die Dachluke treten wollte. Seine Begeisterung hatte Richard sich nicht anmerken lassen, übermäßiges Schwärmen für ein Objekt treibt bekanntlich dessen Preis in die Höhe.

„Die Hütte hat einige Jahre leer gestanden", ließ Immo-Reichel verlauten. „Sie gehörte früher einem Italiener, eigentlich einem deutschen Italiener, jedenfalls sprach er fließend Deutsch. Ein komischer Kauz, scheu und wortkarg. Er murmelte immer nur *Simonettamia*. Weiß der Teufel, was er damit meinte."

„Was ist aus dem deutschen Italiener geworden?", wollte Richard wissen.

Immo-Reichel versuchte das Thema zu wechseln: „Schauns nur, welch fantastische Aussicht!" Er zeigte mit dem Finger auf das flache Felsplateau gegenüber: „Da drüben, der Hohe Ifen."

„Was ist aus dem deutschen Italiener geworden?"

„Hm, also, der ist hier oben gestorben. Die Hirten fanden ihn erst beim nächsten Viehabtrieb." Immo-Reichel hatte sich verlegen am Kopf gekratzt und den Blick gesenkt, als trüge er Mitschuld an des Italieners Dahinscheiden.

„Ich nehme die Hütte", sagte Richard trocken, er hatte sich längst entschieden. Dem Himmel nah und den Menschen fern, das war genau nach seinem Geschmack. Dass der Italiener hier gestorben war, ließ ihn kalt. In fast jedem Haus ist irgendwann irgendwer gestorben. In diesem 'Bergkristall' den letzten Atemzug tun – warum nicht! Besser als in einer so genannten Seniorenresidenz, wo man den ganzen Tag nur auf den nächsten Tag wartet, der auch wieder nur aus Warten besteht. Und sollte mich hier oben doch mal die Schwatzsucht packen, dachte er, wird es ein Leichtes sein, unten im Ort Leute zu finden, die einem Schwätzchen nicht abgeneigt sind.

Immo-Reichels Miene hatte sich nach Richards Entschluss schlagartig aufgehellt, denn nach des Italieners Tod galt die Hütte als schwer vermittelbar. Er zog den vorbereiteten Vertrag aus der Mappe und reichte Richard erst den Stift und dann seine verschwitzte Hand.

Das letzte Stück des Weges ist steil, brüchig und teilweise überwuchert. Wurzeln und Stolpersteine stellen sich Richard in den Weg. Er muss sich auf seinen Stock stützen und Pausen einlegen. Aber – denkt er – es ist wie im Leben: wenn es auf dem Weg keine Widerstände gibt, dann ist es der falsche Weg.

Was hatte Doktor Steinhoff, sein Hausarzt, bei der letzten Visite gesagt? Es wäre vernünftiger, das Herz zu schonen und nicht mehr so oft den beschwerlichen Gang ins Tal zu wagen. Richard hatte genickt und sich seinen Teil gedacht: ja, ja, ab Siebzig ist nichts wichtiger, als vernünftig zu sein, und nichts ist deprimierender als das. Ihm ist bewusst, dass er zu einer Art Naivität neigt, die auch, oder gerade bei seinem Gesundheitszustand deutlich wird. Doch die diversen Leiden, die wie drohende Gespenster um ihn herum tanzen, versucht er trotzig zu ignorieren. Mal ist es das Herz, mal die Knie oder die Augen. Wie oft hat er versucht, diesen dunklen Fleck, der sich in alle Bilder drängt, mit einer Handbewegung wegzuschieben. Ein vergebliches Bemühen, der dunkle Fleck ist sein ständiger Begleiter geworden. Doch schlimmer als schlecht sehen, ist nicht gesehen werden. Hat man ein gewisses Alter erreicht, schauen die Leute, vor allem die jungen, nicht nur vorbei, sie schauen durch einen hindurch, als wäre man Luft, ein komprimiertes Nichts. Man hat das Gefühl, sich für seine Existenz entschuldigen zu müssen.

Schnaufend in der Hütte angekommen, lässt Richard sich in den fellbehangenen Sessel neben dem Kamin fallen. Dieser Sessel – ein monströses, knarrendes Ungetüm dominiert den Raum, der ansonsten eher spärlich möbliert ist: einige Bücherregale aus Fichtenholz (von Richard selbst gezimmert), ein ehemals mit bunten Blumen bemalter Bauernschrank, von dem die Farbe abbröckelt als würde der Wind die Blumen rupfen, und ein wuchtiger Schreibtisch mit dicker Platte aus Eichenholz. Richard lauscht. Wind schleicht ums Haus und hat dunkles Rauschen im Gepäck, die Sparren der Hütte knarren, als wollen sie zu ihm sprechen. Claudius, sein Bernhardiner, lümmelt mit halbgeschlossenen Augen auf der Couch und wedelt zur Begrüßung mit dem Schwanz. Das soll wohl ‚Grüß Gott, Richard' heißen. Der Fressnapf steht unberührt am Boden, genau da, wo ein Fleck, Folge von Claudius' letztem Darmleiden, den Teppich ziert. Vor den Bücherregalen liegen Stapel von Büchern. Eigentlich wollte Richard heute Ordnung in seine Bibliothek bringen, alle Bücher nach Themen sortieren und bei dieser Gelegenheit abstauben. Als er die Hälfte herausgenommen hatte, war ihm eingefallen: Heute ist ja Freitag, Casinotag.

Aber jetzt, nach dem kräftezehrenden Heimweg, ist ihm nicht nach Büchersortieren, zumal in seinem Kopf scharenweise Wörter Schlange stehen, die heraus wollen. Richard entfacht ein Feuer im Kamin, legt Beethovens Fünfte auf, setzt sich an den Schreibtisch und greift zu Papier und Stift. Wie aus einem porösen Weinschlauch tropft sein Leben aufs Papier und gerinnt dort zu Buchstaben und Wörtern. Er ahnt, dass sich sein Kreis schließen wird, sobald der letzte Tropfen heraus ist. Denn so viel ist sicher: Hineinfüllen wird er nichts mehr.

Um ihn herum auf dem Fußboden liegt sein Leben, gekritzelt in unleserlicher Schrift auf hunderten Seiten. Er greift wieder zum Stift und beginnt eine neue Seite: *Was ist der Mensch? Die Summe all dessen, was er bereit ist, anderen zu geben... Und ich? Was hab ich genommen, was gegeben?* Nein, das riecht nach Inventur und Pathos. Er streicht die Sätze wieder aus. Aber das mit dem Geben stimmt schon. Wer nie zu geben bereit ist, hat umsonst gelebt. Nächster Versuch: *Das Vergangene ist nicht tot, es lebt weiter im Gegenwärtigen; in dem, was wir tun, steckt die Summe all dessen, was wir getan haben.* Er tippt mit dem Stift an den Mund, eigentlich ein schöner Satz, streicht ihn aber dennoch durch. Zu mathematisch, wie eine buchhalterische Bilanz. Stattdessen schreibt er: *Alles, was du vorhast, all deine Pläne musst du selbst verwirklichen; alles, was DU willst, musst DU tun. Es gibt viele gute Dinge, die geschehen nicht, weil du sie nicht anpackst.*

Die Zeilen fliehen ihm immer nach rechts oben davon. Unten an der Seite entsteht ein leeres Dreieck, Raum für nachträgliche Notizen. Und Striche, überall Striche, unter dem Text, durch den Text und manchmal quer über ganze Absätze. Die Blätter sehen chaotisch aus, wie sein Leben. Nur, dass er aus seinem Leben nichts ausstreichen kann.

Richard überfliegt die letzte Seite. Auf Orthographie (darin war er immer schwach) braucht er nicht zu achten, diesen Text wird ohnehin kein Mensch lesen. Wen interessiert schon das Geschwätz eines alten Mannes, wer will schon die Bilder sehen, die sein Gedächtnis hervorkramt? Bilder von Glück und Enttäuschung, von Erfolgen und Niederlagen, Liebe und Hass. Und Bilder, auf denen immer wieder eine Frau auftaucht: Natascha als junges Mädchen mit Wuschelhaar, engem Pulli und Jeans, Natascha im Brautkleid vor dem Standesamt, Natascha mit Bikini und Sonnenbrille am Strand, Natascha im engen Kostüm neben ihrem Anwalt vor dem Scheidungsrichter, Natascha am Portal des Festspielhauses im cremefarbenen Kleid mit einem Federbusch im Haar …

1.

Natascha strich sich eine Haarsträhne aus dem Gesicht und schloss die Augen. Dabei war sie weder müde noch erschöpft, im Gegenteil, sie war hellwach und erlebte in Gedanken noch einmal das eben Gesehene: eine Bilderreise durch Deutschland. Dias, die von ihrem Deutschlehrer Nemzow an die Wand geworfen und kenntnisreich kommentiert worden waren. Ihre Gedanken glichen Schnellzügen, die durch Tunnel rasen und beim Auftauchen immer neue, unerwartete Bilder zeigen. Der Kölner Dom, der Frankfurter Römer, das mäandernde Band der Mosel, das Brandenburger Tor, die bizarren Gipfel der Alpen … Sie wähnte sich an diesen Orten, die sie in ihren Träumen oft besucht, aber nie mit eigenen Augen gesehen hatte.

Träume sind Schäume, hatte ihre Freundin Elena gesagt, wenn Natascha von Nemzows Deutschstunden schwärmte, und spöttisch gefragt, ob diese Schwärmerei für alles Deutsche vielleicht etwas mit dem Mann Nemzow zu tun habe. Das hatte sich Natascha selbst schon gefragt, aber war zu dem Schluss gekommen: Dieser Herr Nemzow, ledig, Anfang dreißig, Halbglatze und altmodische Hornbrille, war ihr als Mann völlig gleichgültig. Doch dass sie „Homo Faber" im Original lesen konnte und dass sie – entgegen aller Regel – das Buch aus der Schulbibliothek mit nach Hause nehmen durfte, das immerhin verdankte sie Nemzow. Und nicht nur dieses Buch. Eigentlich hatte sie freie Hand; Nemzow drückte beide Augen zu, wenn Natascha in den verstaubten Regalen der Bibliothek unter dem Dach der Schule auf Schatzsuche ging. Da vergaß sie die Welt um sich herum und das banale Alltagsleben in ihrem Dorf am

Unterlauf der Wolga. Sie tauchte ein in spannende Abenteuer und feurige Liebesromanzen, während sie, beide Fäuste auf das Kinn gestützt, bäuchlings auf dem schwarzen Ledersofa der Bibliothek lag, vor sich die Lektüre, neben sich das Wörterbuch und ihre private Vokabelliste.

Die meisten anderen Schüler hatten den Klassenraum schon verlassen, als sich eine Hand von hinten auf Nataschas Schulter legte. Nemzow – das spürte sie sofort. Seine warme, weiche Hand, mehr Entschuldigung als Berührung, erkannte sie ohne Hinsehen. „Natascha, kannst du mir noch beim Aufräumen der Bibliothek helfen?"

Natascha drehte sich zu ihm um und sah das Flimmern in seinen Augen, das immer ankündigte, dass es beim Aufräumen der Bibliothek um mehr als nur um Bücher geht. „Ja, gern." Beinahe hätte sie noch hinzugefügt: Aber nur, wenn Sie mich dabei in Ruhe lassen. Denn meist nutzte er solche Gelegenheiten, frivole Sprüche zu klopfen oder – wie er es nannte – ihr beim Aufräumen unter die Arme zu greifen. Wie peinlich das war! Immerhin war er fast doppelt so alt wie sie, und außer der deutschen Sprache verband sie rein gar nichts mit ihm. Er sollte mir den Schlüssel geben, dachte sie, dann könnte ich in diesen Büchern stöbern, wann immer ich will. Sie las eh am liebsten, wenn sie allein war.

„Also, dann wollen wir mal!" Nemzow zog seine Hand zurück und ging voraus bis zum Ende des Korridors, dann die steile Treppe hinauf in die oberste Etage der Schule. Die Tür zur Deutschen Bibliothek klemmte etwas und gab beim Öffnen quietschende Geräusche von sich. Natascha begann ihre Wanderung durch die Reihen der deutschsprachigen Autoren. Manchmal strich sie mit dem Zeigefinger über einen Buchrücken, Bände, die sie schon gelesen hatte, als wolle sie sich bei ihnen zurückmelden: Hallo, da bin ich wieder. Bei Goethe blieb sie stehen und suchte im „Faust" die Szene in Auerbachs Keller. „Mein Leipzig lob ich mir! Es ist ein klein Paris und bildet seine Leute."

Sie nahm die Goethe-Bände heraus und wischte den Staub von Büchern und Regalböden.

Sie hatte noch nicht alle Bücher zurückgestellt, da schob Nemzow sie weiter, vorbei an Heine, Keller, Heinrich und Thomas Mann, bis hin zum letzten Regal, wo Remarque, Werfel und schließlich Stefan Zweig ihren Platz hatten. Hinter Stefan Zweig war nur noch die Wand, bis in Schulterhöhe mit grüner Ölfarbe gestrichen. Nemzow kam ihr immer näher, um seine Augen herum ein nervöses Zucken, ein Alarmzeichen für Natascha. Wie zufällig berührte er ihre Schulter und brachte sich in eine Position, aus der er einen Blick in den Ausschnitt ihrer Bluse werfen konnte. „Eine tolle Bluse hast du an, ist die neu?" Ungeniert begann er, an der Knopfleiste zu nesteln.

Natascha wich zurück, immer weiter, bis sie mit dem Rücken den grünen Ölsockel berührte. „Jetzt geht das schon wieder los", stöhnte sie und versuchte, Nemzow auf Distanz zu halten.

„Du solltest etwas netter zu mir sein", sagte Nemzow auf Deutsch, als ob der Gebrauch der Fremdsprache den Satz akzeptabler machte.

„Netter geht nicht", antwortete Natascha ebenfalls auf Deutsch, stellte sich auf die Zehenspitzen und Stefan Zweigs Bücher in alphabetische Reihenfolge. Nemzow gab sein Vorhaben auf und näherte sich Goethe. Als wäre nichts geschehen, pfiff er leise „Sah ein Knab ein Röslein stehn ..." und stellte Goethes Gedichtband etwas schräg, damit die anderen Bücher nicht umfallen konnten. Für Buchstützen hatte die Schule kein Geld.

Nachdem sich Natascha von Nemzow, von Böll und Zweig und allen Autoren dazwischen verabschiedet hatte und auf die Freitreppe der Schule hinaustrat, ging ein Gewitterguss nieder, der wie ein Vorhang vor dem Portal hing. Die ganze Woche schon jagte eine Wolke die andere. Dazu hatte sich brütende Hitze über das Dorf gelegt. Natascha hielt mit der einen Hand ihre Schultasche schützend über den Kopf und streckte die andere Hand aus, um über die ausgelegten Holzbretter zu balancieren. Wenn sie daneben trat, versank sie bis über die Knöchel in Pfützen, und der Schlamm spritzte bis zu den Waden hoch. Schon deshalb zog sie in die Schule nie die Seidenstrümpfe an, die ihr Onkel Igor vorige Woche zum sechzehnten Geburtstag geschenkt hatte. „Eine hübsche junge Dame wie du, muss ihre Beine gehörig zur Geltung bringen", hatte er augenzwinkernd gesagt. Natascha war ins Nebenzimmer gegangen, hatte die Strümpfe angezogen, den Spiegel auf den Boden gestellt und war davor Probe gelaufen. Nein, als Dame fühlte sie sich zwar nicht, aber zum ersten Mal wurde ihr bewusst, dass sie auch kein Kind mehr war. Sie hängte den Spiegel wieder an die Wand und prüfte ihr Gesicht. Die Nase saß an der richtigen Stelle, vielleicht etwas zu schmal, aber durchaus zu den hochliegenden Wangenknochen passend. Und die Pickel auf der Stirn? Die verschwinden, sobald du achtzehn bist, hatte ihr Vater versprochen. Sie trat einen Schritt zurück, stemmte beide Hände in die Taille, drehte sich hin und her und ließ ihren Pferdeschwanz fliegen. Das Spiegelbild bestätigte ihr: alles passabel, schmale Hüfte, straffer Po, schlanke Beine, dazu halblange, gelockte Haare, zu einem Pferdeschwanz gebunden. Nur der Busen war zu klein, aber das konnte ja noch werden.

Kurz vor dem Haus ihrer Eltern blieb sie stehen und drehte sich um. Das Dorf wirkte wie ausgestorben. Die Bänke vor den Häusern waren verwaist, und selbst die Hunde hatten sich in ihre Hütten verzogen. Auf der anderen Seite der Wolga schoss ein Sonnenstrahl durch eine Wolkenlücke und bohrte sich in den Boden der Steppe. Nataschas Vater hatte erzählt, dass dort viele hundert Kilometer weit keine Menschenseele wohne, nur eine Betonstraße führe zu einem Raketenversuchsgelände. Das Getöse der Raketenstarts hörten sie manchmal bis zu ihrem Dorf.

2.

Als Natascha das Haus ihrer Eltern erreichte, wurde sie von ihrer Mutter bereits am Gartentor erwartet. „Na endlich kommst du, ich warte schon über eine Stunde auf dich." Die Mutter stemmte beide Hände in die Hüfte und blockierte wie ein Cerberus das Gartentor, auf dem Kopf eine Plastiktüte gegen den noch immer heftigen Regen.

Natascha stammelte eine Entschuldigung: „Ich musste Herrn Nemzow in der Bibliothek helfen."

Das ließ die Mutter nicht gelten: „Du mit deinen Büchern! Nichts als Flausen hast du im Kopf. Es gibt Wichtigeres, zum Beispiel unser Grünzeug hier." Sie deutete mit einer Handbewegung auf eine Reihe von Eimern, die am Gartenzaun standen. „Ich wollte das Gemüse heute in Wolgograd an den Mann bringen, aber kein Bus fuhr nicht, Pfu, pfu …"

Natascha trat von einem Bein aufs andere und sah ihre Mutter trotzig an. Sie fühlt sich weder für den Bus noch für das Gemüse verantwortlich. Was kann sie dafür, dass der Bus nicht fährt, schließlich ist das keine Seltenheit. Mal gibt es keinen Strom, mal stockt – wie gestern – die TV-Übertragung und manchmal fährt eben kein Bus. Sie hob die Schultern und ließ sie wieder sinken. „Und was soll *ich* da machen?"

„Lauf schnell zu Onkel Igor, frag ihn, ob er mich morgen mit seiner Klapperkiste zum Markt nach Wolgograd chauffieren kann."

Jetzt zu Onkel Igor gehen, ans andere Ende des Dorfes? Nein, dazu hatte Natascha überhaupt keine Lust. Mitten im Satz hatte sie gestern eine Übersetzung des „Osterspaziergangs" abgebrochen. Wie könnte man das auf Russisch sagen: „Hier ist des Volkes wahrer Himmel"? Mehrere Varianten schwirrten ihr durch den Kopf, für eine musste sie sich entscheiden.

Doch damit konnte sie ihrer Mutter nicht kommen. Für die war Gemüse allemal wichtiger als Goethe, und die Falte auf ihrer Stirn sprach dafür, dass der Gang zu Onkel Igor unvermeidlich war.

Sie lockerte die Blockade des Gartentores, zog ihr Allzwecktuch aus der Schürzentasche, wischte sich den Schweiß von Stirn und Hals und schlug einen versöhnlichen Ton an: „Gib mir deine Schultasche und dann Abmarsch zu Onkel Igor. Wenn du willst, kannst du meinen Schirm mitnehmen. Und geh auf dem Rückweg am Med-Punkt[1] vorbei, lass dir von Amputovka die Salbe für mein Bein geben."

Onkel Igor, der sich von Fremden gern Gospodin[2] Petruchin nennen ließ, nahm im Dorf eine Sonderstellung ein. Er hatte die Schlüsselgewalt über das Warenlager des Kolchos, und wer diesen Schlüssel hat, der war ein Gott. Oder etwas Ähnliches. Wahrscheinlich hatten sein großes Steinhaus und sein Auto, eines der wenigen im Dorf, in irgendeiner Weise mit dieser Gottähnlichkeit zu tun.

„Tschort poberi!"[3], fluchte Onkel Igor, nachdem Natascha ihr Anliegen vorgebracht hatte. Er setzte die Bierflasche ab, streckte seine hünenhafte Gestalt zu voller Größe und spuckte den Zigarettenstummel in den Ausguss. Er hätte gern geholfen, denn immerhin war Nataschas Mutter eine Verwandte, aber jetzt musste er passen. „Meine Karre tut streiken, schon drei Wochen bockt sie rum, macht keinen Mucks

---

[1] Schwesternstation (für einfache medizinische Hilfe)
[2] Alte russische Anrede: Herr
[3] Russ.: Hol's der Teufel

nicht." Seinem klapprigen Lada fehle ein kleines, aber lebenswichtiges Teil vom Vergaser, ein Ventil, eines der wenigen Teile, die man nicht selber basteln könne. Sein Kumpel Boris, dem er die gebrauchten Winterreifen überlassen habe, könne ihm zwar das Teil besorgen – Beziehungen sind eben alles –, aber der wohne in Wolgograd, sechzig Kilometer, wenn nicht mehr. Igor nahm einen Schluck aus der Bierflasche und kratzte sich am unrasierten Kinn. „Tschort poberi!" Ohne Auto war auch er auf den Bus angewiesen. Und wann der wieder fährt, das wusste nicht mal Halbgott Igor.

„Aber warte, dein Onkelchen hat eine Idee." Natascha hatte schon auf den rettenden Einfall gewartet, denn im Improvisieren war Onkel Igor Weltmeister. „Wir, deine Mutter und ich, könnten zusammen per Anhalter nach Wolgograd fahren. Irgendein Grusowik[1] wird uns schon mitnehmen." Igors Augen blitzten, während er mit der Bierflasche einen Kreis in die Luft malte. Der Rynok-Chef, den er gut kenne, werde ihrer Mutter einen Förstklass-Stand zuweisen. (Seit er im Fernsehen den amerikanischen Film „Commando" gesehen hatte, sagte er oft und gern förstklass.) „Ich kann in Ruhe mein Autoteil holen, und wir fahren am Abend gemeinsam zurück. Gemeinsam ist besser, denn man weiß ja nie … Eine Frau allein, mit einer Menge leerer Eimer. da könnte mancher Besdelnik[2] denken: Eimer leer – Geldbeutel voll." Er verzog das Gesicht zu Furcht einflößenden Grimassen, um Natascha zu zeigen, wie gut er sich mit solchen Burschen auskannte und wie sehr ihm das Wohl ihrer Mutter am Herzen lag. Natascha umarmte ihn und lachte über seine pantomimische Gesichtsgymnastik. „Danke, Onkel Igor, ich wusste, du lässt uns nicht hängen."

---

[1] Russ.: Lastwagen
[2] Russ.: Nichtsnutz

23

Igor riss einen Zeitungsrand ab und notierte: Morgen früh, Punkt fünf: Gemüsestart nach Wolgograd. „Vergiss nicht, deiner Mutter den Zettel zu geben" rief er noch, aber Natascha war schon aus dem Haus.

Auf dem Weg zum Med-Punkt sah sie in Gedanken ihre Mutter in Wickelschürze am Gemüsestand, Gurken und Tomaten in der ausgestreckten Hand, mit der anderen Hand und mit lautem Geschrei potentielle Käufer lockend. Einmal war Natascha schon mitgefahren, um auf dem Markt die eigene Ernte unter die Leute zu bringen. Ein Samstag im August, in sengender Hitze hatte sie mit einem geblümten Tuch auf dem Kopf von früh bis abends inmitten von Eimern und Obstkisten gestanden und versucht, den vorübergehenden Kunden das Grünzeug aufzuschwatzen. Nehmen Sie doch unsere Tomaten, die sind die besten; schauen Sie nur, wie prall die sind, und nur drei Rubel das Kilo. Probieren Sie mal! … Dann nahm eine Dame mit Lockenwicklern und Damenbart eine Tomate, stieß ihren gelben Zähnen hinein, verzog das Gesicht und sagte: „Na ja, da schau ich lieber mal weiter." Am nächsten Stand zog sie das gleiche Theater ab.

Nein, das war nicht nach Nataschas Geschmack. So will sie später nicht ihr Geld verdienen. Sie wird es anders machen, besser. In Tomaten beißt man selbst und lässt nicht beißen.

Auf dem Weg zum Med-Punkt musste Natascha auf einem Brett über einen Graben balancieren, in den alle Leute der Umgebung ihren Müll warfen. Der Regen hatte den Graben in einen Bach verwandelt, von dem all der Unrat begleitet von einem infernalischen Gestank in die Wolga gespült wurde. Dahinter führte der Pfad über einen Hügel, der einen freien Blick über das bunte Gewirr von Hütten und Häuschen

24

bis hinunter zum Fluss bot. Eigentlich liebte sie dieses Dorf, aber ihr ganzes Leben hier fristen? Nein, nein und nochmals nein! Bisher hatte sie – von kurzen Ausflügen nach Wolgograd und einem Pionierlager einige Kilometer wolgaaufwärts abgesehen – kaum etwas anderes gesehen als dieses Dorf. Doch ihre Bücher und die Erzählungen Nemzows hatten sie ahnen lassen, dass es da draußen eine andere Welt gibt, aufregend und verlockend. Die wollte sie sehen und zwar mit eigenen Augen.

Als der Regen eine Pause machte, trocknete die Schlammschicht an ihren Schuhen und Strümpfen. Bei jedem Schritt bröselte scheibchenweise die Dreckschicht ab.

Bin in einer Minutotschka[1] zurück – der Zettel war auf einen rostigen Nagel an die Tür zum Med-Punkt gespießt.

Minutotschka, Minutotschka … Das kann dauern. Eine Minutotschka – so viel war Natascha klar – ist weder ein Minütchen noch der Bruchteil einer erwachsenen Minute. Eine russische Minutotschka ist einfach eine unbestimmte Zeit; meist weniger als eine Stunde, aber immer mehr als sechzig Sekunden. Natascha setzte sich auf die oberste Stufe vor dem Med-Punkt und stellte sich auf eine längere Wartezeit ein. Zwar regnete es nicht mehr, aber der Natur dampfte die Feuchte aus allen Poren. Die Hühner auf der Wiese vor dem Med-Punkt saßen träge im Schatten der Dorflinde, selbst das sonst unvermeidliche Herumgackern schien ihnen zu anstrengend zu sein.

Wenn es wenigstens einen Arzt im Dorf gäbe, dachte Natascha, dann hätten die Koslovs mit ihrer Anuschka, gerade mal drei Jahre alt, nicht bis in die Kreisstadt fahren müssen,

---

[1] Russ.: Verkleinerungsform von Minute

und sie wäre vielleicht schon wieder gesund. Anuschkas plötzliche Apathie vorige Woche, ihr hohes Fieber und ihre Nahrungsverweigerung hatten das ganze Dorf in Aufregung versetzt. Mit dem fast bewusstlosen Kind auf dem Arm war Anuschkas Mutter zum Med-Punkt gerannt. Doch Amputovka, die Krankenschwester, hatte nicht helfen können. Ein Feldscher könne keinen Arzt ersetzen, hatte sie gesagt und spüren lassen, dass es ihr Leid tat. Daraufhin sind Anuschkas Eltern mit dem Kind zum Arzt in die Kreisstadt gefahren. Ein krankes Kind zwischen Vater und Mutter auf dem Motorrad – das muss man sich mal vorstellen!

Als Natascha nach einer halben Stunde des Wartens eben gehen wollte, kam Amputovka mit großen Schritten herbeigeeilt; die Minutotschka war vorbei. Obwohl diese freundliche, immer hilfsbereite Krankenschwester selbstredend keine Amputationen vornahm, wurde sie von allen im Dorf Amputovka genannt, niemand wusste, wie sie wirklich hieß. Sie war ganz außer Atem. „Entschuldige, ich musste eine Versite bei den Koslovs abstolvieren. Anuschka geht es – Slava Bogu[1] – schon besser." Amputovka schloss die Tür zum Med-Punkt auf. Ein Fenster gab es nicht in dem Raum, aber elektrisches Licht. Natascha beäugte die medizinischen Gerätschaften, die auf weiß lackierten Regalen herumlagen. Verbandszeug war allerdings nicht vorhanden, das musste jeder Patient selbst mitbringen. Eine mit Leinen bezogene Liege und diverses vernickeltes Werkzeug deuteten darauf hin, dass Amputovka kleinere Reparaturen an der Dorfbevölkerung selbst vornahm.

„Du kommst wegen der Salbe für deine Mutter." Amputovka wusste Bescheid.

---

[1] Russ.: Gott sei Dank

Sie kramte aus ihrer Kitteltasche ein Päckchen hervor, das sie umständlich aus Zeitungspapier auswickelte. Wie ein Goldsucher einen Fund präsentiert, so hielt sie die Salbe auf der flachen Hand: ein winziges Döschen mit einer gelblichen Masse.

„Das ist ein ausländisches Produkt", sagte Amputovka, jedes Wort einzeln betonend. „Wenn es helfen sollte, müsst ihr eine ganze Tube davon besorgen. Vielleicht bittest du noch mal den netten Herrn aus Deutschland, der dir diese tolle Brille mit den Klarsichtgläsern geschickt hat."

„Dieser nette Herr, Amputovka, ist ein Kriegsveteran, der es damals mit viel Glück geschafft hatte, dem Stalingrader Kessel zu entkommen. Er hatte mich als Dolmetscherin engagiert und wollte noch mal die Gräber seiner Kameraden besuchen. Ich weiß von ihm nur, dass er Kurt heißt und in Deutschland einen Brillenladen hat."

„Nun ja, wenn die Salbe helfen sollte, musst du eben einen Deutschen finden, der einen Salbenladen hat und hier tote Kameraden besuchen will. Du kannst ja fließend Deutsch. Eine Tube Salbe ist doch nicht die Welt."

Sie werde es versuchen, versprach Natascha, und machte sich auf den Heimweg.

Einen Mann suchen, der einen Salbenladen in Deutschland hat – na, wie *die* sich das vorstellt. Einen Deutschen finden – selbst ohne Salbenladen und tote Kameraden – ein schier hoffnungsloses Unterfangen. Sie wickelte das Päckchen von Amputovka nochmal aus. Was ist das überhaupt für ein Gemisch? Sie öffnete vorsichtig die Dose mit der Salbe und schnupperte daran. Sie roch nach ranziger Butter und irgendwas Chemischen. Auf dem Deckel stand: Acyprocynolhydrat – Made in Germany. Na, dann wird sie schon helfen.

Auf dem Hauptweg des Dorfes kam das Kulturhaus in Sicht. Wie ein Fremdkörper ragte es aus dem Durcheinander von ärmlichen Hütten und Häuschen hervor. Ein massiges Gebäude mit Portikus und sechs Säulen, nicht aus Marmor, sondern aus Ziegelsteinen, ehemals verputzt und weiß gestrichen. Jetzt bröckelte an vielen Stellen der Putz, und die darunter liegenden Ziegel kamen zum Vorschein. An den Außenwänden des Gebäudes arbeiteten sich weiß-gelbe Salpeterausblühungen wie Kletterpflanzen empor, manche Fenster waren zerbrochen, und letzte Woche war ein Brocken vom Dachsims herunter gekracht. Seitdem war das Gelände um das Kulturhaus abgesperrt.

Als kleines Mädchen hatte Natascha im Kinosaal dieses Hauses über Hase und Wolf gelacht. Die beiden lieferten sich auf der Leinwand einen ungleichen Kampf, den immer der Schwächere gewann. Oder sie hatte mit roten Wangen den Hokuspokus der bösen Hexe Baba Jaga verfolgt. Wenn die Hexe im gleißenden Licht auf dem Besen durch den Kamin ritt, versteckte sich Natascha tief in ihrem Kinosessel. Umso höher wagte sie sich bei der „Schneekönigin" heraus, wenn Kay in seinem glitzernden Kleid aus dem Eispalast auf die Kinder herabschaute.

Später hatte sie in diesem Haus ihren ersten Kuss bekommen, von Sergej aus der 6b, dem Jungen mit der schwarzen Igelfrisur. Während eines Schulfestes hatte er sie in einen Nebenraum gelockt, sich mit feuchtem Mund ihrem Gesicht genähert und mit seinen Lippen flüchtig ihren Mund berührt. Danach war er wortlos aus dem Kulturhaus gerannt. Natascha hatte sich mit dem Handrücken über den Mund gewischt und ihrer Freundin Elena ins Ohr geflüstert: „Er hat!"

Gegenüber dem Kulturhaus reichte Nataschas Blick bis hinunter zur Wolga. Ein Fischerboot trieb aufs Ufer zu. Der Fischer versuchte mit aller Kraft den Köcher ins Boot zu hieven. Der Fisch zappelte im Netz, seine Flossen spritzten Wasserfontänen über das Boot, doch er verlor schließlich den Kampf. Wind kräuselte die Wasseroberfläche des angestauten Flusses, irgendwo bellte ein Hund, sonst lag Stille über dem Dorf. *Ihr* Dorf, das waren all die windschiefen Hütten, die Wege, auf denen man bei Regen bis über die Knöchel im Schlamm versank, die versteppten Wiesen, deren Stacheln die nackten Füße piksten, wenn sie als Kinder Fangen gespielt hatten. Das war auch die Wolga, in der sie mit ihren Freunden an heißen Sommertagen herumgetollt war. Und das waren die Menschen des Dorfes. Die verwitterten Frauen, die auf Bänken vor den Holzhütten saßen, während ihre zahnlosen Münder immer wieder denselben Tratsch durchkauten. Und die Männer, die abends zu ihren Treffpunkten verschwanden, wo sie die in Zeitungspapier eingewickelten Flaschen hervorholten und der Becher die Runde machte. Hier kannte Natascha alle, und alle kannten sie.

3.

Richard saß auf der vorderen Kante des Schreibtischsessels in seinem Büro im Neubau A3 des Institutes, spielte mit dem Bleistift und schaute abwechselnd zur Tür und dem Stapel Papier auf seinem Schreibtisch. Eben hatte Fräulein Kirschreuth die Ausdrucke aus dem Rechenzentrum gebracht, war beim Hinausgehen im Türrahmen stehen geblieben und hatte Richard zum wiederholten Male versichert: „Sie gönn ruisch Ilona zu mir sachn, Herr Dogdor."

„Danke schön Ilona, Sie sind ein Schatz."

Er hätte es bei dem Dankeschön belassen sollen, denn nun blieb Ilona an der Tür stehen, wohl in der Erwartung, dass dem Schatz-Kompliment noch weitere folgen. Sie zauberte ein Lächeln auf ihr sorgfältig geschminktes Gesicht, klapperte mit den Stöckelschuhen und machte keinerlei Anstalten, Richards Büro zu verlassen. Eigentlich eine hübsche Person, dachte Richard, warum fällt es mir so schwer, sie als Frau zu sehen und nicht immer nur als Assistentin? Wenigstens einen Kaffee hätte ich ihr anbieten sollen.

Doch beim Blick auf die Rechnerausdrucke schob Richard den Gedanken an einen Kaffee mit Fräulein Kirschreuth beiseite. Sein neues Computerprogramm wird endlich die Klärung bringen: Reicht die Energie aus, um das Proton vom Neutron zu trennen? Dann wären interessante Experimente zur Deuteronendesintegration möglich, hier an ihrem Institut, an ihrem Teilchenbeschleuniger! Wie bunt schillernde Seifenblasen stiegen seine Phantasien in die Luft.

Fräulein Kirschreuth strich eine Strähne ihrer blonden Haare aus dem Gesicht, hielt sich mit der anderen Hand am Türrahmen fest und intensivierte ihr Lächeln. Richard legte eine Hand auf den Papierstapel aus dem Rechenzentrum und bemühte sich um einen freundlichen Ton: „Vielen Dank noch mal Ilona, dass Sie so schnell gekommen sind. Wirklich nett von Ihnen. Ich habe mit Ungeduld auf die Ergebnisse gewartet."

„War mir ein Vergnüchen. Dann mal tschüs, bis zum nächsten Mal, Herr Dogdor." Immer noch lächelnd drehte Ilona sich um und schloss leise die Tür. Zurück blieb ihr Duft. Ich werde sie irgendwann mal auf ein Glas Wein oder zu einem Kinobesuch einladen, dachte Richard, während er sich über das Endlospapier beugte. Zahlenkolonnen vom linken gelochten Rand der Seite bis ganz nach rechts, wo die Zahlen in die Löcher zu fallen schienen. Quer über jede Seite ein Wasserzeichen: Zentralinstitut für Kernforschung Rossendorf bei Dresden. Hastig arbeitete sich Richard durch den Papierstapel. Auf einer der letzten Seiten, unter schier endlosen Zahlenkolonnen – ein fettgedrucktes +53,22 MeV – Richard hielt einen Moment die Luft an, bis es aus ihm herausplatzte: „Ein positives Vorzeichen! Ja, es geht!" Er erschrak über sich selbst. Hatte er das wirklich laut in den Raum geschrien und dabei den Bleistift zerbrochen, dessen Hälften er jetzt in den Händen hielt? Er lehnte sich im Schreibtischsessel zurück und griff zur Kaffeetasse. Richard – erst mal abschalten, ausnüchtern, das Chaos im Kopf sortieren, die Anspannung der letzten Tage abschütteln! Er steckte sich eine Pfeife an und verordnete sich Abstand von den Zahlen, die so schön waren, dass er sie hätte küssen können.

Mit der Kaffeetasse in der Hand und der Pfeife im Mund ging er durchs Büro, vorbei an Schränken und Wänden, die mit Postern, Graphiken, Tabellen und Computerausdrucken tapeziert waren. Auf einem Plakat stand in großen Lettern die Formel $E = m * c^2$. Darüber das Porträt jenes berühmten Mannes mit weißhaarigem Wuschelkopf und spitzbübischem Gesicht, der die Zunge herausstreckt. $E = m * c^2$ – diese Formel hielt Richard für die größte Entdeckung des zwanzigsten Jahrhunderts: Energie und Masse sind äquivalent, und eine winzige Masse entspricht einer Wahnsinnsenergie. Niemand konnte sich das vorstellen – bis zu jenem Tag, da in Hiroshima die Häuser verdampften.

Sollte man sich wünschen, die Sache mit $E = m * c^2$ wäre nie herausgekommen? Ein unsinniger Wunsch! Fragen stellen und versuchen, Antworten zu finden – das ewige Spiel, immer mit der bangen Ahnung, dass jede Antwort auch fatale Folgen haben kann.

Nach dem Plakat mit dem Spitzbubengesicht kam der Aktenschrank mit der Spiegeltür. Sollte ich mir auch einen Bart wachsen lassen, fragte Richard sein Spiegelbild. Der könnte meinem etwas fettlastigen Gesicht etwas Kontur geben und das Doppelkinn kaschieren. Ein Vollbart würde auch die immer noch abstehenden Ohren kaschieren. Lärm von draußen unterbrach Richards Selbstbeschau. Vom Fenster aus sah er, wie ein Tieflader seine sperrige, von Planen verdeckte Ladung durch die enge Straße des Institutsgeländes manövrierte. Offensichtlich der Transport, der heute den Verkehrsstau auf der Straße von Dresden heraus zum Institut verursacht hat. Sogar in der „Sächsischen Zeitung" hatte es gestern gestanden: Das Institut für Kernforschung bekommt einen neuen Magneten, Gewicht: zwanzig Tonnen, Durchmesser: über vier Meter. Die Dresdner fragten sich, wieso man für die Untersuchung dieser winzigen Atome solche Riesendinger braucht. Ohnehin war vielen Dresdnern das nah gelegene Institut nicht geheuer. Was machen die dort mit den

Atomen? Etwa spalten? Wenn der Wind aus östlicher Richtung kam, schlossen sie die Fenster.

Richard stellte die Kaffeetasse ab, setzte sich wieder an den Schreibtisch und nahm sich die Rechnerausdrucke noch mal vor, verglich Zwischenergebnisse und prüfte die Energiebilanz. Soviel Zeit muss sein, mag Professor Sais-Mutlig, der die Ergebnisse nächste Woche in Tokio präsentieren will, noch so sehr zur Eile drängen. Ein verbales Plagiat müsste man Sais-Mutligs Präsentation nennen, wäre er nicht der Chef. Alle Arbeitsgruppen waren verpflichtet zu liefern. „Tokio wird ein Highlight, wir müssen Präsenz zeigen", hatte Sais-Mutlig auf der letzten Besprechung getönt. Für ihn und einige Auserwählte mochte das stimmen. Für Richard und seinesgleichen war Präsenz nicht wörtlich gemeint. Tokio war für sie weiter weg als der Mond. Es gab eine rote Linie auf der Landkarte, die durfte nur überschreiten, wer würdig war. Gemeint war mit würdig – linientreu, eine Worthülle, scheußlich wie ihr Inhalt. Als Linienuntreuer, noch dazu Lediger, der keine Familie als Pfand zurücklässt, hatte Richard keine Chance, die rote Linie legal zu überqueren. Selbst wenn er vorgehabt hätte zurückzukommen.

Vor dem Fenster tauchte jetzt ein Autokran auf, der seinen Ausleger in den Himmel reckte. Die Befehle des Kranführers kämpften gegen den Motorenlärm an. Interessant wäre es schon, in Tokio Dr. Lippnik aus Karlsruhe zu treffen. Damals in Budapest, auf der Vorgänger-Konferenz, hatten sie nächtelang über Deuteronendesintegration diskutiert, und Lippnik hatte Richard zu einem Arbeitsbesuch nach Karlsruhe eingeladen. Leider war Karlsruhe für Richard genauso weit weg wie Tokio.

Jetzt hatten sie endlich den Magneten an den Haken genommen. Die Seile am Kranausleger strafften sich wie die

Saiten einer Geige. Richard stopfte sich eine Pfeife und blies Ringe an die Decke. Wenn wir unsere Detektoren am Beschleuniger in Karlsruhe installierten – kein Problem, meinte Dr. Lippnik – könnte man die Lücke zwischen den beiden Energiebereichen schließen. Kein Problem? Hat der eine Ahnung! Noch nie etwas von der roten Linie gehört?

Auf dem Vorplatz war der erste Versuch schief gegangen. Wie ein überforderter Gewichtheber setzte der Kran den Magneten wieder ab. Richard öffnete das Fenster einen Spalt, die Rauchringe zerfaserten zu bizarren Gebilden. Zweiter Versuch. Jetzt schwebte der Magnet knapp über dem Boden. Langsam zog er eine Kreisbahn über den Vorplatz des Zyklotrongebäudes und setzte sich dann auf eine fahrbare Lafette. Der Kranarm schwenkte zurück. Die Seile hingen schlaff herab, die Männer nickten zufrieden. Richards Pfeife war kalt.

Das Telefon klingelte. „Ich warte auf Ihren Bericht für Tokio, Herr Doktor Claris?" Wenn der Alte Herr Doktor sagt, war Eile geboten. Gewöhnlich sagt er einfach nur Claris. „Die anderen haben alle schon geliefert."

Richard spürte etwas Pelziges auf der Zunge; es schien, auf seinem Kopf sträubten sich Haare, obwohl dort kaum welche waren. „Ja, Herr Professor, ich kontrolliere gerade die neuesten Berechnungen. Ich bringe Ihnen noch heute den Bericht vorbei."

„Ich verlass mich auf Sie! Ich will mich in Tokio nicht blamieren."

In Gedanken sah Richard den Professor am Schreibtisch sitzen und die Beiträge seiner Mitarbeiter zu einem mehr oder weniger homogenen Pamphlet zusammenschweißen. Am Ende wird er seinen Namen darunter setzen, seine Krawatte mittig ausrichten und voller Stolz dem Familienfoto auf dem Schreibtisch zunicken. Die Krawatte trägt er selbst dann, wenn er in dieser lächerlichen graugrünen Uniform auftritt, erdfarbene Hose mit Koppel, Jacke ohne Epauletten, Schirmmütze, schwere Stiefel. Erst gestern hatte Richard vom Fenster aus die zusammengewürfelte Truppe beim Trainingsmarsch durchs Institutsgelände beobachtet. Sais-Mutlig in der ersten Reihe, militärisch aufgemotzt, mit Gewehr über der Schulter. „Kampfgruppe der Arbeiterklasse" – was war das eigentlich? Weder Polizei noch Armee, aber uniformiert und bewaffnet. Arbeiter war jedenfalls keiner von denen, die da unten im Gleichschritt zeigen wollten, dass … Ja, was eigentlich?

Richard übertrug die fett gedruckte Zahl aus dem Computerausdruck samt positivem Vorzeichen in seinen Bericht und klappte die Mappe zu.

Soll er sich feiern lassen in Tokio.

4.

Auf dem Weg zum Institutsparkplatz kam Richard an der Kantine vorbei. Wie die meisten Gebäude des Institutes im Stil der 50er Jahre gebaut, schnörkellos, solide, zweckmäßig. „Marcel Uhrig" stand in Riesenlettern auf einem Plakat neben dem Eingang. In kleinerer Schrift darunter: „Die neue Realität in der Malerei". Und noch kleiner: „Besuchen Sie unsere Ausstellung im Versammlungssaal". Richard hatte keine Ahnung wer Marcel Uhrig war.

Neugierig geworden betrat er den Ausstellungssaal. Gleich am Eingang hing ein Steckbrief, der Richard darüber aufklärte, wer das war, Marcel Uhrig: Ein in Dresden wirkender deutscher Maler, der der sich besonders Porträt-, Alltags- und Landschaftsmotiven widmet. Und weiter stand dort, U. habe ein Gespür für die Symbolik zeitlich begrenzter und von Lebensrhythmen bestimmter Existenz.

Was das bedeutet verstand Richard nicht, hoffte aber schlauer zu werden beim Gang durch die Ausstellung. Nachdem er ein erstes Mal langsamen Schrittes an den Gemälden vorbei defiliert war, verstand er gar nichts mehr. Irgendwo muss sie doch offenbar werden, diese Symbolik zeitlich begrenzter und von Lebensrhythmen bestimmter Existenz. Also drehte er noch eine Runde und betrachtete die Bilder genauer. Zum Glück gab es unter jedem Bild neben dem Entstehungsjahr eine kurze Beschreibung, was es darstellt. Erraten hätte er es nie und nimmer. Ein wüstes Durcheinander von schwarzen, roten, grünen und gelben Strichen ist eine „Landschaft mit Gebirge". Das hätte Richard nicht für möglich gehalten. Oder das „Große Buschwerk" sah aus wie das Gekritzel eines Dreijährigen, dem ein schwarzer Stift in die

Hand gedrückt worden war. Woher haben die Ausstellungsmacher nur gewusst, wie sie die Bilder aufhängen mussten, was war oben und was unten?

Richard verließ die Ausstellung mit Kopfschütteln. Ob dieses Kopfschütteln den Exponaten oder seinem eigenen Unverständnis für Kunst galt, wusste er selber nicht.

Kunst muss den Menschen gefallen oder ihnen etwas geben, sie inspirieren oder sie in eine Stimmung versetzen – das hatte Richard immer gedacht. Doch das Einzige, was *diese* Bilder bei ihm bewirkten, war eine Lockerung der Halsmuskulatur durch Drehbewegungen des Kopfes. Irgendwo hatte er mal gelesen: Wenn die Kunst den Menschen gefällt, dann taugt sie nichts.

Das verstehe wer will.

Wieder lockerte er seine Halsmuskulatur durch Drehbewegungen des Kopfes, aber diesmal suchte er auf dem weitläufigen Parkplatz sein Auto. Immer das Gleiche! Wo habe ich es abgestellt? Mit solch einfachen Dingen hatte er Probleme. Seine Lösung dafür: Ordnung halten! Wenn der Locher auf dem Schreibtisch immer am selben Ort steht und das blaue Jackett immer im selben Schrank an derselben Stelle hängt, dann muss er nicht suchen. Manchmal belächelten ihn deshalb seine Kollegen, was ihn aber kalt ließ. Mit dem Auto funktionierte sein Ordnungsprinzip allerdings nicht, man muss immer die Parklücke nutzen, die sich gerade bietet.

Zuhause angekommen fand Richard im Briefkasten einen einzigen Brief vor, und zwar einen von der Polizei. Er sei am Mittwoch, dem 13.04., zwanzig Uhr zweiunddreißig auf der Bautzener Straße geblitzt worden. Er sei mit einer Geschwindigkeit von 63,45 km/h gefahren, erlaubt seien 50 km/h.

Richard war sich keiner Schuld bewusst. Er fuhr generell nie zu schnell, also auch nicht an jenem Mittwoch um zwanzig Uhr zweiunddreißig. Wie wollen die überhaupt eine Geschwindigkeit auf zwei Stellen hinter dem Komma messen? Außerdem: jeder Oberschüler weiß, dass man sich bei einer einzelnen Messung nur sehr bedingt auf den Messwert verlassen kann.

Weiter stand in dem Schreiben, ob er diese Ordnungswidrigkeit zugebe und willens sei, die Gebühr von 10 Mark der DDR zu zahlen. Ansonsten werde ein Strafverfahren eingeleitet.

Bei dem Wort Strafverfahren begann Richard zu überlegen. Lohnt es sich, wegem 10 Mark ein Verfahren zu riskieren? Immerhin lag die angebliche Ordnungswidrigkeit schon fast einen Monat zurück; war er bei seinen Grübeleien auf der Heimfahrt vom Institut vielleicht doch zu schnell gefahren?

Richard füllte kurzerhand den beiliegenden Zahlschein aus und ging unter die Dusche.

Wie herrlich das prickelte, abwechselnd heiß und kalt, und so, als ob nicht nur die Haut, sondern auch die Gedanken gespült würden. So gelang es ihm, den Stress des Tages abzubauen. Während das Wasser über die Wölbung seines Bauches rieselte (fünfundneunzig Kilo brachte er auf die Waage – dreißig Kilo über der Norm), malte er sich aus, wie die Hähnchenfilets in der Pfanne langsam goldene Farbe annehmen. Gestern hatte er sie in die Marinade eingelegt und auch den Reis schon vorgekocht. Nach dem Duschen mussten sie nur noch gebraten und mit dem Reis angerichtet werden. Dazu ein Glas Roten. Sein Singelleben war gut organisiert, wie auf dem Schreibtisch herrschte auch in der Küche Ordnung. Nie musste er nach Senf oder Salz suchen. Die

Hälfte der Hähnchenfilets wird er einfrieren, denn heute waren keine Gäste angesagt. Sein Freundeskreis war überschaubar. Die Kumpels aus der Studienzeit, mit denen er so manche Nacht durch Dresden gezogen war, hatten sich nach dem Diplom in alle Winde zerstreut. Neue Freunde zu finden wurde mit zunehmendem Alter immer schwieriger, denn Freundschaft lebt von dem, was man gemeinsam genossen oder erlitten hat.

Nach dem Essen stopfte er sich eine Pfeife, schenkte sich ein zweites Glas Roten ein und machte es sich im Sessel bequem. Die Zwanzig-Uhr-Nachrichten der Aktuellen Kamera verpasste er nie. Meist fand er sich in seiner Meinung bestätigt, dass es keinen unabhängigen Journalismus gibt – vielleicht irgendwo, aber nicht hier. Großer Aufmacher: Mehrere Hundert Rowdys (tatsächlich waren es mehrere Tausend) haben sich in Leipzig zusammengerottet und randaliert. Über dreißig seien festgenommen worden, gegen sie werde ein Strafverfahren wegen Störung der öffentlichen Ordnung eingeleitet. Auf dem Bildschirm war zu sehen, wie ein junger Mann von drei Männern in zivil in ein Polizeifahrzeug gezerrt wurde. Auf dem Schild, das er gehalten hatte, stand: Wir sind das Volk.

Welche öffentliche Ordnung wurde da gestört?

Richard stopfte sich eine weitere Pfeife, schaltete den Fernseher aus und das Radio ein. Dessen Tuner war fest eingestellt auf den Deutschlandfunk – Kontrastprogramm zur Aktuellen Kamera. Fernsehen aus dem anderen Deutschland war in Dresden nicht zu empfangen, leider oder gottseidank, je nachdem, aus welcher Sicht man das beurteilte. Auch im Deutschlandfunk war von der Demonstration in Leipzig die Rede. Die Stasi mache kurzen Prozess, um das Wackeln der Macht zu verhindern. Russische Panzer seien in Alarmbereitschaft und so weiter. Es war von demselben Ereignis die Rede, nur von der anderen Seite betrachtet. Allerdings auch nicht objektiv, denn die Absicht, die Stimmung anzuheizen, war unüberhörbar, und die Kommentare strotzten vor fragwürdigen Argumenten. Immer waren die Russen die Bösen. Richard fand seine Ansicht bestätigt: Unabhängig sind die Journalisten im Westen auch nicht. Nur ist es schwieriger herauszufinden, wessen Lied sie singen.

So muss man halt versuchen, ein Puzzle zusammen zu setzten, dessen Teile aus zwei verschiedenen Schachteln stammen.

5.

Richard warf einen Blick auf seinen Einkaufszettel: Butter, etwas Fruchtiges, Milch, Reis und Hammelfleisch für Plow, Lorbeerblätter, Eier, Toastbrot, Wein und etwas zu knappern. Samstags deckte er immer den Bedarf für die nächste Woche. Seine Ansprüche waren bescheiden; alles was er brauchte hielt der DDR-Handel bereit. Natürlich schielte er im Vorbeigehen am Intershop auch mal auf die Gläser mit Kaviar oder die Dosen mit Ananas (ganze Ringe, im eigenen Saft, ungezuckert) oder die ungarische Salami, die zwar eigentlich sozialistisch aber nur für Westgeld zu haben war. Das hatte er nicht, aber leben konnte man auch ohne ungarische Salami.

Ganz in der Nähe gab es eine Kaufhalle, die das ganze Sortiment bereithielt. Doch er ging meist in den Konsum (Betonung auf dem „o") auf der Walpurgisstraße, wegen der hübschen Kassiererin, die ihn immer anlächelte wenn er ihr das Geld reichte. Wann würde er endlich den Mut aufbringen, ihr ein paar nette Worte zu sagen, die ihm zwar auf der Zunge lagen, aber partout nicht herauswollten.

Mitten in seinen Einkaufsvorbereitungen klingelte es an der Tür. Frau Nitra, seine Nachbarin, ganz aufgeregt: „In der Wallstraße solls Bananen geben!" Sie tat, als handele es sich um einen Schatz, den es zu heben galt, und zwar schnell.

„Danke für den Tipp, ich wollte eh gerade Einkaufen gehen."

Also – vor dem Konsum erst mal zur Wallstraße. Wo es die Bananen geben sollte, war leicht an der Menschenschlange zu erkennen, die sich vor einer Verkaufsbude formiert hatte. Doch die Bude war leer. Richard stellte sich

trotzdem an, denn wo so viele Menschen anstehen, da wird
es etwas geben, wenn keine Bananen, dann eben etwas ähnlich Exotisches. Nach zehn Minuten – die Schlange hatte
inzwischen eine Länge von etwa zwanzig Metern erreicht –
drehte Richards Vordermann sich um und sagte ungefragt:
„Die gommen, ich wees es aus sichrer Quelle." Richard wartete noch zwanzig Minuten, ohne dass irgendetwas geschah;
außer, dass die Schlange wuchs und wuchs. Dann wurde es
ihm zu blöd und er schickte sich an zu gehen. Auch die Worte seines Vordermannes: „Bleim se hier, die gomm, da genn
se sicher sein" konnten ihn nicht davon abhalten, sich zum
Konsum aufzumachen. Dort bekam er alles, was auf seinem
Einkaufszettel stand. Was er nicht bekam, war das Lächeln
der Kassiererin; die hatte offenbar heute frei oder war im
Lager beschäftigt (oder stand in der Schlange auf der Wallstraße).

Am Abend klingelte wieder Frau Nitra, seine Nachbarin.
„Darfsch mal reingomm?"

Richard bot ihr ein Glas Wein an, das sie aber ablehnte.
„Ich hab Se gesehn, heut früh auf der Wallstraße. Wärn Se
mal dagebliem, kurz nachdem Se gegang warn, kam der Las-
ter mit den Bananen. Allerdings gabs nur für jeden sechs
Stück."

Richard schaute etwas verlegen, als sie ihm mit einem Lächeln eine Banane und eine kleine Schüssel in die Hand
drückte. „Hier – zum Brobiern, und eine Gostprobe meines
selbstgemachten Puddings. Wenn Se die Banane zerquet-
schen und in den Pudding rührn, gibt das einen göstlichen
Müsee." Sie ließ ihren Blick über die Küchenzeile schweifen, fand eine Gabel und bat Richard um einen Teller. Im Nu
hatte sie die Banane geschält, mit der Gabel zu einem Brei
zerdrückt und in den Pudding eingerührt. „So einfach is das,

aber für Physiker is das Einfache manchmal ehm schwierig. Also hier …" Sie streckte ihm den Löffel mit dem Pudding entgegen, als wäre er ein Baby, dem sein Breichen eingeflößt werden muss. „Vergessen Se nich unser Etagentreffen morschen Abend, es gibt Kartoffelsalat mit Wienern, um 8 bei Charlotte und Walter. Getränke, Besteck und einen Stuhl mitbringen. Also dann bis morschen und redn Se nich wieder über Kernspaltung. Das gommt nich gut an."

Richard nickte und dachte daran, wie glücklich er sich als Alleinleber ob solcher Nachbarn schätzen konnte. Kartoffelsalat mit Wienern war zwar nicht sein Leibgericht, aber in dieser Etagenrunde schmeckte es wie Kaviar auf Buttertoast. Eine ziemlich gemischte Truppe, diese Etagengemeinschaft. Frau Nitra, die eben vom selben Löffel ihren eigenen Bananenpudding probierte, war Beiköchin im Interhotel Newa, Charlotte war Sekretärin, Walter, der seine schwieligen Hände immer zu verstecken suchte, war Schmied in der Laubegaster Werft. Ein Uhrmacher war dabei und sogar ein Uni-Professor. Geschwatzt wurde frei von der Leber weg, ohne Angst, jemand könnte das Gesagte im Kopf protokollieren (was aber – wie sich später herausstellte – tatsächlich geschah. Der IM mit Decknamen „Schmied" hatte ein gutes Gedächtnis und mit seinen schwieligen Händen viel Papier beschrieben).

So war der Tag trotz Kapitulation vor der Bananenschlange doch noch ein Erfolg. Richard hatte seine Einkaufsliste abgearbeitet, dazu noch eine Banane und einen Pudding bekommen, der tatsächlich köstlich schmeckte. Das Lächeln von Frau Nitra und die Aussicht auf Kartoffelsalat mit Wienern kamen noch dazu.

6.

Natascha trat von einem Bein aufs andere und kaute an der Unterlippe. Über den Brillenrand schaute sie zur Mitte des Appellplatzes – der einzige asphaltierte Platz des Dorfes – , wo die Schuldirektorin mit einer Liste in der Hand vor dem Mikrophon stand. In U-Formation waren alle Schüler angetreten, links die Absolventen, rechts die Erstklässler und in der Mitte die übrigen Klassen, alle fein herausgeputzt mit weißen Blusen oder Hemden und darauf das rote Halstuch. In den nächsten Minuten wird sich herausstellen, ob ich es geschafft habe, dachte Natascha, und hätte darüber beinahe den Aufruf verpasst: „Natascha Smirnowa, vortreten!" Natascha richtete ihr rotes Halstuch aus, rückte die Brille gerade und ging zur Mitte des Platzes, wo schon einige Absolventen – je nach Zeugnis mit freudigen oder betrübten Gesichtern – standen. „Natascha Smirnowa, mit Auszeichnung bestanden" kam die Stimme der Direktorin aus dem Lautsprecher, „Angenommen zum Studium an der Fakultät für Fremdsprachen der Hochschule Wolgograd. Gratulation!" Die sowjetische Flagge am Mast vor dem Eingang der Schule flatterte im Wind und gab klatschende Geräusche von sich, als wollte auch sie zum Otlitschnik[1] gratulieren.

Geschafft, dachte Natascha. Von jetzt an kann sie sich ausschließlich ihren Lieblingsfächern widmen: Russisch, Deutsch, Englisch und Literatur. Mit Mathematik, Physik und Chemie wusste sie nicht viel anzufangen. Sie lernte auswendig was zu lernen war, paukte nächtelang Formeln

---

[1] Russ.: Schulabgänger, der das Examen „Mit Auszeichnung" bestanden hat.

und Ableitungen, nur darauf bedacht, dass diese Fächer ihren Otlitschnik nicht gefährden. Denn wer als Otlitschnik abschließt, bekommt fast automatisch einen Studienplatz, und das war ihr eigentliches Ziel in all den Jahren der Schulzeit. Studieren bedeutete für sie nicht nur mehr Wissen, sondern nährte auch die Hoffnung, der Enge dieses Dorfes entfliehen zu können.

Nachdem alle Absolventen ihre Zeugnisse in Empfang genommen hatten, hielt die Direktorin dieselbe Rede, die sie jedes Jahr hielt. Die Erstklässler zappelten herum und blickten etwas ängstlich zu ihren Eltern im Hintergrund; die Blumensträuße in ihren Händen waren schon arg zerfleddert. Nachdem die Direktorin ihre Rede endlich beendet hatte, kam der Tross der Lehrer. Sie ließen es sich nicht nehmen, jedem Absolventen einzeln die Hand zu schütteln. Nemzow war der erste, der Natascha gratulierte. Er gab ihr einen Blumenstrauß und seine warme Hand. Hinter seinem Lächeln versteckte sich eine latente Enttäuschung. Er hatte mit ihr noch mehrmals den grünen Ölsockel in der Bibliothek besucht, war aber bezüglich Nataschas Nettigkeit keinen Schritt vorangekommen. Seine multilinguale Überredungskunst war an ihrer strikten Abwehr gescheitert. „Gratuliere, Natascha, ich bin stolz auf dich. Ich werde dich auf dem schwarzen Ledersofa der Bibliothek vermissen", sagte er auf Deutsch. Die Direktorin stand dabei, verstand nur *Ledersofa* und wartete darauf, dass Nemzow endlich Nataschas Hand freigab. Dann überreichte sie ihr eine rote Kunstledermappe. „Hier dein Abschlusszeugnis – das Beste dieses Jahrgangs –, deine Immatrikulationsbestätigung und deine Einweisung ins Wohnheim in Wolgograd. Vergiss in der großen Stadt nie, wo deine Wurzeln sind und wer deine Gärtner waren."

7.

Die Sommerferien verbrachte Natascha damit, ihrer Mutter in Haus und Garten zu helfen; zweimal fuhr sie mit auf den Markt, um das heimische Obst und Gemüse unter die Leute zu bringen. Großer Aufwand und wenig Ertrag – lautete ihr Resümee. An jedem freien Tag aber fuhr sie (wenn der Bus nicht ausfiel) nach Wolgograd, um die Stadt zu erkunden. Mehrmals ging sie zum Studentenwohnheim, das gleich neben der Hochschule lag. Dieses imposante Gebäude mit der stuckumrahmten Eingangstür und den großen Fenstern wird also demnächst ihr Zuhause sein.

Endlich kam der Tag des Umzugs. Der Vater half ihr, die beiden Koffer zum Bus zu bringen. Der eine enthielt ausschließlich Bücher, der andere die wenige Kleidung, die sie – ohne sich als Dorfnudel zu outen – in der Stadt für tragbar hielt.

„Verdammt noch mal, eine Jukebox ist das, und kein Studentenwohnheim! Das Nachbarzimmer spielt wieder mal Woodstock." Natascha ballte die Hand zur Faust und schleuderte ihren Zorn an die Wand zum Nachbarzimmer. Aber sie hätte auch den Mond anbrüllen können. „Seit wir hier eingezogen sind, ist da drüben ständig Party".

So hatte sie sich den Studienbeginn nicht vorgestellt. Zu sechst hausten sie in dieser Bude, vollgestopft mit drei Doppelstockbetten, wackligen Tischen und Schränken, umgeben von Nachbarn, die statt Studieren nur Party im Sinn hatten. Die Gemeinschaftsküche war vor lauter dreckigem Geschirr und Essensresten kaum benutzbar; Natascha hatte mehrmals alle Töpfe und das Geschirr abgewaschen und in die Regale gestellt, es aber dann aufgegeben. Wo jeder verantwortlich ist, fühlt sich keiner verantwortlich. Das gleiche galt für die Gemeinschaftstoiletten, ihr Zustand – kaum zu beschreiben.

Die Stimmung im Nachbarzimmer eskalierte. Die Musik aus der Anlage, die die Burschen aus dem Jungen-Wohnheim angeschleppt hatten, donnerte mit hunderten Watt gegen die dünnen Trennwände. Außerdem drangen verdächtige Geräusche herüber: Urige Kehllaute und spitze Schreie, die die Musik übertönten.

„Das hätte es früher nicht gegeben", sagte Elisaveta, ein Mädchen mit dicker Hornbrille, hochgeschlossener Bluse und Baumwollstrümpfen, elftes Semester. „Vor drei Jahren noch war das Mädchenwohnheim für Jungen tabu, Zutritt streng verboten. Natürlich haben auch damals die Jungen mit den Mädchen rumgemacht, aber heimlich, irgendwo in einer Ecke im Park oder im Gebüsch an der Wolga, das war ja nicht zu verhindern."

„Das war vor der Perestroika, jetzt ist eben alles anders", sagte Nataschas Kommilitonin Svetlana, die Natascha gegenüber am Tisch saß und vergeblich versuchte, sich auf Lenins „Что делать?[1]" zu konzentrieren. Mit einer Falte auf der Stirn schaute sie Natascha fragend an: Что делать? Natascha bewegte den Kopf in Richtung Tür. Svetlana nickte nur, die beiden Mädchen verstanden sich wortlos. Mit ein paar Büchern unter dem Arm entflohen sie dem Lärm des Wohnheimes. Nur raus hier!

Die Grünanlage vor dem Wohnheim war an diesem herbstlichen Nachmittag fast menschenleer. Die Kastanien warfen Schattenmuster auf Wiesen und Wege des Hochschulcampus. Der gleichmäßige Verkehrslärm von der nahen

---

[1] Russ.: Was tun?

Straße wirkte im Gegensatz zu dem Gedröhne im Wohnheim fast beruhigend. Am Leninskij Prospekt nahmen die beiden Mädchen die Straßenbahn, die hier wie eine Metro unterirdisch fährt, und gelangten so zur Allee Gerojev, eine mehrspurige Straße, die hinunter zu Wolga führt. Entlang der Straße boten Frauen ihre Blumen an, manche nur einen einzelnen Strauß, den sie den Vorbeigehenden stumm entgegenstreckten. Menschen eilten von Geschäft zu Geschäft oder standen vor Läden Schlange. Ein Milizionär an der Ecke ließ seinen schwarz-weißen Stock lässig baumeln und blies hin und wieder ohne ersichtlichen Grund in die Trillerpfeife. Natascha und Svetlana folgten der Allee Gerojev in Richtung der breiten Freitreppe, die zum Ufer der Wolga hinunter führt. Am Ende der Häuserzeilen mündet die Straße in einen parkähnlichen Platz. Sie durchquerten ihn, bogen nach ein paar Metern vom Hauptweg ab und folgten quer durch Bäume und Buschwerk einem schmalen Pfad zu einem Hügel. Svetlana kannte die Gegend, als Kind war sie oft mit ihren Eltern hier gewesen. Auf einer ausgebreiteten Decke hatten sie sich zu einem Picknick niedergelassen, bevor sie sich auf einem Ausflugsdampfer auf der Wolga eingeschifft hatten.

Nach ein paar Minuten erreichten die Mädchen den Hügel. Vor fünf Jahren ragte hier noch eine überlebensgroße, bronzene Heldenfigur empor, ein Denkmal für einen Herrn, den man inzwischen nur noch ungern erwähnt. Jetzt standen von dem Helden nur noch die Füße auf dem Granitsockel in der Mitte des Hügels, den Rest hatte man abgesägt, verflüssigt und vermutlich zu einem neuen Helden vergossen. Den Mädchen war das egal, für sie war dies der geeignete Platz, um abzuschalten, die Vorlesungen vorzubereiten und über Dinge zu reden, die nicht für die Ohren Anderer bestimmt waren. Durch Lücken in den umstehenden Büschen konnten sie die Umgebung beobachten, waren selbst aber nicht zu sehen. Wenn sie sich auf den Bronzefüßen des ehemaligen Helden günstig in Position brachten, war diese knöchrige Landschaft ein bequemer Sitzplatz.

Die Blicke der Mädchen wanderten über das breite Band der Wolga zum gegenüberliegenden Ufer. Herbstwinde hatten vor Tagen die heiße Luft und den Dunst in die Steppe geschoben und die Landschaft durchsichtig gemacht. Einige Wölkchen, von der Abendsonne angestrahlt, hingen am Horizont. Behäbig schob der Fluss seine Wasser nach Süden.

„Nächste Woche beginnt die vormilitärischen Ausbildung", sagte Natascha, machte es sich auf dem rechten Bronzefuß bequem und breitete ihren Rock über ihn. „Wie ich das hasse, erst wochenlang Politunterricht, dann mit einem Holzgewehr durch den Dreck robben. Pure Erpressung ist das. Sprachen studieren – ja, aber nur, wenn du vorher diesen ganzen Zirkus mitmachst. Was wollen die damit erreichen?"

„Na, die wollen, dass du später mal dein Wissen in ihrem Sinne einsetzt."

„Hör mal, gehört mein Wissen mir oder denen?"

„Natürlich dir, aber man erwartet Dankbarkeit und Loyalität."

Eine Pause entstand, in der Natascha über das Wort *Dankbarkeit* nachdachte. Wenn der Empfang von Wohltaten Abhängigkeit nach sich zieht, dann wird das Ganze zu einer subtilen Art von Nötigung. Ich kann doch nicht aus Dankbarkeit mein Leben in Bahnen lenken, die von meinen Wünschen meilenweit entfernt sind. Muss man dankbar sein für Boot und Segel, wenn man eigentlich fliegen will?

Laut sagte sie: „Und was wäre, wenn ich nach dem Studium nach Deutschland ginge? Für immer. Wäre das Verrat oder Fahnenflucht?"

„Natürlich nicht."

„Aber?"

„Was haben wir im Politunterricht tausendmal herunterge-
leiert? Diene deinem Land, dann dient es dir!"

„Das fühlt sich an wie eine Zwangsjacke, die ich mir nicht
anziehen will", protestierte Natascha, „denn was das Land
angeht, habe ich keine Wahl."

„In sein Land wird man hineingeboren, das wechselt man
doch nicht wie die Unterwäsche."

Eine Weile schwiegen beide und beobachteten ein Schiff,
das mit Ausflüglern voll beladen vom Pier ablegte. Natascha
dachte über ihr Land und über die Zwangsjacke nach. Man
kann nur hoffen, dass die Perestroika die Zwangsjacke in den
Altkleidersack steckt.

Svetlana nahm „Die Leiden des jungen Werther" zur
Hand und sucht die Stelle, wo Werther und Lotte sich auf
dem Ball näher kommen. „Lass uns nicht streiten, sondern
arbeiten. Wo waren wir beim Werther stehen geblieben?"

Natascha war froh über den Themenwechsel. „Du hast
recht, nehmen wir uns Goethe vor."

Abwechselnd sprachen sie eine Zeile auf Deutsch und
versuchten sinngemäß zu übersetzen.

Als die Dämmerung einsetzte schalteten die Wolgaschiffe
ihre Positionslichter ein, und eine Perlenkette von Laternen
markierte die Uferpromenade. Svetlana schaute auf die Uhr.
„Schon nach Neun! Los, wir müssen aufbrechen."

Die Mädchen rafften ihre Bücher zusammen, verabschie-
deten sich von den Bronzefüßen und machten sich auf den
Heimweg. Auf den Bänken entlang der Parkanlage kuschel-
ten Liebespaare, ein Stück weiter suchte eine Frau in Abfall-
behältern nach Brauchbarem, unter einem Baum lag regungslos ein bärtiger Mann, brummte etwas vor sich hin und um-

armte eine leere Flasche. Nebenan lümmelten junge Männer auf der Wiese. Eine Flasche Wodka ging von Hand zu Hand. Einer der Burschen streckte sie in Richtung der Mädchen. „He, wollt ihr auch mal?". Natascha und Svetlana taten, als wären sie nicht gemeint und beeilten sich, die Tramstation zu erreichen.

Im Wohnheim wackelten noch immer die Wände. Die Party im Nachbarzimmer hatte offenbar ihren Höhepunkt erreicht, an Schlaf war nicht zu denken. Svetlana zuckte nur mit den Schultern und widmete sich ihrem Walkman. Natascha wanderte durchs Zimmer, schaute immer wieder wütend auf die Uhr und verlor schließlich die Beherrschung. Sie stürmte in den Flur, riss die Tür zum Nachbarzimmer auf und schrie hysterisch: „Ruhe, verdammt noch mal!"

Aus dem Zimmer schlugen ihr Schweißgeruch und sexuelle Ausdünstungen entgegen. Dichter Zigarettenqualm hing in der Luft. Einzige Beleuchtung – eine Kerze, sonst war nichts zu sehen. Plötzlich tauchte aus dem Dunkel ein junger Mann auf, der Natascha bekannt vorkam. Irgendwo in der Hochschule hatte sie ihn schon gesehen, aber nicht so. Er kam splitternackt und mit Entschuldigung heischender Miene auf sie zu und machte keinerlei Anstalten, seine Männlichkeit zu verbergen. Als er vor ihr stand, lächelte er sie an und sagte mit ruhiger Stimme: „Mit der Lautstärke hast du Recht, bei leiser Musik macht es eh' viel mehr Spaß." Er drehte an einem Knopf der Anlage und fasste Natascha bei der Hand: „Komm, du kannst hier lernen, was Ekstase ist. Im Moment klären wir gerade die Frage, was sich auf Perestroika reimt? Wir fanden nur Stoika[1]. Vielleicht hast du eine bessere Idee."

---

[1] Russ.: Ständer

Er schaute an sich herab, grinste Natascha an, ließ ihre Hand los und verschwand wieder in der dunklen Ecke, aus der er gekommen war.

Natascha war wie gelähmt, das Blut schoss ihr in den Kopf, das Wort Stoika hämmerte an ihre Schläfen. Als sie wieder zu sich kam und rückwärts gehend die Tür erreichte, hörte sie aus der Ecke eine weibliche Stimme: „Boris, lass' sie doch! Die ist vom Dorf …". Natascha schlug die Tür zu und fand sich schweißnass auf dem Flur wieder.

Mit beiden Händen tastete sie sich an der Wand entlang zu ihrem Zimmer. Svetlana riss ihre Ohrhörer heraus und fragte: „Was war da drüben los?" Sie wunderte sich, dass im Nachbarzimmer plötzlich Ruhe herrschte.

Natascha sagte nur: „Perestroika und das, was die darunter verstehen." Sie warf sie sich aufs Bett, vor Augen immer noch das Bild des nackten Kerls. Schlaflos wälzte sie sich noch auf ihrer Matratze als die anderen Mädchen schon lange schliefen. Svetlana hatte noch ihre Stöpsel im Ohr, der Walkman hob und senkte sich auf ihrer Brust im Rhythmus der Atmung. Mit leisem Röcheln begleitete sie die Musik, die noch immer zu laufen schien.

8.

Natascha bezog Stellung am oberen Ende der geschwungenen Treppe in der riesigen Eingangshalle der Hochschule. Als diese kurz nach dem Krieg gebaut wurde, stand Repräsentation bei öffentlichen Gebäuden hoch im Kurs, Sparsamkeit dagegen galt nur im Wohnungsbau. Die Stuckrosetten an den Wänden, aus denen vergoldete Lampen ragten und das verschnörkelte Schmiedeeisengeländer entlang der Treppe würde man heute als Kitsch bezeichnen. Sie würden eher in einen Palast, als in diesen Tempel der Wissenschaft passen. Das Sprossengitter der Fenster, die an der Frontseite vom Boden bis an die Decke reichten, fand seine Entsprechung in den Bodenplatten aus geschliffenem Granit. Die Treppenstufen waren aus geschliffenem Basalt, an den Wänden schlängelte sich in Brusthöhe ein mäanderartiges Relief empor.

Natascha konnte die über zwei Etagen reichende Halle und den größten Teil der Treppe überblicken. In der Hand hielt sie die Vorankündigung von Professor Komarovs Vorlesung über das Nibelungenlied. Sie las unkonzentriert, ihr Blick wanderte ständig über das Blatt hinaus, schwenkte über das Foyer und dann über die Treppe. In der Eingangshalle wimmelte es von Studenten, die meisten waren auf dem Weg zur nächsten Vorlesung, andere saßen am Boden oder auf der Treppe, vertieft in ihre Skripten. Wider Willen hielt Natascha Ausschau nach dem Mann, der ihr in jener Nacht im Nachbarzimmer nackt gegenübergetreten war, sie so frech angegrinst hatte, und der ihr so völlig gleichgültig war. Lernen, was Ekstase ist? Pah! Wenn ich das wollte, dann bestimmt nicht von diesem Wichser.

Da kommt er! Da, neben der Blondine mit der Schmetterlingsbrille und der eingeschnürten Taille, einer Art Marilyn-Monroe-Kopie. Sie laufen in meine Richtung, die Treppe herauf, geradewegs auf mich zu. Natascha hielt sich schnell das Vorlesungsskript vors Gesicht. Um Gottes willen, nur keine Begegnung, womöglich erkennt er sie und belästigt sie wieder mit seinen anzüglichen Avancen. Die Monroe lachte über irgendeinen Scherz, den er ihr ins Ohr flüsterte.

Nein! Nein, das war er doch nicht. Der hier hatte zu lange Haare und zu kurze Beine. Laut kichernd gingen die beiden an Natascha vorbei, ohne sie eines Blickes zu würdigen. Erleichtert widmete sich Natascha wieder dem Vorlesungsskript. Erleichtert? Oder eher enttäuscht? Sie war sich nicht klar darüber, warum sie eigentlich hier Ausschau hielt. Aber fest stand, dass sie eine neue Brille brauchte, eine, mit der sie auch jemanden in der Ferne erkennen konnte.

Sie schaute auf die Uhr, höchste Zeit, sich in Richtung Hörsaal zu bewegen. Als sie um die Ecke bog, wäre sie beinahe mit einem Studenten zusammengestoßen, und nun erkannte sie auf Anhieb das Gesicht, das sie im Halbdunkel des Nachbarzimmers so unverschämt angegrinst hatte. Herausfordernder Blick und ein Anflug von Lässigkeit um die Mundwinkel, eine Lässigkeit, die sich in seiner Kleidung wieder fand: zerfranste Jeans und ein T-Shirt mit dem Aufdruck: I go my way. Come on! Er stellte sich ihr in den Weg, grinste sie an und legte – ohne sich vorzustellen – los: „Tut mir leid, Natascha, wegen neulich im Wohnheim. War blöd von mir. Wir hatten zu viel getrunken, und ich war nicht ganz korrekt gekleidet, na, ja, du weißt schon … Entschuldige! Aber ich will es wieder gutmachen. Wenn du einverstanden bist, könnten wir heut Abend mal in meine Stammkneipe gehen und danach ... Ich kann köstliche Blintschiki[1] backen."

Natascha mied seinen Blick und überlegte, ob seine Einlassungen eine Antwort wert waren. Eigentlich wollte sie wortlos weitergehen und ihn einfach ignorieren, doch irgendwas hielt ihre Beine fest und ihr Mund sagte: „Dass du besoffen warst, ist mir schon klar, aber das entschuldigt nicht deinen geschmacklosen Auftritt. Der war einfach nur peinlich. Deine Ekstase kannst du dir sonst wohin schmieren. Ich habe keine Lust mit dir zu diskutieren, schon gar nicht in deiner Stammkneipe, und deine Blintschiki kannst du mit sonstwem essen. Woher weißt du übrigens, dass ich Natascha heiße?"

„Wir haben nach deinem Abgang noch über dich gesprochen. Das war nicht fair, ich weiß. Aber diese albernen Girls können nie die Klappe halten, müssen pausenlos herumplappern, blah, blah, blah, am schlimmsten ist es, wenn sie etwas getrunken haben. Mir hast du gefallen. Dein Zorn stand dir gut. Ich heiße Boris, meine Zornige."

„Ich bin nicht *deine* Zornige und dein Name ist mir wurscht."

Dermaßen aus dem Konzept gebracht, wollte er noch eine Entschuldigung nachschieben, aber Natascha ließ ihn stehen und eilte zum Hörsaal. Jetzt bloß nicht umdrehen, dachte sie, sonst glaubt dieser Kerl womöglich noch, ich hätte irgendein Interesse an ihm. Boris, pah! Ist mir doch egal. Selbst wenn er Paris hieße, na und?

Der Hörsaal war schon brechend voll, Natascha musste auf den Treppenstufen sitzen, auf den Knien ihre Mappe und darauf der Schreibblock. Professor Komarovs Vorlesungen

---

[1] Russische Eierkuchen

zur deutschen Literatur waren bekannt und beliebt, der Hörsaal immer gut besucht. Geschickt unterstrich Komarov an Beispielen die Gemeinsamkeiten von Deutschen und Russen, ihre Liebe zu Literatur und Musik und ihre Bereitschaft, voneinander zu lernen, trotz aller Gräben, die sie trennen. Der große Krieg, der aus Stalingrad ein Trümmerfeld gemacht hatte – der Elterngeneration steckte er noch in den Knochen, sie hassen Hitler, aber sie lieben Beethoven, Goethe, Schiller und Heine.

Vorn an der Tafel stand in großen Lettern: „Die deutsche Sprache im Mittelalter unter besonderer Berücksichtigung des Nibelungenliedes". Komarov spielte mit der Kreide während er mit seiner sonoren Stimme von Kriemhild und Siegfried erzählte. Nataschas Augen sahen, dass er die Lippen bewegte, ihre Ohren hörten, dass er etwas sagte, aber ihr Kopf tat so, als ginge ihn das alles nichts an. Ihre Gedanken klebten an den Bildern jenes Abends im Wohnheim? Der schummrige Raum, die Schwüle darin, vor ihr im Halbdunkel der nackte Boris, der nach ihrer Hand griff. Sie konnte nicht leugnen, dass trotz allem davon eine Art Faszination ausging.

9.

Richard sprang von seinem Schreibtischsessel auf und versuchte, seine Wut hinunterzuschlucken, sonst hätte er schreien müssen. Fluchend knallte er den Telefonhörer auf die Gabel. Verdammte Scheiße!

So leicht war er sonst nicht aus der Ruhe zu bringen. Er hatte gelernt, Rückschläge hinzunehmen und wusste um die Grenzen, die ihm gesetzt waren, ihm, dem politisch Unzuverlässigen. Wissenschaft ist immer auch politisch; das hatte er lernen müssen und es akzeptiert. Aber heißt das, sich verbiegen, seine Meinung zurückhalten, nur um einem System zu gefallen, das man in seinem Wesen ablehnt. Was hatte Walter, ein Nachbar, bei der letzten Etagenversammlung gesagt? „Was wollt ihr nur, es geht uns doch gut."

Was ist gut? Wenn man nicht hungern muss, ein Dach über dem Kopf hat und sich keine Sorgen um das leibliche Wohl machen muss? Und was ist mit dem Wohl im Kopf? Richard kratzte sich an demselben und rekapitulierte das Telefongespräch von eben. Das International Conference Council, dem auch Sais-Mutlig, sein Chef, angehörte, hatte beschlossen: Die nächste Kernphysik-Konferenz findet in Paris statt. Ursprünglich war Prag vorgesehen, und Richard wollte dort seine neuesten Ergebnisse präsentieren, mögliche Kooperationen ausloten und mit Kollegen diskutieren. Voriges Jahr Tokio, und nun also Paris. Damit war er raus. Paris liegt jenseits der roten Linie, unerreichbar für ihn. Wozu hatte er dann in den letzten Wochen massenhaft Überstunden geschoben, fast jeden Abend die Auswertungen geprüft und an den Formulierungen gefeilt?

Er riss seinen Pullover vom Stuhl, griff nach Tabak und Pfeife und fuhr mit dem Lift hinauf auf die Plattform des Beschleunigerturms. Von hier aus reichte der Blick fast bis Dresden. Die Sonne war gerade hinter den Baumwipfeln verschwunden und der Himmel präsentierte sich in Spektralfarben, wie von einem überdimensionalen Prisma hingeworfen. Dort, im Westen, wo einige Wolkenhäufchen auf dem Purpurrot des Himmels schwammen, in dieser Richtung muss Paris liegen. Nicht sehr weit, aber für ihn unerreichbar. Ein Vogelschwarm flog über die Baumwipfel gen Westen. Für die gibt es keine rote Linie. Das Wort ,vogelfrei' kam ihm in den Sinn. Sollte man sich wünschen, vogelfrei zu sein, zwar mancherlei Gefahren ausgesetzt, aber fliegen können, wohin man will? Wie ein Menetekel verfolgte ihn diese rote Linie, bremste seine Ambitionen und gab ihm ein Gefühl von Minderwertigkeit.

Als Junge von zwölf Jahren hatte er einmal die rote Linie – sie war damals noch rosa – überqueren und seine Tante im Westen besuchen dürfen. Sie wohnte in Frankfurt, dem mit dem M. dahinter. Er erinnerte sich an ihre ersten Worte nach seiner Ankunft: „Mei klaa Berzel, mer gehe moje minanner Einkaufe, mer kleide dich neu ei, gell. Dei olln Klumbatsch und dei Schlappe gebbe mir de Haase." Er verstand nicht genau, was sie meinte, aber fand es total blöd, hatte ihm doch Mama seine besten Sachen auf die Reise mitgegeben. Überhaupt war die Tante komisch, sie stellte ihn täglich auf die Waage und schrieb Zahlen in eine Kladde. Aber bei ihr roch es gut. Und sie hatte ein Badezimmer mit Wanne und fließendem warmen Wasser und in der Küche einen elektrischen Kühlschrank. Der war voller leckerer Sachen, die er noch nie gesehen, geschweige denn gegessen hatte. In der Stadt gab es tolle Autos, riesenlang, mit viel Chrom und Flossen am

Heck. Nur die neuen Schuhe von Salamander drückten, und die Jacke von diesem Herrn Woolworth war viel zu groß. Er kam sich vor wie ein aufgeblasener Luftballon. Bei der Abreise gab ihm die Tante einen Brief an seine Mutter mit. Darin stand, dass der Junge bei ihr drei Kilo zugenommen habe. Darauf war sie mächtig stolz.

Inzwischen war es dunkel geworden. Die vier Strahler an den Ecken der Dachplattform schickten ihre roten Pfeile in den Himmel. Nach und nach schalteten sich die Sterne ein. Zwischen ihnen zog ein leuchtender Punkt seine Bahn. Richard verfolgte ihn bis zum Horizont. Ein künstlicher Stern, von Menschen geschaffen und in eine Welt ohne Grenzen geschossen. Er stopfte sich eine Pfeife und seine Gedanken wanderten in die Zukunft. Sollte er es wagen, den Schritt über die rote Linie zu erzwingen? Dann aber gäbe es kein Zurück. Den Mächtigen gefällt es nicht, düpiert zu werden. Nirgendwo. Aber was kann er hier noch erreichen, halb gefesselt, halb geknebelt und permanent überwacht? Diese allgegenwärtige Kontrolle, die sich als väterliche Behütung tarnt, duldet keine rationalen Argumente, nur blanken Gehorsam. Allerdings, das musste er zugeben, hatte er den Priestern dieser Religion nie offen widersprochen. Er hatte das Spiel lange mitgemacht, *zu* lange. Die Aussicht auf interessante Arbeit hatte ihn korrumpiert. Ja, eigentlich war er ein Kollaborateur, bis zu einem gewissen Grade sogar ein Nutznießer, denn sein Gehalt war nicht schlecht, höher, als er sich je erträumt hatte. Zwar konnte er mit seiner Ostmark nicht im Intershop einkaufen, doch das störte ihn wenig. Ob sein Anorak drei symbolträchtige Streifen oder ein eingenähtes Schild mit der Aufschrift VEB TEXTIMA hatte, war ihm egal. Und wozu brauchte er Warsteiner, wenn es Dresdner

Feldschlößchen gab und manchmal dank eines guten Bekannten sogar Radeberger Pilsener.

Vor zwanzig Jahren, als jenseits der roten Linie die jungen Leute seines Alters in Woodstock herumhingen oder in Kommunen von einer Matratze auf die nächste sprangen und so taten, als wollten sie die Welt verändern und dachten, sich revolutionär gebärden sei dasselbe wie Revolution machen, in dieser Zeit hatte er sich in staubigen Bibliotheken über Abhandlungen und Formeln gebeugt. Seinen Rücken krumm gemacht im Dienste einer fragwürdigen Loyalität, der Loyalität von Gefangenen zu ihren Wärtern. Nicht, dass er gerne in Woodstock mitgemacht hätte, nein, aber er hätte es nicht tun können, selbst wenn er gewollt hätte. Das war der Punkt.

Den Weg von der Aussichtsplattform nach unten nahm er über die Treppe. Er brauchte Zeit zum Nachdenken, über sich und die rote Linie, über Warsteiner und Dresdner Feldschlößchen. In den Fenstern des Treppenhauses begegnete ihm sein Spiegelbild. Kann er diesem Mann mit Fastglatze und Doppelkinn – kein Genie, aber fleißig und zielstrebig, gelegentlich mit Ideen, die zwar nicht genial, dafür aber realisierbar waren – kann er diesem Mann einen Neubeginn jenseits der roten Linie zumuten? Es wäre ein Sprung in unbekannte Wasser, mit Untiefen, Strudeln und Stromschnellen. Er müsste mächtig strampeln, um nicht unterzugehen. Doch mächtig strampeln – das wollte er ja gerade.

In seinem Büro angekommen, glotzten ihn die Konferenzunterlagen spöttisch an und schrien: Paris, Paris, Paris. Er zerknüllte den Entwurf seines Vortrages und warf ihn in den Papierkorb. Die dünnen Fäden seines bedingungslosen Gehorsams waren bis zum Zerreißen gespannt. Soll er den vorbereiteten Brief mit seinem Ausreiseantrag in den Briefkasten stecken?

10.

Richard machte es sich im Fernsehsessel bequem und nahm sich den Entwurf seines Ausreiseantrages vor. Ein DIN-A4-Blatt mit vielen Durch- und Unterstreichungen und Einfügungen – Resultat von Diskussionen mit Bekannten, die inzwischen in den Westen ausgereist waren oder noch darauf warteten. Er versuchte, sich in Statistik zu üben, einen Zusammenhang zwischen der Formulierung des Antrages und der Wartezeit zu finden, die bis zur Bewilligung verstreicht. Welche Rolle spielt der Grund, den man für das Ausreisebegehren angibt? War der erstrebte Seitenwechsel politisch oder persönlich motiviert? Hat der Familienstand irgendeinen Einfluss, oder das Alter der Antragsteller oder deren Qualifikation? Wie sehr er sich auch bemühte, es war keine Systematik erkennbar. Er kam zu dem Schluss: die Systematik besteht darin, dass es keine Systematik gibt. Das war wohl von den Herren, die darüber entschieden, so gewollt. Richards Schachpartner Matthias wartete mit Frau und zwei Kindern schon über drei Jahre auf die Ausreisegenehmigung. Wenn sie dann einträfe, müsste es schnell gehen. Manche waren gezwungen, innerhalb von drei Tagen die DDR zu verlassen. Also saß Matthias mit seiner Familie schon drei Jahre auf gepackten Koffern und lebte in einer Wohnung, die nur noch mit dem Nötigsten ausgestattet war. Die Kinder nervten und die Frau war einem Nervenzusammenbruch nahe. Leben auf Abruf. In seinem Ausreiseantrag hatte Matthias politische Gründe angegeben. Vielleicht war das ein Fehler.

Richard nahm den Stift und fügte in seinen Antrag eine Floskel ein: ... aus persönlichen Gründen ...

Anderseits hatte ein Bekannter von Matthias auch politische Gründe angegeben und trotzdem schon nach zwei Monaten die Ausreisegenehmigung bekommen. Auch der hatte Frau und zwei Kinder und war sogar Bahnbaudirektor gewesen.

Das Geheimnis lag wohl irgendwo zwischen den Deckeln der Akte, die über jeden Ausreisekandidaten geführt wurde. Diese Akte wurde von Quellen gespeist, die im Dunklen lagen, vorerst jedenfalls. Später stellte sich heraus, dass manche Quelle gar nicht aus dem Dunkel sprudelte, sondern aus dem nahen Umfeld oder gar aus der eigenen Familie.

Natürlich gab es neben dem Ausreiseantrag auch andere Möglichkeiten, der roten Linie ein Schnippchen zu schlagen und der DDR Lebewohl zu sagen. Künstler und andere Prominente, auch manche Wissenschaftler hatten das Rückfahrticket ungenutzt gelassen, wenn sie für Besuche in den Westen (das richtige Wort lautet: nichtsozialistisches Ausland) gelassen wurden.

Andere wählten riskantere Wege. Ludwig, ein Kommilitone Richards, war kurz nach dem Diplom wie vom Erdboden verschwunden. Auf Anfrage bei den Ämtern erntete man nur Schulterzucken. Später, viel später hatte sich herausgestellt, dass er versucht hatte, bei Nacht und Nebel die grüne Grenze zwischen Ungarn und Österreich zu überqueren. Ein gewagtes Unternehmen, denn auch an dieser Linie wurde nicht lange gefackelt mit Subjekten, die durch Dreck und Unterholz in die falsche Richtung krochen. Trotz aller Vorsicht entging Ludwig den wachsamen Augen und Ohren der ungarischen Grenzhüter nicht. Vielleicht war er nur auf einen herumliegenden Zweig getreten, der mit einem Knacken zerbrach. Manchmal kann das Geräusch eines brechenden Zweiges ein Leben in ungeahnte Bahnen lenken.

In Ludwigs Fall folgte ein unerfreuliches Intermezzo in einem Haus in Bautzen, ein Haus mit dicken Mauern und Schmuckgittern aus Eisen. Dieses Intermezzo nahm ein unerwartetes Ende, als er eines Nachts in einen Bus gesetzt und wie eine Ware nach dem Westen verkauft wurde. Devisen wurden dringend gebraucht; in den Westen verkauft wurde von der DDR alles, was verkaufbar war. Menschen gehörten dazu.

Richard überflog seinen Ausreiseantrag. Nein, dieser in wohlüberlegte Worte gekleidete Versuch, die Sache zu beschleunigen, klingt wie das Winseln eines Hundes, der sein Herrchen bittet, die Leine loszumachen und ihm freien Auslauf zu gewähren. Diese gedrechselten Sätze würden den Adressaten nicht imponieren, im Gegenteil: jedes überflüssige Wort könnte zu seinem, Richards, Nachteil ausgelegt werden. Er nahm ein neues Blatt, spannte es in die Schreibmaschine und schrieb kurz und bündig, dass er aus persönlichen Gründen einen Antrag auf Ausreise in die BRD stelle. Punkt.

Der nächste Briefkasten war gleich vor seinem Haus, aber Richard machte einen Umweg, ging über die Leningrader Straße, Richtung Blüherpark, wo die Clique der Antragsteller zwischen Linden und Rhododendron oft „Escape-News" ausgetauscht hatte (Wohnungen könnten Ohren haben). Er setzte sich auf eine Bank, nahm den Brief und las wieder und wieder den einen kurzen Satz. Aus der Richtung des nahegelegenen Gebäudes des VEB Robotron hörte er eine Sirene. Die Polizei sperrte die Straße ab. Vor der Firma formierte sich eine Marschkolonne, grün-braune Uniformen, Koppel und schwere Stiefel – Kampfgruppe der Arbeiterklasse. Auf ein Kommando hin setzte sich die Truppe in Bewegung. Das Gedröhn der Stiefel hallte in Richards Ohren. Er stand auf, klebte den Briefumschlag zu und steckte ihn in den nächsten Briefkasten.

11.

„Sie beide sind für einen vierwöchigen Studienaufenthalt in Dresden nominiert." Der Dekan hatte sich von seinem Schreibtischsessel erhoben, um Natascha und Svetlana diese frohe Botschaft zu verkünden. In der Hand hielt er ein Papier, von dem er – die Brille auf der vordersten Spitze der Nase und immer wieder über den Brillenrand die Reaktion der Mädchen beobachtend – die Details des Arbeitsaufenthaltes vorlas. Die Hälfte der Reisekosten werde von der Hochschule übernommen, die im Übrigen erwarte, dass sich die Studenten als würdige Vertreter ihres sozialistischen Vaterlandes erweisen.

Natascha wäre am liebsten von ihrem Stuhl aufgesprungen und dem alten Mann um den Hals gefallen. Vier Wochen Deutschland – endlich mit eigenen Augen sehen, was als vage Vorstellung in ihrem Kopf herumschwirrte und sie in stillen Stunden träumen ließ. Doch der Gedanke an ihre finanzielle Lage dämpfte die erste Euphorie, in ihrer Kasse herrschte Ebbe. Wenn nicht bald eine monetäre Flut Rubel herein spült, kann ich die DDR-Reise vergessen. Aber welche Flut sollte das sein? Sie hatte sich oft den Kopf zerbrochen, wie das leidige Geldproblem zu lösen sei, war aber auf keine brauchbare Idee gekommen. Svetlana sah ihre finanzielle Situation ähnlich trostlos.

„Wir müssen eine Bank ausrauben", sagte Natascha scherzhaft, als sie auf dem Weg zum Wohnheim an der Sperbank vorbeikamen. „Oder hast du eine bessere Idee?"

Ja, Svetlana hatte. „Wir könnten gegen Honorar dolmetschen und übersetzen und damit Geld verdienen – das wäre kreativer und sicherlich auch einträglicher, als abends in dieser stickigen Bierbar Gläser spülen." Mit diesem Hilfsjob hatten sie letztes Jahr ihr Stipendium aufgebessert, aber damit kaum das Fahrgeld zur Bierbar verdient.

Während Natascha in den nächsten Tagen noch über Svetlanas Vorschlag nachdachte, war Svetlana kurz entschlossen zur Tat geschritten. Sie ernannte die Küche ihrer Eltern (dort stand das Telefon) zum Übersetzungsbüro und befestigte an der Küchentür ein Schild mit dem Firmennamen, den sie sich selbst ausgedacht hatte: SVETPEREVOD. Mit den letzten vom Stipendium abgezweigten Kopeken gab sie Anzeigen in der lokalen Presse auf: Das Büro SVETPEREVOD bietet Übersetzungen jeglicher Art an, aus dem Deutschen ins Russische und umgekehrt, schnell, zuverlässig und zu moderaten Preisen.

Natascha war etwas mulmig bei dem Gedanken, dass Svetlana vielleicht zu hoch pokert, aber sie war bereit, auf diesen Zug aufzuspringen. Immerhin stand die DDR-Reise auf dem Spiel. Dafür ihre gesamte Freizeit opfern – kein Problem für Natascha.

Als Svetlana und Natascha dabei waren, in der Küche von Svetlanas Eltern eine Art Behelfsbüro einzurichten, ging der erste Anruf bei SVETPEREVOD ein, Svetlanas Mutter nahm ab und verstand Bahnhof. Immerhin legte sie nicht sofort auf, sondern fragte: „Wer ist da?" Svetlana riss ihr den Hörer aus der Hand. „Übersetzungsbüro SVETPEREVOD, was können wir für Sie tun?"

„Hier ist das Stahlwerk Wolschski. Wir suchen Mitarbeiter, die Gebrauchsanleitungen deutscher Geräte ins Russische übersetzen, freiberuflich, auf Honorarbasis."

Svetlana zwinkerte Natascha zu und streckte den Daumen der rechten Hand nach oben. „Kein Problem. Da sind Sie bei uns genau richtig."

„Haben Sie technisches Know-how? Es geht um Röhren für Erdgasleitungen."

„Selbstverständlich, haben wir", antwortete Svetlana ohne zu zögern. „Bereiten Sie bitte den Vertrag vor, wir kommen morgen vorbei." Als sie auflegte, war ihre Hand schweißnass.

Natascha schaute sie fragend an: „Worum ging es?"

„Die italienische Firma, die in Wolschski, drüben auf der anderen Seite der Wolga, ein Röhrenwerk baut, sucht Übersetzer für Gebrauchsanleitungen deutscher Geräte ins Russische. Ob wir technisches Know-how hätten ..."

Natascha legte die flache Hand auf die Stirn und stieß ein kurzes „Ohjeh" aus. Die Mädchen schauten sich ratlos an wie zwei Schiffbrüchige auf einer schwankenden Planke. SVETPEREVOD sollte nicht schon am ersten Auftrag scheitern, technische Hilfe muss her.

Svetlanas Mutter kam mit einem Teller voller Blintschiki herein. „Hier, stärkt euch erst mal, Blintschiki nach Hausfrauenart. Was schaut ihr so düster drein? Hat man euch ein unsittliches Angebot gemacht?"

Natascha schüttelte den Kopf, rollte einen Blintschik zusammen, biss hinein und sagte plötzlich: „Boris".

Svetlana schaute sie verständnislos an. „Wie – Boris?"

„Boris, na Boris, der Student aus dem Jungen-Wohnheim, der angeblich köstliche Blintschiki backen kann, jedem Wesen mit Rock nachstellt und nebenbei an der technischen Fakultät studiert. Jetzt könnte er zeigen, dass er auch was im Kopf und nicht nur was in der Hose hat."

Ein Anruf von Natascha genügte, Boris war sofort Feuer und Flamme: „Das Kind schaukeln wir schon, keine Bange, nicht verzagen – Boris fragen!"

Am nächsten Tag tauchte er bei den Mädchen im Wohnheim auf. Schnell zeigte sich, dass er sich tatsächlich mit Röhren und all dem technischen Kram auskannte und nicht nur Blintschiki backen oder bei Kerzenlicht Studentinnen vögeln konnte.

Innerhalb von drei Wochen fertigte er eine Liste aller technischen Termini aus den Gebrauchsanleitungen an und machte Vorschläge für deren Übersetzung. Außerdem korrigierte er die übersetzten Texte. Das tat er mit der gleichen Inbrunst, die er sonst nur nackt und bei Kerzenschein entwickelte. Verlangt hatte er dafür nichts, nicht mal ein Rendezvous mit Natascha. Die war sich inzwischen nicht mehr sicher, ob sie NEIN gesagt hätte.

Nach sechs arbeitsreichen Wochen brachten Natascha und Svetlana mit einem flauen Gefühl im Bauch die fertigen Übersetzungen ins Stahlwerk auf der anderen Seite der Wolga. Der Ingenieur, der kein Wort Deutsch sprach, schaute kurz drüber: „Sehr gut!".

Den Röhren-Leuten war die technischen Unbedarftheit von SVETPEREVOD nicht aufgefallen. Boris sei Dank! Svetlana präsentierte dem Ingenieur die Rechnung. Ein kleiner Schritt nach Dresden war getan.

Den nächsten Auftrag konnten sie gleich mitnehmen.

12.

In der vollbesetzten Aula der Hochschule versuchte Boris, Nataschas Aufmerksamkeit auf sich zu ziehen. Er stand sogar auf und fuchtelte mit den Händen, um sich bemerkbar zu machen. Sie winkte mit den Augen zurück, jedenfalls bildete er sich das ein. Die zehn Dresden-Fahrer standen mit strahlenden Gesichtern vorn auf dem Podium. Sie wurden mit vielen Wünschen und noch mehr Ermahnungen verabschiedet.

Boris hatte angeboten, Nataschas Koffer zum Bahnhof zu bringen. Das mache ihm überhaupt nichts aus. Okay, wenn sie darauf bestehe, nehme er auch Svetlanas Koffer mit, kein Problem. Dabei strahlte er Natascha an, als würde sein Interesse an ihr hauptsächlich darin bestehen, ihre Koffer zu schleppen. Natascha war es recht.

Am Bahnsteig winkte er immer noch, obwohl Natascha längst seinen Blicken entschwunden war. Die Zugfahrt nach Moskau dauerte länger als der anschließende Flug. Zwar hatten sie ein Sechser-Schlafabteil, ein sogenanntes Platzkartny, aber die Luft war stickig und die Liegen hart. In Moskau angekommen war Eile geboten, denn sie mussten vom Paweletzkij-Bahnhof quer durch die Stadt fahren, da der Flughafen Scheremetjewo – der nicht mal Metro-Anschluss hatte – weit draußen im Norden liegt. Der Bus quälte sich durch ein Gewirr von dieselqualmenden Lastwagen, abenteuerlichen Uraltvehikeln und schicken Luxuskarossen und brauchte fast zwei Stunden bis nach Scheremetjewo.

Zum Glück gab es eine Direktverbindung Moskau – Dresden, betrieben von Aeroflot mit einer TU-134, die mit fast zwei Stunden Verspätung startete. Die Sitze waren eng, mit den Knien stieß man an den Vordersitz, Natascha fühlte sich wie in einer Konservendose. Zu essen gab es den berüchtigten russischen Gummiadler, ein zähes Stück Huhn mit Reis und einer nach Rizinusöl schmeckenden Soße. Aber Natascha war trotzdem guter Dinge, näherte sie sich doch mit jeder Minute dem Land ihrer Träume.

Auf dem Dresdner Flughafen erwarte die Wolgograder nach zweistündigem Flug ein Empfangskomitee: Studenten, die ihre auswendig gelernten Begrüßungsformeln auf Russisch herunterleierten und sie dann zum Bus begleiteten. Blumen gab es auch.

Als Professor Hindelang, Rektor der Dresdner Hochschule, ans Rednerpult im großen Hörsaal trat, verstummte das deutsch-russische Gemurmel der Studenten. „Euer Besuch ist ein lebendiger Ausdruck der unverbrüchlichen Deutsch-Sowjetischen Freundschaft". Aus diesem einen Satz machte Hindelang durch Variation und Ausschmückung eine halbstündige Rede, wobei er sich ein joviales Lächeln abrang und hin und wieder eine Pause einlegte, um dem erwarteten Applaus Raum zu geben.

Natascha gähnte, ohne dabei den Mund zu öffnen. Hindelangs dünnflüssiges Palaver über eine von oben verordnete Freundschaft kam ihr bekannt vor. Allerdings hier, auf Deutsch, klang es etwas besser. Natascha und Svetlana saßen nebeneinander in der ersten Reihe des Hörsaals. Der Empfang war herzlich gewesen, sie fühlten sich willkommen, trotz solcher Wortungetüme wie ´unverbrüchlich´, die nach Umschütten von heißer Brühe klangen. Allerdings hätte Natascha lieber erst mal geduscht und ein Stündchen geschlafen. Vom Dresdner Flughafen aus waren sie direkt zur Hochschule gefahren.

Während Hindelang die unverbrüchliche Freundschaft wortreich ausmalte, schaute sich Natascha um. Was ihr sofort auffiel: Hier gab es deutlich mehr männliche Studenten als zuhause in Wolgograd. Und verdammt hübsche Jungs waren dabei. Und wie ungeniert die während der Rede des Rektors miteinander schwätzten! Das würden wir uns nicht erlauben. Natascha wunderte sich, dass Hindelang in seiner Rede manche Wörter zweimal sagte. Meist waren das Berufsbezeichnungen, wie Professor oder Student. Nach einer Weile begriff sie: Das kleine Suffix -in macht den Unterschied. Zweimal das gleiche, nur einmal männlich und das andere mal weiblich. Erstaunlich, dass sich die Deutschen – sonst immer auf Effizienz bedacht – so etwas leisten.

Nachdem Hindelang seine Freundschaftsrede beendet hatte, warf der Projektor das Programm der nächsten Tage an die Wand. Zunächst Bildung von Arbeitsgruppen: je ein russischer Student oder eine russische Studentin und zwei deutsche Studenten oder zwei deutsche Studentinnen beziehungsweise ein deutscher Student und eine deutsche Studentin. Jede Arbeitsgruppe überlegt sich gemeinsam mit einem Professor oder einer Professorin beziehungsweise einem Dozenten oder einer Dozentin ein Projekt zum Thema „Was können wir voneinander lernen", das gemeinsam bearbeitet wird. Am Ende des Studienbesuchs legt jede Arbeitsgruppe einen zweisprachigen Bericht vor, der von einem Studenten oder einer Studentin vorgetragen wird.

Am Samstag findet im „Kakadu" eine Diskothek der Deutsch-Sowjetischen Freundschaft statt, an der alle Studenten und Studentinnen, sowie alle Professoren und Professorinnen, Dozenten und Dozentinnen teilnehmen können. In gespreizten Lettern stand darunter: Die Teilnahme ist für alle Genannten (Natascha wartete auf das „Genanntinen") Pflicht.

Nachdem alle Zuhörer wie wild mit den Fingerknöcheln auf die Bänke getrommelt hatten und Professor Hindelang seine Manuskriptblätter zusammengerafft hatte, konnte die unverbrüchliche Freundschaft ihren Lauf nehmen.

Ein Mädchen kam auf Natascha zu: „Ich bin Andrea, wir sind in einer Arbeitsgruppe. Da hinten, das ist Lüdger." Sie zeigte in Richtung eines schlaksigen Jungen auf der anderen Seite des Hörsaals. „Er ist der Dritte im Bunde."

„Der so rat- und hilflos herumsteht?"

„Ja, das ist Lüdger, Einzelgänger und wahnsinnig intelligent." Etwas spöttisch fügte Andrea hinzu: „Lüdger ist aus besserem Haus. Wahnsinnig musikalisch, wie die ganze Familie. Vorige Woche hat er mit seinem Vater, einem bekannten Chirurgen und Cellisten, ein Kammerkonzert gegeben. Lüdger spielte die Geige und war der Star des Abends. Das war ihm so wahnsinnig peinlich, dass er beim Applaus rot wurde. Ein Sensibelchen, unser Lüdger"

„Was ist das, ein Sensibelchen?"

„Das wirst du schon noch merken, wenn du ihn erst kennst. Jetzt komm, nimm deinen Koffer, wir fahren zum Wohnheim. Du wohnst bei mir im Zimmer."

Am Abend traf sich die Arbeitsgruppe, also Natascha, Andrea und Lüdger, im rappevollen „Bärenzwinger" auf der Brühlschen Terrasse. Überall, an den Tischen, aber auch auf Fensterbänken und Stufen, ja selbst am Boden saßen Studenten und machten einen Lärm, dass man kaum die drei Jazzmusiker in der Ecke des Raumes hören konnte. Andrea kannte einen Kellner, der ihnen einen Dreiertisch freigehalten hatte. Es sei wahnsinnig schwierig hier einen Platz zu bekommen, erklärte sie Natascha. *Ein* Studentenklub für alle Dresdner Hochschulen, da könne man sich doch nur an den

Kopf greifen. Lüdger nippte hin und wieder an seinem Bier und hatte außer „Hallo" noch kein Wort gesprochen. Er trommelte nervös mit den Fingern auf den Tisch, als habe er noch eine andere Verabredung, die er nicht verpassen wollte. Natascha prostete ihm mit Cola zu und musterte ihn die ganze Zeit unauffällig. Seine Kleidung war leger, aber nicht billige Massenware. Seine schlanken Hände lagen, wenn sie nicht trommelten, regungslos auf dem Tisch. Sein Blick wanderte ziellos durch den Raum, blieb nur hin und wieder an den Jazzmusikern hängen. Um sein markantes Kinn herum ein leichter Flaum, wahrscheinlich noch nie mit einem Rasierapparat in Berührung gekommen. Die etwas abstehenden Ohren wurden von den lockigen Haaren halb verdeckt. Ein netter Junge, dachte Natascha, trotz seiner Zurückhaltung – oder gerade deswegen? Seinen Namen allerdings konnte sie kaum aussprechen. Der ungewohnte Laut ü, der hinter sich noch zwei Konsonanten herschleppt … wie kann ein so netter Junge nur so komisch heißen!

13.

Was für ein Kaufhaus! Regale voller Handtaschen! Aus Leder, aus Kunstleder, aus Stoff, aus Bast, aus allem, was man sich nur denken kann. Ein Stück weiter – Aktentaschen und Kolleg-Mappen, dicke, dünne, schwarze, braune, mit Griff, ohne Griff, mit oder ohne Schultergurt. Dann die Koffer: große, kleine, mit und ohne Rollen ... Was für ein Luxus, dachte Natascha. Trotzdem nirgends Schlangen an den Verkaufsständen, und keine Polizei, die für Ordnung unter Kaufwütigen hätte sorgen müssen. Sie fuhr mit der Rolltreppe nach oben und gelangte geradewegs in die Damenwäsche-Abteilung. Schlüpfer und BHs jeglicher Größe und Form. Den Busen gibt es nicht, der hier nicht seine Hülle gefunden hätte, von der Haltevorrichtung für den Megabusen bis zum minimalistischen Stofffetzen für den Minibusen. Dazu passend die Pseudo-Höschen aus Schnürchen und einem Schnipsel Stoff. Da, dieses schwarze Dreieck mit den roten Punkten, kaum größer als das aufgenähte Schild: ´VEB Trikotex´. Und all das hing einfach so herum, ohne Absperrgitter oder Bewachung. Der Gipfel aber war, dass eine Verkäuferin in hellblauem Kostüm herbeieilte und freundlich fragte: „Gannsch Ihn helfn?"

Natascha verstand nur das Wort ´helfen´. „Nein danke, ich schaue nur." Wie sollte sie sich hier für irgendwas entscheiden, selbst wenn sie vorgehabt hätte, etwas zu kaufen. Und wem könnte sie so etwas vorführen? Schnürchen, die in der Pofalte verschwinden. Ihre Mutter würde nur den Kopf schütteln und sagen: „Pfu, pfu, wie schamlos, das ziehst du nicht an".

Nein, weiter, weiter! Natascha brummte der Schädel.

Nach einer Stunde im Centrum-Warenhaus spürte sie ein flaues Gefühl in der Magengegend; der Kopf war voll, aber der Magen leer. Sie müsste etwas trinken oder essen. Aber sie hatte kein Geld dabei. Andrea hatte ihr geraten, am Anfang ohne Geld durch die Geschäfte zu gehen, sie müsse erst den Konsumschock überwinden. Wie Recht sie damit hatte.

Natascha verließ fluchtartig den Konsumtempel, ließ das Kino – sieht aus wie ein Riesenpapierkorb – links liegen, überquerte die vierspurige Straße, passierte eine Grünanlage und kam nach ein paar hundert Metern zu einem Park. In der Nähe des Eingangs entdeckte sie einen Wasserspender, der ihr vorkam wie eine Oase in der Wüste. ‚Trinkwasser' stand auf einem altmodischen Emailleschild. „Ein Glück, dass ich Deutsch kann", sagte sie zu dem Schild, trank und benetzte Gesicht und Arme mit Wasser. Dann folgte sie einem blumengesäumten Weg hinein in den Park. Alte exotische Bäume wechselten sich ab mit Büschen und Hecken, Blumenbeeten und Wiesen. In den Baumwipfeln zwitscherten die Vögel. Sie ging über breite Alleen und auf gepflegten Wegen. Nirgendwo sah sie Müll oder Unrat oder Schlammpfützen, denen sie hätte ausweichen müssen. In der Mitte des Parks entdeckte sie die Ruine eines Barockschlosses, umgeben von einem flachen Wasserbecken. Sie umrundete die Schlossruine und hielt sich dann links. Nach einiger Zeit erreichte sie einen idyllisch gelegenen See. Sie setzte sich auf eine Bank am Ufer, streckte ihre müden Beine aus und öffnete den obersten Knopf der Bluse. Ein paar Schritte entfernt fütterte eine Mutter mit ihren beiden Kindern die Enten auf dem See. Weil immer der Erpel die Brocken wegschnappte, versuchten die Kinder, die Brotstücke weit ins Wasser zu den Enten zu werfen. „Basst blouß off, dassr ne reinfliescht", rief die Mutter den Kindern zu, was immer das heißen mochte. Auf der Nachbarbank sprachen vier Senioren mit lauter Stimme in ihrem lokalen Dialekt. Natascha verstand kein Wort. Trotzdem gefiel ihr, wie engagiert die alten Menschen ihre Meinung kundtaten. In der Ferne hörte sie Kirchenglocken. Die Sonne blinzelte durch die Zweige der alten Bäume. Auf dem See trieben einige Boote mit Liebespaaren. Eng umschlungen schienen sie die Welt vergessen zu haben. Normalität ohne protzigen Reichtum und ohne sichtbare Armut, dachte Natascha. Warum können wir nicht auch so leben?

Aus der nahen Gaststätte hörte sie Musik: „Einer wird kommen, der wird mich begehren, einer wird kommen, dem soll ich gehören ...“

Hier könnte ich warten, bis einer kommt. Hier könnte ich ewig sitzen. Hier würde ich leben wollen.

14.

An der Tür des „Kakadu", dem Kellerclub des Parkhotels, hing ein Schild: „Geschlossene Gesellschaft". Andrea und Natascha stiegen mit ihren Stöckelschuhen vorsichtig die Treppe hinab in die Unterwelt. „Pass auf! Wahnsinnig glatt hier", sagte Andrea und reichte Natascha die Hand. Fenster gab es nicht, und die elektrische Beleuchtung lief auf Sparflamme. Natascha hatte Probleme mit den Gleitsichtgläsern ihrer neuen Brille, besonders auf dieser düsteren Treppe machte sie der Übergang von Fernsicht zu Nahsicht unsicher. Sie hielt sich an Andreas Hand fest und fragte wie nebenbei: „Kommt Lüdger auch?"

„Wir werden sehen, er hat sich nicht eindeutig geäußert."

Als die beiden Mädchen den Club betraten, konnte Natascha ihn jedenfalls nicht entdecken. Bernd, Andreas Freund, war schon da. Er saß mit Svetlana und den beiden Mädchen ihrer Arbeitsgruppe an der Bar, Natascha und Andrea setzten sich dazu. Die Rückwand der Bar war mit Spiegelscheiben gekachelt, angestrahlt von einem Scheinwerfer, dessen rotes Licht die aufgereihten Flaschen und Gläser zum Glühen zu bringen schienen. Oben im Tonnengewölbe hing eine Wolke von Tabakrauch, offenbar funktionierte die Entlüftung nicht, oder es gab gar keine. In seitlichen Nischen des Raumes befanden sich Tische und Sitzgelegenheiten, die vom Trempelmarkt zu stammen schienen; Fässer und umgedrehte Weidenkörbe als Tische, verschlissene Sessel und Stühle, vereinzelt Thonet-Imitationen, als Sitze, alle voll belegt. Manche Studenten saßen am Boden oder auf Mauervorsprüngen. In einer Nische hatte der Disc-Jockey seine Technik aufgebaut. Mit zwei riesigen Hörern um die Ohren hantierte er an den Reglern der Anlage, die mehr Platz einnahm als eine kleine Band gebraucht hätte.

Bernd witzelte über Nataschas Jeans, ihre erste Neuanschaffung hier in Dresden: „Sitzt auf der Anatomie wie eine zweite Haut." Schnell schob er nach: „So was kann nur tragen, wer seinen Po und seine Beine nicht verstecken muss."

Noch ehe Natascha eine passende Antwort einfiel, meldete sich Andrea zu Wort: „Bevor du die Anatomie der anderen Damen kommentierst, bestelle uns lieber was zu trinken, ich habe Durst."

Bernd gab dem Barkeeper ein Zeichen, und der stellte an jeden Platz ein Glas seiner neuesten Kreation: ein Mix aus Traubensaft und Wodka mit einer Kugel Eis obendrauf. Natascha nippte kurz daran und fischte dann nur das Eis heraus. Selbst das sei mit Wodka verunreinigt, sagte sie und verzog das Gesicht zur Grimasse.

Plötzlich stand Lüdger in der Tür. Aus Nataschas Grimasse wurde blitzschnell ein freundliches Lächeln. Lüdger blickte unschlüssig in die Runde und schien gleich wieder verschwinden zu wollen. Das muss verhindert werden, dachte Natascha und winkte ihn heran. „Kannst du meinen Cocktail trinken? Ich vertrage keinen Alkohol." Lüdger stellte sich zwischen Natascha und Andrea und tat, als hätte er nicht verstanden. Natascha drückte ihm ihr Glas in die Hand und sagte: „Erlöse mich von diesem Übel." Lüdger zierte sich eine Weile, aber schließlich wischte er mit dem Daumen über den oberen Rand des Glases, trank den Cocktail auf Ex und stellte das Glas vor Natascha auf den Tresen. Gesagt hatte er noch kein Wort. Natascha wollte gerade ein Gespräch beginnen, da dröhnte Musik durchs Gewölbe. Alle weiteren Gesprächsversuche gingen im Lärm der Disco-Musik unter.

Svetlana wurde zum Tanzen geholt, auch Andrea und Bernd verschwanden Arm in Arm zur Tanzfläche. Lüdger hielt nichts von Tanzen, aber er musste nun wohl oder übel Natascha zum Tanzen auffordern. Er brüllte Natascha ins Ohr: „Kannst du tanzen?" Er wollte noch hinzufügen: „Ich nicht." Aber Natascha sprang schon vom Barhocker und zog ihn zur Tanzfläche.

Er tanzt gar nicht schlecht, dachte Natascha; kein Wunder, er spielt schließlich Geige, da hat man ein gewisses Rhythmusgefühl. Und wie schlank er ist, und wie groß, fast einen Kopf größer als ich. Der körperliche Kontakt mit ihm war ihr angenehm, allerdings versuchte er, Abstand zu halten. Er roch nach einem dezenten Deo und sprach kein Wort. Ihre Warnung: „Deine Schnürsenkel sind offen!", quittierte er nur mit einem „Mm". Die ohrenbetäubende Musik verhinderte eh jedes Gespräch. Der DJ kannte kein Erbarmen, schob die Regler bis zum Anschlag hoch und legte immer wieder eine neue Scheibe auf. Nataschas Füße schmerzten nach der fünften Nummer und unter den Achseln lief der Schweiß. Sie machte eine Kopfbewegung in Richtung Tür. Lüdger nickte nur, aber Natascha hatte den Eindruck, dass ihm eine Pause sehr gelegen kam. Tanzend bewegten sie sich zum Ausgang.

Die Frische eines Frühsommerabends empfing die beiden vor dem „Kakadu", Natascha fächelte sich mit beiden Händen Luft in den Ausschnitt. Lüdger atmete tief durch, als sei er froh, der lauten Enge des Clubs entkommen zu sein. Etwas ratlos standen die beiden nebeneinander, als hätten sie sich zufällig vor der Tür getroffen, bis Lüdger schließlich sagte: „Komm, ich zeig dir Dresden von oben."

Sie ließen eine Straßenbahn passieren, überquerten die Hauptstraße und gingen ein Stück eine leicht abschüssige Nebenstraße hinunter, vorbei an Villen, deren morbider

Charme die Pracht vergangener Zeiten erahnen ließ. Von kunstvoll verzierten Erkern bröckelte der Putz und die schmiedeeisernen Zäune hätten längst einen neuen Anstrich verdient. Die Zerstörungen des Krieges waren an diesem Viertel vorüber gegangen, nicht aber die der Zeit. Aus dem geöffneten Fenster einer Jugendstilvilla drang Musik auf die Straße. Ein Tenor sang von einem lachenden Glück, das gefragt wurde, ob es jetzt vorüber schwebe. Eine Sopranstimme bestätigte dies. Natascha und Lüdger verharrten einen Moment, bis das lachende Glück vorüber geschwebt war, dann nahm Lüdger Nataschas Hand und zog sie weiter. Am Ende der Straße, an einem Aussichtspunkt, an dem das Gelände steil zur Elbe abfällt, machten sie Halt. Dresden lag ihnen mit seinen tausend Lichtern zu Füßen, das dunkle Band des Flusses zerschnitt die Stadt in zwei Teile. Natascha legte ihren Kopf an Lüdgers Schulter. Schweigend betrachteten sie das Lichtermeer. Die Brücken mit ihren Laternen schienen wie Perlenketten die beiden Teile der Stadt zusammenzuhalten. Lüdger legte seinen Arm um Nataschas Schulter. Sie überlegte, ob sie ihn jetzt küssen sollte. Aber womöglich würde sie damit etwas gefährden, das gerade im Entstehen war.

15.

Natascha stand an der Reling und bestaunte die imposante Felskulisse. Erodierte Sedimentschichten wechselten sich ab mit grau-gelben Sandsteinblöcken, als hätte ein Riese diese Felsen aus einzelnen Brocken aufgeschichtet. In aller Frühe, als noch Nebelschwaden über der Elbe hingen, hatten sich die Studenten auf der „Stadt Wehlen" eingeschifft. Das ganze Oberdeck des Dampfers war für sie reserviert. In der Mitte des Schiffes gab es einen Schlot, aus dem schwarzer Rauch quoll, und an den Seiten zwei übermannsgroße Schaufelräder, die es stromaufwärts schoben. Natascha staunte: ein schwimmendes Museum! Sie kannte solche altertümlichen Vehikel nur aus Filmen.

Nahe bei Natascha an der Reling stand Lüdger. Seine Finger wanderten auf dem weiß lackierten Geländer langsam zu ihrer Hand. Als seine Fingerspitzen Nataschas Hand erreichten, fragte er: „Hast du es dir überlegt?"

Am Abend zuvor hatte er Natascha im Wohnheim besucht. Sie war allein, Andrea war mit Bernd im Kino. Einen Blumenstrauß hatte er auch dabei. Den behielt er in der Hand bis Natascha ihn nahm und in eine Vase stellte. Er schwieg und sein Blick irrte durch den Raum, als suchte er nach etwas zum Festhalten. Im Nachbarzimmer übte jemand Klarinette, schnelle Läufe, auf und ab, zu denen Lüdger im Takt mit dem Fuß wippte.

„Prima, dass du mich besuchst", sagte Natascha, und bot an, einen Kaffee zu kochen.

„Nein, nein", sagte Lüdger rasch, als habe er Angst, dass sie dazu das Zimmer verlassen müsse. „Ich habe eine Flasche

Sekt mitgebracht." Sekt – hatte er gehört – sei ein prickelnder Mutmacher für Unentschlossene. Nervös öffnete er seinen Umhängebeutel. Selbstverständlich hatte er auch Gläser dabei, bei Lüdgers trinkt man nicht aus der Flasche. Er entfernte den Korken mit dem bekannten Knall und schenkte ein.

Natascha nahm das Glas und obwohl ihr Alkohol sonst zuwider ist wäre es schön dumm, jetzt diesen Sekt abzulehnen; wer weiß, wozu er als Auftakt dienen kann.

Die Berührung der Gläser erzeugte einen hellen Klang, eine Fermate, ein Verharren, bei dem keiner von beiden so recht wusste, wie es weitergehen soll. Natascha behielt den Sekt im Mund bis das Prickeln nachließ, dann schluckte sie ihn mutig runter. So, das wäre geschafft. Und nun? Sie standen eng beieinander, Lüdger spielte mit seinen Fingern und meinte, dass es heute wohl noch Regen geben werde. Statt einer Antwort schaute Natascha ihm stumm in die Augen. Alles an ihr, ihre Haltung, ihr Gesichtsausdruck, ihr Blick … alles war Einladung, die endlich auch Lüdger verstand. Der erste sektgekühlte Kuss war flüchtig, doch dann zog er Natascha fest an sich heran und bedeckte ihr ganzes Gesicht wieder und wieder mit Küssen.

Aber das waren nur die ersten Takte seiner Komposition, die Introduktion, sozusagen. Sie standen noch eng beieinander, da kam er zum Hauptsatz der Symphonie, und der klang in Nataschas Ohren wirklich wie Musik: „Willst du nicht nach Dresden kommen, dein Studium hier fortsetzen? Wir könnten in die Einliegerwohnung im Haus meiner Eltern ziehen. Von der Hochschule würdest du ein Stipendium bekommen. Wollen wir es zusammen versuchen? Du und ich …" Er sprach immer weiter, als hätte er Angst vor ihrer Antwort.

Natascha hatte nur den ersten Satz wirklich gehört. Seine praktischen Einlassungen (er hatte sogar an das Stipendium gedacht), rauschten an ihren Ohren vorüber. Sie stellte ihr Glas auf den Tisch und bedeckte statt einer Antwort sein Gesicht mit Küssen. Durch den dünnen Pulli fühlte Lüdger ihre festen Brüste und registrierte, wie dieses Gefühl langsam nach unten wanderte. Eigentlich hatte er noch einige Sätze vorbereitet, aber die hatte er inzwischen vergessen, seine ganze Partitur war durcheinander geraten. Er musste improvisieren. Er umarmte Natascha wie wild, streichelte ihren Busen und war über sich selber erschrocken. Erschöpft ließen sie sich aufs Bett fallen. Die Klarinette im Nachbarzimmer war inzwischen bei Mozart angekommen: das Adagio aus seinem Klarinettenkonzert.

Jetzt könnte es wohl geschehen, dachte Natascha.

Aber es geschah nichts, außer, dass Lüdger nach Nataschas Hand griff und abwechselnd ihre Finger berührte, als würde er mit den Saiten seiner Geige spielen. Wie gern würde sie jetzt seine Gedanken lesen. Beide lagen auf dem Rücken und starrten an die Decke, als stünde dort geschrieben, was nun zu tun sei. Doch da stand nichts. Lüdger streichelte weiter ihre Hand und rührte sich nicht von der Stelle. Auch kein Problem, dachte Natascha, nicht jeder ist ein Boris, der seine Introduktion mit erigierten Penis dirigiert. Und das ist gut so. Denn dies bedeutet meist, dass der Introduktion gleich das Finale folgt.

Lüdger stand auf und packte die Gläser in seine Umhängetasche. Er war ganz zufrieden mit seinem Auftritt. Lange hatte er überlegt, wie er es Natascha sagen sollte. Jetzt war es heraus. Nun hing alles von ihrer Antwort ab.

Natascha umarmte ihn noch einmal. „Danke Lüdger, danke für die Blumen und den Sekt, aber besonders für deine lieben Worte. Ich werde über deinen Vorschlag nachdenken. Bitte lass' mir Zeit bis morgen."

An der Reling des Schaufelraddampfers war das morgen zum heute geworden. Zwischen den hohen Felsen, kurz vor Rathen, wo die Elbe einen weiten Bogen macht, sagte Natascha: „Ja! Ja, Lüdger, ich habe es mir überlegt, ich komme gern zu dir nach Dresden. Ich freue mich darauf. Ich danke dir."

Lüdger legte seine Hand auf ihre Hand, und es erschien Natascha, als wollte er sie nie wieder loslassen. Gemeinsam schauten sie zu, wie die Schaufelräder das dunkle Elbwasser aufwühlten, um die Anlegestelle zu erreichen. Als sie an Land ging, war dies für Natascha ein anderes Land als das, das sie in Dresden verlassen hatte. Es war jetzt schon fast *ihr* Land.

Für die Felsenbühne Rathen hatte die Studentengruppe Karten bestellt. Es gab eine Matinée mit einer Kurzfassung des „Freischütz". Lüdger richtete es so ein, dass er neben Natascha saß. Den „Freischütz" kannte er aus dem Effeff, er hätte ihn dirigieren können. Viele Passagen hatte er selbst schon gespielt. Natascha kannte weder die Oper noch den Komponisten. Ein Weber war für sie ein Handwerker, der Stoffe herstellt. Sie war noch nie in einer Oper gewesen. Doch dieses „Was gleicht wohl auf Erden dem Jägervergnügen?" gefiel ihr. Dazu noch der würzige Duft von Wald und Erde in diesem Theater inmitten der Felsenlandschaft. Natascha hatte Lust, in den Gesang einzustimmen. Dieser Tag entwickelte sich zu ihrem Glückstag.

Nach der Vorstellung kraxelten die Studenten durch das Felslabyrinth der Schwedenlöcher hinauf zur Bastei. Lüdger war mit den anderen Jungen vorausgeeilt, Andrea und Natascha bildeten die Nachhut. „Du brauchst mir nichts erklären", sagte Andrea, „als der Dampfer anlegte, hattest du dich längst entschieden. Deine Augen haben es mir verraten, schon gestern Abend, als du mich über Lüdger ausgefragt hast. Eigentlich wolltest du nur meinen Segen für das, was du schon beschlossen hattest."

Natascha nickte. „Ja, du hast Recht. Ich glaube nicht, dass irgendjemand oder irgendetwas mich hätte umstimmen können."

Inzwischen waren sie oben auf der Bastei angekommen und genossen die Aussicht. „Wahnsinn!", rief Andrea beim Blick über die Felsenlandschaft. Tief unten schlängelte sich die Elbe um die Felsen. Königstein und Lilienstein reckten ihre tafelförmigen Gipfel aus dem Dunst.

Vor dieser Kulisse stand Lüdger mit strahlendem Gesicht, seine offenen Schuhbänder flatterten im Wind.

16.

Die Turbinen des Flugzeuges heulten auf, ein Zittern ging durch den Rumpf, und die Beschleunigung drückte Natascha in den Sitz. Das Geratter der Fahrwerke wurde immer stärker, bis es plötzlich verstummte. Der Kabinengang neigte sich schräg nach oben und der Druck in den Ohren nahm zu, das Flugzeug gewann schnell an Höhe. Natascha schaute zum Fenster hinaus. Da unten lag die Stadt, die sie bald wieder sehen würde. Ade, Dresden, auf Wiedersehen.

„Hast du dir das auch gut überlegt?", fragte Svetlana, die den Gangplatz neben Natascha hatte. „Ich kann es immer noch nicht fassen; alles zurücklassen, das Studium abbrechen und ins Ausland gehen, um mit einem Jungen zu leben, den du kaum kennst – ganz schön verrückt für ein unerfahrenes Mädchen aus der russischen Provinz. Verrückt und ein bisschen naiv. Weißt du denn, was dich in Dresden erwartet?"

„Was mich erwartet, ist vor allem eine Chance."

„Und unser Übersetzungsbüro? Ich hatte fest mit dir gerechnet."

„Ja, das tut mir leid", sagte Natascha, „aber sicher wirst du leicht Ersatz für mich finden. "

„Und deine Eltern, dein Bruder, dein Dorf, deine Freunde und Verwandten? Unser Russland? Deine Heimat kannst du nicht ablegen wie ein Kleidungsstück, sie ist deine Haut."

„Ja", antwortete Natascha, „sie ist meine Haut. Wenn ich mich aber darin nicht wohl fühle, weil ich keine Perspektive sehe? Ich habe mir die Entscheidung nicht leicht gemacht, das kannst du mir glauben. Aber Deutschland ist mein Traum seit ich überhaupt träumen kann. Weiß ich denn, ob sich in meinem Leben noch einmal so eine Gelegenheit bietet?

Wenn ich diese Chance nicht nutze, lande ich vielleicht als Deutschlehrerin in einem sibirischen Dorf, pauke bis zu meiner Pensionierung deutsche Grammatik mit lernunwilligen Schülern und erzähle ihnen von einem Land, in dem meine Träume begraben sind. Ja, und ich wische den Staub von den Bibliotheksregalen und von meiner Seele." Natascha holte tief Luft. Sie suchte nach Argumenten, nach einer Rechtfertigung vor sich selbst. „Nach dem Unterricht nehme ich die Gummistiefel und wate durch den Schlamm zu meinem Haus. Ein Haus, das kalt ist, kein fließendes Wasser hat und den ganzen Herbst nach eingemachtem Sauerkraut riecht. Sonntags schleppe ich Obstkörbe zum Markt, um mein mageres Lehrergehalt etwas aufzubessern." Sie machte eine Pause und sah Svetlana ins Gesicht. „Ist das das Leben, das wir uns erträumen?"

„Du sprichst nur von Deutschland. Nie von Lüdger. Liebst du ihn?"

„Ich werde ihn lieben!"

„Waaas wollen Sie?" Professor Grossnij nahm seine Brille ab und putzte sie umständlich an der Krawatte, als könne er dann besser hören. Er schaute Natascha ungläubig an und wiederholte: „Was wollen Sie?" Nein, er war nun schon über dreißig Jahre Dekan an dieser Hochschule und stand kurz vor der Pensionierung, aber so ein Ansinnen war ihm noch nicht untergekommen: Exmatrikulation auf eigenen Wunsch! Allenfalls hatte er Studenten – aus welchen Gründen auch immer – aus der Hochschule geworfen, Studenten, die nicht würdig waren, auf Kosten der Arbeiter- und Bauernklasse ein sorgloses Leben zu führen. Oder Studenten, welche die Autorität des Lehrkörpers mit provokanten Äußerungen in Frage stellten. Und nun will eine Studentin auf eigenen

Wunsch die Hochschule verlassen. Und nicht nur die Hochschule, nein, auch das Land. Er rang nach Luft und wischte sich mit dem Jackettärmel den Schweiß von der Stirn. „Mir fehlen die Worte."

Natascha stand vor dem Schreibtisch des Dekans und wusste nicht wohin mit den Händen. Die mit Kunstleder und goldfarbenen Schmucknägeln gesteppte Tür zum Sekretariat stand weit offen. Von dort drang kein Laut herüber. Die drei Sekretärinnen, sonst um kein Gegacker verlegen, hatte eine kollektive Lähmung erfasst.

„Ich liebe ihn und will ihn …", brachte Natascha heraus.

Grossnij sprang auf und unterbrach sie schroff: „Ich liebe ihn, ich liebe ihn … Was soll das? Was wissen Sie schon von Liebe. Und was ist mit der Liebe zum Vaterland?" Er setzte sich wieder und begann in irgendwelchen Papieren zu wühlen, um Zeit zu gewinnen. Bisher hatte er immer für alle Probleme eine Lösung gefunden, aber hier befand er sich auf unbekanntem Terrain, er wusste nicht, wie er verfahren sollte. Früher wäre das einfach gewesen, aber jetzt mit dieser Perestroika … Er wollte sich keinen Fehler leisten, so kurz vor der Pensionierung.

Nach längerer Pause stand er auf. Er hatte beschlossen, nichts zu beschließen. Er werde die Sache nach oben weiterleiten. Aber um dieses Ansinnen nicht ungesühnt zu lassen, habe Natascha sofort ihren Platz im Wohnheim zu räumen. Und sie werde ab sofort von allen nichtlehrplangebundenen Aktivitäten ausgeschlossen. Für das Wort *nichtlehrplangebunden* musste er mehrmals Anlauf nehmen. „Sie hören von uns", fügte er noch hinzu. Er war erregt und begann sogar etwas zu stottern. Natascha war das peinlich. Sie bedankte sich und ging.

Um in den Flur zu gelangen, musste sie durch das Vorzimmer. Natascha sah den drei Sekretärinnen an, dass sie eben noch die Köpfe zusammengesteckt und getuschelt hatten. Sie starrten Natascha an, als sei sie ein Wesen von einem anderen Stern.

„Natascha, sei doch nicht so naiv! Das hättest du dir denken können! Das nehmen die nicht hin, als wäre es ein kleiner Lapsus. Ein Verrat ist das in ihren Augen." Svetlana rutschte während sie sprach auf dem linken Bronzefuß des gestürzten Helden hin und her. Die Bronze strömte eine wohltuende Kühle aus. Von der Wolga wehte ein laues Lüftchen herauf auf den Hügel, ihren Geheimplatz mit dem Granitsockel. Das Geschrei der Möwen, die um ein Ausflugsschiff kreisten, war bis hierher zu hören. „Und wo willst du nun wohnen?"

„Ich habe mit meiner Tante Jewgenija gesprochen, die hier in Wolgograd mit ihrer Tochter und deren Familie lebt. Sie haben allerdings zu fünft nur drei Zimmer in einer Art Gemeinschaftswohnung, die sie noch mit einer anderen Familie teilen. Aber ich könnte für eine gewisse Zeit bei ihnen unterkommen. Ein Schlafplatz auf dem Sofa ist besser als einer unter der Brücke, und meine Sachen werde ich schon irgendwie unterbringen."

„Probier es. Du hast es angefangen, du musst es zu Ende bringen", sagte Svetlana. „Wenn du meine Hilfe brauchst, sag es. Du kannst dich immer auf mich verlassen." Leise fügt sie noch hinzu: „Obwohl ich dich für verrückt halte."

„Danke!"

„Hast du schon etwas von Lüdger gehört?"

„Nein, aber vielleicht hat er an die Adresse meiner Eltern geschrieben."

17.

Bevor Natascha bei Tante Jewgenija einzog, weihte deren Tochter Kati sie in das Innenleben der Wohngemeinschaft ein. „Wir teilen uns die Wohnung mit einem älteren Ehepaar. Die Kurotins wohnen hier schon seit Kriegsende, sie sind Erstmieter und haben somit die älteren Rechte. *Sie* ist eine freundliche, gütige Person, *er* Richter am hiesigen Amtsgericht und ein Pedant, wie er im Buche steht. Seine Amtsmiene legt er vermutlich nicht mal ab, wenn er auf dem Klo sitzt. Er hat eine Art Kodex für die Wohngemeinschaft verfasst, auf dessen Einhaltung er strengstens achtet. Im Übrigen hat er eine Schwäche für junge Frauen. Na ja, du wirst schon sehen."

Als Natascha mit Sack und Pack bei Tante Jewgenija ankam, baute sich Herr Kurotin, der Herr Richter, breitbeinig im Korridor auf. Er schob die Brille auf seiner langen Nase weit nach vorn und musterte Natascha mit gerunzelter Stirn über den Brillenrand. Ganz hübsch die Kleine, dachte er; gesagt hat er nur: „Bosche moj[1]"

Neben Herrn Kurotin, etwas abseits, stand Frau Kurotina. Da sie größer war als er, hielt sie sich stets etwas gebeugt, damit sie ihren Mann von unten her anschauen konnte. Sie lächelte Natascha freundlich zu und nickte pausenlos mit dem Kopf.

Mit diesem Herrn Amtsrichter werde ich schon klar kommen, dachte Natascha. Immerhin hat er zugestimmt, dass ich vorübergehend hier wohne. Obgleich – das betonte er auch jetzt wieder – dies eine illegale Untervermietung sei, zu der

---

[1] Russ.: Mein Gott

91

er sein ebenfalls illegales Einverständnis nur mit größtem Bedenken gebe. Natascha sagte, dass sie das zu würdigen wisse.

„Hier ist die Hausordnung." Kurotin reichte Natascha ein Blatt mit zwölf Paragraphen. Sie überflog die Seite. Jede menschliche Verrichtung, vom Alkoholgenuss bis zum Pinkeln war reglementiert. Beim Paragraphen Herrenbesuche stand nur ein einziges Wort: Verboten.

Mit „Bosche moj" und einem Kopfschütteln schloss Kurotin das Begrüßungsritual ab. Eine illegale Untervermietung! Bosche moj, wenn das rauskommt.

„Es ist ja nur für kurze Zeit, nur bis ich nach Deutschland ausreisen darf", sagte Natascha.

Kurotin nahm die Brille ab und kratzte sich am Kopf. „Hör mal, was ist nur in dich gefahren, Mädel, ich versteh dich nicht; unser Mütterchen Russland verlassen und freiwillig in die Fremde gehen. Warum suchst du den Fritz, wenn du hier jeden Iwan haben kannst? Und wozu braucht man Kaffeemaschinen, Mikrowellen, Stöckelschuhe, Hamburger und all den Mist, wenn man Mütterchen Russland hat?"

Kurotin schaute seine Frau an. Die nickte und sagte: „Ja, Kostja."

Die Kurotins zogen sich in ihr Zimmer zurück und die anderen versammelten sich in der Küche, dem Forum der Kommunalka[1]; fünf Personen: Tante Jewgenija, ihre Tochter Kati, deren Mann Viktor, Natascha und Nastja, das Baby von Kati, das an seinem Schnuller kaute und die Neue mit neugierigen Augen anstarrte.

„Wird schon irgendwie gehen", sagte Tante Jewgenija und prostete Natascha mit einem Glas Wodka zu. „Nach dem

---

[1] Russ.: Gemeinschaftswohnung

92

Krieg haben wir noch viel enger zusammen gehockt. Pack erst mal deine Sachen aus, Natascha. Schlafen kannst du im Wohnzimmer auf dem Sofa, an die Nägel hinter der Tür kannst ein paar Kleider hängen."

„Aber jetzt gibt's erst mal Abendbrot", rief Kati. Sie hatte schon den Tisch gedeckt und öffnete den Kühlschrank: „Das obere Fach gehört den Kurotins, die unteren drei uns." Etwas spöttisch fügte sie hinzu: „Die Kühlschrankordnung ist im § 5 geregelt."

Nach dem Essen gingen die anderen ins Wohnzimmer, wo im Fernsehen die neue Folge eines indischen Liebesfilms begann. Natascha räumte den Tisch ab, holte ihre Bücher aus dem Koffer und machte den Küchentisch zum Schreibtisch. Das Baby schlief. Störend war nur, dass ständig jemand in die Küche kam, etwas aus dem Kühlschrank holte oder versuchte, Natascha in eine Diskussion über indische Liebespraktiken zu verwickeln.

Gegen elf klappte Natascha ihre Bücher zu, verstaute sie unter dem Sofa und ließ sich im Bad Wasser ein. Sie saß noch nicht in der Wanne, als Viktor plötzlich ins Badezimmer kam. „Entschuldige, ich brauche dringend meinen Rasierapparat." Er öffnete den Spiegelschrank genau soweit, dass er Nataschas Spiegelbild im Visier hatte und kramte in den Fächern herum.

„Mach, dass du raus kommst!", fuhr Natascha ihn an.

„Reg dich nicht auf, ich geh ja schon." Den Rasierapparat hatte er nicht gefunden.

Fehlte nur noch, dass Kurotin ins Bad kommt, um sein Gebiss zu holen. Wenigstens die Badtür sollte abschließbar sein. Doch das war gemäß § 9 aus Sicherheitsgründen verboten.

Als Natascha nach dem Bad endlich auf dem Sofa lag, wanderten ihre Gedanken nach Deutschland, nach Dresden. Vor ihren Augen erschienen die Warenregale und Kleiderständer des Kaufhauses. Das kleine schwarz-rote Stofffetzelchen mit den langen Schnürchen, na hallo, das wär' doch was! Und dazu der Mini-BH, der mehr freilässt, als er verdeckt.

Wie lange wird es noch dauern?

18.

Erstaunlicherweise dauerte es nicht mehr lange. Schon vier Wochen nach dem ersten Besuch beim Dekan wurde Natascha wieder zu Grossnij zitiert. Erneut musste sie das Vorzimmer mit den drei Sekretärinnen durchqueren, bevor sie durch die goldbenagelte Stepptür ins Arbeitszimmer des Dekans trat. Grossnij erhob sich ohne ihren Gruß zu erwidern und kam mit einem Blatt in der Hand hinter seinem Schreibtisch hervor. „Ich fasse mich kurz, Sie werden auf eigenen Wunsch mit sofortiger Wirkung exmatrikuliert. Über die bereits abgelegten Prüfungen erhalten Sie ein Zeugnis." Er stockte, kratzte sich am Kopf, rückte die Brille zurecht und war unschlüssig, ob er wirklich den letzten Satz noch vorlesen sollte, der auf dem Dokument des Rektors stand. Aber Ordnung muss sein: „Wir wünschen Ihnen für Ihr weiteres Leben viel Glück." Zufrieden, dass er nun seine Pflicht getan hatte, fügte er hinzu: „Sie können gehen."

Natascha nahm die Exmatrikulationsurkunde entgegen, bedankte sich und reichte Grossnij die Hand, die der jedoch übersah. Sie hatte erreicht, was sie wollte, und doch stellte sich keine Jubelstimmung ein. Nachdem ihr eine Sekretärin im Vorzimmer das versprochene Zeugnis überreicht hatte, ging sie den langen Korridor zurück bis zur Eingangshalle. Hier hatte sie damals nach Boris Ausschau gehalten. Vor ewigen Zeiten, wie ihr schien. Mehrmals noch hatte er versucht, sie zum Dableiben zu bewegen. Vergeblich. Jetzt war in der hohen Halle weit und breit kein Mensch zu sehen. Nataschas Schritte hallten von den Bodenplatten an die Decke und wieder zurück. Sie erschrak vor ihren eigenen Schritten, versuchte leiser zu gehen, als müsse sie sich davonschleichen. Durch die Fenster an der Frontseite warf die Abendsonne ein glutrotes Muster auf die Bodenplatten, sie ging wie auf glühenden Kohlen. Drüben im Park sah sie die Seminargebäude durch die alten Kastanien schimmern. Wie oft hatte sie dort mit ihren Kommilitonen linguistische Leckerbissen tranchiert. „Denk ich an Deutschland in der Nacht, dann bin ich um den Schlaf gebracht."

Sie ging die Treppe hinunter bis zum Absatz, blieb wieder stehen und schaute sich noch mal um. Werde ich dieses Haus jemals wieder betreten?

„Grüß Lüdger und Andrea von mir. Und schreibe sofort, wenn du angekommen bist", sagte Svetlana, als die beiden Mädchen ein letztes Mal an ihrem Geheimplatz, dem Granitsockel über der Uferpromenade der Wolga, saßen. „Unser Übersetzungsbüro hat gestern einen großen Auftrag aus Wolschski bekommen: alle Dokumente der Leittechnik vom Deutschen ins Russische übersetzen. Zwei neue Mitarbeiterinnen habe ich schon gefunden, Mädchen aus dem fünften Semester, und Boris ist natürlich auch mit von der Partie."

Natascha nickte nachdenklich und trommelte mit den Füßen an den Granitsockel. Ja, um SVETPERVOD tat es ihr leid, die Übersetzerei hatte ihr Spaß gemacht, und die Zusammenarbeit mit Boris hatte gut funktioniert. Was die Technik der Röhrenherstellung anbelangt, war er nicht zu schlagen, wenngleich er sonst nicht ihr Kaliber war, eingebildet und selbstverliebt. „Ja, Svetlana, ich schreibe dir sofort nach meiner Ankunft in Dresden, wir bleiben in Verbindung." Das sagte sie, obwohl sie es selbst nicht recht glaubte. Mit Svetlana war sie immer gut ausgekommen, ihre „Sitzungen" auf dem Granitsockel hatten sie zusammengeschweißt, und erst recht die gemeinsame Übersetzungsarbeit. Aber ein echtes Gefühl des Zusammengehörens hatte sich zwischen ihr und Svetlana nicht eingestellt. Und sie hätte nicht sagen könne, woran das lag.

Von ihren Eltern und ihrem Bruder Oleg hatte Natascha sich schon verabschiedet, nach altem russischem Brauch hatten sie ein paar Minuten auf den gepackten Koffern gesessen. Ihre Mutter hatte das Allzwecktuch vors Gesicht gedrückt und kein Wort herausgebracht. Doch ihr Schluchzen und das Beben ihres Busens sprachen für sich. Der Vater hatte ihr kräftig die Hand gedrückt: „Viel Glück mein Küken, lass bald was von dir hören. Oft ist gerade *der* Weg richtig, der uns verrückt erscheint." Ihr Bruder schenkte ihr zum Abschied einen Talisman, einen besonders schönen Stein vom Ufer der Wolga.

Dann war sie noch einmal durch ihr Dorf gegangen, um jedem Haus, jedem Baum, jedem Weg, ihrer Schule und dem Kulturhaus Lebewohl zu sagen. Auch von Onkel Igor hatte sie sich verabschiedet. Dieser Bär von einem Mann musste mit den Tränen kämpfen, als Natascha sein Haus verließ.

Natascha erlebte zum ersten Mal, dass eine Trennung für die Zurückbleibenden viel schmerzlicher sein kann, als für den Abreisenden.

19.

Wo ist Lüdger? Natascha stellte ihren Koffer auf die Rollen und sich auf die Zehenspitzen. In der Ankunftshalle des Dresdner Flughafens vermischten sich ankommende Passagiere mit Empfangskomitees; Blumensträuße gingen von Hand zu Hand, grell geschminkte Lippen küssten rosa Wangen, dicke Leiber wurden von tätowierten Armen umschlungen, Koffer standen im Weg, Kinder schrien, Hunde wedelten aufgeregt mit dem Schwanz. Aber wo ist Lüdger? Plötzlich kam Andrea auf Natascha zu und hielt ihr einen Blumenstrauß unter die Nase: „Добро пожаловать! Herzlich willkommen!" Sie umarmte Natascha, auf deren Gesicht nur eine Frage stand: Wo ist Lüdger? Andrea wurde verlegen. „Komm erst mal raus hier, aus diesem wahnsinnigen Ameisenhaufen, Bernd wartet draußen auf dem Parkplatz. Dort können wir in Ruhe reden."

Bernd kam auf Natascha zu, gab ihr einen Begrüßungskuss und hieß sie in Dresden willkommen. Dann entstand eine Pause. Bernd lehnte mit der Schulter am Auto, Andrea strich sich verlegen übers Kinn. Natascha schaute abwechselnd zu Andrea und zu Bernd. Was hat das zu bedeuten? Wo ist Lüdger? Andrea rang noch nach Worten, da klärte Bernd die Situation auf: „Bei uns sind Semesterferien. Gleich am ersten Ferientag ist Lüdger spurlos verschwunden. Auch seine Eltern sind weggefahren, wohin wissen wir nicht. In meinem Postfach fand ich nur einen Zettel von Lüdger. Er müsse nachdenken."

„Aber er wusste doch, dass ich komme", sagte Natascha, und hatte Mühe, die Tränen zu unterdrücken. „Ich habe es ihm doch geschrieben." Mit allem hatte sie gerechnet, Probleme mit den Behörden oder der Immatrikulation, Ressentiments bei Lüdgers Eltern, ... doch dass Lüdger einfach verschwindet, wäre ihr nie in den Sinn gekommen. Ihre Vorfreude schlug in Verzweiflung um, Verzweiflung und Wut. Sie stampfte mit dem Fuß auf den weichen Asphalt und wiederholte trotzig: „Er wusste doch, dass ich komme!"

„Ja, er wusste, dass du kommst und wann du kommst, wir haben wahnsinnig oft darüber gesprochen. Vergessen hat er es auf keinen Fall", sagte Andrea und hob hilflos die Schultern. „Komm, wir fahren ins Wohnheim, du kannst erst mal bei mir wohnen. Dann sehen wir weiter. Er wird sich schon melden."

Doch er meldete sich nicht.

Natascha fuhr mit der Linie 11 hinauf zum Weißen Hirsch, dem Dresdner Nobelvorort. In der Dämmerung verwischte die schnelle Fahrt Bäume und Büsche der Dresdner Heide zu einer konturlosen Masse. Die Straßenbahn war zu dieser Zeit fast leer. Natascha schaute zum Fenster hinaus, aber sie sah nur ihr Spiegelbild. Wer ist diese Frau, die sie so schwermütig anblickt? Was hat sie falsch gemacht? Seit zwei Wochen, seit ihrer Ankunft in Dresden, stellte sie sich diese Frage, ohne, dass sie eine Antwort hätte finden können. Ihr großer Traum war geplatzt, daran war nicht mehr zu zweifeln, und die Realität fühlte sich grausam an.

Nächste Woche waren die Semesterferien zu Ende. Die Hoffnung, dass Lüdger vorher auftaucht, hatte sie aufgegeben. Warten, bis er wegen des Vorlesungsbeginns zurückkommen *muss*? Nein, diese Demütigung wollte sie sich ersparen. Gestern hat sie den Entschluss gefasst: Ich werde nach Wolgograd zurückkehren, trotz aller Häme, die mich dort erwartet. Reumütig werde ich an die Tür des Dekans

99

klopfen und um Wiederimmatrikulation bitten. Reumütig werde ich Tante Jewgenija und Herrn Kurotin bitten, mich nochmals als Untermieterin aufzunehmen. Für eine gewisse Zeit; eine Zeit, die in Wirklichkeit ungewiss ist.

Als sie am Parkhotel aus der Straßenbahn stieg, war es schon dunkel, der Eingang zum „Kakadu" verwaist. Heute keine Party, keine „Diskothek der Deutsch-Sowjetischen Freundschaft" oder irgendeiner anderen Freundschaft. Sie ging die Nebenstraße hinunter, vorbei an der Jugendstilvilla, an der sie damals mit Lüdger dem Gesang vom lachenden Glück gelauscht hatte. Jetzt war nur das Schreien eines Babys zu hören.

Sie erreichte den Aussichtspunkt, wo sie vor nicht allzu langer Zeit über die nächtliche Stadt geblickt hatten. Alles war noch da, das dunkle Band der Elbe, die Perlenketten der Brückenbeleuchtung, das Häusermeer mit seinen funkelnden Lichtern – und doch war alles anders. Eine große Hoffnung war gestorben. Oh Gott, hilf mir! Was ist los? Wo ist er? Wo ist Lüdger? Hab ich zu viel erwartet, zu viel herbeigewünscht? Er war nicht vorbereitet auf das, was uns passierte. Was war das überhaupt? War es Liebe oder war es nur Zuneigung? Er hat nicht gesagt 'ich liebe dich', er sagte nur 'wollen wir es zusammen versuchen'? Kann ein Versuch scheitern, bevor er begonnen hat? Er ist ein großes Kind, überrumpelt von einem Gefühl, dem er nicht gewachsen war. Irgendwann wird er heiraten, praktischerweise eine Bratschistin. Und irgendwann werden sie Kinder haben. Die werden sicher Geige spielen (und mit offenen Schuhbändern umherlaufen).

Das Bild der Frau mit den Kindern beim Entenfüttern am See tauchte vor ihr auf. Hatte sie sich voreilig auf diese Frau projiziert, ihr eigenes Gesicht in das Bild hinein retuschiert?

Hatte sie sich in einer Welt gewähnt, zu der sie gern gehört hätte, aber nicht gehörte?

Natascha setzte sich auf die Steintreppe der Aussichtsplattform. Genau an dieser Stelle hatte sie damals mit Lüdger gestanden, Hand in Hand. Oh Gott, Bosche moj, hilf mir! In meinem Kopf ist eine gähnende Leere. Mir ist, als würde ich einen Abhang hinunterrutschen, ohne Halt, ohne Ziel, immer weiter. Halte mich! Sag mir, was ich tun soll! Die Tränen flossen wie Bäche aus ihrem Gesicht.

Sie saß noch auf dem kalten Stein, als ihr Tränenvorrat längst erschöpft war. Die letzte Standseilbahn hatte schon lange an der nahen Bergstation festgemacht. Die Straße war menschenleer. Zwischen all den Sternen sah sie einen leuchtenden Punkt, der langsam seine Bahn über den Himmel zog. Ein Raumschiff! Vielleicht eine Sojus-Kapsel. Weit weg, im Weltraum. Dort möchte sie jetzt sein. Weit weg, wo es keine Grenzen gibt, keine Tränen, keine Enttäuschungen, keine falschen Hoffnungen.

Langsam ging sie zurück in Richtung Trambahn. Die Villen hatten ihre Augen zugemacht und schliefen. Von weitem lockten die hell erleuchteten Fenster des Parkhotels wie Irrlichter. Nur noch eine Nebenstraße queren und dann über die Hauptstraße zur Haltestelle. Die Sojus-Kapsel war noch immer zu sehen, hell überstrahlte sie alle Sterne. Plötzlich zerschnitt ein Quietschen die Ruhe der Nacht, und dann ein dumpfer Anprall. Natascha registrierte noch, dass die Pflastersteine vor ihren Augen aus grauem Granit bestanden, dann war nur noch Dunkelheit.

20.

Richard schaute, die Hände in den Hosentaschen, gelangweilt zum Fenster hinaus. Der Tag ging langsam zur Neige,
die Nacht übernahm die Regie. Die Laternen auf dem Institutsgelände begannen ihre allabendliche Vorstellung: erst ein
violettes Erwachen, dann ein gelbliches Da-bin-ich, bis hin
zum blau-weißen Heller-geht's-nicht. Sein jetziges Arbeitszimmer, ein Sechserzimmer, war weniger komfortabel als
sein früheres Büro, und sein Aufgabenbereich weniger interessant. Eine Woche nachdem er seinen Ausreiseantrag in
den Briefkasten geworfen hatte, waren die Weichen gestellt
worden: Sais-Mutlig war in Richards Büro gekommen,
stocksteif und mit einem Gesicht, das nichts Gutes verhieß.
„Das haben Sie sich fein ausgedacht, erst noch schnell habili-
tieren und dann zum Klassenfeind absetzen. Sie werde nicht
mehr am aktuellen Forschungsbetrieb teilnehmen und alle
Privilegien eines Mitglieds der sozialistischen Forschungs-
gemeinschaft verlieren (welche das seien, wollte Richard
fragen, ließ es aber). Das war als Bestrafung gedacht, er
wurde kaltgestellt, aufs Abstellgleis geschoben. Breitbeinig
stand Sais-Mutlig vor Richard, fehlte nur noch die erdfarbene Uniform, die Schirmmütze und das Gewehr über der
Schulter. Die Macht zeigt ihr Gesicht. „Aber Sie haben sich
verrechnet, wir werden Sie schmoren lassen bis Sie bereuen,
je einen solchen Antrag gestellt zu haben."

Wer ist *wir* dachte Richard, *wer* wird ihn schmoren lassen.
Er machte sich möglichst klein und sagte kein Wort.

Schmoren lassen, nun denn, darauf war er gefasst. Keine
glühenden Zangen und Streckbrett, nur schmoren lassen.
Dass Sais-Mutlich gekommen war und nicht die unauffälli-

gen Herren im Trenchcoat, die nicht lange fackelten und einen gleich mitnahmen, war immerhin tröstlich. „Packen Sie Ihren Kram zusammen, Sie ziehen um, in das Sechsmann-Büro, zweiter Stock, Südflügel."

Fast ein Jahr war vergangen seit dieser Kaltstellung, ein Jahr, das für Richard hauptsächlich aus Warten bestand, Warten und Hoffen. Aus dem Institut geworfen hatten sie ihn zwar nicht, aber er bekam nur noch solche langweiligen Aufträge wie in der heutigen Spätschicht: Überwachung des Druckes in der Streukammer.

Er hatte viel Zeit, schaute gelegentlich auf das Manometer und schrieb die aktuellen Druckwerte ins Testprotokoll. Wieder so ein verlorener Tag, ausgefüllt mit dem Abtöten von Kreativität. Er nahm einen Schluck aus der Wasserflasche und wickelte sein Sandwich aus. Käse und Schinken, guter Käse, guter Schinken, reichlich Butter, aber es schmeckte trotzdem nicht. Seit seinem Leben in Wartestellung wollte ihm nicht mehr schmecken, was er selber zubereitet hatte. Gestern Abend: ein Gulasch – anderthalb Stunden geschmort, Soße mit Sahne und Gewürzen abgeschmeckt und Knödel, ein Glas Burgunder, alles wunderbar, aber es schmeckte nicht.

Seine Gedanken waren bei dem, was ihm morgen erwartete. Er, der notorisch Unbelehrbare in Sachen DDR-Ausreise, war wieder in die Abteilung für Inneres bestellt. *Klärung eines Sachverhaltes* stand über der Vorladung, *Zunkel, Sachbearbeiter* stand darunter. Also wieder Zunkel, sein alter Bekannter, fast schon sein persönlicher Betreuer. In zahllosen Sitzungen hatte Zunkel sich vergeblich bemüht, Richard von seinem Ausreisebegehren abzubringen. Es war Richard fast peinlich, schuld zu sein am Misserfolg dieses strebsamen

Herrn Zunkel. Im Grunde genommen war Zunkel genauso ein Würstchen wie er selbst. Nur stand der eben auf der anderen Seite.

Mit dem Zeigefinger schnipste Richard an die Scheibe des Manometers. Der Zeiger pendelte um die Marke von 10^{-5} Torr, feinstes Hochvakuum. Die russischen Turbomolekularpumpen hatten ihr Bestes gegeben, stundenlang, ohne Aussetzer. Das können die Russen: mit einfachen Mitteln Zuverlässiges produzieren. Die rotierenden Flügel der Pumpe reißen die Luftmoleküle aus der Streukammer, zurück bleibt das pure Nichts. Es ist mit der absoluten Leere wie mit der Unendlichkeit des Raumes: kein Mensch kann sich das wirklich vorstellen.

Richard schaute auf die Uhr. Seine Schicht war zu Ende. Er schaltete die Pumpen ab, nahm seine Aktentasche, in der nur die leere Brotbüchse war, und verließ das Institutsgebäude. Sein Auto war das letzte auf dem Parkplatz. An der Pforte: „Gute Nacht, Herr Doktor!" Hier wurden alle mit Herr Doktor angesprochen, sogar die Abtrünnigen.

Kaum noch Verkehr auf der Straße. Die Bäume flogen im seitlichen Scheinwerferlicht wie Gespenster vorbei, dahinter freies Feld, das sich in der Dunkelheit verlor. Wird Zunkel ihm morgen wieder die alten Argumente auftischen, oder langsam dazu übergehen, die Daumenschrauben anzuziehen? Schon bei der letzten Sitzung war Zunkels Rhetorik mit unverhohlenen Drohungen gespickt: Wir können auch anders!

Lästig, dieser Blender hinter mir! Hat es offenbar eilig. Soll er doch überholen! Dieses ständige Auf- und Abblenden macht einen ganz wuschelig. Na endlich überholt er! Ja, und nun biegt er rechts ab. Blödmann!

Diesen Zunkels darf man keinen Millimeter entgegenkommen. Hat man sich für eine Sache entschieden, muss man sie durchstehen. Jedes Zeichen von Unentschlossenheit wird als Schwäche gewertet, und wer Schwäche zeigt, hat schon verloren.

Im letzten Moment sah Richard die Frau. Sie überquerte am Parkhotel die Bautzner Landstraße und blickte dabei wie eine Mondsüchtige zum Himmel. Mit aller Kraft trat er auf die Bremse. Ein Quietschen zerriss die Stille der Nacht. Die letzten Meter legte der Wagen rutschend zurück. Dann ein dumpfer Aufprall. Richard sprang aus dem Wagen. Eine junge Frau, fast noch ein Mädchen, lag vor seiner Stoßstange. An der rechten Hand blutete sie. Richard nahm ihren Arm und prüfte den Puls, dann die Atmung. Alles in Ordnung. Doch sie war nicht ansprechbar. Den Mund leicht geöffnet, lag sie da, als hätte sie beschlossen, sich hier auf dem Pflaster vor dem Parkhotel von einer großen Strapaze zu erholen.

Richard blickte sich um. Niemand weit und breit, der hätte helfen können. Ein Mann mit Hut und Mantel verschwand mit seinem Hund schnell in einem Hauseingang und schloss die Tür.

Richard holte den Sanitätskasten und verband notdürftig die Schürfwunde an ihrer Hand. Dann hob er die junge Frau vorsichtig auf die Rückbank seines Wagens. Als er ihrem Gesicht ganz nahe kam, fielen ihm Spuren von Tränen auf ihren Wangen auf. Hastig arretierte er beide Sitzgurte, damit sie nicht herunterrollen konnte, dann mit Tempo achtzig zur Medizinischen Akademie. Während er immer wieder nach hinten zu der Verletzten schaute, machte sich in seinem Kopf eine böse Vorahnung breit: Ich bin nicht schuld an dem Unfall, soviel ist sicher, aber vielleicht versuchen sie, einem Ausreisekandidaten wie mir einen Strick daraus zu drehen.

Vor der Notaufnahme der Medizinischen Akademie wurde das Mädchen auf eine fahrbare Trage umgebettet und von mehreren Sanitätern in die Klinik hineingefahren. Richard nutzte das allgemeine Durcheinander um stillschweigend zu verschwinden.

21.

Es war die übliche Prozedur, Richard kannte sie zur Genüge: Auf dem Gang der Abteilung für Inneres musste er fast eine Stunde warten; Mürbemachen durch Wartenlassen gehörte zur Methode. Für diese *Klärungen eines Sachverhaltes* hatte sich Richard ein Seelengewand zugelegt, das ihm ansonsten fremd war: stoische Gelassenheit. Eingehüllt in dieses Gewand gelang es ihm – nicht ganz mühelos -, sich von den Zunkels nicht provozieren zu lassen und den Unbeteiligten, manchmal auch den Naiven zu mimen, denn Vorsicht war geboten. Die Zunkels reagieren mit Härte, wenn dem Delinquenten verbale Ausrutscher passieren. Die *Einleitung eines Verfahrens* war das Mindeste, und das konnte höchst unangenehm werden. Man hört so allerlei, aber nichts lässt sich beweisen, denn die Betroffenen schweigen.

Der Nächste bitte. Aus dem Lautsprecher tönte Zunkels schnarrende Stimme über den Gang. Richard war endlich dran.

Im Verhörraum schlug ihm der typische Behördenmief entgegen: eine Mischung von Bohnerwachs und verstaubten Akten. Ein Schrank, ein Schreibtisch, dahinter Herr Zunkel und davor der heiße Stuhl für den Delinquenten, angestrahlt vom Licht, das durch das vorhanglose Fenster hereinfiel. Setzen Sie sich! Den Handschlag ersparte sich Zunkel, was Richard ganz recht war. Zunkel blätterte in den Akten und lief sich warm mit belanglosem Blah-blah. Richard packte seine Schreibutensilien aus und begann in winziger Schrift Zeile um Zeile seines Schreibblockes zu füllen. So tun, als protokolliere er Zunkels Rede – damit hatte er schon bei den letzten Sitzungen Irritationen bei Zunkel ausgelöst. Weiß man, wo und wann dieses Geschreibsel mal auftaucht und gegen wen es verwendet wird? Diese aufmüpfigen Burschen haben neuerdings Kommunikationskanäle in den Westen, die sich von der Staatsmacht kaum kontrollieren lassen.

Auch diesmal wurde Zunkel angesichts Richards Schreiberei unsicher, stockte häufig und wählte seine Worte mit Bedacht. Doch eigentlich waren Zunkels Bedenken völlig überflüssig, denn auf Richards Schreibblock versammelten sich Wörter, die mit Zunkels Einlassungen rein gar nichts zu tun hatten. Ein Pseudoprotokoll sozusagen. Nur so tun als ob – das hatte Richard vortrefflich gelernt in den Jahren seiner DDR-Mitgliedschaft.

Schließlich erteilte Zunkel Richard das Wort. Vielleicht haben seine Ermahnungen ja doch gefruchtet. Richard sollte Stellung nehmen zu seinem Verhalten, im gesamtgesellschaftlichen Zusammenhang, wie sich Zunkel ausdrückte. Doch Richard enttäuschte Zunkel abermals, er betrachte sein Ausreisebegehren als rein private Angelegenheit. Nachdem er erklärt hatte, dass er – aus persönlichen Gründen natürlich – an seinem Vorhaben festhalte, ging Zunkel in die Bearbeitungsphase über, versuchte es mit seiner üblichen Weichklopf-Methode. Er streckte sein spitzes Kinn heraus und attackierte Richard mit abgehackten Satzbrocken, die er im Mund zu Wurfgeschossen bündelte, bevor er sie ausspuckte. „Sie wern nie de Ausreise krieschn, das genn se vergessn!" Dabei betonte er alle drei Silben von *vergessen*. „In Ihrer Wohngemeinschaft quasseln Sie über Kernspaltung, aber in Wirklichkeit betreiben Sie die Spaltung unserer Sache."

„Was ist *unsere* Sache?"

„Sie wissen genau, was ich meine, oder sollch Ihnen e paar Protokolle vorlesen. Was Sie da in Ihren Etagenversammlungen herauslassen, würde ausreichen, Sie einzusperren. 'N Klassnfeind in de Hände orbeidn. Hier studiern un drim Geld scheffln. Abor of de Menschnrechte bochn."

Mit dem Hinweis auf die Menschenrechte hatte Richard in der letzten Sitzung eine wunde Stelle bei Herrn Zunkel getroffen. Immerhin hatte die DDR die Helsinki-Erklärung unterschrieben. Was dort über Menschenrechte stand, war eine ärgerliche Untiefe im Meer der ‚gesamtgesellschaftlichen Zusammenhänge'. Diese Untiefe galt es für Herrn Zunkel zu umschiffen. Doch dafür hatte er ein vorgefertigtes Rezept: Wer die DDR verlassen will, ist kein Mensch, sondern ein Verräter und könne somit auch keine Menschenrechte einfordern. Das dürfe nur, wer sich ordentlich, das heißt zunkelgemäß, verhalte. Es würde – so Zunkels versteckte Andeutung – auch reichen, wenn Richard nur so täte, als verhalte er sich linientreu. Aber Richard blieb stur und füllte statt Reue zu zeigen die zweite Seite seines Schreibblockes mit kleiner Schrift. Wie eine Schildkröte reckte Zunkel seinen dünnen Hals aus dem Jakettpanzer, aber Richard gab ihm keine Chance zu entziffern, was da Schwarz auf Weiß stand. Im Moment versuchte er, den „Erlkönig" fehlerlos hinzubekommen. Für Goethes Gedichte hatte er schon in der Schulzeit geschwärmt und sie auswendig gelernt.

Zwischendurch musterte er unauffällig Zunkel, der sich abmühte, Richard mit seinen Wortwalzen zu überrollen. Um die Schlagkraft seiner Argumente zu unterstreichen, stemmte Zunkel die Ellenbogen auf die Tischplatte, die Hände schräg nach oben gerichtet, so dass sich die Fingerkuppen berührten. Bei jedem Satz ließ er diese Handpyramide nach vorn schnellen, als wollte er Pfeile auf Richard abschießen. Geblümte Krawatte auf kariertem Hemd. Darüber ein zerknautschtes Dederonjackett. Unterste Stufe der Karriereleiter, sonst müsste er nicht ein so kleines Würstchen wie Richard in die Mangel nehmen.

In der nächsten Phase der Befragung versuchte Zunkel den Kumpel zu mimen: „Iberleschn se doch nochemal. Ich will doch nur das Beste fir Ihnen." Richard schwieg und schrieb. Auch als Kumpel hatte Herr Zunkel bei Richard kein Glück.

Gegen Ende der Sitzung wurde Richards Schreiberei Herrn Zunkel doch zu blöd. Er fragte schroff: „Was schreibn Se da?"

Den „Erlkönig", antwortete Richard wahrheitsgemäß.

Da fühlte sich Zunkel erst recht verschaukelt. Richard konnte regelrecht verfolgen, wie Zunkel seine Gehirnkammern durchwühlte. Erlkönig? Das ist doch ... ja, Erlkönig, so nennt man im Westen die neuen Autos, die noch niemand sehen darf! Aber was gibt's da zu schreiben?

„Was soll das? Lassen Se das!", befahl Zunkel. Allmählich reichte es ihm, sich mit diesem renitenten Akademiker herumschlagen zu müssen, der etwas von Erlkönig faselt und dabei fein säuberlich protokolliert, was hier besprochen wird.

Richard war mit dem „Erlkönig" fast am Ende. „Und bist du nicht willig, so brauch ich Gewalt." Angst vor Gewalt hatte auch er, obwohl er sich im Recht fühlte. Was ist überhaupt Recht? Hier, im Dunstkreis des Herrn Zunkel, galt nur das Recht, das sich aus Macht nährt. Das durfte Richard nicht vergessen, sonst könnte auch ihm Gewalt drohen.

Als Richard – ohne Zusage, ´de Ausreise zu krieschn´ – entlassen wurde, tat ihm Herr Zunkel fast leid. Wieder keinen Schritt vorangekommen auf der Karriereleiter.

Doch Zunkel wusste schon, dass die Akte „Richard Claris" so gut wie geschlossen war. An höherer Stelle war entschieden worden, diesen widerborstigen Akademiker ziehen zu lassen, bevor er seine kruden Gedanken weiter verbreitet und womöglich andere in seiner Umgebung infiziert.

Richard hatte schon im Vorfeld seine Sachen gepackt, manches verschenkt, anderes verkauft. Was blieb, waren Dinge des täglichen Bedarfs. Die fand er später alle akribisch aufgelistet in einem Protokoll, das die Stasi bei der Auflösung seiner Wohnung erstellt hatte: 11 Unterhosen, teilweise ungewaschen, 12 Unterhemden, 20 Paar Socken, 6 Gabeln, 6 Löffel (klein), 6 Löffel (groß), 6 Messer und so weiter. Die deutsche Gründlichkeit, eine Gemeinsamkeit beider deutschen Staaten, trieb wahre Blüten.

Dann kam der achte Februar, ein trüber, wolkenverhangener Tag. Bei acht Grad plus schmolz der Schnee zu dreckigem Schlamm. Richard schippte gerade die Schneereste vom Balkon als es klingelte. Ein Einschreiben. Richard zitterte die Hand beim Unterschreiben. Im Brief nur ein Satz: Melden Sie sich morgen 8:30 Uhr auf der Passstelle des Polizeipräsidiums. Dort bekam er am nächsten Tag ein blaues DIN A6-Heftchen, seinen Pass, den er noch nie gesehen hatte. Dazu einen Merkzettel: „Sie haben binnen drei Tagen das Staatsgebiet der DDR zu verlassen. In der Amtskasse können Sie fünfzig Mark der DDR in DM der BRD zum Kurs 1:1 umtauschen. Es ist verboten …"

Der Zug nach Frankfurt/Main fuhr am Neustädter Bahnhof ab. Im Gegensatz zu anderen Fahrgästen (fast alles Ausreiser), die mit Sack und Pack am Bahnsteig standen, hatte Richard nur einen Koffer dabei. Er hatte sich vorgenommen, sein neues Leben bei Null zu beginnen.

Im Zugabteil gab es nur ein Thema: Wie packt man es am besten im Westen an? Eine Frau mit Hochsteckfrisur sagte, dass sie als Frisöse Tag und Nacht arbeiten werde, um bald einen eigenen Friseursalon aufmachen zu können. Ihr Mann versuchte sie zu beschwichtigen. Erst brauche man mal eine Wohnung und zwar nicht in einer Plattensiedlung wie in Sebnitz, sondern in einem anständigen Viertel. Der Junge auf seinem Schoß schrie dazwischen: „Ich will einen Blechmercedes mit Batterie und Fernbedienung!"

Als bei Gerstungen die Passkontrolle überstanden war und das Rattern der Schienenstöße aufhörte, wusste Richard, dass er im Westen war.

In Aufnahmelager Gießen bekam er an der Pforte ein Essbesteck, eine Tasse, einen Teller, einen Laufzettel und Einhundert DM Begrüßungsgeld. Am Ende des Laufzettels stand: „Es ist verboten …"

22.

„Sie hat einen russischen Pass bei sich", sagte eine fremde
Männerstimme auf Deutsch.

Wie durch einen Dunstschleier vernahm Natascha mit geschlossenen Augen mehrere Stimmen, die über sie sprachen,
über ihren Zustand und wie es weitergehen soll, aus medizinischer Sicht. Auch von einem Unfall war die Rede, ein Unfall, der zum Glück glimpflich ausgegangen sei.

Natascha öffnete die Augen einen winzigen Spalt. Von einem Gestell hing ein durchsichtiger Schlauch, in dem eine
gelbliche Flüssigkeit blubberte und der in ihren linken Arm
mündete. Was machen die mit mir? Und warum? Um ihr
Bett herum standen mehrere Personen mit weißen Kitteln
und ratlosen Gesichtern. Einer sprach sie an und tätschelte
ihre Wange: „Hallo, Hallo!"

Was will der von mir? Und wo bin ich?

„Hallo, hören Sie mich", schrie der Weißkittel.

Warum schreit der nur so? Ich bin doch nicht schwerhörig.

„Hallo, hören Sie mich? Verstehen sie Deutsch?"

Natascha öffnete die Augen nun ganz und blickte in das
Gesicht eines älteren Herrn mit Brille auf der Stirn und Ste-
thoskop in den Ohren. „Ja, warum sollte ich Sie nicht hören?
Sie sprechen ja laut genug, ich bin nicht schwerhörig und
Deutsch verstehe ich auch."

Der Arzt zog das Stethoskop aus den Ohren, steckte die
Hände in die Kitteltaschen und kam mit seinem Gesicht ganz
nahe an Natascha heran. „Na Gott sei Dank wachen Sie endlich auf. Wir hatten Sie in einen künstlichen Schlaf versetzt."

Natascha sah sich um. Sie lag in einem Bett, das nach frischer Wäsche roch und nicht *ihr* Bett war. An der Wand hingen medizinische Geräte und auf einer Anrichte stand ein Fernseher. Das alles sah aus, wie ein Krankenzimmer in einem Nobelspital. „Wo bin ich?".

„Im Krankenhaus der Medizinischen Akademie. Vergangene Nacht hat ein Mann Sie hier abgeliefert, der Sie beinahe mit dem Auto überfahren hätte."

Langsam setzte bei Natascha die Erinnerung ein. Die Sojus-Kapsel, ein Auto, die grauen Pflastersteine, … „Beinahe überfahren?"

„Ja, ein Mitarbeiter aus dem Kernforschungsinstitut. Mehr war nicht zu erfahren." Der Weißkittel zuckte mit den Schultern und legte die Stirn in Falten. „Na ja, diese Leute schweifen mit ihren Gedanken oft ab, denken an Atome oder Kernspaltung oder irgendwelchen anderen Humbug, statt sich auf den Verkehr zu konzentrieren. In Höhe des Parkhotels seien Sie plötzlich vor sein Auto gelaufen, Sie hätten in den Himmel geguckt. Stimmt das?"

Natascha setzte sich mit Hilfe der Krankenschwester auf und bemühte sich, ihre Gedanken auf die letzte Nacht zu konzentrieren. „Ja, soweit ich mich erinnern kann, hat der Mann Recht, ich habe ein Raumschiff beobachtet."

„Zum Glück konnte er mit einer Vollbremsung Schlimmeres verhindern. Sie sind zu Fall gekommen, hatten einen Schock, aber nur ein paar leichte Blessuren. Der Fahrer hat Ihre Kratzer versorgt, Sie hierher gebracht und ist wieder verschwunden, bevor wir seine Personalien aufnehmen konnten." Dabei schaute er die Schwester vorwurfsvoll an, die nun damit beschäftigt war, Natascha von dem Schlauch zu befreien.

„Ja, und was jetzt?", fragte Natascha, die inzwischen voll bei Sinnen war.

„Das wollten wir Sie fragen. Wir haben in Ihren Sachen einen russischen Pass gefunden. Offenbar sind Sie Russin, obwohl Sie sehr gut Deutsch sprechen. Haben Sie hier Familie, Verwandte? Wen können wir benachrichtigen?"

Bei dieser Frage wurde Natascha klar, wie fremd sie in diesem Land war. Familie, Verwandte? Fehlanzeige! Gab es überhaupt jemanden, der sie vermisste, während sie von Autos überfahren oder in weißen Betten in künstlichen Schlaf versetzt wird.

„Hier habe ich nur eine Freundin, Andrea, ihre Telefonnummer steht auf einem Zettel hinten im Pass. Geben Sie ihr bitte Bescheid. Ich muss übermorgen nach Moskau zurückfliegen. Geht das, oder gibt es damit Probleme?"

„Nein", sagte der Arzt und lächelte sie freundlich an, „dass Sie wegfahren müssen, ist zwar bedauerlich, aber bis auf ein paar Kratzer und Prellungen sind sie unversehrt, aus medizinischer Sicht flugfähig."

Nataschas ließ den Kopf aufs Kopfkissen sinken, Gott sei Dank, ein Krankenhausaufenthalt hätte mir noch gefehlt. „Slava Bogu[1]."

„Können Sie das auch auf Deutsch sagen?"

„Ja, aber das verstehen Sie eh' nicht. Ich danke einem Gott, an den ich gar nicht glaube. Was macht man nicht alles in solch einer Lage."

„Kein Grund zur Panik, alles wird gut!" Der Arzt tätschelte Nataschas Wange und verabschiedete sich: „Wir sagen Ihrer Freundin Bescheid. Und jetzt bekommen Sie erst mal

---

[1] Russ.: Gott sei Dank

ein ordentliches Frühstück, das Sie wieder auf die Beine bringen wird."

„Vielen Dank Doktor. Ich danke Ihnen, balschoje spasibo."

Obwohl Natascha nach Meinung des Arztes *aus medizinischer Sicht flugtauglich* war, brummte ihr gewaltig der Schädel, als die TU 134 zwei Tage später vom Dresdner Flughafen Richtung Moskau abhob. Dass dieser bohrende Druck hinter ihren Schläfen eine Folge des Unfalls war, bezweifelte sie allerdings; eher hatte der wohl mit der Vorahnung zu tun, was sie in Wolgograd erwartet.

Alles wird gut, hatte der Arzt gesagt, und mit den gleichen Wörtern hatte Andrea sie beim Abschied zu beruhigen versucht.

Doch Natascha hatte ihre Bedenken, dass wirklich alles gut würde.

23.

Svetlana legte ihre Hand auf Nataschas Schulter. „Kopf hoch, du könntest noch ins Herbstsemester einsteigen, dort weitermachen, wo du abgebrochen hast."

Vor ein paar Tagen war Natascha aus Dresden zurückgekommen. Ihre Mutter hatte gar nicht nach dem Grund gefragt, hatte sie nur umarmt und immer wieder gemurmelt: „Dotschenka maja[1], dotschenka maja." Die Mutter war froh, über Nataschas Heimkehr, und Natascha war froh, keine Erklärungen abgeben zu müssen, hatte sie doch das *warum* selbst noch nicht verstanden. Der Vater hatte Natascha auf die Stirn geküsst, und am Abend bei Tee und Pelmeni gefragt, wie es nun mit ihr weitergehe. „Ich fahre morgen zur Hochschule nach Wolgograd, dort wird sich entscheiden, ob ich weiter studieren kann."

Nun saß Natascha bei Svetlana im Wohnheim auf dem Bett, die Beine angezogen, die Arme um die Beine geschlungen und den Kopf auf den Knien. Svetlana versuchte ihr Mut zuzusprechen. „Du hast wenig verpasst, bevor das Semester richtig losgeht, vergehen Wochen, du kennst das ja"

Natascha hob den Kopf. „Ja, ich könnte noch ins Herbstsemester einsteigen, theoretisch.". Svetlana sah, dass Nataschas Augen feucht glänzten. „Ich könnte, wenn ich denn darf. Morgen habe ich einen Termin beim Dekan – mein Gang nach Canossa. Da wird sich alles entscheiden."

„Hast du etwas von Lüdger gehört?", fragte Svetlana.

---

[1] Russ.: Mein Töchterchen

„Andrea hat mich angerufen. Er sei pünktlich zum Semesterbeginn wieder aufgetaucht, und er schreibe gerade einen langen Brief an mich. Ob ich den lesen will, weiß ich noch nicht.

„Liebst du ihn noch? Hast du ihn überhaupt je geliebt?"

„Schwierige Frage, ich glaube schon. Dass ich mich zu ihm hingezogen fühlte, lag nicht nur an seinem Geigenspiel."

„Aber eine gehörige Portion Germanophilie war wohl auch dabei."

„Du kannst es auch Flucht vor den hiesigen Zuständen nennen."

„Wie auch immer... Du hast eine Schleife gedreht. Eigentlich bist du wieder an dem Punkt, wo du schon mal warst. Aber auf solchen Irrwegen sammelt man Erfahrungen, manchmal schmerzhafte, aber sie können nützlich sein."

„Ja, aber auf diese Schleife hätte ich gern verzichtet. Es hätte mich beinahe aus der Bahn geworfen. Das war überhaupt nicht lustig, und ob diese Erfahrung nützlich ist ... na ja, das muss sich erst noch zeigen."

Professor Grossnij runzelte die Stirn, als Natascha den Wunsch vorbrachte, ihr Studium fortzusetzen. „So, so, Sie wollen also wieder immatrikuliert werden, wieder zu uns gehören." Nachdenklich kratzte er sich an seinem kahlen Schädel. Schon wieder so ein Problem, für dessen Lösung es kein Rezept gab. Wie soll er als Dekan in diesem Fall verfahren, ohne etwas falsch zu machen? Jetzt, in diesen Zeiten des Umbruchs. Geht es an, dass jemand die Hochschule verlässt, ins Ausland geht, dann zurückkommt und weitermachen will, als wäre nichts gewesen? Nach seinem alten Rechtsverständnis – niemals, aber nach seinem modernisierten Rechtsverständnis, das er früher anarchistisch genannt hätte? Er muss sich Rat holen. So eine komplizierte Sache kann er nicht allein entscheiden. Mit versöhnlicher Miene sagte er: „Ich werde Ihren Wunsch dem Rat der Fakultät unterbreiten. Vielleicht wendet sich ja alles zum Besten."

Natascha bedankte sich brav. Sie hatte das Gefühl, Grossnij stehe auf ihrer Seite und würde sich für sie einsetzen.

Die drei Sekretärinnen im Vorzimmer platzten fast vor Neugier. In ihren Gesichtern konnte Natascha lesen: Hochnäsig davon schweben und dann demütig zurückkommen! Nein, so geht das nicht, jedenfalls nicht hier. In ihren Köpfen spukte noch immer die Vorstellungen der alten Sowjetunion. Natascha ging an den drei Damen vorbei, ohne sie eines Blickes zu würdigen.

Drei Tage später tagte der Rat der Fakultät; es war seine letzte Tagung, denn er war in Auflösung begriffen. Von ganz oben war die Anweisung gekommen, alle Mitglieder der Kommunistischen Partei seien aus dem Rat zu entfernen. Da blieb nur noch ein Mitglied übrig, Professor Komarov, der Lehrstuhlinhaber für deutsche Philologie, und der unterschrieb kurzerhand Nataschas Gesuch und reichte es an die Fakultät zurück. Professor Grossnij war erfreut und überrascht zugleich, so reibungslos werden neuerdings Probleme aus der Welt geschafft. Er bestellte Natascha, die genauso überrascht war, gleich am nächsten Tag zu sich ins Dekanat. Er erhob sich von seinem Sessel und ging – die Immatrikulationsurkunde in der Hand – auf Natascha zu. „Wir erwarten von Ihnen, dass Sie das Versäumte nachholen und Ihr Studium erfolgreich abschließen." Er gab sich fast väterlich, als sei er erleichtert, diese Hürde genommen zu haben. Jemand, der in ein paar Monaten in Pension geht, ist froh, wenn Probleme sich ohne eigenes Zutun (und ohne die Gefahr, dabei etwas falsch zu machen) von alleine lösen. Längst amtsmüde, hatte er es aufgegeben, die neue Zeit zu verstehen. Die drei Sekretärinnen nahm er nur noch als schwatzende Kulisse wahr. Bald wird er viel fernsehen, mit seinen Enkeln spielen, im Park auf der Bank sitzen oder mit Freunden Schach spielen. Innerlich war er schon in Pension.

Natascha nahm die Immatrikulationsurkunde entgegen und bedankte sich. Grossnij gab ihr die Hand, und zu seiner eigenen Überraschung sagte er leise: „Wer untätig ist und nichts wagt, erlebt zwar keine Enttäuschungen, aber sein ganzes Leben ist eine Enttäuschung". In seiner Stimme lag ein Schimmer von Traurigkeit, als hätte er an sein eigenes Leben gedacht.

24.

Herr Kurotin hatte sich wieder im Flur aufgebaut, als Natascha mit ihren Koffern bei Tante Jewgenija in der Kommunalka erschien. Frau Kurotina stand dabei und faltete die Hände über der Brust. Wie erwartet waren Kurotins erste Worte Bosche moj[1]. „Bosche moj, hat dich unser Mütterchen Russland wieder. Herzlich willkommen daheim." Nicht der geringste Anflug von Schadenfreude war in seiner Stimme, kein Vorwurf kam über seine Lippen. Natascha hatte mit dem Schlimmsten gerechnet und sich schon Argumente für ihre Rechtfertigung zurechtgelegt. Jetzt hatte sie den Eindruck, Kurotin freue sich sogar über ihre Rückkehr. Dieser alte, verknöcherte Rechthaber deutete sogar eine Umarmung an.

„Selbstverständlich kannst du hier bleiben, bis du etwas anderes gefunden hast. Du gehörst ja fast zur Familie." Er schaute seine Frau an: „Nicht war, Sina?"

„Ja, Kostja."

Nach dem Abendbrot hatte sich die Familie ins Wohnzimmer verzogen, die Stimme des Sprechers von „Время[2]" war durch die Wand zu hören. Natascha wischte den Küchentisch ab und holte ihr Übungsheft hervor. Seit langem schon versuchte sie, hinter das Geheimnis des Geschlechts deutscher Substantive zu kommen. *Der*, *die* oder *das* – wer soll sich das merken? Es muss doch Regeln dafür geben. Angeblich muss man das Geschlecht genauso lernen, wie die

---

[1] Russ.: Mein Gott
[2] Russische Nachrichtensendung

Vokabel selbst. Indes: eine Regel hatte sie schon gefunden: Alle Substantive, die auf -heit oder -keit enden, sind weiblich. *Die* Gemeinheit, *die* Kindheit, *die* Eitelkeit, … Und wie ist es mit den Wörtern auf -schaft? Sie begann das Wörterbuch nach Beispielen zu durchsuchen.

Plötzlich rumorte es im Flur, die Wohnungstür wurde von innen zugeschlagen, Kurotins laute Stimme war zu hören: „Bosche moi[1]!", dann trat er schimpfend in die Küche. Auf dem Rückweg vom Einkauf waren er und seine Frau ins erste Schneegestöber dieses Winters geraten. Auf seinen Schultern und auf der Pelzkappe lag eine dicke Puderschicht, die langsam zu großen Wassertropfen zerrann. „Bosche moj, ist es hier kalt, Sina, dreh die Heizung auf, es wird Winter!" Wie ein Kriminalist am Tatort ließ er seinen Blick durch die Küche schweifen. „Wer hat denn den Abwasch auf der Anrichte stehen lassen? Das erfüllt den Tatbestand einer Regelverletzung, nicht wahr Sina?"

„Ja, Kostja", flüsterte Frau Kurotina und begann sich die Ärmel hochzukrempeln.

„Halt, das ist auch gegen die Regeln, den Abwasch muss der Beschuldigte übernehmen."

Vom Lärm aufgeschreckt kam Kati in die Küche gerannt. Bevor sie etwas sagen konnte, brachte sich Kurotin in Positur und zeigte mit ausgestrecktem Finger auf die Anrichte. „Wer hat das schmutzige Geschirr hier stehengelassen? Das gehört laut Paragraph § 7, Absatz 3, sofort abgewaschen."

„Das war ich", gab Kati zu, „die Nachrichten hatten gerade begonnen. Da habe ich mir erlaubt, den Abwasch auf später zu verschieben. Wegen solch einer Lappalie muss man doch kein Geschrei machen."

---

[1] Russ.: Mein Gott!

Kurotin pumpte Luft in die Lungen: „Was glauben Sie, wie viele Fälle ich bei Gericht zu verhandeln habe, bei denen es wegen angeblicher Lappalien Streit gibt, Streit und Auseinandersetzungen, bis hin zu körperlichen Übergriffen. In einer Wohngemeinschaft müssen sich alle an die Gesetze – also, ich meine an die Regeln – halten, sonst entstehen Chaos und Anarchie."

Bei dem Wort ‚Anarchie' horchte Natascha auf. Wie ist es mit dem Geschlecht bei Wörtern, die auf –ie enden? *Die* Anarchie, *die* Melancholie, die Batterie, … aber leider: *das* Knie.

Die Auseinandersetzung zwischen Kati und Kurotin ging weiter, bis Kati sich schließlich schmollend an den Abwasch machte. Ein eigentümlicher deutscher Satz, den sie mit Svetlana analysiert hatte, fiel Natascha ein: Hier ist des Arbeitens nicht. Sie packte ihre Bücher und floh aus der Küche. Solche Reibereien gehören offenbar zum Leben in einer Kommunalka. Erst gestern gab es Streit darüber, wie viel jede Familie von ihrem Wodka abgeben muss, um den Schimmel an der Küchenwand beseitigen zu können. Die Küche war Gemeinschaftseigentum und der Schimmel auch, der Wodka aber war privat.

25.

So eine Hundekälte! Natascha zog die Mütze tief in die Stirn. Als sie aus dem Bus stieg blies ihr ein scharfer Wind ins Gesicht. Der Frost hatte ihr Dorf fest im Griff, minus Dreißig Grad, und das schon seit einer Woche! Die Wolga war zu einem schier endlosen Gewirr aus übereinander geschobenen Eisplatten erstarrt. Natascha beeilte sich, zum Haus ihrer Eltern zu kommen. Der Schnee knirschte bei jedem Schritt unter den Füßen, jeder Atemzug hinterließ ein weißes Wölkchen. Wie Fahnenmaste ragten die Rauchsäulen der Schornsteine in den stahlblauen Himmel und die Häuser mit ihren reifblinden Fensteraugen starrten Natascha an wie eine Fremde.

Sie band den Schal fester und zog den Mantelkragen hoch. Auf halbem Weg zum Haus ihrer Eltern drehte sie sich um. Wie in den Wintermärchen ihrer Kindheit lag es da, ihr Dorf. Die tief stehende Sonne warf schräges Licht auf die schneebedeckte Steppe hinter dem Dorf und entfesselte darauf eine Glitzerwelt. Atemlos lauschte Natascha der Stille. In dieses Dorf könnte man sich verlieben. Doch Lethargie und Apathie hatten schon lange ihre Flügel über diesen Ort gebreitet, und der Ort gab sie an die Menschen weiter.

Ihre Mutter, gerade beim Pelmeni-Teig kneten, riss die teigverschmierten Hände in die Höhe: „Grüß dich Töchterchen, willkommen zu Hause." Der große Tisch im Wohnzimmer war mit Papier überzogen und bereits zur Hälfte mit den Teigtaschen belegt. Während sie mit Natascha sprach, legte sie jeweils ein Fleischklümpchen auf ein Teigviereck und faltete die Ecken zusammen. „Wenn der Tisch voll ist, kannst du beim Hinaustragen helfen." Stolz schaute sie auf die Pelmeni, die wie eine Armee zum Abmarsch bereit lagen. „Die reichen für den ganzen Winter."

„Wo ist Oleg?", wollte Natascha wissen

„Dein Bruder hängt wieder mit seinen Kumpels rum. Immer brüten die etwas aus, und nie was Vernünftiges nicht, pfu, pfu! Jetzt hat er sich in den Kopf gesetzt, gleich nach der Schule als Chauffeur zu arbeiten. Da brauche man nur einen Führerschein und keine Ausbildung, sagte er, als sei das ganz was Tolles. Aber der Junge ist nicht schuld. Schuld sind diese Zustände. Keine Sau weiß nicht, wie es weitergehen soll. Der Kolchos hat Schulden, und wie; das gab es noch nie nicht, pfu, pfu. Keine Leute werden nicht eingestellt. Und der Junge? Was soll er denn machen?" Die Mutter knallte den nächsten Teigklumpen auf den Tisch und drückte ihn breit.

Nachdem keine Pelmeni mehr auf den Tisch passten, wusch sich die Mutter die Hände und war nun bereit für eine Umarmung, in der Natascha fast erstickte. „Nun komm, zieh erst mal deinen Mantel aus und mach' es dir bequem. Papa kommt auch gleich. Ich gebe dir eine große Tüte Pelmeni mit nach Wolgograd. Damit kannst du deine Freundinnen bewirten, und auch Tante Jewgenija." Die Mutter erklärte ihr umständlich die Zubereitung, die Natascha schon hundert Mal gehört hatte: „Gefroren ins kochende Wasser, zehn Minuten kochen, abgießen und dann viel Butter, Kräuter und etwas Pfeffer und Salz dazu. Und oben drauf unbedingt einen gehörigen Klecks Smetana[1]."

Nachdem der Tisch gesäubert war, saß die Familie um den Samowar und Natascha musste erzählen, von der Deutsch-

---

[1] Russ.: saure Sahne

landreise, vom Neuanfang an der Hochschule und von der Kommunalka bei Tante Jewgenija. Vieles verschwieg sie, Eltern muss man schonen; die machen sich nur Gedanken um Dinge, die sie eh nicht ändern können. Die quälten ganz andere Sorgen. Immer dasselbe, immer dasselbe. Alles wird teurer, die Preise steigen in den Himmel. Nichts ist mehr wie früher, als noch ein Tag den anderen in geordneten Bahnen ablöste. Das Geld zerrinnt zwischen den Fingern. Manchmal weiß man nicht, wovon man in der nächsten Woche leben soll. Das hat es zu Sowjetzeiten nicht gegeben.

Gleichwohl steckte die Mutter Natascha heimlich einen großen Rubelschein zu, als sie am nächsten Morgen mit ihr zur Bushaltestelle ging. Diesmal kam der Bus pünktlich. Drinnen war es zwar eiskalt – eine Scheibe war zerbrochen – aber er fuhr wenigstens. Die Mutter rief Natascha durch das zerbrochene Fenster zu: „Viel Butter, etwas Pfeffer und Salz, und Smetana nicht vergessen! Grüß Tante Jewgenija! Die echte, die richtig steife Smetana! Ich hab dir ein großes Glas in die Tasche gepackt. Zieh bei der Kälte die dicken Unterhosen an! Leb wohl, dotschenka! Gibt es eigentlich Butter in Wolgograd? Lass bald mal was von dir hören! Die echte, die richtig dicke Smetana und die richtig dicken Unterhosen. Schlag den Mantelkragen hoch! Warum setzt du nie deine Pelzmütze auf?". Die Mutter wollte eigentlich noch andere wichtige Ratschläge geben, aber der Bus fuhr los. Er hüllte sich augenblicklich in eine Rauchwolke. Die Mutter winkte, bis die weiße Buswolke in der ebenfalls weißen Landschaft aufging. Dann wischte sie sich die Tränen ab.

26.

„Richard, du musst fahren!" Ludwig – oder der Boss, wie ihn alle nannten – schaute dabei nicht Richard an, sondern sein Blick wanderte über die Fensterfront des Besprechungsraumes, hinaus zu den Fassaden der Nachbarfirmen und die noch jungen Grünanlagen zwischen den Gebäuden. Das Gewerbegebiet nördlich von Nürnberg war in kürzester Zeit aus dem Boden gestampft worden, auf die *grüne Wiese* gebaut, wie es im Werbeprospekt der Baufirma hieß, dabei sind Wiesen ja meist grün. Seit fünf Jahren hatten sie hier ihr Firmendomizil, viele Mitarbeiter hatten sich damals gegen einen Umzug in ein neues, modernes Gebäude gestemmt, aber Ludwig, der Boss, hatte sich durchgesetzt. Sein Argument: neue Ideen brauchen ein adäquates Umfeld. Von den damaligen Mitarbeitern waren heute nur noch wenige in der Firma, einige davon jetzt hier im Besprechungsraum, die so genannten Leistungsträger. Auch Richard, der eigentlich nicht dazu gehörte, denn er war erst seit kurzem in der Firma.

Nach Richards Ausreise aus der DDR hatte Ludwig ihm die Chance gegeben, möglichst schnell Fuß zu fassen in der „kapitalistischen Arbeitswelt", wie Ludwig sich ausdrückte. Schließlich kannten sie sich seit ihrem gemeinsamen Studium an der Uni in Dresden. Und sie verband ein einschneidendes Erlebnis, die Ausreise aus der DDR, wenn auch mit großem zeitlichen Abstand und auf sehr unterschiedlichen Wegen.

In der heutigen Besprechung ging es um ein Projekt, für das Richard nach Ludwigs Meinung bestens geeignet war. „Du musst fahren!", wiederholte er und nahm Richard jetzt ins Visier. „Der Auftrag für das Stahlwerk in Russland ist wichtig für uns, er darf uns nicht durch die Lappen gehen. Du bist der richtige Mann für Wolschski."

Richard wich Ludwigs Blick aus, doch er wusste, dass er diesen Auftrag nicht würde ablehnen können. Das war schließlich Teil dieser „kapitalistischen Arbeitswelt": der Chef sagt, was gemacht wird und er, der Mitarbeiter, nickt und macht es. Ludwig war sein Chef und zwar ein Chef mit Visionen.

„Warum gerade ich?", versuchte Richard zu opponieren.

„Weil du Russisch kannst. Du bist der einzige in der Firma, der sich in dieser verrückten Sprache auskennt. Und – wahrscheinlich genauso wichtig – beim Wodka-Trinken kannst du wacker mithalten, schließlich warst du jahrelang in Russland."

Richards Widerstand war kraftlos, denn in seinem Innersten dachte er nicht ungern an die vier Jahre Arbeitsaufenthalt in Russland zurück, lange vor seiner Ausreise aus der DDR. Synchrotron und Samowar, Baikal und Birkenwald, Kascha und Katjuscha, Wolga und Wodka, Subbotnik und Picknick ... Das waren schon verrückte Zeiten, verrückt, lehrreich und interessant und manchmal auch abenteuerlich. Damals war er schließlich jung und voller Tatendrang.

„Ein Stahlwerk in Wolschski? Wo liegt das überhaupt?"

Ludwig legte den Bleistift beiseite und rührte mit dem Zeigefinger in der Luft herum. „An der Wolga, irgendwo am Unterlauf, nicht weit von Wolgograd."

Richard kratzte sich am Kopf und kaute auf der Unterlippe. Dank Perestroika und Glasnost könnte er jetzt ohne Gefahr wieder nach Russland reisen. Doch will er das auch?

„Aber ich habe keine Ahnung von einem Stahlwerk."

Ludwig wischte diese Bemerkung mit der Hand weg, als würde er eine Fliege verjagen. „Das Stahlwerk muss dich nicht weiter interessieren. Wir spielen als Softwarezulieferer nur eine kleine Rolle in dem Spektakel mit dem Titel ‚Röhren für die Russen‘. In diese Rolle wirst du dich schnell einarbeiten. Erasmus hilft dir dabei. Er kann zwar kein Russisch, aber ansonsten kann er alles.“

Richard schaute zu Egon hinüber, der von allen wegen seines universellen Intellekts Erasmus genannt wurde.

„Aha, ich soll quasi den Russisch sprechenden Erasmus spielen, ein Double, den Erussmus sozusagen.“ Ludwig lachte, und Richard begann, sich mit der Sache anzufreunden; sie war nicht ohne Reiz, denn damit könnte er endlich seinen Russisch-Trumpf ausspielen.

„Also, was ist nun, Herr Doktor Claris?“, fragte die Sekretärin, „fahren Sie? Ich müsste dann schnellstens das Visum beantragen.“

Beim letzten Satz schaute sie nicht Richard, sondern Ludwig an.

„Ja, er fährt“, sagte Ludwig. „Beantragen Sie das Visum.“

„Und wann fahre ich, wenn ich fragen darf?“

„Du hast zwei Wochen Zeit für die Vorbereitung. Dann fährst du für drei Tage nach Genua; deine Flugkarte habe ich schon gebucht. Dort stellst du bei ´ItalBoncato´, dem Hauptauftragnehmer für Wolschski, unser Software-Konzept vor und holst dir grünes Licht für unsere Lösung. Anschließend hast du hier noch drei Tage Zeit zum Packen, und danach geht’s ab, via Frankfurt, Moskau, Wolgograd nach Wolschski.“

„Und wann komme ich zurück?“

„Das hängt von dir ab. Du bleibst so lange, bis alles funktioniert. Ohne Abnahmeprotokoll will ich dich hier nicht wieder sehen.“

„Na prima, balschoje spasibo![1]"

---

[1] Russ.: vielen Dank!

27.

Erasmus fingerte in seiner Hosentasche herum, fand endlich das Feuerzeug und steckte sich die nächste Zigarette an.
In halber Höhe des Testraumes hing eine bläuliche Wolke,
die bei jeder Bewegung in Wallung geriet. Im Aschenbecher
türmte sich ein Berg kalter Asche, vermischt mit zerdrückten
Kippen. Richard ging mit einer Liste herum und machte
Häkchen in einer Tabelle. Auf Tischen und Regalen – ein
wildes Durcheinander von Geräten, Kabeln, Computerzube-
hör, Schaltplänen … die Zutaten für das Wolschski-Menü.

Draußen war es bereits dunkel, die Firma menschenleer.
Die anderen Kollegen hatten sich vor Stunden mit einem
eiligen „Tschüs, frohes Schaffen" verabschiedet. Wahrscheinlich saßen sie mit ihren Familien beim Abendbrot, froh
darüber, nicht an dem Auftrag da hinten im tiefsten Russland
beteiligt zu sein.

Richard und Erasmus beugten sich über die Informations-
blätter von ItalBoncato. „Aus der flüssigen Stahlschmelze
werden Proben entnommen." Erasmus, die Zigarette im
Mundwinkel, übersetzte aus dem Italienischen. „Dieser glü-
hende Brei wird analysiert und die Zuschlagstoffe ermittelt,
die der Stahlschmelze zugesetzt werden müssen."

Richard stöhnte beim Gedanken an glühenden Brei und
Zuschlagstoffe. Hätte er lieber versuchen sollen, den Auftrag
abzulehnen? War er überhaupt in der Lage, dieses Wolschs-
ki-Abenteuer zu bestehen?

„Die Analysegeräte füttern diesen Computer mit ihren Daten." Erasmus zeigte mit dem Finger auf ein Rechteck in der
Mitte des Ablaufplanes; die Asche seiner Zigarette fiel mitten in das Computerrechteck. Er wischte den Plan mit einer

Handbewegung sauber. „Das ist der Konzentrator, unser Baby. Er nimmt die Daten entgegen, bereitet sie auf, wertet die Ergebnisse aus und stellt sie graphisch dar, dank unserer Software ... wenn sie denn funktioniert." Er drückte die Zigarette in den Aschebecher und nahm die nächste aus der Packung. Ein Bewegungsablauf, der in seinem Gehirn anscheinend fest verdrahtet war.

Richard deutete auf die fünf Leitungen, die zum Computer führen. „Was passiert, wenn zwei oder gar mehrere Analysatoren ihre Daten genau gleichzeitig an den Computer senden?"

Erasmus hatte auch dafür eine Lösung parat: „Richtig, damit müssen wir rechnen. Wir werden in der Software eine Warteschlange anlegen, eine Queue, in die sich alle ankommenden Ereignisse einreihen müssen, und dann – schön der Reihe nach, eins nach dem anderen."

Richard legte beide Hände an die Stirn: „Oh Gott, in zehn Tagen muss alles funktionieren. Wolschski, mir graut vor dir."

Erasmus spielte die Probleme herunter: „Keine Bange! Wir sind gut vorbereitet auf das Spektakel." Er schaute sich – unbeeindruckt von dem Gerätechaos – im Raum um. „Die Kulissen stehen bereit. Was hier in den nächsten Tagen abläuft, ist die Generalprobe. Bei der Premiere stehst du zwar allein auf der Bühne, aber ich kann dir jederzeit soufflieren, übers Telefon, Tag und Nacht. Wenn alles funktioniert, musst du den Russen nur noch erklären, *wie* es funktioniert. Auf Russisch, versteht sich."

Richard schaute auf den Übersichtsplan, dann auf das ganze Chaos im Testraum und sagte: „Ich habe Hunger." Inzwischen war es nach Zehn. Erasmus griff zum Telefon:

„Ich rufe an, wir lassen uns eine Pizza und eine Flasche Wein kommen."

Die Pizza war gut, aber der Wein schmeckte fade. Vielleicht lag das an der technischen Umgebung oder an der Temperatur des Weines oder den Pappbechern, aus denen sie tranken. Erasmus bemühte sich weiter, Optimismus zu verbreiten: „Auf gutes Gelingen! Wird schon klappen." Richard hob den Pappbecher und stieß mit Erasmus an.

„Der Rest der Flasche reicht noch für morgen", sagte Erasmus.

„Also werden wir morgen Abend wieder hier werkeln?"

„Na klar doch!"

Am Tag vor Richards Abflug nach Genua war der letzte Softwarefehler behoben. Die Apparatur lief wie ein Schweizer Uhrwerk. Erasmus vollführte einen Freudentanz um die vertrockneten Pizzareste vom Vortag, schwenkte die Arme in die Höhe und strahlte vor Optimismus. Er konnte sich wie ein Kind über Erfolge freuen. Richard stand mit nachdenklicher Miene daneben, beide Hände in den Hosentaschen. „Nach Freudentanz ist mir erst, wenn ich die Unterschrift unter dem Abnahmeprotokoll habe."

„Du wirst sie kriegen, warum sollte es im Ernstfall nicht funktionieren? Natürlich gehört auch ein bisschen Glück dazu. Aber Glück kommt nicht von allein. Das glauben nur Narren oder Lottospieler. Unsere Software funktioniert nicht weil wir Glück haben, sondern weil wir alles richtig machen."

28.

„You will be received by Dottor Bonaventura at the airport Genua", hatten die Leute von ItalBoncato am Telefon wissen lassen. Dottor Bonaventura werde in der Ankunftshalle ein Schild mit seinem Namen hochhalten.

Richard wartete an der Gepäckausgabe des Flughafens Cristoforo Colombo ungeduldig auf seinen Koffer. Endlich! Richard erkannte ihn an dem roten Bändchen, dem Erkennungszeichen, das er immer vorsorglich anbrachte. Ein Zöllner in schmucker Uniform ignorierte Richards Gepäck und winkte ihn zur Empfangshalle durch, wo ihn ein Schilderwald erwartete. Er stellte sich auf die Zehenspitzen und nach längerem Suchen entdeckte er sein Schild. Es war aus Pappe, die Stange aus Holz, und die Finger, die es hielten hatten rot lackierte Nägel, Dottor Bonaventura war eine Dottoressa. Lange schwarze Haare, dunkle Augen, schmales Gesicht, und eine Figur ... olala! Richard ging auf sie zu, das Schild mit seinem Namen legitimierte ihn sie anzusprechen. „Buongiorno ...." Da verließ ihn schon sein Italienisch. „Ich bin Richard Claris aus Deutschland."

„Hallo, ich bin Simonetta Bonaventura, herzlich willkommen", sagte sie auf Deutsch und lächelte Richard an, als hätte sie ihr ganzes Leben nur auf ihn gewartet. Ihr Deutsch klang etwas seltsam; wie Italienisch mit deutschen Wörtern, aber sehr erotisch.

„Ich begrüße Sie in Genua", sagte der dunkelrot geschminkte Mund. „Mein Auto steht vor der Halle. Darf ich bitten, Dottor." Mit einer Handbewegung und einem freundlichen Lächeln zeigte sie auf den Ausgang.

Beim Hinausgehen hatte Richard Gelegenheit die Beine dieser Dottoressa zu bewundern. Mama mia, mama mia … Weiter kam er nicht mit seinen Gedanken, denn sie verstaute ihre Beine in dem kleinen roten Fiat, der gleich neben der Ausgangstür parkte.

Nachdem Richard seinen Koffer auf der winzigen Rückbank untergebracht hatte, fuhren sie Richtung Westen, durch viele Tunnel und über zahlreiche Brücken. Richard hatte bald die Orientierung verloren und schaute wie gebannt auf den Verkehr, der keinerlei Regeln zu folgen schien. „Wir fahren nach Pegli", sagte Dottoressa Bonaventura, „ein Vorort von Genua. Ich habe für Sie ein Hotelzimmer mit Meerblick reservieren lassen." Sie schlängelte sich mit dem kleinen Auto gekonnt durch das Verkehrschaos. Richard stemmte die Füße gegen das Bodenblech und die Hände gegen die Ablage, einen Sicherheitsgurt gab es nicht. Während sie lenkte und schaltete, gestikulierte sie mit den Händen und schaute zu Richard, als wüsste der Wagen schon allein, wohin er zu fahren hat. „Ich bin bei ItalBoncato verantwortlich für die Zusammenarbeit mit den Unterauftragnehmern des Projektes Wolschski."

„Kommen Sie auch nach Wolschski?", fragte Richard.

„Ja, ich fahre schon Ende dieser Woche. Ich werde Sie in Wolschski empfangen und unter meine Flügel nehmen."

Fittiche, wollte Richard verbessern, aber dann fand er Flügel auch ganz lustig. Plötzlich erschien ihm der Wolschski-Auftrag in ganz anderem Licht, ja, ein wenig freute er sich sogar darauf. Wer wünschte sich nicht, unter solche Flügel genommen zu werden.

„Da sind wir." Der kleine rote Fiat bog nach halbstündiger Fahrt auf einen Kiesweg ein und hielt vor einem altmodischen, durch Türmchen, Erker und Balkone gegliederten

Gebäude. Richard liebte diese alten Hotels und deren morbide Eleganz. Über dem bogenförmigen Eingang stand: „H_tel Esplan_da". Die zwei fehlenden Buchstaben wirkten wie die Zahnlücken einer eleganten, aber in die Jahre gekommenen Dame.

„Ist es Ihnen Recht, wenn ich Sie morgen früh um acht hier wieder abhole?"

Ohne eine Antwort abzuwarten, die Hände am Lenkrad, skizzierte Dottoressa Bonaventura das Programm für den nächsten Tag: Neun Uhr – Besprechung mit dem Chef und der Task-Force „Röhre Wolschski"; Festlegung der Strategie gegenüber der russischen Seite; danach Klärung offener Probleme bei der Qualitätssicherung. „Das ist Ihre Stunde! Nennen Sie Ihre Probleme, aber machen Sie nicht zu viel Gesims – so heißt es doch auf Deutsch?. Ich bin schon fünf Mal in Wolschski gewesen, und immer hat sich ein Teil der Probleme in Luft aufgelöst; dafür gab es neue, gänzlich unerwartete. Die Russen nehmen das sportlich, sie sind Meister im Improvisieren."

Sie hob die Hände vom Lenkrad und ließ sie wieder fallen. „Sicherlich kennen Sie das. So ist unser Geschäft. Ich nenne es Normalität, manche nennen es Chaos. Also, bis morgen!"

Sie ließ Richard aussteigen, startete den Motor und zeigte mit der Hand in Richtung Meer. „Machen Sie noch einen Spaziergang an der Promenade entlang! Ein Stück nach Westen ist eine kleine Taverne mit Blick aufs Meer. Dort schmeckt der Wein fantastico. Der Wein, und der Fisch auch. Fresco, fresco! Buon appetito!", rief sie durchs offene Fenster, als sie den kleinen Fiat schon um das Blumenrondell lenkte. Während sie nach hinten schaute und Richard durch das geöffnete Dach zuwinkte, kam sie vom Weg ab, und fuhr direkt auf den Zaun zu.

„Attenzione! Attenzione!", rief Richard und ruderte mit den Händen durch die Luft.

„Ciao, Dottor Riccardo!", rief sie und steuerte wieder auf den Kiesweg zurück. Noch ein Hupen, noch ein Winken, dann waren sie und das kleine rote Auto verschwunden.

Ciao, Dottor Riccardo – das klang, als kenne man sich schon seit Jahren.

29.

Am nächsten Morgen stand Richard viel zu früh mit seinem Aktenkoffer am Eingang des Esplanada, frisch rasiert und guter Laune. Der ungewöhnlich milde Maitag kam wie ein Versprechen daher, Wolken oder gar Regen sollten heute kein Thema sein. Ein laues Lüftchen wehte Salzgeschmack vom Meer herüber, in Richard machte sich ein Gefühl von Urlaub breit.

Lange hatte er überlegt, wie er sich kleiden sollte. Er hatte die graue Hose und das Tweed-Jackett angezogen, eine Krawatte umgebunden und sich vor den Spiegel gestellt. Nein, das geht überhaupt nicht, wie ein Vertreter für elektrische Korkenzieher, außerdem viel zu warm. Schließlich hatte er die legere Variante gewählt, blau-weiß gestreiftes Hemd, oben offen, und dazu eine hellgraue Leinenhose.

Während er vor dem Hotel beobachtete, wie der Portier hinter einem Mauervorsprung heimlich eine Zigarette rauchte, waren seine Gedanken beim gestrigen Abend, dem Empfang am Flughafen und der Fahrt nach Pegli. Als er gerade feststellte, dass Warten – sosehr es ihn sonst missfiel – heute eher ein Vergnügen war, bog das kleine rote Auto in die Hoteleinfahrt ein.

„Hallo, Dottor Riccardo!" Dottoressa Bonaventura reckte den Kopf aus dem geöffneten Faltdach „entschuldigen Sie, dass ich zu spät komme. Der Verkehr! Sie wissen schon."

Richard verharrte noch einen Moment, auf diese Frau hätte er auch stundenlang gewartet. „Kein Problem, Sie mussten ja auch auf mich warten, am Flughafen."

Im Sitzungssaal herrschte eine Art „Silicon-Valley-Stimmung"; Coolness war angesagt, und sich locker zu geben schien Pflicht. Keiner der Teilnehmer trug eine Krawatte; die Jüngeren gefielen sich in T-Shirts mit provokanten Aufschriften. Che Guevara blickte Richard von der Brust seines Gegenübers kampfbereit an. Ob der Junge wohl weiß, wen er da vor sich hertrug, wie viele Tote auf dessen Weg durch die Sierra Maestra lagen?

Richard holte aus der schmalen Mappe seine Folien heraus. Während des Fluges von Nürnberg nach Genua hatte er noch einige Korrekturen angebracht, unsicher war er trotzdem. „Werden Sie für mich dolmetschen?", fragte er Dottoressa Bonaventura.

„Das wird nicht nötig sein. Die Besprechung wird in Englisch geführt, weil viele Ausländer dabei sind."

Richard sagte nur „Mm" und kräuselte die Stirn.

„Ist das ein Problem?"

„Nein, selbstverständlich nicht", beteuerte Richard schnell. Zum Glück hatte er seine Folien vorausschauend in Englisch beschriftet.

Plötzlich verstummten alle Gespräche. Durch die Tür war Signore Bertolino, der Chef von ItalBoncato, eingetreten. Mit jovialer Geste grüßte er in die Runde und bat Dottoressa Bonaventura, alle Mitstreiter, die neu im Projekt waren, vorzustellen. Ein Zettel mit der Tagesordnung lag auf jedem Platz. Richard entspannte sich, die Qualitätssicherung war erst gegen Ende dran.

Signore Bertolino war der einzige Krawattenträger im Raum, braun gebrannt, als käme er geradewegs vom Strand, weiße Schläfen, goldenes Kettchen und die Selbstsicherheit eines Mannes, dem selten widersprochen wird. Scheinbar gelangweilt blätterte er im Teilnehmerverzeichnis, nickte während der Vorträge hin und wieder oder schüttelte missbilligend den Kopf. Manches quittierte er nur mit einem Nicken, anderes zerpflückte er und ließ kein gutes Haar daran. Ludwig hatte Richard vor Bertolino gewarnt. Je mehr ein Mitarbeiter sein Thema aufblase, umso lustvoller lasse Bertolino mit kleinen Nadelstichen die Luft heraus. Und genauso war es.

Nach einer kurzen Pause war Richard dran: „Your contribution, please", sagte Bertolino in seinem Italo-Englisch und zeigt mit dem Finger auf ihn. Richard legte die erste Folie auf und dachte an Ludwigs Warnung mit der Blase. Doch blumige Ausmahlung technischer Themen war eh nicht sein Ding, er hielt sich eng an den von den Folien vorgegebenen Fahrplan. Meistens nickten die Köpfe in der Runde wenn Richard die nächste Folie auflegte. Er verschwieg nicht, dass es noch Probleme gab. An den Schnittstellen zu den Analysegeräten könnten einige Anpassungen notwendig werden. Ebenso bei den Bedienmasken am Bildschirm, hier wolle man die Wünsche des Auftraggebers berücksichtigen. Man habe Erfahrung bei der Zusammenarbeit mit russischen Auftraggebern.

Richard beantwortete einige Fragen, und dann war mit dem finalen Nicken Bertolinos sein Konzept ohne schmerzhafte Nadelstiche abgesegnet. Er holte tief Luft und fühlte sich wie ein Eiskunstläufer nach gelungener Kür.

Beim Mittagessen in der Firmenkantine nahm Dottoressa Bonaventura ihn zur Seite und flüsterte: „Gut geschlagen, Riccardo!"

Hatte sie das zu den anderen Referenten auch gesagt? Wollte sie ihn loben oder Trost zusprechen? Wie beiläufig fuhr sie fort: „Darf ich Ihnen nach der Nachmittagssitzung etwas von Genua zeigen? Natürlich nur, wenn Sie Zeit und Lust haben."

Richard war, als hörte er Musik, ihm wäre beinahe das Tablett aus der Hand gefallen. „Ja danke, sehr gern, ich habe Zeit", sagte Richard.

Und Lust hatte er auch, sehr große sogar. Das sagte er aber nicht.

30.

Nur nicht zu spät kommen, dachte Richard, diese Frau warten zu lassen, wäre ein unverzeihlicher Fauxpas. Immer wieder schaute er auf die Uhr, die Nachmittagssitzung nahm kein Ende. Globalisierung, Synergieeffekte, ... alles gut und schön, aber langweilig. Er war nicht bei der Sache. „Ein Stück Genua zeigen ...", was konnte das bedeuten? Vielleicht mehr als ein Stück Genua?

Endlich wurde das Schlusswort gesprochen. Ein Herr Koordinator dankte für die (nicht geschenkte) Aufmerksamkeit und wünschte einen guten Tag.

Richard eilte mit seinem Aktenköfferchen zum vereinbarten Treffpunkt hinter dem Firmengebäude. Ganz oben, wo die Glasfront zu Ende war, begann ein Himmel, wie er sonst nur in Reiseprospekten vorkommt. Richard nahm das prachtvolle Wetter als gutes Zeichen für alles, was der heutige Tag noch bringen mag. Er stellte sein Köfferchen ab und umrundete es nervös. Drüben am Taxistand hockten die Fahrer im Schatten eines Baumes, rauchten und diskutierten heftig und laut, wie das eben so ist, wenn mehr als zwei Italiener beisammen sind.

Richard kramte den Italien-Baedeker aus seinem Köfferchen. Wie soll er sie ansprechen? Er kannte sich in den italienischen Höflichkeitsregeln nicht aus. Wie vertraut muss man sein, um den Titel wegzulassen? Und wann darf man den Vornamen verwenden? Was gilt noch als zwanglos, und was als unhöflich? Schließlich war man nicht in Amerika, wo solche Regeln einfach ignoriert werden. Irgendwo in dem Baedeker sollte das stehen, nur finden müsste man es.

„Darf ich Riccardo zu Ihnen sagen?", Plötzlich stand sie neben ihm und streckte ihm ihre schlanke Hand entgegen. „Nennen Sie mich einfach Simonetta!" Richard nickte erleichtert und packte den Baedeker ein. So einfach war das mit den Regeln. „Wir werden Ihren Aktenkoffer in meinem Auto deponieren und dann zu Fuß durch die Altstadt spazieren", schlug sie vor. „Die Augen sehen mehr, wenn sie zu Fuß gehen. Anschließend fahre ich Sie dann zu Ihrem Hotel."

„Grazie, dass Sie sich Zeit für mich nehmen."

„Ist mir ein Vergnügen", Simonetta lachte laut, die Taxifahrer unterbrachen ihren Disput, weil sie Kundschaft witterten. Falsch gedacht – *sbagliarsi di grosso*, Simonetta hängte sich in Richards Arm, und sie gingen die paar Schritte zum Parkplatz, wo sie den Koffer im Auto verstauten. Dann marschierten sie Arm in Arm in Richtung Altstadt. Simonetta trug ein wild gemustertes Sommerkleid, das sich oben eng an die Figur schmiegte, während es sich unten am Rock eher flatterhaft benahm. Bei jedem Schritt wedelte der Rock um Richards Beine.

„Waren Sie schon mal in Genua?", fragte Simonetta.

„Nein, noch nie, ich habe mich nur im Reiseführer schlau gemacht: Zentrum einer im Mittelalter bedeutenden Republik, berühmte Seefahrerstadt, durch den Handel zu Reichtum gelangt, im 2. Weltkrieg dank der Befehlsverweigerung des deutschen Stadtkommandanten nicht zerstört. Viel mehr weiß ich nicht, aber das kann sich ja heute ändern."

„Aber erwarten Sie nicht von mir, dass wir von einer Sehenswürdigkeit zur nächsten hasten. Wer hier lebt, sieht Genua anders, als die Reiseführer."

„Ich gebe mich ganz in Ihre Hand", erwiderte Richard, was er durchaus wörtlich meinte.

„Wir sind in der Altstadt", sagte Simonetta nach längerem Fußmarsch, der jedoch wie im Flug verging. Sie waren auf einem Platz angekommen, von dem aus mehrere enge Gassen abzweigten. Simonetta zeichnete mit dem Finger einen Kreis in die Luft und schob Richard in die Gasse, wo ihr Finger stehen geblieben war, bog dreimal um die Ecke und erklärte in fünf Minuten die fünfhundert Jahre, die diese Gassen schon erlebt haben.

Richard hatte nach kurzer Zeit die Orientierung verloren, er verließ sich ganz auf Simonetta. Die engen Gassen waren mit dunklen Basaltplatten gepflastert. Zahlreiche Verkaufsstände drängten sich aus den Häusern heraus auf die Gasse und machten diese noch enger. Es roch nach Fisch und Tang, und feuchtem Mauerwerk. Auf breiten, mit Blech bezogenen Tischen lagen zwischen zerstoßenem Eis Fische jeglicher Art und Größe, außerdem Krabben, Krebse, Langusten und ähnlich Schwabbeliges. Zum ersten Mal in seinem Leben sah Richard Thunfisch außerhalb von Dosen; große, rosafarbene Fischleiber, die mit der grau-braunen Dosenpampe, die er kannte, nichts gemein hatten. Mit verdrehten Augen schauten die feucht glänzenden Fische Richard an, als wäre er Schuld an ihrem Schicksal. Vorbei an den Verkaufsständen huschten dunkle Gestalten durch die Gassen. „Vorsicht!", rief Simonetta und zog Richard in einen Hauseingang. Ein farbiger Mann raste in abenteuerlicher Fahrt auf dem Motorroller vorbei. An beiden Seiten des Rollers hingen Tröge mit Fischen, die einen ziemlich lebendigen Eindruck machten.

Simonetta dirigierte Richard weiter, hinauf zur Strade Nuove, dem – wie sie es nannte – besseren Viertel der Stadt. Hier war noch die Pracht der ehemaligen Seefahrermetropole zu ahnen. Rechts und links der Straße – graue Gemäuer, Palazzi aus der Renaissance. „Reiche und mächtige Leute residierten damals in diesen Palästen", erklärte Simonetta. Durch die verschnörkelten Gitter der Einfahrten konnte Richard in die Höfe schauen, manche angelegt wie kleine Parks mit Springbrunnen in der Mitte. Simonetta nahm Richard an die Hand und zog ihn durch einen Torbogen hinein in einen der Höfe. Zielstrebig ging sie auf eine steinerne Außentreppe zu, die bis in die erste Etage des Hauses reichte. Aus dem Inneren des Gebäudes war kein Laut zu hören. Richard fühlte sich wie in einem Historienfilm. „Hier wohnt meine Mutter", sagte Simonetta. „Früher gehörte das ganze Haus unserer Familie, jetzt ist uns nur noch eine Wohnung als Alterssitz meiner Mutter geblieben." Simonetta schlug mit dem eisernen Ring an die Tür. Nichts rührte sich, Totenstille. „Sie ist wahrscheinlich noch in ihrem Laden. Sie betreibt in der Unterstadt ein kleines Antiquariat. Manchmal schläft sie sogar dort."

Sie verließen den Hof. Eigentlich hätte Simonetta jetzt Richards Hand wieder loslassen können, aber das tat sie nicht. Oder war *er* es, der *ihre* Hand festhielt?

Nachdem sie fast zwei Stunden kreuz und quer durch Genua gelaufen waren, sagte Richard: „Ich habe Hunger. Ich möchte meine Stadtführerin ins nächste Restaurant einladen".

Simonetta blieb stehen und überlegte kurz. „Ich weiß etwas Besseres. Wir fahren hinaus nach Pegli. In der Taverne an der Seepromenade, von der ich Ihnen gestern erzählt habe, schmeckt der Fisch fantastico. Das mag auch an dem Blick liegen, den man von der Terrasse auf das Meer hat. Ich liebe diesen Platz. Er erinnert mich an meine Kindheit."

„Einverstanden, auf nach Pegli", rief Richard, „aber Sie sind mein Gast!"

31.

Das kleine rote Auto ließen sie am Hotel Esplanada stehen und nahmen den Fußweg die Promenade entlang. Simonetta blieb immer wieder stehen und schaute hinaus aufs Meer. „Die Ästhetik des Unendlichen", sagte sie etwas pathetisch, nicht zu Richard, sondern zu dem Wellenteppich, der sich am Horizont mit dem blassblauen Himmel vermischte. Sie zeigte mit dem Finger gerade hinaus aufs Meer. „Immer geradeaus kommt erst Korsika, dann Sardinien und dann Afrika. Ich bin vor langer Zeit mal mit einem Schiff bis nach Tunis gefahren, als Bootsmädchen. Das Schönste an der Fahrt war, die Fische zu beobachten. Die Delphine kamen nahe heran, ich konnte mich mit ihnen unterhalten."

Auf der Terrasse der Taverne fanden sie einen Platz mit Blick aufs Meer. Auf dem weiß gekalkten Tisch flackerte eine Kerze, von einem Glaszylinder gegen die Brise vom Meer geschützt. Vor ihnen, auf der leicht abfallenden Fläche des Strandes markierten Schlängellinien von vertrockneten Algen wie weit das Meer manchmal aufs Land greift. Überall lag Treibholz herum, aus dem zwei Jungen kleine Boote bastelten, die kaum ins seichte Wasser gesetzt, Schiffbruch erlitten. Ein herrenloser Hund hatte sich in ein Stück Treibholz verbissen und ließ seine Wut daran aus. Die Terrasse war noch fast leer, nur ganz hinten saß ein Liebespaar, das sich quer über den Tisch bei den Händen hielt und sich nicht aus den Augen ließ. Das Weinlaub, das die Seitengitter und die Pergola der Terrasse völlig bedeckte, verbreitete eine intime Atmosphäre. Der Blick ins Innere der Taverne war durch einen Muschelvorhang versperrt. Gerüche von gebratenem Fisch drangen heraus und eine tiefe Männerstimme, die immer von neuem den Anfang von „O Sole Mio" sang, wie eine Schallplatte, die einen Sprung hat.

„Waren Sie schon oft hier, Simonetta?"

„Früher ja, mit meiner Mutter. Hier fanden unsere Sommerwochenenden statt. Als Kind konnte ich stundenlang den Möwen zuschauen, ihre weiten Schwünge, ihr Kreischen, als wollten sie rufen: seht ihr armen Geschöpfe, wir sind frei."

„Hatte Ihre Mutter damals schon das Antiquariat?"

„Ja, das Antiquariat betreibt sie solange ich denken kann. Zwischen Stapeln verstaubter Bücher habe ich dort stundenlang gesessen und von fernen Welten geträumt. Bevor ich lesen konnte, habe ich versucht, die Herkunft der Bücher am Geruch zu erkennen."

„Und Ihr Vater?"

„Mein Vater ist Deutscher, er lebt im Allgäu. Nach der Scheidung von meiner Mutter – ich war damals erst elf – hat er sich in eine Hütte an den Hängen des Kleinwalsertals zurückgezogen. Keine Straße führt dahin, nur ein schmaler Pfad. Dort wohnt er schon seit dreißig Jahren, allein mit seinem Hund und einigem Kleinvieh … und seinen Erinnerungen."

Elf plus dreißig … Dann ist sie jetzt Anfang Vierzig. Richard hatte sie auf Mitte Dreißig geschätzt. „Und was macht er dort, allein in dieser Hütte in den Bergen? Haben Sie noch Verbindung zu ihm?"

Simonetta strich sich eine Strähne aus dem Gesicht. „Hin und wieder besuche ich ihn. Das Leben in der Einsamkeit hat ihn geprägt, er hat die Umgangsformen verlernt. Gut so, sagt er; die meisten Umgangsformen taugen eh nichts, täuschen eine Höflichkeit vor, die nichts als leere Hülle ist. Wenn ich zu ihm hinaufsteige und in sein Haus trete, dann strahlen seine Augen. Nicht aus Höflichkeit, seine Freude ist echt; er umarmt mich, ohne ein Wort zu sagen. Ich liebe ihn auf eine ganz sentimentale Art und genieße die seltenen Stunden mit ihm. Wir wandern über Wiesen und Berghänge und kehren in Almhütten ein, wo es deftiges Dunkelbrot mit hausgemachtem Griebenschmalz gibt. Dazu trinken wir Buttermilch und krönen das Mal mit einem Marillenschnaps. Das bringt ihn in Stimmung, und er erzählt mir lustige Geschichten aus meiner Kindheit."

„Buon appetito!" unterbrach sie ein Mädchen in blauer Uniform und weißer Schürze, die das Essen servierte. Simonetta begann sofort mit beiden Händen die Krebse auf ihrem Teller zu zerlegen. Richard fragte belustigt: „Wie schmecken diese gefährlich aussehenden Viecher?"

Simonette leckte mit der Zunge über die Lippen. „Sehr lecker." Gekonnt zerlegte sie die Tiere in essbare Häppchen. Selbst dieses Gliederbrechen sah bei ihr elegant aus; eine eigentlich unmögliche Kombination aus Brutalität und Sinnlichkeit. Richard fand es irgendwie erotisch. Er selbst hatte ein unkompliziertes Gericht bestellt: Pasta mit frischem Thunfisch und irgendwas Grünes darauf. An dem Thunfisch gab es nichts zu werkeln, der war verzehrbar, ohne dass man Hand anlegen musste. Allerdings schmeckte er auch etwas langweilig.

„Erzählen Sie von sich, Riccardo, was treiben Sie so, und was haben Sie früher getrieben", sagte Simonetta, nachdem sie die Reste des letzten Krebses auf den Teller gelegt und sich mit der Serviette Hände und Mund abgewischt hatte.

Richard nahm die Flasche aus dem Weinkühler, schenkte nach und erzählte in Kurzfassung seine Geschichte. Die Kindheit in bescheidenen Verhältnissen, das Studium in Dresden, die Jahre als Physiker in der DDR und in Russland, seine Flucht in den Westen, wo er – nur mit einem Koffer in der Hand und fünfzig DM in der Tasche – im Übersiedlerheim Giesen gelandet war und zehn Tage in einem Sechserzimmer mit Doppelstockbetten gehaust hatte. Ein einziges Bier hatte er sich in diesen zehn Tage geleistet. Keine leichte Zeit, aber welcher Neuanfang ist schon leicht?

„Wenn Sie in Russland waren, dann können Sie wohl Russisch?", fragte Simonetta.

„Ja, etwas schon."

„Das ist ja toll, ausgezeichnet, benissimo", rief Simonetta, beugte sich zu Richard und küsste ihn spontan auf die Wange.

Richard strahlte; noch nie war er für sein Russisch geküsst worden.

Simonetta hob das Glas. „Das wird uns in Wolschski von Nutzen sein. Sie können ohne Dolmetscher direkt mit den Russen verhandeln, und Sie können mir helfen, im richtigen Moment die richtigen Worte zu finden."

Sie stießen auf das Abenteuer Wolschski an.

Inzwischen war es dunkel geworden. Ketten bunter Lämpchen, die sich durch die Pergola zogen, unterbrachen die Finsternis. Der Saum des Meeres war als weißer Strich erkennbar, dahinter – soweit das Auge reichte – die dunkle Fläche des Wassers, unterbrochen nur von den Leuchtpünktchen einiger Schiffe. Eine pittoreske Idylle, wie man sie aus Kitschfilmen kennt. Dazu die Musik aus der Taverne: Vissi d'arte, vissi d'amore – eine todesmutige Tosca beklagt ihr Schicksal.

„Lieben Sie auch Puccini?", fragte Richard.

„Oh ja, er verstand es, die Seele in Töne zu gießen. Wenn ich Toska höre, schließe ich die Augen und träume. Meine

Mutter sagt immer, diese Musik lasse die Luft brennen. Leider bleibt viel zu selten Zeit für solche Träumereien."

Richard winkte das Mädchen mit der weißen Schürze heran: „Il conto per favore!" Unsicher war er wegen des Trinkgeldes; er hielt einen mittleren Lira-Schein in der Hand und schaute zu Simonetta. Die nickte zustimmend und sagte irgendwas auf Italienisch zu dem Mädchen, das Richard nicht verstand.

Ein paar Stufen führten von der Terrasse hinunter zum Strand. Sie zogen die Schuhe aus und gingen direkt am Saum des Wassers in Richtung Hotel. Sie verfolgten das ewige Spiel: Das Meer greift nach dem Land, kann es für einen Moment halten und muss es gleich wieder freigeben. Wie ein beleidigter Liebhaber zieht es sich zurück, um gleich darauf einen neuen Versuch zu starten.

Richard spürte, wie die Anspannung der letzten Tage nachließ. Die Sitzungen bei ItalBoncato, die Diskussionen mit den Projektkollegen, ja selbst noch der Stadtbummel mit Simonetta – alles hatte unter einer Art Hochspannung gestanden. Jetzt, barfuß auf dem weichen Sand, glitt die Spannung von ihm ab wie Wasserperlen von der glatten Haut.

Simonetta schien es ähnlich zu gehen. „Ich danke Ihnen Riccardo, es war ein reizender Abend. Wer immer bis zum Hals in Arbeit steckt, fängt an, sich selbst zu betrügen. Was ist das für ein Leben, wo das angeblich Unaufschiebbare immer das wirklich Wichtige verdrängt. Ich wohne seit meiner Geburt hier auf diesem herrlichen Fleckchen Erde, aber wann habe ich das letzte Mal einen Abend am Meer verbracht? Das ist lange her." Ihre Blicke wanderten zum Horizont, wo die Lichter der Boote auf den Wellen auf und ab tanzten. „Manchmal wünschte ich mir, ich hätte den Mut, da hinauszufahren. Einfach geradeaus, alles hinter mir lassen, die Firma, das Büro, die zentnerschweren Aktenberge, alle Verantwortung, ..." Sie ließ den Satz über dem Meer hängen. Für einen Moment war sie wie abwesend, vielleicht sah sie sich auf einer Yacht mit Segeln und Seilen hantieren, mit Delphinen sprechen und aus Büchsen gesalzene Gurken essen. Doch es war nur ein kurzer Moment, schnell – als wollte sie sich zur Ordnung rufen – verdrängte sie diese Bilder: „Aber ich habe keinen Mut, sondern tue, als würde von meinem Job das Überleben der Menschheit abhängen, und ohne überheblich zu sein – ich mache ihn gut, meinen Job, aber ich vergesse dabei zu leben. Oder das Leben rauscht an mir vorbei."

Vom Meer wehte eine frische Brise, Richard legte seine Jacke über Simonettas Schultern. Wie ein Zelt hingen die Sterne über dem Meer. Auf halbem Weg zum Hotel setzten sie sich auf ein umgekipptes Boot am Strand und schauten lange wortlos über das silbrig glänzende Wasser. Simonetta malte mit den Zehen Figuren in den Sand. Ihre roten Fußnägel bewegten sich auf verschlungenen Bahnen, mal verschwanden sie unter dem Sand, mal wurden sie vom Wasser überrascht. Was sie malte, sah professionell aus, kleine kurzlebige Kunstwerke. Alles, was sie machte war professionell, ihre Moderation heute Morgen in der Firma, ihr souveräner Umgang mit den Geschäftspartnern... Ja, selbst den Wein heute Abend hat sie professionell ausgesucht und verkostet.

„Gibt es einen Mann in Ihrem Leben, Simonetta?"

„Bis Mitte Zwanzig war ich ein dickes Mädchen. Ich stopfte alles in mich hinein, was mir gerade in die Hände fiel. Ich hatte damals einen Freund, der mich unbedingt heiraten wollte. Er ging mit mir ins Kino, zeigte mir, wie man Bier aus der Flasche trinkt und brachte meine Mülltüten runter. Er machte alles für mich. Er lernte sogar kochen, um meine Fresssucht zu befriedigen."

„Und, haben Sie ihn geheiratet?"

„Nein, ich wollte schlank werden, und er liebte eigentlich nur Dicke. Er nähme mich auch schlank, oder auch sonst wie, egal wie, sagte er. Aber so viel Toleranz grenzt an Dummheit. Was soll ich mit einem, dem egal ist, wie ich aussehe."

„Und dann?"

„Dann *wurde* ich schlank ... und sehr beschäftigt und sehr selbständig. Einem Mann, der so etwas mag, bin ich noch nicht begegnet, solche Männer sind offenbar ausgestorben."

Richard wollte etwas erwidern, aber was hätte er sagen sollen? Sie hatte ja Recht.

Schweigend beobachteten sie das Spiel der Wellen, die immer wieder gegen Simonettas Kunstwerke anrannten. Nachdem sie lange genug geschwiegen hatten, traten sie den Rückweg zum Hotel an.

„Ich habe zu viel getrunken. Ich werde mir ein Taxi nehmen", sagte Simonetta, als sie am Esplanada ankamen. Sie hielt Richard den Autoschlüssel hin. „Ich bitte Sie, morgen mit meinem Auto in die Firma zu kommen."

„Kein Problem", sagte Richard. „Ich danke Ihnen, Simonetta, für den Tag und den gemeinsamen Abend. Danke! Grazie tanto!"

Simonetta legte ihren Zeigefinger auf Richards Mund. „Kein Danke für das, was wir gemeinsam genossen haben." Vom Mund wanderte ihre linke Hand an seine Wange und die rechte an seinen Hinterkopf. Langsam näherte sich ihr Gesicht dem seinen. Leise berührten sich ihre Lippen, einmal, zweimal, ... Richard atmete ihren Duft und fühlte ihren Körper. So hätte er den Rest der Nacht zubringen können. Es war die Art Umarmung, die man erst richtig begreift, wenn sie vorbei ist; solange sie dauert, ist man besinnungslos. Simonetta führte Regie, aber er fühlte sich nicht überrumpelt, weil er das gleiche gewollt, nur nicht gewagt hatte.

Schließlich trat Simonetta einen Schritt zurück. „Ich muss zum Taxi", sagte sie, „Ciao, bis morgen, Riccardo".

„Bis morgen, Simonetta", rief Richard ihr nach. Sie drehte sich noch mal um und winkte mit der Hand. Er holte tief Luft und dann seine Tasche aus dem kleinen roten Auto; beinahe hätte er vergessen, das Auto abzuschließen. Dann stieg er langsam die Hoteltreppe hinauf. Wovon war er nur so benommen? Vom Wein? Von ihrem Duft? Von ihrer Umarmung?

Riccardo, Simonetta. Zweifellos, sie waren beim Du angekommen? Der Kuss war das Siegel. Oder war es für Simonetta nur eine absichtslose Berührung? Er stopfte sich eine Pfeife und trat hinaus auf den Balkon seines Zimmers. Der Mond warf ein glitzerndes Muster auf das Meer, in der Ferne zogen Schiffe ihre Bahn. An der Küste davor zeichnete sich eine Gruppe von Pinien schwarz gegen den Himmel ab. Am Strand sah er eine Gruppe Jugendlicher, die nackt um ein Lagerfeuer tanzten, zu einem Song von Glenn Miller, den Richard aus seiner Jugendzeit kannte. Die Jugend – arglose, ahnungslose, beneidenswerte Herren der Welt. Er hätte Lust mitzumachen. Aber er wird sich hüten; lächerliche Figuren sind die Alten, die sich einen Blumenkranz aufs Haupt setzen und eine Jugend imitieren, der sie schon lange nicht mehr angehören.

Wohin Richard auch schaute, immer erschien ihm Simonetta vor seinem geistigen Auge. Er spürte die unwirklich-wirkliche Berührung ihrer Lippen, roch ihren Duft. Könnte er dieser Frau etwas bedeuten? Dottoressa Simonetta Bona-

ventura – allein ihr Name klang wie ein kleines Liebesge-
dicht.

Bevor ihn die Sentimentalität übermannen konnte, ging er
schlafen.

32.

Richard hatte Mühe, das kleine rote Auto am Morgen durch Genua zu manövrieren. Mehrmals hatte er sich im Gewirr der unbekannten Straßen verirrt. Endlich tauchte sein Ziel auf, der hohe Glaspalast von ItalBoncato. Nur noch durch eine Unterführung und dann … war der Glaspalast verschwunden. Jenseits des Tunnels sah die Welt ganz anders aus. Also bei der nächsten Gelegenheit wenden und noch mal von vorn. Beim nächsten Versuch schaffte er es. Simonetta winkte schon von weitem an der reservierten Parkbucht.

Während der ganzen Fahrt hatte Richard überlegt, wie er sie ansprechen soll: mit *Sie* oder mit *Du*. War der gestrige Abend von Bedeutung für sie? Von der gleichen Bedeutung wie für ihn?

Bevor er aussteigen konnte rief sie: „Hallo, Riccardo. Genua ist ein Verkehrs-Dschungel. Ich hätte dir eine Wegbeschreibung geben sollen."

Richard atmete auf, seit gestern Abend war tatsächlich die Du-Zeit angebrochen und Simonettas Umarmung vertrieb die letzten Zweifel an der Bedeutung des gestrigen Abends.

Im Lift nach oben erklärte sie kurz das Programm des Tages: Abschlusskonferenz aller Projektteilnehmer, Unterzeichnung der Protokolle, gemeinsames Arbeitsessen, Fahrt zum Flughafen, Verabschiedung unter Zuhilfenahme vieler Taschentücher … „Der letzte Programmpunkt betrifft natürlich nur uns beide."

Der Vormittag zog sich hin, nur unterzeichnen, was schon beschlossen war – keine kreative Beschäftigung, und die Abschlusskonferenz brachte auch nichts Neues. Richard beobachtete eigentlich nur Simonetta, wie sie die Abschlussrede hielt, die Dokumente herumreichte und sich am Ende mit einem freundlichen Händeschütteln von allen – außer von ihm – verabschiedete.

Obwohl ein Shuttle-Bus fuhr, bestand Simonetta darauf, Richard in ihrem kleinen Fiat zum Flughafen zu bringen. Der Aeroporto Cristoforo Colombo liegt auf dem Meer. Als Richard aus dem Fenster der Boeing 737 schaute, glaubte er, in einem Wasserflugzeug zu sitzen, ringsum nichts als Wasser. In der Ferne sah er das Abfertigungsgebäude mit der Besucherterrasse. Wie eng er auch seine Nase an das Bullauge drückte, er konnte kaum die Terrasse erkennen, von Simonetta ganz zu schweigen. Er sah lediglich, wie jemand ein weißes Tuch schwenkte. In Gedanken sah er sie: aufrechter Oberkörper, ein Lächeln im Gesicht, das rechte Bein etwas vorgestellt. So wie heute Morgen vor der versammelten Mannschaft bei der Abschlusskonferenz. Und plötzlich wurde ihm bewusst, was ihm – neben ihrer Schönheit und Eleganz – an ihr so gefiel: Sie trug die Emanzipation nicht wie ein Aushängeschild vor sich her, sie trug sie in sich.

Als das Flugzeug auf der Startbahn beschleunigte, suchten Richards Augen abermals die Besucherterrasse ab. Das weiße Tuch war verschwunden. War sie etwa schon gegangen? Für eine Frau in ihrer Position ist schließlich jede Minute kostbar. In Richard regte sich wieder die Befürchtung, nicht ebenbürtig zu sein. War er Simonetta gewachsen?

An der Nordseite der Alpen hingen schmutzige Wolkenbänke, die unablässig ihr Wasser verloren. Als Richard in Nürnberg auf die Gangway trat, regnete es große, schwere Tropfen. Die Hangars starrten ihn mit den schwarzen Augen ihrer weit geöffneten Tore feindselig an. Die Welt hatte ein tristes Gewand angelegt, aber in Richard brannte ein kleines Feuer. Ein Feuer, das einen italienischen Namen hatte.

In der Firma – fragende Gesichter. Erasmus nahm die Zigarette aus dem Mund und fragte: „Na und?"

Richard sachlich: „Alles in Butter. Unser Projekt wurde von ItalBoncato abgesegnet. Bertolino hat zwar nichts gesagt, aber genickt."

Ludwig nickte auch und schwieg. Aber – Richard kannte ihn lange genug – sein Gesicht sagte: Bisher tutto bene, Richard, doch die harte Nuss kommt erst noch.

33.

Die Zollbeamten auf dem Flughafen Domodjedowo in Moskau ließen ihn unbehelligt passieren, trotz der zwei Alu-Kisten, die Richard auf Rollen hinter sich herzog. Diese hatte er gestern gemeinsam mit Erasmus gepackt. Massenhaft Polsterfolie hatten sie verbraucht, kein Gerät, das nicht sorgfältig eingehüllt worden wäre. Dazwischen all die Kabel, die Venen und Arterien des elektronischen Organismus, den Richard in Wolschski zum Leben erwecken sollte. Die Zollbeamten, Zigarette im Mundwinkel, waren gut gelaunt und wünschten angenehme Weiterreise. Richard hatte auf Russisch einen kleinen Witz, in dem die Wörter Wodka und Dewuschka[1] in pikanter Kombination vorkamen, zum Besten gegeben. Die drei Uniformierten schoben ihre Schirmmützen in den Nacken und lachten sich halb tot. Ob wegen des Witzes oder wegen Richards Russisch blieb unklar. Jedenfalls winkten sie ihn mit seinen zwei Kisten einfach durch. Er hatte an jeder Kiste einen Strick befestigt und zog sie hinter sich her wie zwei große Blechhunde, die Gassi geführt wurden. Der Weg führte durch gefliese Gänge, über Laufbänder und durch Sicherheitskontrollen, bis hin zur Halle mit der Aufschrift „Domestic Flights". Die war proppenvoll, Großfamilien mit Kindern und umfangreichem Gepäck belagerten die wenigen Sitzgelegenheiten. Ein dickbäuchiger Mann saß schnarchend auf seinem Koffer, den Kopf an die Wand gelehnt, in der einen Hand einen Käfig mit einem gackernden Huhn und in der anderen ein riesiges Netz voller Melonen. Ein Mädchen mit rosa Schleifen im Haar und einem Lolli im

---

[1] Russ.: Mädchen, junge Frau

Mund raste auf Rollschuhen durch die Gänge. Richard hockte sich auf eine der Alu-Kisten und wartete auf das Check-In nach Wolgograd.

Gestern Abend, als sie mit dem Packen der Alu-Kisten fertig waren, hatte er Erasmus überredet, im „Da Capo" bei einer Flasche Wein letzte Absprachen zu treffen und noch mal auf Wolschski anzustoßen. Bei einer Flasche war es nicht geblieben, und nachdem Richard begonnen hatte, von Genua zu erzählen und ihm der Name Simonetta nebenbei herausgerutscht war, begann Erasmus, obwohl sonst an Frauen wenig interessiert, zu bohren. Figur, Haarfarbe, Beine, ... er wollte alles wissen über diese Frau, von der Richard ins Schwärmen geriet. Als Erasmus erfuhr, dass Simonetta auch nach Wolschski kommt, war sein abschließender Kommentar: „Ich hoffe nur, du vergisst über dieser Simonetta nicht die richtigen Regler zu bedienen und die Kabel ordentlich anzuschließen."

Richard schaute zur Anzeigetafel. Noch über zwei Stunden bis zum Check-In für Wolgograd. Wird sie ihn dort am Flughafen empfangen? Auf bald, Riccardo – Simonettas letzte Worte in Genua hatten wie ein Versprechen geklungen.

Die Landung verzögerte sich, die TU-154 zog mehrere Kreise über Wolgograd. Richard drückte die Nase ans Bullauge. Wie eine Mahnung ragte die riesige Родина-мать[1] mit erhobenem Schwert aus dem Häusermeer der Millionenstadt: Wagt es nie wieder, mich anzugreifen! Zu viel Blut wurde vergossen, in einer sinnlosen Schlacht. Unser Blut und euer Blut.

---

[1] Kolossalstatue der „Mutter Heimat"

Nach der Landung und Erledigung der Formalitäten rollte Richard seine zwei Blechkisten und den Koffer in die Ankunftshalle. Keine Spur von Simonetta. Das sah er auf den ersten Blick. Statt Simonetta stand da ein junger Mann mit einem Schild, auf dem „Рихард Кларис, Нюрнберг" stand. Richards freudige Erwartung schlug in Enttäuschung um. Mürrisch gab er sich dem Schildhalter zu erkennen.

„Iswinitje, entschuldigen Sie", sagte der junge Mann auf Russisch. „Es tut mir leid, dass ich nicht Simonetta bin." Offenbar stand Richard die Enttäuschung ins Gesicht geschrieben. „Mein Name ist Wolodja. Frau Bonaventura hat mich gebeten, Sie abzuholen, obwohl ich kein Wort Deutsch spreche. Aber sie sagte, das sei kein Problem, Sie sprächen perfekt Russisch."

Na, was heißt hier perfekt! Von perfekt kann keine Rede sein, aber das wird dieser Wolodja schon noch merken. Gemeinsam verstauten sie Richards Gepäck in einem klapprigen Kleinbus, den Wolodja liebevoll seinen Raffik nannte.

Nach einer Stunde Fahrt über holprige Straßen und den gewaltigen Damm des Wasserkraftwerkes Wolgograd kamen sie endlich in Wolschski an. Wolodja stoppte seinen Raffik auf einem asphaltierten Weg zwischen einer Reihe von Containern. „Beinahe hätte ich es vergessen", sagte Wolodja, „hier ist ein Brief von Frau Bonaventura."

Richard nahm das längliche Kuvert wie eine Reliquie entgegen. Ihn gleich hier, in Anwesenheit eines Fremden, zu öffnen, käme einem Sakrileg gleich. Er steckte den Brief in die Brusttasche, wo er wie ein kleines Feuer brannte.

„Dies hier ist Ihre Unterkunft, der Container Nummer 15A." Wolodja deutete mit dem Finger auf eine der Blechkisten, die auf dem ausgedehnten Gelände standen und hielt Richard einen Schlüssel vor die Nase. Da erst begriff

Richard: Sie waren auf der Baustelle des Stahlwerkes angekommen. Die Container waren die Unterkünfte der Arbeiter.
Klar, normalerweise haben Container ja keine Fenster.

Sie luden das Gepäck ab und Wolodja verschwand, eine
blaue Wolke hinter sich lassend, mit seinem Raffik. Richard
schaute sich um. In einiger Entfernung sah er mehrere riesige
Hallen; Brücken und Quergänge reckten sich wie Arme aus
den Gebäuden und gaben sich die Hände. Schornsteine ragten in die Höhe, ein Gewirr von Rohrleitungen durchzog das
Gelände, Baumaterial wohin man schaute. Dann inspizierte
Richard seinen Container. Nun ja, eine Viersternesuite war
das nicht. Wohnzimmer mit Küchenzeile und Kühlschrank,
Schlafzimmer, Bad. Das Nötigste war immerhin vorhanden.
Richard erkundete die Räume, öffnete den Kühlschrank,
freute sich über das deutsche Bier, prüfte das Bett und war
enttäuscht, dass er im Fernsehen kein deutsches Programm
fand. Unter der Dusche spülte er erst mal den Staub der Reise ab. Dann packte er den Koffer aus, zog neue Wäsche an,
schenkte sich ein Bitburger ein und öffnete Simonettas Brief.
An der Wand machte es Klick. Eine Art Bahnhofsuhr mit
umklappbaren Ziffern zeigte kurz nach sechs.

Lieber Riccardo!

*Als dein Flugzeug in Genua abhob, habe ich dir von der
Besucherterrasse aus gewunken. Wahrscheinlich hast du
mich nicht gesehen. Aber ich bin mir sicher, dass du zurück
gewunken hast. Ich habe mich darauf gefreut, dich hier in
Wolschski wieder zu sehen. Leider konnte ich dich wegen
einer Krisensitzung nicht vom Flughafen abholen. Seit ich
hier bin, gibt es ständig Krisen, russische Krisen und italienische Krisen, am häufigsten russisch-italienische Krisen.
Aber das ist eben unser Job. Ich hoffe, du bist mit deiner
Blechbehausung zufrieden. Wie wäre es, wenn wir heute*

Abend bei mir im Hotel ein kleines Wiedersehen feierten? Nur du und ich. Wir könnten uns gegen acht in der Lobby bei mir im Hotel „Intourist" treffen. Wenn du nicht kommst, werde ich dich morgen im Stahlwerk ausfindig machen. Und egal, wo du bist, ich werde dich finden. Aber ich hoffe auf heute Abend ...

Deine Simonetta.

34.

Deine Simonetta! Zwei Wörter – eine hoffnungsvolle Botschaft. Die Bilder von Pegli tauchten auf, das umgekippte Boot, Simonettas Sand-Kunstwerke, ihr Mund, der sich seinem langsam näherte. Richard las den Brief gleich noch mal. Seine Reisemüdigkeit war wie weggeblasen. Er rannte durch die Zimmer und fand auf der Anrichte einen Lageplan des Container-Camps. Dort war ein Rechteck eingezeichnet und darin das Wort „InterShop". Ob es da Blumen gibt?

Richard zog etwas über, verschloss seinen Container und suchte, mit dem Lageplan in der Hand, den InterShop. Der erwies sich als eine Art Lagerhalle mit einem Angebot, das es mit jedem deutschen Supermarkt hätte aufnehmen können. Für Devisen gab es hier alles. Und ja, es gab auch Blumen, fertige Sträuße mit Grünzeug garniert für nur 3 DM, eingewickelt in Zeitungspapier. An der Kasse fragte er, wie er zum Hotel „Intourist" komme. Die Kassiererin wunderte sich, dass dieser DM-Zahler Russisch sprach und wies auf Richards Lageplan zum Ausgang des Container-Camps. Dort werde er schon sehen.

Auf der Straße vor dem Camp wartete eine lange Reihe Autos auf Kunden. Schwarztaxis. Männer, die keine Arbeit hatten, schöpften aus ihrem Auto einen kleinen illegalen Zuverdienst. Illegal oder legal – egal. Richard wählte einen relativ zuverlässig aussehenden weißen Lada. „Zum Hotel Intourist." Der Fahrer des weißen Schwarztaxis nickte und kritzelte etwas auf den Rand der Zeitung, die er gerade las: 15 $. Als Richard die Stirn runzelte und zum nächsten Auto blinzelte, machte der Fahrer aus der Fünf eine Null. Okay, Richard stieg ein, suchte in seiner Brieftasche einen Zehndollarschein und an seinem Sitz wieder mal vergeblich den Sicherheitsgurt.

Der Portier des Hotels „Intourist" musterte Richard, erkannte in ihm den Ausländer und ließ ihn mit einer Armbewegung wortlos passieren. Richards Blicke wanderten durch die Lobby auf der Suche nach dem Gesicht, das sich seit Genua in sein Gedächtnis eingebrannt hatte. In schweren Ledersesseln lümmelten junge Italiener, rauchend und sich so laut unterhaltend, dass der Klavierspieler in der Mitte der Halle Mühe hatte, gegen den Lärm anzukämpfen.

Richard erkannte Simonetta von weitem. Sie saß an der Bar, in der äußersten Ecke der Hotelhalle. Das eng anliegende Kleid mit tiefem Rückenausschnitt betonte ihre schlanke Figur. Im Haar hatte sie ein silbriges Geflitter, das im Licht der Barbeleuchtung glitzerte. In den Tagen seit Genua war Simonetta in Richards Kopftheater von Tag zu Tag schöner geworden. Aber nun, als er sie sah, war sie einfach umwerfend.

„Riccardo!" Sie sprang vom Barhocker und umarmte ihn. Dann legte sie ihre linke Hand an seine Wange und berührte mit der rechten seinen Hinterkopf. Er schloss die Augen und atmete den Simonetta-Duft. Er spürte den trockenen genuesischen Kuss auf seinen Lippen und brachte kein Wort heraus. Simonetta ließ ihm etwas Zeit. Dann fragte sie: „Sind die Blumen für mich?"

„Ja, für dich, natürlich für dich. Ich freue mich, dich zu sehen – nein, ich versuche es mal mit dem angemessenen Pathos: Endlich bekommt das Phantasiebild, das mich Tag und Nacht begleitet hat, wieder seine reale Gestalt."

„Das hast du schön gesagt. Komm setz' dich zu mir, lassen wir den Pathos beiseite, erzählen wir uns, was seit Genua passiert ist."

Der Abend wurde lang, reichte bis tief in die Nacht. Der Erzählvorrat war noch längst nicht erschöpft, als der Barkeeper mit einem Tuch über den Tresen wischte und bedeutungsvoll sagte: „Good night!"

Richard zahlte und Simonetta gab ihm eine Serviette mit einer darauf gekritzelten Nummer. „Hier ist meine Telefonnummer vom Hotel. Ruf mich Morgenabend an, falls wir uns im Stahlwerk nicht treffen."

Zum Abschied küssten sie sich auf genuesische Art, wie ein Paar, das in seiner Jugend zu viel versäumt hat. Richard begleitete sie bis zum Lift und verließ wie auf Wolken das Hotel.

Der Taxifahrer, der Richard zurück zum Container-Camp brachte, wunderte sich über die 5 $ Trinkgeld.

35.

„Der Klotz seien immer gegen Meister", sagte Grischa, als sich der Computer mit der Meldung „No signal received" wieder und wieder gegen Richards verzweifelte Versuche stemmte, ihm ein „Acknowledged" zu entlocken. Weiß der Teufel, woher Grischa diesen deutschen Spruch hat. Er war gleich zu Kriegsanfang in deutsche Gefangenschaft geraten und hatte bei einem Bauern, zu dem er abkommandiert war, ein paar Brocken Deutsch gelernt. Auf diese Sprachkenntnisse war er mächtig stolz und kombinierte geschickt die wenigen Wörter seines Wortschatzes zu einfachen Sätzen.

„Wenn der Klotz immer gegen den Meister ist, wieso ist er dann gegen *mich*? Der Maestro des Analyselabors bist doch *du*", entgegnete Richard.

Grischa lächelte. „Nicht so stark bescheiden, Gerr Doktor, bitte!"

Richard kämpfte schon seit zwei Tagen mit dem Computer, der sich störrisch benahm wie eine Ziege auf dem Weg zum Schlachtblock. Richard rannte mit dem Schaltplan in der Hand durchs Analyselabor und raufte sich die Haare, obwohl es da wenig zu raufen gab. Erst kamen keine Daten von den Analysegeräten. Gut, dafür war er nicht verantwortlich, aber ohne die anderen Puzzleteile kam er nicht weiter. Jetzt funktionierte die Datenübertragung, aber der Computer nahm die Daten nicht an. Oder er nahm sie an, aber bestritt dies. „No signal received" war die einzige Antwort auf Richards hartnäckiges Bemühen. Das tut der nur, um mich zu ärgern. Richards gesamtes Reservoir an russischen Flüchen hatte sich schon ins Analyselabor ergossen. Grischa bestätigte jeweils mit einem Nicken die linguistische Korrektheit, Rat wusste er auch nicht. „Das seien wie mit Herstellung von Wein", sagte Grischa in Anspielung auf seine Nebentätigkeit, „du alles richtig machen, trotzdem du bekommen nur saurer Saft."

„Vom sauren Saft habe ich langsam genug. Spätestens übermorgen muss alles funktionieren, muss Wein fließen." Richard kratzte sich am Hinterkopf, sollte ich Erasmus anrufen? Nein! Ich versuche es Schritt für Schritt mit Plan B. Vielleicht kann ich damit Licht in die Sache bringen, denn schließlich hat jeder Defekt eine Ursache. Richard glaubte nicht an transzendenten Hokuspokus. Im Gegensatz zur Weinherstellung gab es in seinem Job verlässliche Regeln, nach denen alles funktioniert – oder eben nicht. Diese Regeln steckten im Plan B, einer akribischen Signalverfolgung, die zwangsläufig zur Fehlerquelle führen müsste, der Rest war Routine.

Grischa unterbrach Richards Gedanken: „Frjolein Simonetta wollte doch heute kommen, Fortschritte gucken."

„Wie können wir Fortschritte präsentieren, wenn es keine gibt?" Verdammt, so eine Blamage. Trotzdem wäre es schön, wenn sie käme. Vielleicht kann sie das Heureka-Lämpchen anknipsen. Frauen haben dafür ein Talent, das uns Männern abgeht.

„Komm mal her Grischa", mit dem Finger folgte Richard den Leiterzügen auf dem Schaltplan. „Wer hat auf diesem Plan etwas wegradiert?" Richard zeigte auf eine Stelle inmitten des Leitungsgewirrs. „Diese Leitung endet im Nichts."

„Ich nicht wissen", sagte Grischa und nuschelte auf Russisch irgendwas wie „Scheißdraht". Plötzlich sprang er auf und brüllte: „Wir vergessen! IDIOTY! Du und ich."

Wenn jetzt Simonetta herein käme, oje, oje. Grischa hatte Recht, sie hatten eine Leitung in der Luft hängen lassen.

Nicht im Plan wegradiert, sondern einfach nicht mit dem Computer verbunden. Nun aber schnell! Grischa hatte schon den Lötkolben heißlaufen lassen. Die Stelle war rasch gefunden. Anlöten, Geräte einschalten. Slava Bogu[1]. Nach dem „Acknowledged" ratterten am Bildschirm die Zahlen nur so herunter, Graphiken tauchten auf und verschwanden, alles funktionierte wie am Schnürchen.

„Mir fallen Fels von Herz", sagte Grischa und bewies damit, dass er sogar die Steigerung deutscher Sprichworte beherrschte. Richard stand auf, ging ans Fenster und ärgerte sich über die Banalität solcher Pannen. Ein fehlender Draht kann das ganze Vorhaben scheitern lassen. Es ist wie im Leben: Läppische Nachlässigkeiten können oft verheerende Wirkung zeigen. Er öffnete das Fenster um frische Luft ins Labor zu lassen. Draußen mühten sich einige Arbeiter, mit einer provisorischen Winde einen Lastwagen aus dem Dreck zu ziehen. Der Wagen steckte bis zu den Achsen im Schlamm. Das Seil drohte zu reißen, der Truck rührte sich nicht von der Stelle. Die schaffen das schon, dachte Richard, die lassen sich was einfallen, beim Improvisieren sind die Russen Weltmeister.

In diesem Moment ging die Tür auf, Simonetta im weißen Kittel, tadellos geschminkt und offensichtlich in bester Laune trat ein. Grischa strahlte sie an, Richard strahlte sie an.

„Worüber freut ihr euch so?"

„Natjurlich über dass Sie kommen, scheenes Frjolein", antwortete Grischa.

Richard nickte. „Ich hätte es nicht besser sagen können."

---

[1] Gott sei Dank

„Und, funktioniert die Datenübertragung jetzt?" Simonetta hatte von den Problemen der letzten Tage gehört und befürchtet, eine weitere Krise kündige sich an.

„Ja, alles funktioniert. Wir müssen nur noch ein paar Sonderfälle testen", sagte Richard. „Aber jetzt gibt's erst mal Cappuccino. Du wirst staunen, Simonetta, Grischa hat eine Cappuccino-Maschine gebaut, nur aus Teilen, die hier im Labor herumlagen."

Nachdem Grischa mit geübten Griffen das Kaffeemonster in Betrieb gesetzt hatte und sich die Dampfwolke lichtete, servierte er Simonetta die erste Tasse. Simonetta schaute skeptisch, nippte dann vorsichtig und lächelte schließlich Grischa an. „Toll, besser als mein Cappuccino zu Hause. Und den mache ich mit einer Zwanzigtausend-Lira- Maschine, entwickelt von hoch qualifizierten Cappuccino-Experten."

Grischa wurde verlegen. Er riss den Stecker aus der Steckdose, stellte die Maschine vor Simonetta hin und sagte: „Ich Ihnen schenken. Aber nicht anfassen wenn arbeitet. Apasno dlja schisni [1]! Strom an Maschine und Kaffee elektrisch! Ich bauen neue Maschine für uns."

Richard protestierte: „Aber solange wir mit der Arbeit hier nicht fertig sind, bleibt die Maschine da. Simonetta kann doch zum Kaffeetrinken immer zu uns kommen."

Als er an diesem Tag aus dem Stahlwerk zu seinem Container ging, war Richard nach Hüpfen zumute. Trotz Regens fand er das Wetter super, pfiff ein Lied und grüßte Leute, die er gar nicht kannte.

---

[1] Russ.: Lebensgefährlich!

36.

Eine „wichtige Etappe der Projektrealisierung" sei zu feiern, stand auf der Einladung des Projektleiters, Beginn: Neunzehn Uhr im großen Saal des Kulturpalastes Wolschski. Dreisprachig, in Goldlettern auf grüner Kunstpappe. Richard hätte den Abend lieber allein mit Simonetta verbracht, aber die musste ohnehin in offizieller Mission im Kulturpalast erscheinen. Lustlos wühlte er in seinen Sachen, fand ein frisches Hemd und saubere Socken. Hose und Jackett passten zwar nicht zusammen, aber um die *wichtige Etappe der Projektrealisierung* zu feiern würde das reichen.

Da er beschlossen hatte, zu Fuß zum Kulturpalast zu gehen, kam er mit reichlicher Verspätung an. In der Eingangshalle war fast kein Mensch zu sehen, im großen Saal hingegen waren bereits alle Sitzplätze belegt. Richard drückte sich in eine Nische am hinteren Ende des Saals. Kaum zu glauben, wie viele Leute an diesem Stahlwerks-Projekt beteiligt waren. Eine unaufgeräumte Gesellschaft, über der eine Wolke aus russischen, italienischen und deutschen Sprachfetzen hing, belagerte die langen Tischreihen, auf denen kleine Inselchen von künstlichen Blumen, Mineralwasser und Knabbereien noch unberührt herumstanden. Wuchtige Leuchter, eine Reminiszenz an die Stalinzeit, erhellten den Raum, dessen Möblierung wohl aus derselben Epoche stammte.

Richard war absichtlich zu spät gekommen, auf die offiziellen Reden über Erfolge und Meilensteine konnte er gern verzichten, aber auf das Zusammentreffen mit Simonetta freute er sich. An der Frontseite, auf einem provisorisch aufgebauten Podium, saß sie als einzige Frau zwischen Männern, deren feierliche Gesichter vor Zufriedenheit über Erfolge und Meilensteine strahlten, als hätten sie schon die ersten Röhren verkauft. Simonetta zwinkerte Richard zu. Jedenfalls bildete er sich das ein.

Der zukünftige Chef des Werkes hatte gerade seine Ansprache mit einem Hohelied auf Stahlröhren aus Wolschski und deren herausragende Rolle für die Energiesicherheit Westeuropas beendet, Er habe nun die Ehre, das Buffet zu eröffnen. Der Applaus ging im Stühlerücken unter; die Buffetschlacht nahm ihren Lauf. Richard stand abseits, er war kein Häppchenjäger, und hungrig war er auch nicht. Vielleicht könnte er es einrichten, später Simonetta am Buffet zu treffen. Vorläufig war sie im allgemeinen Gedränge seinen Blicken entschwunden.

An der Bar im Nebenraum bestellte er einen Aperitif, worauf der Barkeeper ihn angrinste. Als Aperitif gebe es hier nur einen schweren grusinischen Portwein, sagte er und hob warnend die Augenbrauen. Richard nickte trotzdem und sagte: „Ladno[1]“, was der Barkeeper mit „Okay“ quittierte. In dem kurzen „Okay“ lag etwas wie: Wenn Sie unbedingt wollen … Ich habe Sie gewarnt. Tatsächlich war vom Aperitif nur die Olive genießbar, an der Richard lutschte, bis der Ansturm auf das Buffet nachgelassen hatte. Nun entdeckte er inmitten der Buffetstürmer auch Simonetta. Sie stand in der Käseregion in angeregtem Gespräch mit zwei jungen Frauen. Richard spuckte den Olivenkern in die dunkle Brühe seines Glases, sprang vom Barhocker und bewegte sich in Richtung Käse. Während er sich eine Pastete angelte, stellte er verwundert fest, dass Simonetta mit den beiden Frauen Deutsch sprach.

---

[1] Russ.: Nun gut

„Hallo, Richard, willkommen im Schleckerland!" Simonetta begrüßte ihn und stellte die beiden Frauen vor: „Diese beiden jungen Damen, Natascha und Svetlana, sind Studentinnen aus Wolgograd. Sie übersetzen für das Wolschski-Projekt deutsche Texte ins Russische und heute helfen sie als Dolmetscherinnen aus." Dann legte sie die Hand auf Richards Schulter: „Das ist Dottor Claris aus Deutschland. Dass Sie für ihn dolmetschen müssen, ist allerdings nicht nötig, er spricht Russisch. Das wird er Ihnen gleich beweisen."

In diesem Moment wurde sie zu ihrem Chef gerufen. Sie entschuldigte sich und ließ Richard mit den beiden Mädchen allein. Richard biss in seine Käsepastete und überlegte, wie die drohende Kunstpause zu überbrücken sei. Simonettas „Er spricht Russisch" war eher peinlich als schmeichelhaft. Wie führt man – noch dazu auf Russisch – eine Unterhaltung mit zwei jungen Damen, die pausenlos miteinander tuscheln und unablässig Häppchen in sich hineinstopfen? Doch seine Bedenken erwiesen sich als unbegründet, die Mädchen kamen ihm deutschsprachig entgegen: „Wie lange sind Sie schon hier? Wann fahren Sie zurück? Woher kommen Sie?". Natascha sprach ein fast akzentfreies Deutsch. Richard hätte auch „zurjuck" verstanden, darin hatte er Übung. Er ignorierte die Fragen und sagte, was man in solchen Fällen immer sagt: „Sie sprechen aber gut Deutsch!", mit der Betonung auf dem ´Sie´.

„Wir studieren in Wolgograd Deutsch und Englisch, nebenbei verdienen wir uns ein paar Rubel mit Übersetzungen. Trainieren ist besser als studieren." Mit vollem Mund und heftig gestikulierend plapperten die beiden munter drauflos. Richard war verblüfft, wie leicht sie die Untiefen der deutschen Sprache umschifften. Nur ab und zu verwechselten sie die Artikel der Substantive oder kamen bei zusammengesetzten Wörtern ins Stocken, ganz selten suchten sie nach dem passenden Wort. Und sie hatten ein Faible für sprachliche Kuriositäten. „Das deutsche Wort ,Boden' ist irgendwie komisch", sagte Natascha, „beim Zimmer ist der Boden unten und beim Haus oben". Ja, stimmt, das war Richard noch gar nicht aufgefallen.

Svetlana füllte inzwischen einen kleinen Plastikbeutel mit allerlei Häppchen vom Buffet. Richard lachte. „Studentenfutter?" Svetlana nickte nur und ließ den Beutel schnell in ihrer Handtasche verschwinden.

„Können Sie wirklich Russisch?", fragte Natascha. „Sagen Sie mal was!"

Richard überlegte nicht lange. Für solche Gelegenheiten hatte er eine Passage aus „Eugen Onegin" parat:

Любви все возрасты покорны,
её порывы благотворны
и юноше в расцвете лет,
едва увидевшему свет,
и закалённому судьбой
бойцу с седою головой![1]

„Sind Sie so ein Krieger, durch Erfahrung gereift?", fragte Natascha mit ironischem Unterton.

---

[1] „Die Liebe befällt Menschen allen Alters,
ihre Wonnen beglücken gleichermaßen,
die in der Blüte der Jugend stehen
und deren Augen sich der Welt erst öffnen,
und auch den ergrauten Krieger,
der durch Erfahrung gereift ist."
Russ., aus „Eugen Onegin"

173

„Krieger überhaupt nicht", antwortete Richard, „und außerdem: nicht immer führt Erfahrung zu Reife."

„Ja, zum Beispiel bei Äpfeln. Die werden auch reif ohne Erfahrung."

Das sind schon zwei Schnepfen, dachte Richard. Sprechen fast perfekt Deutsch und sind um keine Antwort verlegen.

Er schenkte sich ein Shigulovskoje[1] ein und beobachtete unauffällig die beiden Mädchen, während die sich weiter am Buffet zu schaffen machten. Beide schlank und wohl Anfang Zwanzig. Nataschas Brille, ein schickes Modell, das ihr ein etwas strenges, fast wissenschaftliches Aussehen gab, kontrastierte mit ihrer ansonsten eher lässigen Erscheinung. Beim Bücken hatte sie Probleme mit den Jeans, die eng auf der Anatomie saßen, aber eigentlich nicht ganz zum Dresscode des Anlasses passten. Irgendwie kam sie ihm bekannt vor. Dieses Gesicht, die Frisur, die Figur ...

Mitten in seinen Grübeleien tippte ihm jemand auf die Schulter. Simonetta stand hinter ihm und deutete eine Verbeugung an. „Darf ich bitten?"

„Mit Vergnügen." Richard führte sie galant zur Tanzfläche, obwohl er wusste, dass es mit seinen Tanzkünsten nicht weit her war. Doch seine Tanzinkompetenz spielte keine Rolle, Simonetta übernahm die Regie und führte ihn routiniert übers Parkett. Nebenbei stellte sie Richard einige der Anwesenden vor. „Der grauhaarige Mann da drüben ist Signore Bertolino, unser Chef. Du kennst ihn schon von Genua. Wir nennen ihn alle Señor Vicuña. Du verstehst?"

Richard verstand nicht.

„Hoch oben in den peruanischen Anden lebt eine besondere Art von Schafen, die Vicuñas."

---

[1] russische Biersorte

Richard lächelte: „Was haben denn diese Schafe mit deinem Chef zu tun? Verwandtschaft?"

„Eigentlich sind es keine Schafe, sondern Kamele."

„Auch nicht gerade schmeichelhaft für deinen Chef."

„Hör drauf, jetzt kommt's! Aus der Wolle dieser Kamele wird ein Stoff hergestellt, der teuerste Stoff, den es gibt. Ein Anzug daraus kostet ein Vermögen. Und Señor Vicuña trägt nur Vicuña. Genuesische Hautevolee, verstehst du, von der Sorte, die gern ihren Reichtum zur Schau stellt."

„Hautevolee, eingewickelt in Kamelhaar."

Simonetta lachte, zog Richard in die Diagonale und schob ihn dort vor sich her. Das tat sie so geschickt, dass sicher niemand bemerkte, wer bei diesem Tanz Regie führte.

„Du tanzt ausgezeichnet", lobte Richard.

„Ich habe es nie gelernt. Es sind die Gene."

„Dann habe ich einen Gen-Defekt."

„Du kannst dafür anderes, zum Beispiel Russisch. Ich habe beobachtet, wie du mit den beiden Mädels geschäkert hast. Oder sie mit dir?"

„Wir mit uns!"

Mit einem Ruck blieb Simonetta plötzlich stehen. „Entschuldige, ich muss noch mal meinem Kamelhaar-Chef assistieren; er will Kontakte zu einer deutschen Firma knüpfen."

Richard war erleichtert, denn Tanzen mit Simonetta war ziemlich anstrengend.

Richard wischte sich den Schweiß von der Stirn, stopfte sich eine Pfeife und ging hinaus in die kleine Grünanlage vor dem Kulturpalast. Dort empfing ihn statt frischer Luft ein ätzendes Gemisch von Industrieabgasen. Wenn der Wind aus Süd-West kam, war Wolschski den Emissionen der Wolgograder Industriegiganten ausgesetzt. Das sah man dem Kulturpalast an, dessen weiße Fassade mit hässlichen Leberflecken übersäht war.

Richard hatte gerade seine Pfeife in Brand gesetzt, als er Natascha die Treppe herunterkommen sah. Sie wolle mal Luft schnappen, sagte sie, aber das sei hier kaum möglich, bei diesem Gestank. Es klang lustig, wie sie das Wort Gestank aussprach: jeden Buchstaben einzeln, und das ′st′ getrennt.

„Ja", sagte Richard, „und jetzt auch noch der Qualm aus meiner Pfeife".

„Das ist etwas anderes, Pfeifenrauch ist Weihrauch." Sie stellte sich extra so, dass ihr der Rauch in die Nase stieg. „Kommen Sie, gehen wir ein Stück. Ich zeige Ihnen die Leninstraße, die Champs-Élysées von Wolschski. Wie heißt die Hauptstraße in Ihrer Stadt?"

„Die heißt Hauptstraße".

„Sehr praktisch, typisch deutsch"

Einige Minuten liefen sie wortlos eine Nebenstraße entlang, mit dem Pfeifenrauch als stillen Begleiter. Plötzlich sagte Natascha: „Wollen wir Du sagen?"

„Das wollte ich gerade vorschlagen", antwortete Richard und gab ihr die Hand.

Dann schwiegen sie wieder, und Richard überlegte krampfhaft, wie er ein Gespräch in Gang bringen könnte. Doch es fiel ihm nichts ein.

Als sie die Leninstraße erreichten, strömte der Verkehr mit ohrenbetäubendem Getöse auf sechs Spuren an ihnen vorbei. An beiden Seiten der Straße – die Tristesse zerbröselnder Plattenbauten mit vergitterten Loggias, hässlichen Eingängen und armseligen Geschäften im Erdgeschoß. Richard verzog keine Miene. Er kannte den Charme sowjetischer Städte. Es hätte ihn gewundert, wenn es hier anders gewesen wäre.

„Komm, an der nächsten Ecke ist ein Park, eine kleine Oase", sagte Natascha, nahm Richard an die Hand und zog ihn mit sich.

Die grüne Insel, die direkt an die Straße grenzte, machte einen gepflegten Eindruck, befestigte Wege, dazwischen Wiesen, Bäume und Sträucher. Blumen allerdings suchte man vergeblich. „Es gab welche", sagte Natascha, „aber die wurden geklaut. Was soll man machen – ist schließlich alles Volkseigentum". In der äußersten Ecke des Parks, wo der Straßenlärm etwas erträglicher wurde, steuerte Natascha auf eine freie Bank zu. „Rauche noch eine Pfeife, das ist wie ein Duftgruß aus einer anderen Welt. Pfeifenraucher sind hier Exoten."

Richard spielte gern den Exoten. Während der umständlichen Prozedur, die dem Tabakgenuss vorausgeht, begann Natascha von sich zu erzählen, von dem Dorf ihrer Kindheit und Jugend, von der Hochschule, von den Übersetzungen für das Stahlwerk, von der Kommunalka, in der sie bei ihrer Tante wohnte und von ihrem Studienaufenthalt in Dresden vor einigen Jahren. Das Dilemma mit Lüdger und den Unfall, der nur dank des geistesgegenwärtigen Autofahrers glimpflich ausgegangen war, verschwieg sie. Dieser Pfeife rauchende Germane muss nicht alles wissen.

„Und du?", fragte Natascha. „Wo wohnst du hier in Wolschski?"

„In der Konservenbüchse 15A."

„Im Containerdorf am Stahlwerk?"

„Ja, besuch mich mal!"

Natascha rückte etwas näher. „Warum nicht?"

„Ist es dir nicht zu kalt?", fragte Richard.

„Nein, nur die kleinen Stechfliegen stören. Jedes Jahr die gleiche Plage, aber dieses Jahr ist es besonders schlimm. Der Frühling hat es sehr eilig, hat die Blüten aufgerissen, und ihr Duft versetzt die Fliegen in Rage."

Richard steckte die Pfeife in Brand, aber die Fliegen ließen sich davon nicht beeindrucken.

Auf die Parkbank kam ein Betrunkener zugetorkelt. Er blieb so gut es ging stehen und fragte höflich, ob er sich dazusetzen dürfe. Bevor Richard antworten konnte, lag der Mann schon auf der Bank und begann zu schnarchen, den Kopf auf Nataschas Schoß gebettet. Natascha legte den Kopf vorsichtig auf die Bank und stand auf. „Komm, wir gehen zurück. Man wird uns schon vermissen."

Der Saal hatte sich inzwischen weitgehend geleert, wer noch da war hatte entweder zu viel, oder zu wenig getrunken. Einige Leute kämpften mit dem gleichen Problem wie eben der Trinker auf der Parkbank – sie schliefen. Ein junger Mann lag mit Kopf und Oberkörper auf dem Tisch und unterhielt sich mit dem vor seiner Nase liegenden Hühnerbein. Die Arbeiter von „MosStroj" stimmten „Moskowskije Wetschera" an, eine andere Gruppe versuchte, mit „Wolga, Wolga, matj rodnaja" dagegenzuhalten. In Zick-Zack-Linie zog ein tätowierter Italiener eine junge Russin zum Ausgang, deren Gegenwehr sehr nach Theater aussah. Svetlana war mit dem Buffet beschäftigt, das inzwischen einen arg ramponierten Eindruck machte. Natascha tuschelte ihr etwas ins Ohr, worauf Swetlana ungläubig den Kopf schüttelte.

Wolodja, der Raffik-Fahrer, winkte Richard von weitem mit einer Serviette, er schien auf ihn gewartet zu haben. „Frau Bonaventura ist schon gegangen. Sie sagte, sie müsse morgen sehr früh raus, aber sie hat Ihnen eine Nachricht hinterlassen." Er reichte Richard die beschriebene Serviette. Richard verzog sich in die hinterste Ecke des Saales und las:

Lieber Riccardo!

Ich konnte mich nicht von dir verabschieden, weil du plötzlich verschwunden warst. Morgen wird für mich ein anstrengender Tag. Aber den ganzen Abend habe ich frei, frei für dich. Willst du mich im Hotel besuchen, vielleicht gegen acht? Wir könnten uns einen schönen Abend machen. Ich freue mich auf dich.

Deine Simonetta.

37.

So oft hatte Richard noch nie auf die Uhr geschaut, wie ein Gummiband dehnte sich dieser letzte Arbeitstag im Stahlwerk. Die russischen Kollegen saßen vor den Computerbildschirmen, kontrollierten Grafiken und tippten Zahlen und Befehle ein. Richard rührte in seiner Teetasse und langweilte sich. Untätigsein war nicht sein Ding. Wieder schaute er auf die Uhr. Noch drei Stunden bis Fünf, dreimal dreitausendsechshundert Sekunden. Dann kann er das Labor verlassen, zu seinem Container gehen und mit den Vorbereitungen für den Abend beginnen. Etwas Kleines essen, noch mal Rasieren, Duschen …, hoffentlich fällt ihm noch etwas ein, womit er die Zeit füllen kann. Halb acht könnte er zum Hotel aufbrechen, halb acht ist in Ordnung, nicht eher, aber auch nicht später. Er war immer pünktlich – eine seiner altmodischen Obsessionen, neben seinem Ordungsfimmel, der ihm oft als Pedanterie angekreidet wurde.

Halb drei packte er seinen Aktenkoffer, Computerausdrucke und Disketten mit den aktuellen Programmversionen und – wichtigstes Dokument – das Abnahmeprotokoll. Heute Morgen war der Projektleiter vorbeigekommen und hatte es nach Rücksprache mit seiner Mannschaft unterschrieben.

Die Hände in den Hosentaschen spazierte Richard durchs Labor und fühlte sich so, wie er sich gern immer gefühlt hätte: erfolgreich. Dass der heutige Abend auch ein Erfolg wird, konnte er nur hoffen. Simonettas Servietten-Botschaft jedenfalls klang viel versprechend.

Er verließ das Stahlwerk schon um drei, nahm sich aber das Versprechen ab, nicht vor halb acht zum Intourist-Hotel aufzubrechen. Im InterShop kaufte er einen Blumenstrauß und die neueste „Frankfurter" (natürlich war die von Vorgestern), irgendwie musste er die Zeit bis zum Abend totschlagen. Er setzte sich mit einer Dose Bier ins Wohnzimmer und schlug die Zeitung auf. Doch er las nicht, er sah nur die Buchstaben auf dem Papier und blätterte um, wenn er lange genug auf eine Seite gestarrt hatte. Oberflächlich streifte er Überschriften und Bilder. Katastrophen, wohin man schaute. Er hatte den Eindruck, die Zeitungsleute schwelgen regelrecht in den Katastrophen dieser Welt. Selbst das Mitleid mit den Opfern kam reißerisch herüber.

Plötzlich klopfte es an der Tür. Richard schaute zur Uhr: Punkt Vier. Wer klopft um diese Zeit an meine Blechbüchse? Richard legte die Zeitung zur Seite, zog sich schnell eine Hose über und öffnete. Im Licht der Nachmittagssonne stand Natascha vor dem Container, im hellblauen Minikleid, mit einem weißen Band im Haar und roten Absatzschuhen, die Spitzen leicht nach innen gesetzt – ein Mädchen, frisch wie dieser Frühlingstag.

„Da bin ich", sagte sie, als hätte es für diese Zeit und diesen Ort eine Verabredung gegeben.

Richard schaute sie verdutzt an.

„Du hast gesagt, ich soll dich besuchen. Da bin ich", sagte Natascha, jetzt etwas unsicher.

„Ja, klar, komm rein! Ich freu mich", sagte Richard schnell, fast zu schnell. Er war so verdattert, dass ihm keine Zeit blieb nachzudenken, ob in diesem Auftritt mit hellblauen Minikleid und roten Schuhen, eine Botschaft steckte. Er lotste Natascha ins Wohnzimmer und bot ihr einen Stuhl an. Seine fahrigen Bewegungen verrieten, dass er völlig aus dem Konzept war. Einerseits schmeichelte ihm der unangemeldete Besuch dieses Mädchens, andererseits war der Zeitpunkt höchst unpassend. Überraschungen im amourösen Gelände waren ihm nicht geheuer; er liebte planvolles und kalkulierbares Agieren in eine Richtung, die auch ein Ziel hat, und zwar *ein* Ziel. Um wieder Boden unter die Füße zu bekommen, müsste er etwas tun. Aber was? Einen Drink anbieten, ja, damit könnte er Zeit gewinnen.

„Ich trinke keinen Alkohol", sagte Natascha, als Richard zwei Gläser aus dem Schrank nahm. „Ich trinke ein Wasser". Als sie den Kopf hob und Richard ansah, bemerkte er, dass ihre Augen einen Stich ins Grüne hatten. Offene, klare Augen, die auf kosmetische Umrahmung gänzlich verzichteten; das Kleid weit ausgeschnitten, was den schlanken Hals noch mehr zur Geltung brachte. Richard gab in jedes Glas reichlich Eis und füllte das eine mit Martini und das andere mit Mineralwasser auf.

Natascha trank einen Schluck und schaute sich um: „Nicht schlecht hast du's hier".

Endlich hatte Richard ein Thema: „Komm, ich zeig dir meine Blechbüchse."

Natascha inspizierte den Wohncontainer mit neugierigen Blicken. Besonders das Badezimmer hatte es ihr angetan. „Sogar eine Dusche hast du, super!" Im Schlafzimmer konnte sie nicht der Versuchung widerstehen, auf dem breiten amerikanischen Bett Probe zu liegen, wobei für einen Moment ihr Kleid hoch rutschte und der Ansatz des Slips zum Vorschein kam. „Nein, ich bin unmöglich, entschuldige!" Verlegen lächelnd sprang sie wieder auf und ordnete ihr Kleid. Richard stand dabei und stopfte sich eine Pfeife. In seinem Kopf herrschte das blanke Chaos.

Als sie ins Wohnzimmer zurückkamen, schaute Richard unauffällig zur Uhr: um Fünf, noch jede Menge Zeit, einhundertachtzig Minuten. Er steckte die Pfeife in Brand, nur um irgendwas zu tun. Natascha nippte am Mineralwasser und begann von den letzten Übersetzungen fürs Stahlwerk zu erzählen. Das Honorar sei nicht üppig, aber immerhin reiche es für das Wohngeld. Und lernen könne man dabei auch noch was. Bei den technischen Termini allerdings gehe es ihr oft wie dem Schiffer an der Loreley: Ich weiß nicht, was soll es bedeuten .... „Gestern habe ich übrigens dein Protokoll bekommen. Du hast es in Russisch verfasst, nicht schlecht im Großen und Ganzen, aber einiges musste ich glatt bügeln." Natascha zog ein Bein auf den Stuhl und schob mit der Hand ihr Glas hin und her. „Wollen wir nachträglich auf unsere Brüderschaft trinken?"

„Einverstanden, auf dem Leninskij Prospekt hatten wir ja keine Gelegenheit dazu.

Nach der umständlichen Armhakelei setzten sie die Gläser ab und gingen zum obligatorischen Kuss über. Ein Brüderschaftskuss war das allerdings nicht. Richard wehrte sich nicht dagegen, dass Natascha die Sache in die Länge zog. Ihre Zungen trafen sich, spielten miteinander, und Richard schaute heimlich zur Uhr.

Natascha trank ihr Glas leer und ließ sich nachschenken. „Hast du auch Hunger?"

Eine Sekunde verstrich, bis Richard verstand. „Hier habe ich nichts Essbares, aber ich gehe schnell zum InterShop und hole was."

Natascha zupfte umständlich an ihrem Kleid. „Ja, prima, ich warte hier."

Richard rannte los. Die Achterbahn seiner Gefühle ging in die nächste Runde. Wie kann er das Durcheinander in seinem Kopf entwirren? Ratlos irrten seine Augen durch die Gegend und entdeckten neben dem InterShop eine Telefonzelle. Er könnte Simonetta anrufen und Bescheid geben, dass etwas Unvorhergesehenes dazwischen gekommen ist. Das wäre nicht gelogen. Oder sollte er es doch bei Brüderschaft und Imbiss belassen und den Abend wie geplant mit Simonetta verbringen? Es wäre noch nicht zu spät.

In der Telefonzelle – ein letztes Wankeln, dann riss er den Hörer herunter und wählte Simonettas Nummer. Nach ewigem Tüt-Tüt meldete sich die Rezeption.

„Verbinden Sie mich bitte mit Frau Bonaventura." Beinahe hätte er noch gesagt: aber Tempo, Tempo, wenn's geht.

„Dottoressa Bonaventura?" Einen Moment bitte." Dann, nach endlosen Sekunden: „Frau Bonaventura ist nicht auf ihrem Zimmer."

„Können Sie herausbekommen, wo sie ist? Vielleicht in der Bar?"

„Wenn Sie nicht Gast unseres Hauses sind, können wir gar nichts herausbekommen. Guten Tag." Tüt-Tüt.

Verdammt noch mal! Beinahe hätte er seine Wut am Telefonhörer ausgelassen. Im Shop nahm er zwei Pizzas „Quattro Stagioni" und eine Flasche toskanischen Rotweins, halbtrocken. Nein, danke, eine Tüte brauche er nicht. Schnell zurück zum Container.

Wo ist sie? Richard stand in der geöffneten Tür seines Containers. „Natascha?" Keine Antwort. Er setzte sich, seine Einkäufe noch in der Hand und starrte auf die Uhr. Plötzlich hörte er aus dem Badezimmer leises Rauschen. Er sprang auf, lief hinüber und öffnete die Badezimmertür einen Spalt. Am Wandhaken hing ein weißes Höschen und ein aus fast nichts bestehender BH, die übrige Kleidung war über den Boden verstreut. Die angelaufene Scheibe der Duschkabine ließ schemenhaft einen schlanken Körper erkennen.

Richard schloss leise die Tür und ging zurück ins Wohnzimmer. In seinem Kopf summte es wie in einem Bienenstock. Was tun? Doch sein Verstand verweigerte eine Antwort, die Hormone übernahmen die Regie. Wie von fremder Hand gesteuert zog er sich aus, legte seine Sachen ordentlich über den Stuhl und bemerkte, dass seine Beine ins Badezimmer liefen.

Natascha erschrak, sie spülte gerade den Schaum von ihrem Körper. Schnell stieg Richard in die Duschkabine und zog die Glastür zu. Nataschas Protest klang eher wie eine nachträgliche Einladung, und Richards Entschuldigung ging im Rauschen des Wassers unter. Es war schon Jahre her, dass er ein nacktes Mädchen in der Blüte seiner Jahre gesehen hatte. Schmale Schultern, kleine, straffe Brüste, enge Taille und ein Muttermal unterhalb des Nabels, in das er sich sofort verliebte. Der Brauseregen zerschnitt ihren schlanken Körper in viele dünne Streifen, die Richards Gehirn wieder zusammensetzte. Langsam zog er Natascha mit beiden Händen zu sich heran, zwischen ihnen war nur noch ein immer enger werdender Spalt warmen Regens, eine flüchtige Trennwand aus hunderten kleinen Bächen.

Natascha erwachte nach Mitternacht. Sie hatte das Gefühl für Zeit und Raum verloren. Neben dem Bett entdeckte sie die leeren Pizza-Schachteln und die halbleere Flasche Wein. Hatten sie wirklich nackt und nass, wie sie aus der Dusche gekommen waren, die Pizzas gegessen und den Wein getrunken (obwohl sie doch nie Alkohol trank)? Wie waren sie in das breite amerikanische Bett gekommen, und was war danach geschehen? Ihr erster Gedanke war: Und ich habe immer gedacht, Physiker sind kalt wie Eisblöcke im Polarmeer.

Richard lag mit geschlossenen Augen nackt neben ihr, gleichmäßig atmend. Ob er schlief, konnte sie nicht erkennen. Sein Penis, an dessen Prallheit sie sich vage erinnerte, lag schlaff zwischen den Schenkeln, seine rechte Hand ruhte wie angewachsen auf ihrer Schulter. Normalerweise konnte sie nicht einschlafen während ein anderer Mensch ihren Körper berührt; jetzt empfand sie seine Hand als eine Art Bestätigung für das Geschehene und als Versprechen für das Kommende. Draußen zog eine Gruppe Bauarbeiter vorbei. Einer spielte Gitarre, die anderen sangen mit grölender Stimme einen italienischen Gassenhauer. Ein Mädchen begleitete den Gesang mit hellem Lachen.

Natascha berührte Richards Arm: „Ich muss losgehen, meine Tante macht sich sonst Sorgen."

Richard öffnete die Augen, offenbar hatte er nicht geschlafen. „Kannst du nicht hier bleiben?"

„Nein, ich habe am Vormittag einen Termin in der Hochschule."

„Wirst du mich besuchen? Ich meine in Deutschland."

„Wenn das eine Einladung war, dann heißt meine Antwort: Ja."

„Könntest du diesen Sommer kommen?"

„Ende Juni sind die letzten Examen. Dann wäre ich frei."

„*Willst* du auch kommen?"

Sie küsste ihn flüchtig. „Das wirst du schon sehen, Pfeife rauchender Germane!"

Richard brachte Natascha zur Pforte des Containerdorfes. Dort stand selbst zu dieser späten Stunde noch eine lange Reihe Schwarztaxis. Richard bezahlte die Fahrt und gab Natascha einen eiligen Kuss.

Zurückgekehrt zu seinem Container versuchte Richard, das Durcheinander in seinem Kopf zu ordnen. Bin ich betrunken? Wenn ja, dann nicht von dem bisschen Wein. Was ist das für ein Abenteuer, in das ich da sehenden Auges hineinschlittere? Welcher Teufel hat mich geritten, Simonetta zu

186

versetzen. Werde ich die heutige Nacht schon morgen bereuen?

Am nächsten Morgen fuhr Richard mit dem Taxi zum Intourist-Hotel. Schlechtes Gewissen? Ja, das konnte und wollte er nicht leugnen. Er war keiner von denen, die einem Verrat – was war es sonst? – einfach die Floskel ´Entschuldigung´ nachschieben. Ja, Simonetta, ich habe mich schäbig verhalten, und dazu will ich stehen.

Nachdenklich stieg er die Stufen zum Hotelportal hinauf. Die für Simonetta gekauften Blumen hatte er nicht dabei, die hatten zu viel gesehen. An der Rezeption – eine alterslose Dame hinter dem Tresen. Wahrscheinlich die Dame von gestern am Telefon.

„Dottoressa Bonaventura? Einen Moment bitte."

Sie suchte in dem dicken Rezeptionsbuch.

„Dottoressa Bonaventura hat heute früh sehr zeitig ausgecheckt."

„Hat sie eine Nachricht hinterlassen?"

„Einen Moment bitte." Sie schaute kurz über die Schulter nach den Fächern an der Rückwand. „Nein, tut mir leid."

„Schauen Sie bitte genau nach! Sie muss etwas hinterlassen haben!"

„Wie bitte?", zischte die Rezeptionsdame. „Sie wollen mir doch nicht meine Arbeit erklären." Und schon wandte sie sich dem nächsten Gast zu.

Richard setzte sich auf die Freitreppe vor dem Hotel, den Kopf auf beide Hände gestützt, die Ellbogen auf den Knien, die Augen starr geradeaus. Die Sonne strahlte von keinem Wölkchen getrübt über den Vorplatz; die Bäume hatten schon grüne Spitzen angesetzt und der Rasen sah aus wie frisch gestrichen. Der Frühling war im vollen Gange, fast übte schon der Sommer seinen Auftritt.

„Sie hat mich in den Mülleimer ihrer Erinnerung geworfen", sagte er leise zu sich, „und zwar zurecht", sagte er laut zu der Taube, die vor ihm aus der Ritze einer gesprungenen Betonplatte Brosamen pickte. Ohne ein einziges Wort, ohne eine einzige Zeile hat sie mir zu verstehen gegeben: Das war's! Du bist unwürdig! Ja, Simonetta, du hast allen Grund mich zu verachten. Ich weiß, es ist unverzeihlich, doch manchmal wird die Vernunft von der Faszination des Augenblicks überrollt.

Müde winkte er ein Taxi heran.

38.

Anfang Juni. Dieses Jahr wird heiß werden. Wenn der Juni schon schwitzt, wird es der Sommer vor Hitze kaum aushalten. Wie ein Speicherofen strahlte der Granitsockel Wärme an die Umgebung ab. Ein großes Passagierschiff fuhr wolgaaufwärts und benahm sich, als könne es dem Fluss seinen Willen aufzwingen. Die Schraube wühlte im Wasser und spülte dreckig-weiße Schaumberge an die Oberfläche. Der Lärm der Passagiere, die sich zum Landgang bereitmachten, drang bis zu Natascha und Svetlana herauf, die wieder mal zu ihrem intimen Treffpunkt am Ufer der Wolga geflüchtet waren. Sie wollten sich auf das letzte Examen vorbereiten – der Endspurt hatte begonnen. Bald wird die Hochschule sie in das Leben entlassen. Was das bedeutet, wurde beiden so langsam klar. Bis jetzt waren sie an einer Art Leine geführt worden, die zwar ihren Bewegungsspielraum begrenzte, aber auch eine gewisse Richtung vorgab. Was wird sie erwarten, wenn diese Leine gekappt ist? Sich selber Ziele stecken ist oft schwieriger, als vorgegebene Ziele erreichen.

„Was war nun mit diesem Richard? Komm, erzähl endlich!" Svetlana rutschte ungeduldig auf dem rechten Bronzefuß des gefallenen Helden hin und her. „Du hast nur Andeutungen gemacht über die letzte Nacht vor seiner Abreise. Und am nächsten Tag hast du die Prüfungsvorbereitung geschwänzt. Dieser Richard hat dich wohl an die Angel genommen. Oder du ihn?"

Natascha versuchte dem Thema auszuweichen: „Komm, lass uns die mündliche Prüfung simulieren."

„Nein, erst will ich wissen, was los war. Ich platze vor Neugier."

Natascha war sich selbst nicht im Klaren, was los war. „Er ist ein netter Mann."

„Ein netter Mann, ein netter Mann ...", äffte Svetlana nach. „Das wird doch wohl nicht alles sein? Um das festzustellen, braucht man nicht eine halbe Nacht und einen ganzen Tag."

„Ja, du hast Recht, das war nicht alles", antwortete Natascha. Ihre Blicke wanderten hinüber über den Fluss zu dem Dorf auf der anderen Seite. Die flimmernde Luft verbog die Häuser und Bäume, ließ sie eine Art Bauchtanz aufführen. „Er ist ein netter Mann und doppelt so alt wie ich. Und er hat zärtliche Hände, in denen man sich gut aufgehoben fühlt. Ich werde es dir später erklären, wenn ich es selber verstanden habe. Er hat mich eingeladen, ihn in Deutschland zu besuchen."

„Aha, wieder einer, der dich nach Deutschland einlädt."

„Du spielst auf Lüdger an. Das war eine völlig andere Sache. Der wusste selbst nicht, was er wollte. Er war unreif, sorgsam behütet von seinen Eltern."

„Und dieser Richard, der ist reif, ja?"

„Ja, soviel ist klar, reif ist er."

„Keine Kunst bei diesem Alter!"

„Bei ihm fühlte ich mich irgendwie geborgen. Sein Alter? Ja, das ist nicht unproblematisch. Er ist kein stürmischer Liebhaber, doch gerade das gefällt mir. Und er ist aus dem Land meiner Träume."

„Geht es dir um den Mann oder das Land?"

„Blöde Frage!"

„Aber eine Frage, die du dir stellen solltest, denn dein Typ ist dieser Richard eigentlich nicht. Ich habe ihn schließlich

190

erlebt auf der Abschlussfeier. Deine Traummänner sehen anders aus."

Die Schiffssirene hallte durch das breite Flusstal. Das Schiff schob seinen Bug in die Strömung und legte langsam wieder ab. Wie die Glieder einer bunten Perlenkette standen die Passagiere an der Reling und winkten der anderen Perlenkette am Ufer zu.

„Ja, du hast Recht", sagte Natascha, „aber schön ist, dass er nicht so tut, als sei er schön."

„Ich sehe – deine nächste Urlaubsreise ist so gut wie gebucht. Dich hat die unheilbare Germanitis befallen."

39.

„Hier, das ist alles für dich!" Als Natascha nach Hause kam, empfing sie Herr Kurotin schon im Flur mit einem dicken Stapel Post. Wahrscheinlich Antworten auf ihre Stellengesuche. Die meisten Briefe hatten DIN A4 Format, was nichts Gutes verhieß, denn wenn die Bewerbung zurückkommt, löst sich wieder eine Hoffnung in Luft auf. Tatsächlich fand sie überall in den großformatigen Umschlägen ihre eigenen Bewerbungsunterlagen. Dazu Begleitbriefe, die sich fast aufs Wort glichen: Es tut uns leid, aber .... In der aktuellen wirtschaftlichen Situation wäre es unverantwortlich, Personal einzustellen ....

Blah, blah, blah! Wie sie das hasste. Dutzende solcher Briefe hatte sie schon bekommen. Gibt es Schlimmeres, als nicht gebraucht zu werden? Es ist wie im Kindergarten, wenn man in der Ecke steht, weil man etwas ausgefressen hat, während sich die anderen Kinder munter am Spiel erfreuen. Dabei hat sie nichts ausgefressen, sondern ein Studium mit Abschlussnoten absolviert, die das Adjektiv *super* verdient hätten. Und ihre Forderungen sind weiß Gott bescheiden: einfach nur teilnehmen, teilnehmen am Leben; und zu dieser Teilnahme gehört in ihren Augen ein Job, der Freude macht und das Ego aufrichtet. Aber selbst wenn sie einen Job bekäme, könnte sie davon kaum leben, von einer eigenen Wohnung ganz zu schweigen. Mit einer Stelle an der Hochschule brauchte sie auch nicht zu liebäugeln, selbst Svetlana, der nicht das Stigma der Fahnenflucht anhaftete, hatte eine Absage bekommen. Das Röhrenwerk in Wolschski sucht zwar Übersetzer, aber nur Leute, die außer Deutsch auch Italienisch können.

Ein einziger Brief enthielt kein *aber*. Eine Pumpstation in Nojabrsk suchte Übersetzer für Deutsch. Natascha nahm den Atlas und machte sich mit dem Finger auf die Reise. Wo liegt dieses Nojabrsk? Im Planquadrat M-56, sagte das Ortsverzeichnis. Auf der Karte des Riesenreiches glitt Nataschas Finger immer weiter nach Osten, über den Ural hinweg und weiter nach Norden. Dann blieb der Finger stehen. Nojabrsk, tiefstes Sibirien! Mit den Augen konnte sie diese Riesenentfernung erfassen, nicht aber mit dem Verstand. Nein, niemals! Um keinen Preis werde ich mein Leben diesem Ort anvertrauen. Wenn man das überhaupt als Leben bezeichnen kann: Acht Monate lang klirrender Frost, Gasleitungen und Förderanlagen, Pumpstationen, triste Plattensiedlungen und eine Luft, die zum Atmen ungeeignet ist. Nein, nein und nochmals nein. Dann gehe ich lieber zurück in mein Dorf, setz' mich hinter den Ofen und warte auf bessere Zeiten.

Aus der Küche drang das Gezeter von Kusine Kati und deren Mann Viktor, sie stritten so laut, dass die ganze Kommunalka davon widerhallte. Weshalb streiten sich die beiden schon wieder? Um kulinarische Meinungsverschiedenheiten ging es jedenfalls nicht, soviel bekam Natascha mit. Immer diese Auseinandersetzungen! Wie oft hatte sie schon mithören müssen, wenn sich die beiden in ihrem Schlafzimmer verbale Schlachten lieferten. Streitthemen die eigentlich nicht für fremde Ohren bestimmt waren. Noch peinlicher aber war es, die anschließende Versöhnung mit anhören zu müssen, die zehn Zentimeter entfernt – nur durch die dünne Wand getrennt – von den beiden geräuschvoll in Szene gesetzt wurde.

An der Tür klopfte es.

„Herein!" Natascha saß allein im Wohnzimmer über ihrer Post und hob den Blick über den Brillenrand. Durch den

Türspalt lugte eine Nase, Herrn Kurotins Erkennungszeichen.

„Ich muss mit dir reden, Natascha."

„Kommen Sie, setzen Sie sich doch."

Natürlich begann er seine umständliche Rede mit „Bosche moj[1]".

Wenn er sie im Wohnzimmer aufsuchte und den lieben Gott mitbrachte, dann musste es um eine wichtige Angelegenheit gehen.

„Bosche moj, nun bist du schon eine studierte Dame, eine Person mit Examen, etwas ganz Besonderes. Sind alle Prüfungen vorbei?"

„Eine steht noch aus, aber die ist nur Formsache. Doch deshalb sind Sie sicher nicht gekommen."

„Hm, ja, …", murmelte der Herr Amtsrichter, der sonst nie in Verlegenheit war. „Ja, also, hast du schon darüber nachgedacht, wo du wohnen wirst, wenn das Studium zu Ende ist? Du weißt, ich darf als Amtsperson keine illegale Untervermietung nicht dulden, jedenfalls nicht auf Dauer. Bosche moj."

Genau genommen war ihm Nataschas Anwesenheit in der Kommunalka nicht unangenehm, schließlich hatte sie frischen Wind in die Bude gebracht. Außerdem hatte er hin und wieder – leider viel zu selten – Gelegenheit, einen flüchtigen Blick auf gewisse Partien ihres mädchenhaften Körpers zu werfen. Auch als Amtsperson darf man sich schließlich mal was gönnen. Zum Beispiel vorige Woche, als er „versehentlich" ins Badezimmer platzte als Natascha gerade in der Wanne saß. Leider sah er nur für einen kurzen Moment et-

---

[1] Russ.: Mein Gott

was, weil seine Brille sofort beschlug, und ohne Brille sah er fast gar nichts.

„Bosche moj, ich hab dich sehr gern, das weißt du, aber wir – eh – du musst eine Lösung für dein Wohnproblem finden. Kannst du nicht wieder ins Wohnheim ziehen?"

„Das könnte ich, wenn ich einen Job bei der Hochschule bekäme. Aber das ist aussichtslos. Ich habe überhaupt noch keine Zusage, trotz meiner vielen Bewerbungen." Sie schlug mit der flachen Hand auf den Stapel Post. „Deshalb hat es auch noch keinen Sinn, sich um eine Wohnung zu kümmern."

„Aber das hier bei uns kann nicht zum Dauerzustand werden, von Amts wegen", erklärte Kurotin, als säße er auf dem Richterstuhl im Gerichtssaal. Es fehlte nur noch, dass er den Zeigefinger erhebt.

„Ja, es ist ein Provisorium, das ist mir klar. Ich bin Ihnen eh dankbar, dass ich übergangsweise hier wohnen darf. Ich bemühe mich weiter intensiv um einen Job und dann um eine Wohngelegenheit."

„Hm, ich meine, in spätestens einem Monat sollte das Problem gelöst sein."

„Ja, in spätestens einem Monat."

Mit einem ´Bosche moj´ schlurfte Kurotin aus dem Zimmer.

Bosche moj, imitierte ihn Natascha, in einem Monat! Manchmal verspricht man Sachen, an die man selbst nicht glaubt.

40.

Zwei Saxophone stritten sich darum, die Melodie zu führen, bis schließlich die Trompete den Streit für sich entschied. Die Band spielte „Stranger in the Night", Nataschas Lieblingssong. Gitarre und Schlagzeug begleiteten in aller Bescheidenheit die Melodieführer, ein Bass erzeugte Vibrationen in der Magengegend. Die Band, die zur Exmatrikulationsfeier aufspielte, fand kaum Platz auf dem Treppenabsatz in der Halle der Hochschule, die aus den Nähten zu platzen schien: Absolventen, Studenten der jüngeren Semester und ehemalige Studenten, hier und da auch Dozenten und Professoren, denen es nichts ausmachte, sich unters niedere Volk zu mischen. Natascha erinnerte sich, mit welcher Ehrfurcht sie zum ersten Mal diese Halle betreten hatte. Damals war sie ihr viel größer, viel höher vorgekommen. Von dem Treppenpodest aus, wo jetzt die Band zu einer neuen Nummer ansetzt, hatte sie nach Boris Ausschau gehalten, dem Mann, der sie Ekstase lehren wollte, der ihre Koffer zum Bahnhof geschleppt und sie in die technischen Geheimnisse der Röhrenproduktion eingeweiht hatte. Er hatte es noch immer nicht aufgegeben, Natascha imponieren zu wollen. Doch jetzt spreizte er seine Federn vergeblicher denn je, er ahnte ja nichts von ihren Reiseplänen und nichts von Richard, hinter dem auch für sie selbst noch ein großes Fragezeichen stand. Boris hatte Natascha in der weitläufigen Halle endlich gefunden und bot nun all seine Überredungskunst auf, Natascha zum Tanzen zu bewegen.

„Boris, du bist ein lieber Kerl und ich werde gern mit dir tanzen, aber das hat nichts zu bedeuten. Wir werden nie zusammenkommen. Du liebst die Mädchen nicht, du sammelst sie wie Trophäen." Sie trat nahe an ihn heran. „Du betreibst das Vögeln wie das tägliche Rasieren, regelmäßig, nach dem Motto: Ordnung muss sein. Aber das ist nicht meine Vorstellung von Ordnung. Unsere Ansichten – nicht nur vom Vögeln – sind einfach zu verschieden. Das war schon klar bei unserem ersten Zusammentreffen. Als du nackt aus dem Dunkel auftauchtest, hast du mich fasziniert und abgestoßen zugleich. Es war interessant, dich zu ER-LEBEN, aber du bist nicht der ER für mein LEBEN."

Boris nickte, obwohl er sie nicht verstand. Viele Mädchen hatten sich an seine Brust geworfen, Svetlanas, Irinas, Olgas, … die Nataschas musste er nummerieren, und er hatte sie alle geliebt – auf seine Art. Was war Verwerfliches daran? Er zog Natascha ganz nah heran und flüsterte ihr ins Ohr: „Eine kurze Zeit ein bisschen glücklich sein, ist doch besser, als bis ans Ende seiner Tage auf das große Glück warten. Es gibt kein Glück, das ewig hält. Wer immer nur an die Zukunft denkt, versäumt die Gegenwart und wird darüber alt und hässlich."

Natascha ging nicht darauf ein und fragte stattdessen: „Willst du trotzdem mit mir tanzen?".

Ja, das wollte er. Er schlang seinen Arm um ihre Taille, sog noch einmal ihren Duft ein und genoss ihren mädchenhaften Körper. Aber letztendlich hatte er begriffen: Dieser Natascha wird er keine Nummer geben können, die kann er nicht bezirzen. Diese Natascha hat andere Pläne, Pläne, die jenseits seines Horizonts lagen.

Professor Grossnij, der inzwischen emeritierte Dekan, hielt eine Rede. Emeritierte Dekane sprechen anders als amtierende. Sie sind frei von dienstlichen Verpflichtungen und amtlichen Rücksichtnahmen, müssen keine verlogenen Phrasen dreschen. Das machte seine Rede hörenswert. Er sprach von den Mühen des Studiums, wie schwierig es für Alte und Junge sei, sich gegenseitig zu verstehen und zu akzeptieren, Fehler zu tolerieren. Er sprach von Studenten, die unkonventionelle Wege gehen, und von der Gefahr, dabei zu straucheln.

Natascha applaudierte. Er schaute über alle Köpfe hinweg zu ihr, und Natascha schien, als nicke er ihr zu. Ahnte er, dass ihre Musik schon in Deutschland spielte? Diese Musik war eine Symphonie. Freude, schöner Götterfunken... Nächste Woche wird sich der Vorhang heben.

41.

Erasmus gab Richard die Hand und deutete eine kollegiale Umarmung an, etwas linkisch zwar, aber immerhin, ein ungewohnter Zug an ihm. „Na, wie war's im Russkiland? Ich bin fast beleidigt, dass du meine Hilfe nicht angefordert hast." Er nahm eine Zigarette aus der Schachtel und suchte in allen Taschen nach dem Feuerzeug. Nachdem er es endlich gefunden hatte, blies er blaue Wolken in den nun leer wirkenden Testraum. Was hier noch vor kurzem als chaotischer Versuchsaufbau stand, tickt jetzt am Ufer der Wolga im Rhythmus der Stahlschmelze. Richard wich Erasmus' Rauchwolke aus, trommelte mit den Fingern auf den Tisch und erinnerte sich, wie er und Grischa an der widerspenstigen Datenübertragung fast verzweifelt waren, bis schließlich der Moment der Erleuchtung kam.

„Gebraucht hätte ich sie schon, deine Hilfe, aber der eitle Krieger versucht erst mal, die Schlacht ohne Entsatztruppe zu schlagen."

„Und? Hast du die Schlacht gewonnen?"

„Klar, sonst wäre ich nicht hier, sondern noch an der Front in Wolschski."

Die Sekretärin steckte den Kopf durch die Tür: „Ich warte auf Ihren Reisebericht, Herr Doktor Claris." Schnell hatte sich in der Firma der Wolschski-Erfolg herumgesprochen. Richard, der Neue aus dem Osten, hatte im Alleingang auf schwierigem Terrain die Strippen gezogen und das widerborstige Ding zum Laufen gebracht.

Richard schaute auf die Uhr. „Ich muss zum Chef, treffen wir uns heute Abend bei unserem Italiener? Dort kann ich dir in Ruhe alles erzählen."

Im "Da Capo" waren am frühen Abend noch alle Tische im Raucherabteil frei, Erasmus und Richard setzten sich mit dem Rücken zu dem kitschigen Wandbild, das den Golf von Neapel mit dem Doppelgipfel des Vesuv in aufdringlichen Farben zeigte. Luigi, schlank und elastisch, mit geölten Locken, die er hinten zu einem Schwanz band, war sofort zur Stelle. „Eine Bottiglia Montepulciano für die Herren Programmatore?"

„Welchen Montepulciano hast du denn heute zu bieten?"

„Ich kann einen 89er d'Abruzzo empfehlen. Kein großer Wein, aber zum Essen genau das Richtige. Ich bringe also eine Flasche." Weg war er.

Richard schüttelte den Kopf: „Warum fragt er erst, wenn er doch selbst entscheidet, was wir trinken."

„Er kennt eben unseren Geschmack."

„Hoffentlich lässt er uns selbst entscheiden, was wir essen."

Luigi brachte die Flasche, präsentierte mit großer Geste das Etikett und entkorkte sie. Den Korken hielt er Richard vor die Nase. Einem Kettenraucher wie Erasmus traute er nicht zu, das Bouquet eines Montepulciano-Korkens würdigen zu können. Richard wusste zwar auch nicht, wie der zu riechen hat, aber er schnupperte kennerhaft und nickte zustimmend.

"Und dann, Luigi", Erasmus fuhr mit dem Finger über die Tageskarte, "zwei Insalata Capricciosa, Rigatoni à la Pana und eine Portion Tortellini al Forno."

Luigi widersprach der Menübestellung nicht. Manchmal kam es vor, dass er bei einem Gericht die Nase rümpfte. Dann war man gut beraten, das nicht zu übersehen, denn

Luigi wusste genau, welche Zutaten frisch und welche von Gestern waren.

Richard schob Erasmus eine Schachtel über den Tisch. „Hier, hab ich dir mitgebracht, russische Zigaretten. ′Belomorkanal[1]′, etwas Exotisches, diese Glimmstengel gibt es bei uns nicht, die Russen nennen sie Papirosy."

Erasmus öffnete die Schachtel und zog eine Zigarette heraus. „Was ist denn das? Das sollen Zigaretten sein? Zwei Drittel leere Papphülse und dann …" Er roch an dem Ende, das mit Tabak gefüllt war. „So also riecht ein Kanal am Weißen Meer." Offenbar hatte Erasmus begonnen, Russisch zu lernen. „Na ja, probieren kann man's ja mal."

Richard zeigte, wie man die Papphülse faltet und wartete gespannt auf Erasmus' Reaktion. Der ließ sich erst mal nichts anmerken. „Also, erzähl vom russischen Abenteuer!"

„Es war so ähnlich, wie Schwimmen lernen. Erst hast du Angst unterzugehen, streckst in Panik den Kopf nach oben und schnappst nach Luft, dann machst du die gelernten Schwimmbewegungen und bist erstaunt, dass du oben bleibst und sogar nach einiger Zeit ans Ziel kommst."

„Wovon sprichst du? Von Simonetta oder von der Arbeit?"

„Von der Arbeit natürlich. Wir hatten die Anlage ordentlich verkabelt, alle Parameter eingestellt, aber …"

Richard ließ kein Detail aus, erzählte von Rückschlägen und Erfolgen, erzählte vom Klotz, der sich gegen den Meister gestemmt hatte und von der Leitung, die in der Luft hing.

Erasmus nahm die russische Zigarette aus dem Mund und verzog das Gesicht zur Grimasse. „Das ist wohl eher was

---

[1] Russ.: Weißmeerkanal

zum Abgewöhnen." Er drückte mit spitzen Fingern die Belomorkanal in den Aschebecher. „Und Simonetta?"

Richard drehte den Stil des Weinglases zwischen Daumen und Zeigefinger hin und her. „Ja, also ...", begann er zögerlich, als hätte er Angst, sich an einem heißen Thema die Zunge zu verbrennen. In diesem Moment kam das Essen, und Richard hatte Zeit zu überlegen, wie er das Unerzählbare in verdauliche Happen zerlegen könnte?

„Also?", sagte Erasmus, als die Bestecke quer auf den leeren Tellern lagen, die zweite Flasche Wein auf dem Tisch stand und in Erasmus' Mund wieder eine richtige Zigarette wippte. „Erzähl von Simonetta!"

Richard kam sich vor, wie im Beichtstuhl. Immerhin hatte er zu Erasmus bereits von Simonetta als der Frau seiner Träume gesprochen, einer Schönheit, elegant und souverän auf liebenswerte Art. Wie kann er das Geschehene begreiflich machen, hat er es doch bis jetzt selber nicht ganz verstanden. Zögerlich erzählte er, wie er Natascha kennen gelernt hatte, erzählte von ihrem unangemeldeten Besuch im Container, vom unwiderstehlichen Reiz ihrer Jugend und wie er der Verlockung erlegen war.

Schweigend hörte Erasmus zu, zog an seiner Zigarette, stieß Rauchwolken aus und schüttelte hin und wieder den Kopf. Richards Bericht endete mit dem Versuch einer Rechtfertigung: „Zeig mir den Mann, der solch einer Versuchung widerstehen kann."

„Nein, ich fass' es nicht!" Erasmus rückte seinen Stuhl zurück und schlug sich mit der flachen Hand an die Stirn. „Küsst erst die genuesische Schönheit und lässt sie dann wegen einer halbwüchsigen Russin sitzen! Wo ist da die Logik?"

„Ist es zwischen Mann und Frau je logisch zugegangen?", verteidigte sich Richard. „Die Logik unserer Computerprogramme taugt nicht für die Liebe. Da gelten andere Gesetze, und manchmal eben auch gar keine Gesetze, sondern pure Intuition."

„Was du Intuition nennst, heißt in der Zoologie Brunft. Red nicht von abgestandenen Lebensweisheiten, du alter Sack, wenn du die Hormone meinst!" Erasmus trommelte mit den Fingern auf den Tisch. „Wie ein Tier bist du deinen Instinkten gefolgt. Dein Verstand hat offenbar Urlaub gemacht oder ist auf der heißen Haut dieses Mädchens dahin geschmolzen. Ein alter Esel spielt den jungen Stier. Bist du nicht über das Alter hinaus, wo man sich eine Studentin angelt oder sich von ihr angeln lässt?"

„Egal wie alt man ist, man ist nie über das Alter hinaus."

„Noch so eine Lebensweisheit." Erasmus suchte nach Worten und kaute an seiner Zigarette. Luigi hantierte hinter der Theke an der Espresso-Maschine. Erasmus deutete mit erhobenen Daumen und Zeigefinger an, dass sie zwei Espresso vertragen könnten.

„Sie wird mich noch in diesem Jahr besuchen", sagte Richard, „vielleicht wirst du mich verstehen, wenn du sie kennen lernst."

„Aha, sie wird dich besuchen. Dann schlage ich vor, dass du deine Hormone für diese Zeit bei mir deponierst."

„Es gibt Schlimmeres als den Sieg der Hormone über den Verstand."

„Klugscheißer!", murmelte Erasmus. Er schwieg eine Weile bevor er sich zu einer provokanten Frage hinreißen ließ: „Bist du sicher, dass sie zu dir und nicht nur nach Deutschland will?"

„Ja, ganz sicher." Richard sagte es so laut, dass Luigi erstaunt aufblickte.

Der Espresso schmeckte diesmal fade, irgendwie nach Spülwasser.

42.

Natürlich war er zu zeitig losgefahren, die normale Fahrtzeit zum Rhein-Main-Flughafen hatte er glatt verdoppelt; man weiß ja nie, was auf der Autobahn los ist; neulich hatte er auf der A3 über eine Stunde gestanden, ohne einen Millimeter voranzukommen. Und Pinkeln hatte er auch gemusst.

Auf dem Flughafen, im Restaurant „Lilienthal", aß er eine Portion Frühlingsrollen. Er schaute auf die Uhr. Noch eine Stunde, vorausgesetzt, die Maschine schwebt pünktlich ein. Von seinem Tisch aus hatte er die Anzeigetafel im Blick. ´Arrival from Moscow´ war noch ohne Zeitangabe, aber auch ohne ´Delayed´. Richard saß tief in seinem Stuhl und baumelte mit den Beinen, wie jemand, dem außer Beinbaumeln keine Beschäftigung einfällt. Dann kramte er Nataschas letzten Brief hervor: *Ich kann es kaum erwarten, dich wieder zu sehen. Was werden wir unternehmen? Ich möchte alles kennen lernen: Deine Wohnung, deine Stadt, Deutschland, Europa .... Etwas viel für drei Wochen, nicht wahr, und alles ist neu für mich. Du wirst mir doch helfen?*

Selbstverständlich wird er ihr helfen, und wie! Die notwendigen Vorbereitungen hatte er jedenfalls getroffen, die Wohnung geputzt und das Gästezimmer hergerichtet. Im Schlafzimmer hatte er – man muss auf alles vorbereitet sein – zwei Kopfkissen aufgelegt. Soll sie selbst entscheiden zwischen der Liege im Gästezimmer und dem breiten Bett im Schlafzimmer.

Die Anzeigetafel machte Klapp-Klapp. Alle Arrivals rückten eine Position vor und jetzt stand neben Moscow 18:45, Gate 5, also keine Verspätung. Höchste Zeit, einen Blumenstrauß zu kaufen. Blumen hielt Richard sonst für überflüssigen Schnick-Schnack. Nie stellte er ohne besonderen Anlass solches Gemüse in seine Wohnung, angeblich frische Blumen, die am dritten Tag aus Trauer um ihre holländische Heimat die Köpfe hängen lassen. Doch heute waren Blumen ein Muss. Mit leeren Händen dastehen – lächerlich und peinlich. Außerdem könnte er hinter dem Strauß seine Nervosität verstecken.

Am Gate 5 – hektisches Treiben. Russische Sprachfetzen schwirrten durch die Luft, dutzende Köpfe reckten sich zur weißgetönten Schiebetür. Dann ging es los, die Ankommenden tröpfelten heraus. Sie schauten in die Runde, als hätten sie soeben eine neue Welt betreten und als gelte es, für diese neue Welt den richtigen Partner zu finden. Dann Freudenschreie und tränennasse Gesichter. Ein stämmiger Mann rief „Ninotschka, slava bogu![1]“, er umarmte eine Frau, die mit Koffer und Taschen beladen war und noch drei Kinder im Schlepptau hatte. Ein Mädchen mit Zöpfen und riesigen Schleifen kreischte und warf sich an die Brust von Onkel und Tante. Richard und sein Blumenstrauß hielten sich im Hintergrund. Wie lange das dauert! Endlich, die Schiebetür ging wieder auf, und da kam sie, jung, schlank und salopp gekleidet, schaute in die Runde, ging zielstrebig auf Richard zu, und er ihr entgegen. Plötzlich war sie ihm so vertraut wie damals in seinem Container, ihre Bewegungen, ihr Lächeln, ihre Lippen, die nach kurzer Verlegenheitspause die seinen berührten. Ihre Frage, wie es ihm gehe, lächelte er weg. „Wie soll es mir gehen, wenn du kommst? Dobro poschalowatsch! Herzlich Willkommen in Deutschland!“

---

[1] Russ.: Gott sei Dank

43.

Mit dem Ellenbogen drückte Richard die Klinke der Schlafzimmertür herunter, bemüht, das Frühstückstablett in der Waage zu halten und Geräusche zu vermeiden. Vielleicht lag es an Lichtstrahlen, die durch die Ritzen der Jalousie fielen und auf ihr Gesicht ein Zebramuster malten, oder am Kaffeeduft, der ihre Nase kitzelte jedenfalls öffnete sie die Augen, als Richard das Tablett auf dem Bett abstellte. Einen kurzen Moment zog sie die Brauen zusammen, als wunderte sie sich über die fremde Umgebung, dann holte sie tief Luft und begriff: endlich angekommen.

Richard setzte sich auf die Bettkante. „Guten Morgen und noch mal herzlich Willkommen. Gestern Abend bist du sofort eingeschlafen. Auch die Fahrt von Frankfurt hast du nur im Halbschlaf erlebt."

Tatsächlich hatte sie noch vor Würzburg die Lehne des Beifahrersitzes nach hinten gekurbelt, sich in den Sitz gekuschelt und war eingenickt. Richards Hinweis auf die Festung Marienberg hatte sie bei geschlossenen Augen nur noch mit einem Nicken quittiert. Und auf Wagners „Tristan" aus dem CD-Player reagierte sie überhaupt nicht. Als er an einem Parkplatz anhielt, um sich eine Pfeife zu stopfen, schnarchte sie schon leise. Zu Hause angekommen, hatte er Mühe, sie wach zu bekommen. Mit seiner Hilfe hatte sie sich in die Wohnung geschleppt, sich im Schlafzimmer splitternackt ausgezogen und war mit einem kaum hörbaren „Spokojno notschi[1]" unter die Decke gekrochen.

---

[1] Russ.: Gute Nacht

Richard spielte den Kavalier und schmierte ihr einen Toast dick mit Butter. Eigentlich liebte er es nicht, im Bett zu frühstücken, der Krümel wegen. Aber heute war eine Ausnahme.

„Was machen wir in den nächsten Tagen?", fragte Richard zwischen zwei Bissen. Natascha legte ihm den Zeigefinger auf den Mund. „Wir frühstücken jetzt." Dann gab sie ihm einen etwas schräg geratenen Kuss und fragte: „Darf ich eigentlich mit meinem Pass von Deutschland aus ins europäische Ausland fahren?"

Richard schenkte Kaffee nach, bemüht, nicht auf die Bettdecke zu kleckern. „An den Grenzen der Schengen-Länder gibt es keine Passkontrollen. Es fiele also gar nicht auf. Aber ob du darfst, weiß ich nicht."

44.

Die Tischdecken waren blau-weiß gerautet und mit roten Plastikklemmen an den Tischen befestigt. Der weiße Schaumkranz im Bierglas, das hier Maß hieß und weiblich war, rutschte nach und nach mit der goldglänzenden Flüssigkeit nach unten und an der gewellten Außenseite des Glases spiegelte sich die Abendsonne, die sich mit letzter Anstrengung durch das Blätterdach der Bäume kämpfte. Die Wiesen des Englischen Gartens protzten mit saftigem Grün, die Vögel zeigten sich in Zwitscherlaune und das Paulaner hatte noch nie so gut geschmeckt. Richards Welt war in Ordnung.

Natascha stocherte auf ihrem Teller herum. Kaiserschmarrn – so etwas war ihr noch nie untergekommen, weder als Wort, noch auf dem Teller. Vorhin hatte der Wirt – er hieß offenbar Paul, denn überall auf den Sonnenschirmen stand ‚Paulaner' – zu einem Mann am Nebentisch gesagt: „Redns net so a Schmarrn." Natascha schaute ungläubig auf ihren Teller. Was hat nun dieses Geschlinge hier mit des Nachbars Rede oder gar mit einem Kaiser zu tun? Na ja, Bayerisch ist eben ein sehr spezielles Deutsch. *Die* Maß und *der* Schmarrn – das muss sie sich merken! Aus dem einen trinkt man und das andere isst man, oder man kann es auch reden.

Nach dem Essen musterte Natascha die anderen Gäste. Am Nachbartisch – drei Männer und vier Kinder. Die beiden Jungen balgten sich unentwegt, die Mädchen waren damit beschäftigt, sich gegenseitig Zöpfe zu flechten. Die Männer ließen ihr Bierglas nicht aus der Hand und gaben beim Anstoßen Sprüche von sich, die Natascha nicht verstand. Nach dem Trinken wischten sich die Männer mit dem Handrücken den Schaum vom Mund und brachen jedes Mal in schallendes Gelächter aus. Ein paar Tische weiter war ein Mann aufgestanden, schwenkte seine(!) Maß durch die Luft und stimmte mit grölender Stimme ein Lied an. Die Frau neben ihm zerrte ihn auf die Bank zurück und brachte ihn mit Mühe zum Schweigen. Viele Frauen hatten bunte Kleider an, mit Schürze und einer Art Gardine vor dem Busen, die allerdings mehr freiließ als verdeckte. Die Hosen der Männer waren aus Leder, mit einem Latz über der Brust und bestickten Hosenträgern. Natascha hatte ihre Freude an dem fröhlich-friedlichen Treiben. Sie musste an die Pivnaja, den *Biergarten* zu Hause in ihrem Dorf denken, wo dumpfe Gestalten auf umgedrehten Bierkästen hockten und einen undefinierbaren Fusel in sich hineinschütteten bis sie von der Kiste fielen und im Dreck einschliefen.

Natascha legte ihre Hand auf Richards Schulter und fragte: „Hast du schon einmal über den Zufall der Geburt nachgedacht?"

„Wie meinst du das?"

„Ich meine, es ist doch nur ein Zufall, an welchem Ort man geboren wird."

„Ich verstehe nicht ganz?"

„Stell dir vor: in einem Slum von Kalkutta wird ein Kind buchstäblich in den Dreck hineingeboren. Es hat kaum eine Chance, diesem Milieu zu entkommen. Ein anderes Kind liegt, gebettet auf Seidenkissen, irgendwo in einem eleganten Haus einer schönen Stadt, zum Beispiel hier in München, wohl behütet und umsorgt von seinen Eltern. Beide Kinder können nichts dafür, wo ihre Wiege steht, haben weder Schuld noch Verdienst daran, und dennoch wird ihr ganzes Leben davon bestimmt. Ist das nicht eine schreiende Ungerechtigkeit?"

Richard hatte Mühe ihr zu folgen, er hantierte mit den Streichhölzern, um die Pfeife in Gang zu halten. „Ich weiß nicht, Glück hängt von vielen Faktoren ab. Das Kind im Slum kann unter Umständen glücklicher sein als das Kind auf den Seidenkissen."

„Trotzdem, man darf nicht alles …" Sie suchte nach dem Wort *relativieren*. „Ja, überflüssiger Luxus ist entbehrlich, auf seidene Kissen und goldene Wasserhähne kann man verzichten, aber wenn der Mensch jede Kopeke dreimal umdrehen und nach sauberem Wasser meilenweit laufen muss und sich im Winter auf dem Plumsklo den Hintern abfriert, dann darf er doch fragen: wieso gerade ich?"

„Redest du noch von dem Kind in Kalkutta oder von dir?"

„Ich rede von allen Kindern auf der Schattenseite und deren Frage: warum gerade ich?"

Eine junge Frau im Dirndl mit einer Kassierertasche um die Hüfte kam an ihrem Tisch vorbei. In jeder Hand hielt sie fünf Maß Bier (macht je 5 kg), und trotzdem grüßte sie freundlich in die Runde.

„Ja, stimmt schon, die Frage ist berechtigt", sagte Richard, während er die Pfeife ausklopfte, „aber es hat wenig Sinn, sie zu stellen. Genauso gut könnte der Regenwurm fragen, warum er kein Huhn ist. Dann könnte er nicht von jenem aufgepickt werden." Richard stellte den Bierdeckel auf den Rand und spielte damit Kreisel, während er nach weiteren Argumenten suchte. „Im Gegensatz zum Regenwurm, dem es unmöglich ist, sich zum Huhn hochzuarbeiten, kann der Mensch zwar den Ort seiner Geburt nicht bestimmen, sein Leben aber schon. Er hat gewissermaßen die Chance zum Huhn zu werden."

Nataschas anfängliches Nicken ging in ein Kopfschütteln über. „Das ändert aber nichts an der Ungerechtigkeit. Der

Weg vom Wurm zum Huhn ist weit, steinig und mühsam, man kann verzweifeln auf halber Strecke."

Richard legte den Arm auf Nataschas Schulter. „Man muss ja den Weg nicht alleine gehen."

Ursprünglich hatten sie zum Königssee fahren wollen, waren aber nur bis München gekommen. Diese Stadt hatte sie eingefangen und den ganzen Tag nicht wieder losgelassen. Ohne Stadtplan und Reiseführer waren sie losmarschiert, an Marienplatz und Viktualienmarkt und an vielen anderen „Hailaits" vorbeigekommen, ohne zu wissen, dass diese Orte ein unbedingtes Muss für Touristen waren. Sie hatten sich einfach treiben lassen.

Am Mittag hatte Natascha Richard in ein tolles Restaurant gelotst, das für seinen Geschmack eine Nummer zu toll war, vor allem eine Nummer zu teuer. Das hatte er schon geahnt, als er die künstlerisch gefalteten Servietten auf den weiß gedeckten Tischen sah. Hier isst man nicht, hier speist man. Ein Blick auf die Speisekarte bestätigte seine Vorahnung. Alle Gerichte waren *an* und nicht *mit*: Trüffelsoße an Bambussprossen, King Prawns an Basmatireis, …. Ihm wären Bratkartoffeln mit Spiegelei lieber gewesen, notfalls noch *an* Spiegelei. Und erst die Preise! Er hatte versucht, seine Physiognomie beim Blick auf die Speisekarte in Schach zu halten. Richard, sagte er sich, es macht doch auch Spaß, mal den Großzügigen zu spielen. Vorige Woche, in Paris, hatte er noch gezuckt, als Natascha in einem Café am Champs-Élysées einen Cappuccino bestellte und er den Preis sah, der ihn aus der Karte frech angrinste. Gut, die Lage des Cafés war 1a, direkte Sicht auf den Arc de Triomphe auf der einen Seite und auf die Place de la Concorde auf der anderen. Die Tische waren mit roten Baldachinen beschirmt und die Kellner mit goldenen Livreen geschmückt. Der Cappuccino allerdings schmeckte mäßig. Lächelnd wie ein Palastdiener präsentierte der Kellner auf einem silbernen Tablett die Rechnung. Silvupläh, Monsieur – wundern Sie sich über den Preis? Et voilà, sie kaufen nicht den Cappuccino, Sie kaufen Paris.

„Ich danke dir." Nataschas Stimme holte Richards Gedanken zurück an den blau-weiß gedeckten Tisch im Englischen Garten: „Ich danke dir. Ich liebe dich. Auch dafür, dass du mir diese Welt zeigst: München und all die schönen Orte in Deutschland, vorher Paris, Wien und Rom. Eine Welt, die ich bisher nur aus Büchern und Erzählungen kannte."

Er legte ihr den Finger auf den Mund. „Wenn du mich liebst, brauchst du mir nicht zu danken."

„Wie kann man eine Besuchserlaubnis für Ausländer verlängern?", fragte Richard die Dame im Ausländeramt. Natascha stand – wie immer auf Ämtern etwas eingeschüchtert – einen Schritt hinter ihm.

„Das ist ganz einfach, bis zu einer Besuchszeit von drei Monaten – kein Problem. Sie müssen nur dieses Formular hier ausfüllen und ihre Verpflichtungserklärung auf den neuen Zeitraum ausdehnen."

Natascha atmete auf. Eigentlich hätte sie schon bald ihre Koffer packen müssen. Kaum zu glauben, dass sie schon über drei Wochen bei Richard war.

Die Dame vom Amt legte das Formular auf den Tresen und fügte an Natascha gewandt hinzu: „Aber dann wird es schwierig. Mehr als drei Monate werden nur in Sonderfällen genehmigt."

„Und welche Fälle sind das?"

Die Dame schob ihre Brille auf die Stirn, musterte erst Richard, dann Natascha und sagte kurz und knapp: „Die treffen auf Sie nicht zu."

Richard füllte das Formular aus, zahlte die Stempelgebühr, und sie freuten sich wie die Kinder, so einfach zwei Monate gewonnen zu haben. Eine Zeit, die ihnen im Moment wie eine Ewigkeit vorkam.

45.

Ohne Navi hätten sie dieses kleine Nest, weit hinten in der ostdeutschen Provinz, nie gefunden. Richard folgte gehorsam der Navi-Stimme, die sich mit „ich bin Claudia, Ihre Lotsin" vorgestellt hatte. Claudias freundliche, aber energische Stimme forderte Richard zu allerlei Lenkmanövern auf, die er peinlich genau befolgte. „Machst du immer genau das, was die Frauen sagen?", fragte Natascha. Sie war guter Laune und freute sich auf das Treffen mit ihrer Freundin Andrea, die sie bei ihrem Studienaufenthalt in Dresden kennengelernt hatte.

Nach schier endloser Fahrt über Berg und Tal, auf buckligen Straßen und Alleen mit mächtigen alten Bäumen, ließ Claudia endlich verlauten: „Noch einhundert Meter und Sie haben Ihr Ziel erreicht."

Richard ließ den Wagen auslaufen und sagte zu Claudia: „Tschüs, ich danke Ihnen" und zu Natascha: „Eigentlich sind Claudia und ich per Du, wir siezen uns nur, wenn andere Frauen im Wagen sind."

Andrea stand mit ihrem Mann winkend am Gartentor. Seit Dresden hatte Natascha ihre Freundin nicht mehr gesehen. Per Post waren sie zwar ständig in Verbindung geblieben, aber was sind schon Briefe gegen die sprudelnde Quelle des gesprochenen Wortes?

Das Schicksal hatte Andrea in dieses winzige Dorf, weit ab vom Schuss, verschlagen, das Schicksal hieß Stefan und das Dorf Kirchhausen.

Andrea und Natascha umarmten sich und begannen sofort einen Dialog, der sich über mehrere Stunden hinziehen sollte. Die Wörter „Weißt du noch …" kamen häufig darin vor. Und auch der Name Lüdger.

Richard und Stefan gaben sich die Hand und Richard merkte sofort, dass Stefan ein Mann der Tat war. So wie seine Hände waren auch seine Worte. Einer, der zupacken konnte, ohne überflüssige Sprüche zu klopfen, von Beruf Kraftfahrer. Er schwärmte von seinem Riesenlaster. Die Ladefläche – lang wie ein Eisenbahnwagon und die Räder – groß wie er selbst. Das Problem sei nur, dass diese großen Räder im Winter stillstehen, denn er fahre für eine Baufirma. Die entlasse jeden Herbst alle Mitarbeiter und stelle sie im Frühjahr wieder ein. Leben müsse man allerdings auch im Winter. Dann war Andrea für das Ein- und Auskommen zuständig, als Angestellte der Dorf-Sparkasse. Er beschäftige sich derweil mit dem Haus und dem etwas zu groß geratenen Grundstück. Und der Jagd. „Die Jagd ist mein Hobby. Auf dem Anstand, bei klirrender Kälte, allein mit meiner Thermosflasche und der Flinte, da muss ich nur mit mir selbst und den Tieren reden," sagte Stefan, während seine Augen schwärmerisch über den nahen Wald schweiften.

Stefan war in seinem Element. „Los, ich zeig dir mein Revier. Vielleicht können wir vom Anstand aus den kapitalen Bock beobachten, den ich schon lange auf der Liste habe." Die beiden Männer, begleitet von einem dritten, der Flachmann hieß, verschwanden in Richtung Wald, was die Frauen gar nicht zu bemerken schienen. Den kapitalen Bock entdeckten sie zwar nicht, aber Herr Flachmann tröstete sie darüber hinweg.

Am Abend, als selbst den beiden Freundinnen der Gesprächsstoff ausgegangen war, saßen die vier um den Grillofen im Garten und ließen sich Stefans letzten Jagderfolg, einen Rehbraten, schmecken. Zu vorgerückter Stunde holte

Andrea die Gitarre und sie versuchten sich als Gesangsquartett. Der Hund jaulte dazu.

Am nächsten Tag, beim Abschied, umarmte Andrea Richard, nahm ihn etwas zur Seite und fasste die Gespräche mit Natascha stark gekürzt zusammen. Erstens: Natascha sei wahnsinnig glücklich, in Deutschland zu sein, zweitens: sie liebe ihn und drittens: sie, Andrea, sei gern bereit, für Natascha die Trauzeugin zu geben.

„Aha" war Richards dürftige Reaktion auf Andreas Mitteilungen. Die nickte Richard bedeutungsvoll zu, als wollte sie ihn auffordern, besonders über Drittens mal ernsthaft nachzudenken. Ihre letzten Worte, als Richard und Natascha schon im Auto saßen: „Männer sind manchmal wahnsinnig unbeholfen beim Verstehen einfacher Zusammenhänge."

46.

Draußen ging der Nachmittag in den Abend über. Die Schatten, die eben noch über Wege und Wiesen ein Muster aus Hell und Dunkel gelegt hatten, verschwanden, der schwarze Vorhang der Nacht senkte sich nieder. Natascha übte im Arbeitszimmer am Computer Zehnfingerschreiben. Richard saß in der Küche, die Ellenbogen auf die Knie gestützt. Gegen alle Gewohnheit hatte er zu dieser Vorabendstunde einen Merlot Malbec aus dem Weinregal genommen, sich ein Glas eingeschenkt und selber zugeprostet. Zum Wohl Richard! Dass es Zeit war, einen Entschluss zu fassen, war ihm klar, aber welchen, das wusste er nicht. Also: Emotionen beiseite, klar denken. Doch welcher Mensch kann klar denken, wenn er von Emotionen regelrecht überschwemmt wird.

Elf Wochen hatte er mit Natascha wie auf Wolken geschwebt. Fast drei Monate – Leben, Lieben, Reisen… Aber auch durch die Monotonie des Alltags waren sie gegangen, durch das Immer-wieder-dasselbe, das schnell eine Beziehung trüben kann. Richard nahm einen großen Schluck, stellte das Glas ab und wanderte mit verschränkten Armen von einem Ende der Küche zum anderen. Nataschas Besuchszeit in Deutschland läuft ab, sie müsste schon bald ihre Koffer packen. Liebe über eine Entfernung von zweitausend Kilometern – geht das überhaupt? Kann so etwas funktionieren? Und wenn ja, wie lange? Eine Verlängerung des Aufenthaltes sei unmöglich, hatte die Dame im Ausländeramt gesagt, es sei denn … Richard musste an Andreas Worte denken: Sie sei gern bereit, für Natascha die Trauzeugin zu geben.

Als er seinem Freund Ludwig gegenüber von Heiratsabsichten gemunkelt hatte, riss der die Augen auf und ließ den Bleistift fallen. „Du spinnst ja wohl! Was sind schon elf Wochen. Eine Frau muss man jahrelang kennen, bevor man sie heiratet. Und selbst dann kann es schief gehen."

„Du widerlegst deine eigenen Argumente", hatte Richard entgegnet, „denn es kann immer schief gehen, egal, wie lange man sich kennt. Außerdem haben wir nicht jahrelang Zeit, Natascha muss abreisen, wenn wir uns nicht bald entscheiden."

„Kennst du den Spruch: Unter Zeitnot macht man Fehler?"

„Kennst du den Spruch: Frisch gewagt ist halb gewonnen."

„Halb gewonnen ist bei einer Ehe wie ganz verloren." Ludwig zögerte eine Weile, bevor er hinzufügte: „Hast du schon mal daran gedacht, dass deine Zukünftige noch andere Motive haben könnte, außer Liebe? Vielleicht unbewusst."

Richard schwenkte das Glas, nahm noch einen Schluck vom Merlot, und seine Augen bohrten Löcher in die Luft. Das Lämpchen der Spülmaschine schaltete auf „Ende". Gibt es das überhaupt: Paare, die einzig und allein aus Liebe heiraten? Ist das nicht eine Vorstellung von Träumern? Richard stellte das Glas ab, schaltete die Spülmaschine aus und ging hinüber ins Arbeitszimmer. Er hatte sich entschlossen.

„Willst du meine Frau werden?"

Richard wollte es beiläufig sagen, so wie: Möchtest du einen Espresso? Aber das Pathos drängte sich zwischen die Wörter wie Wasser zwischen Kieselsteine. Wie könnte man auch solch einer Frage den Mantel der Beiläufigkeit umhängen? Natascha schwieg. Richard hörte nur seinen eigenen

Atem und das Ticken der Uhr. Drüben im Nachbarhaus gingen die Lichter an. Was mag hinter diesen Fenstern vor sich gehen? Ein Hochhaus, an die hundert Wohnungen, hundert Schicksale, das ganze Spektrum menschlichen Strebens und Versagens. Wer allein ist, sehnt sich nach Gemeinsamkeit, wer in Familie lebt, zankt sich darum, wer Recht hat, oder wer den Mülleimer runterbringt.

Natascha stoppte ihr Fingerspiel auf der Tastatur. Sie ließ die letzten elf Wochen in Gedanken vorüberziehen. Wenn sie irgendwelche Probleme hatte, stand Richard sofort bereit. Auf seine Hilfe ist Verlass, ja, er ist sogar richtig stolz, ihr helfen zu können, wobei er allerdings gelegentlich übers Ziel hinausschießt. Und an seiner Meinung ist schwer zu rütteln. Wenn sie mal denkt, dass sie Recht hat, dann solle sie doch bitte Argumente dafür bringen. Recht kann man doch auch haben, weil man einfach Recht hat. Und er ist sehr pingelig in manchen Dingen, über die sie gar nicht nachdenkt. Die Zähne des Mechanismus müssen ineinander greifen, sagt er immer. Sie denkt an Zähne nur beim Essen und bei der Morgentoilette, allenfalls noch beim Gang zum Zahnarzt. Er war eben jahrelang Single. Ein Mann über vierzig, noch dazu ein Physiker, hat eben seine Macken. Die muss sie einfach akzeptieren, oder besser noch – lieben lernen. Das traut sie sich zu. Und schließlich ist es besser, die Bedienung einer Waschmaschine tausendmal erklärt zu bekommen, als keine Waschmaschine zu haben. Von fließendem Wasser ganz zu schweigen.

Sie spürte, wie ihre Kehle langsam trocken und die Augen feucht wurden. Eine Entscheidung muss fallen, das war auch ihr klar. Ihr Aufenthalt in Deutschland war nicht verlängerbar, so das Gesetz. Und an Gesetzen war in deutschen Amtsstuben nicht zu rütteln, nicht mit Bakschisch und nicht mit guten Worten. Was soll sie tun, was soll aus ihr werden, wenn sie in ihr Dorf zurückkehren muss?

„Willst du meine Frau werden?", fragte Richard zum zweiten Mal. Er war unsicher geworden, weil Natascha so lange schwieg.

Natascha putzte sich umständlich die Nase und sah ihn an. „Du kennst meine Antwort, und du weißt, dass ich keine Frage mehr herbeigesehnt habe. Meine Antwort ist JA! Gesprochen in Großbuchstaben." Sie wischte sich die Tränen aus den Augen. „Und auch in Großbuchstaben sage ich DANKE! Wenn wir uns in ferner Zukunft einmal streiten sollten, dann werde ich mich an dieses DANKE erinnern und wissen, was ich zu tun habe. Das verspreche ich dir."

Richard holte den Blumenstrauß, der im Nachbarzimmer auf diesen Moment gewartet hatte. Zwischen den Rosen steckte eine Karte mit einem Spruch von Pierre Louÿs: „Die Ehe ist ein freiwilliger Verzicht auf Freiheit."

„Das soll keine Drohung sein", sagte Richard, „sondern ein Versprechen."

„*Sie* wollen heiraten?", fragte die Dame am Tresen des Ausländeramtes mit ungläubiger Miene. Sie betonte das ´Sie´ als wären Natascha und Richard zwei Elemente wie Feuer und Wasser, die nie und nimmer zusammenpassen. „Sie wissen, dass Scheinheirat strafbar ist?" Ihre Finger spielten mit einem Kugelschreiber, den sie zwischen Zeige- und Mittelfinger hin- und her wippte.

„Wir lieben uns", sagte Richard. Es klang wie eine Entschuldigung.

Mit solchen amtlichen Vorbehalten hatte er nicht gerechnet. Scheinheirat? Nur weil er ein paar Jahre älter ist. Gut, es sind fast fünfundzwanzig, aber wo steht geschrieben, dass Liebe einer bestimmten Algebra zu genügen hat? Er schaute Natascha an und hoffte auf Unterstützung von ihr. Aber sie verschränkte nur die Arme und schwieg.

Richard versuchte es nun auf die forsche Tour: „Ihre Meinung ist hier nicht relevant. Sagen Sie uns einfach, welche Dokumente wir beibringen müssen, um in den Stand der Ehe zu treten."

Das machte Eindruck. ´In den Stand der Ehe treten´ – wer so amtsgemäß formuliert, der weiß, was er will. Die Dame legte den Kugelschreiber beiseite und reichte Richard eine Liste von Dokumenten, die für eine Eheschließung mit Ausländern vorzulegen sind.

„Ich möchte Sie nochmals darauf hinweisen, dass ..."

„Ja, ja, wir haben schon verstanden."

Natascha hatte kein Wort gesprochen, aber beim Blick auf die Liste konnte sie einen Seufzer nicht unterdrücken. Sie würde noch mal nach Russland fahren müssen, um alle Papiere zu besorgen. Doch eines war sicher: Daran soll es nicht scheitern.

47.

„Ich glaube, hier geht es lang, pass auf die Brennnesseln auf." Wie eine Balletttänzerin hob Svetlana einen Fuß und setzte ihn in gerader Linie vor den andern, mit einem Stock schob sie die Brennnesseln zur Seite. Unkraut und niedrige Busche mit stachligen Zweigen hatten sich von beiden Seiten auf den Pfad vorgearbeitet, ließen kaum noch seinen Verlauf erkennen.

„Da sind wir". Svetlana trat auf den Hügel und schlug mit der Hand auf den Granitsockel wie auf die Schulter eines alten Bekannten. Natascha erkannte den Platz kaum wieder, ihren Platz, der ihnen so oft Zuflucht vor dem Lärm des Wohnheimes geboten hatte. Die bronzenen Füße des abgesägten Helden, Zeugen ihrer intimsten Gespräche, waren verschwunden. Stattdessen schoss ein Edelstahlmast aus dem polierten Granit des Sockels in den Himmel, ganz oben von einem geschwungenen gelben M gekrönt. Nataschas Blick kletterte den Mast empor, ganz nach oben, bis er auf das M traf. „Wir haben keine Helden mehr in Russland, wir haben nur noch MAC DONALDS oder H&M oder LUKOIL oder SPERBANK oder sonst was für einen Scheiß. Das sind die neuen Götter, die wir anbeten müssen."

„Du *musst* nicht", erwiderte Svetlana, „das ist der Unterschied zu früher."

„Haben wir wirklich eine Wahl?"

„Lass uns nicht streiten. Dass die bronzenen Füße unseres Helden weggelaufen sind ist schade, aber was solls, die Zeiten ändern sich." Damit beendete Svetlana den Disput. Nachdem sie mit einem Taschentuch den Staub vom Sockel gewischt hatte, setzte sie sich auf den äußersten Rand und baumelte mit den Beinen. „Ich platze vor Neugier. Erzähl mir alles, von Deutschland, von Paris und Wien, und von Richard."

„Wir wollen heiraten", sagte Natascha nach kurzem Zögern.

Svetlana war nicht überrascht. Genau diesen Satz hatte sie erwartet. „Ich freue mich für dich."

„Aber?"

Svetlana stemmte die Hände flach auf den Sockel, rutschte ein Stück nach hinten und spürte, wie sich ihre Beine und ihre Gedanken verkrampften. „Ja, es gibt ein *Aber*. Er ist über zwanzig Jahre älter als du, ein Physiker, ein Apologet der Logik. Du weißt, Natascha, Logik ist nicht gerade unsere Stärke und Physik schon gar nicht." Natascha putzte sich die Nase und schwieg. Statt Svetlana anzusehen, blickte sie auf einen imaginären Punkt jenseits der Wolga. „Und wie stellst du dir die Zukunft vor? In zwanzig Jahren, Natascha, wenn du noch voll im Leben stehst, geht er in Rente. Wirst du auch dann noch mit ihm leben wollen, ihn noch lieben? Denn nur, wenn du ihn liebst, wirst du mit ihm leben können." Das gelbe M auf dem Mast begann zu flackern und gab seine Unruhe an die Umgebung weiter. „Denk an die Zeit, wo er mit den Tücken des Alters zu kämpfen hat. Eine Zeit, in der du gerne noch Tanzen gehen und das Leben genießen willst."

Nataschas Augen fixierten noch immer den imaginären Punkt in der Ferne, während sie Svetlanas Worte in Gedanken repetierte. Natürlich hatte sie an all das gedacht, theoretisch zumindest. Sie liebt Richard, und sie freut sich auf das Leben, das sie in Deutschland erwartet. Hat sie eine Alternative? Wie und wo soll sie leben, wenn sie nicht nach Deutschland ginge? Und wovon soll sie leben? Wenn schon Svetlana keinen Job findet, wie könnte sie von ihrem Dorf aus eine Zukunft organisieren, die ihren Ansprüchen genügt? Das gelingt nur denen, die entweder völlig skrupellos oder hochgradig kreativ sind. Beides ist sie nicht. An später denken, zwanzig, dreißig Jahre voraus – stimmt, das sollte man. Aber leben muss man erst mal heute.

„Du hast Recht, Svetlana, das alles sollte man bedenken, aber wenn du ins Wasser geworfen wirst, musst du erst mal versuchen nicht unterzugehen, das Weitere wird sich finden."

Svetlana schaute Natascha in die Augen. „Unter Freundinnen, was reizt dich mehr, der Mann oder das Land?"

„Das ist mir zu sophistisch. Der Mann und das Land gehören zusammen, mit allen Problemen, die in Deutschland auf mich zukommen. Aber dort gibt es neben Problemen wenigstens noch einen erfreulichen Alltag, hier drohst du, im Meer von Problemen zu ersaufen."

Das M hatte das Flackern aufgegeben, war verloschen und saß beleidigt auf seinem Mast. Svetlana stand auf, legte die flache Hand als Schirm an die Stirn und zeigte mit der anderen zur Wolga: „Guck mal, dort, ein Passagierschiff. Die sind jetzt selten geworden. Die Einen, eine kleine Gruppe reicher Russen, schippern lieber über das Mittelmeer oder nach Miami oder sonst wohin, wo es angeblich interessanter ist. Die Anderen, die große Masse, können sich nicht mal eine Fahrt auf Mütterchen Wolga leisten. Deprimierend ist das!"

Natascha war froh über den Themenwechsel. Sie war Svetlana dankbar für dieses Gespräch, aber von ihrem Entschluss Richard zu heiraten und nach Deutschland zu gehen, konnte sie nichts und niemand abbringen.

Ihre Mutter hatte schon alle notwendigen Dokumente beisammen und sich innerlich auf Nataschas Abreise vorbereitet. Dennoch war es ein tränenreicher Abschied. Sie drückte ihr Allzwecktuch vors Gesicht, um die Tränen zu verbergen, nur ein gedämpftes Schluchzen kam hervor. „Dotschenka[1], dotschenka ...", mehr brachte sie nicht heraus. Bruder Oleg legte die Hand auf ihre Schulter, tätschelte ihren Kopf, doch er kämpfte auch mit den Tränen. Nur der Vater strahlte Ruhe und Zuversicht aus. Deutschland sei doch nicht aus der Welt, tröstete er seine Frau. Und Natascha kenne sich aus, und Deutsch spräche sie auch. Dann saßen sie eine Minute schweigend auf den gepackten Koffern, bevor sie sich auf den Weg machten.

An der Bushaltestelle wartete Elena, Nataschas Schulfreundin, um ihr Lebewohl zu sagen. Gemeinsam hatte sie hier im Dorf die Schulbank gedrückt, mit „Auszeichnung" abgeschlossen, und beide hatten ihr Studium absolviert, Natascha in Wolgograd und Elena an der Moskauer Medizinischen Hochschule. Kurz nach dem Examen hatte Elena ein Kind bekommen, einen kleinen Sascha (der einem ihrer Professoren sehr ähnlich sah), den sie auf dem Arm trug. „Du Glückliche! Wie ich dich beneide! In Deutschland erwartet dich ein Leben, von dem ich nur träumen kann. Ich hocke hier im Haus meiner Eltern mit meinem Sascha und lebe von den Erinnerungen an die Moskauer Jahre. Eine Weile lang haben diese Erinnerungen mich unempfindlich gemacht gegen die Widrigkeit dieses Lebens, aber immer wieder denke ich: Das kann es doch nicht gewesen sein. Ich arbeite im Med-Punkt als Feldscher, ich, eine ausgebildete Ärztin!"

„Elena, denk an unsere Träume", sagte Natascha. „Etwas verrückt waren sie schon, wir glaubten, die Welt aus den Angeln heben zu können. Jetzt wissen wir: Das können wir nicht. Aber wir dürfen uns auch nicht aufgeben. Und wir

---

[1] Russ.: Töchterchen

haben unsere Freunde. Sag mir, wenn ich dir irgendwie helfen kann."

„Ja, Natascha, vielleicht kannst du tatsächlich etwas für mich tun. Wenn du irgendwann in Deutschland einen Mann triffst, der eine junge, schlanke, blonde Frau sucht, die einen kleinen, vaterlosen Jungen hat, und die Englisch kann und sehr gern Deutsch lernen würde, dann denk an mich. Du weißt, was ich meine?"

„Versprochen, Elena! Besuch mal meine Eltern. Sie lieben dich!"

Den letzten Satz hatte Natascha aus dem geöffneten Busfenster gerufen. Der Bus fuhr an und wirbelte eine Staubwolke auf, die sich langsam auf die umliegenden Holzhütten senkte. Bevor er um die Ecke bog, sah Natascha noch einmal ihre ehemalige Schule. Unwillkürlich musste sie an Nemzow, ihren Deutschlehrer, denken. War er jetzt gerade in der Bibliothek? Hatte er noch immer seinen Jungmädchen-Komplex? Gab es noch den grünen Ölsockel, den Schauplatz seiner verklemmten Sexualität?

48.

„Sie dürfen jetzt die Braut küssen." Nachdem die vorge-
schriebenen Formalitäten erledigt und die feierlichen Worte
gesagt waren, die aus zwei Singles ein Ehepaar machen, vertrieb die Standesbeamtin den Ernst aus ihrem Gesicht. „Sie
dürfen jetzt die Braut küssen", wiederholte sie. Das ´jetzt´
klang so, als hätte Richard das vorher nicht gedurft. Als er
immer noch nicht reagierte, machte die Standesbeamtin
„Hm, hm" und nickte mit dem Kopf in Nataschas Richtung.

Richard war in Gedanken bei den Worten seines Freundes
Ludwig. *Bist du dir sicher, dass deine Zukünftige keine anderen Motive hat...?* – diese Worte hatten eine dünne Spur
Skepsis hinterlassen, die er heftig verdrängte, die aber nicht
aus seinem Kopf zu tilgen war.

Mit „Entschuldigung" kehrte Richard in die Gegenwart
zurück und gab Natascha den protokollarischen Kuss. Die
Standesbeamtin drückte auf einen Knopf und in Richards
Kuss mischte sich Musik, intoniert von einem großen Orchester, das in einem CD-Player Platz genommen hatte. Puccinis „Spira sul mare" – nicht gerade ein Triumphmarsch,
auch kein markerschütterndes Festgedröhne, eher die in Töne
gegossene Sehnsucht, dass seine Hoffnungen sich erfüllen
mögen!

Andrea, als Trauzeugin in der ersten Reihe, applaudierte,
die anderen fielen ein. Wieso applaudieren die eigentlich,
dachte Richard. Anlässlich der Goldenen Hochzeit, ja, da
gäbe es einen Grund. Jetzt müssen wir doch erst mal beweisen, dass wir es schaffen können, denn Ehe ist doch kein
Zustand, sondern eine Aufgabe.

„Sie hätten einen Eintrag ins Guiness-Buch verdient", hatte die Standesbeamtin in der Vorbesprechung gesagt, „das am schnellsten entschlossene Paar meiner Amtszeit." Sie ließ aber offen, ob sie das toll fand oder eher gewagt.

Als die Hochzeitsgesellschaft ins Sonnenlicht hinaustrat, Natascha ihre Hand in seinen Arm legte und die Fotoapparate Klick machten, mischte sich in Richards Freude auch ein wenig Stolz. Unter dem Arm hielt er das in Kunstleder gebundene „Buch der Familie". Nun hatten sie schriftlich, dass Natascha bei ihm bleiben konnte.

Ludwig, der Boss, schaute von seinen Unterlagen auf. „Was kann deine Frau?".

Richard saß wie ein Bittsteller auf der vordersten Kante des Ledersessels im Chefzimmer. Auf der Suche nach der Personalliste wühlte Ludwig in den Papierbergen auf seinem Schreibtisch.

„Einen Wodka?"

„Gern." Einen Wodka – warum nicht.

Ludwig rief der Sekretärin im Vorzimmer zu: „Bringen Sie mir bitte die Personalliste und Iwan den Schrecklichen." So nannte er die Flasche mit der klaren Flüssigkeit, die bei besonderen Anlässen aus dem Kühlschrank geholt wurde.

„Zum Wohl!" Ludwig setzte sich mit der Personalliste in der Hand in den anderen Ledersessel und prostete Richard zu: „Auf deine Frau und ihren erfolgreichen Start in Deutschland."

Ludwig kannte Natascha schon; seine Frau hatte letzten Samstag auf die Terrasse ihres Hauses zu Kaffee und selbstgebackenem Apfelkuchen geladen. Natascha musste von ihrem Dorf und ihrer Studienzeit in Wolgograd erzählen. Irgendwann schaltete sich die Terrassenbeleuchtung ein und man zog Pullover über, der Nachmittag war unbemerkt in den Abend übergegangen. Eine leibhaftige Russin, die ausgezeichnet Deutsch spricht, solchen Besuch hatte man nicht jeden Tag.

„Also, was kann deine Frau noch, außer Russisch?"

„Sie kann Deutsch", antwortete Richard.

„Nun ja", Ludwig kratzte sich am Kinn, „das ist in Deutschland kein großes Plus bei der Job-Suche. Was kann sie noch? Etwas, das unserer Firma nützlich sein könnte."

Ludwig wollte gern helfen, einen alten Kumpel ließ er nie im Stich, darauf war Verlass. Aber er war nicht nur Kumpel, er war auch Firmenchef.

Richard stopfte sich eine Pfeife, um Zeit zu gewinnen. Ist eine kreative Antwort, die nicht ganz der Wahrheit entspricht, eine Lüge? Er blies weiße Ringe an die Decke, die dort in den Ritzen der Lüftung verschwanden. Der Duft von Mac Baren hing unter der Decke. „Sie kann mit dem Computer umgehen und hat Erfahrung mit Büroarbeiten", sagte Richard, und als es heraus war, kam es ihm gar nicht wie eine Lüge vor.

„Gut, das ist doch was", sagte Ludwig, und nachdem er die Personalliste überflogen hatte: „Wir könnten sie als Büroassistentin einstellen, zunächst mit dem Mindestgehalt. Wenn sie sich geschickt anstellt, kann ihr Gehalt schneller wachsen als der fränkische Spargel im Frühling."

Mindestgehalt klingt nicht so toll, aber es wäre ein Anfang, dachte Richard. Er reichte Ludwig die Hand. „Danke. Du hast etwas gut bei mir."

„Ein Vorstellungsgespräch können wir uns schenken", sagte Ludwig, „wir kennen uns ja schon. Sie kann am Ersten anfangen."

Auf dem Rückweg zu seinem Büro blieb Richard am Panoramafenster im Flur stehen und schaute hinauf in den Himmel, wo sich graue Wolken für den nächsten Regenguss versammelten. Genau zwanzig Tage Zeit. Zwanzigmal vierundzwanzig Stunden, um aus der Lüge von den Computer- und Bürokenntnissen Wahrheit oder Fastwahrheit werden zu lassen. Richard wurde etwas mulmig zu Mute. Hatte er zu dick aufgetragen? Damit die Lüge, die eigentlich nur ein Wunsch war, nicht auffliegt, wird er den Lehrer spielen müssen, wenn's sein muss Tag und Nacht.

Der Erste war ein Montag. Natascha fuhr mit Richard und einem flauen Gefühl in der Magengegend in die Firma.

„Nur die Ruhe bewahren. Du bist gut präpariert, die Routine kommt von ganz allein." Richard sprach wie ein Priester zum Ministranten. „Wenn du nicht weiterweißt, fragst du einfach deinen Mann. Der ist immer in deiner Nähe."

Natascha rutschte auf dem Autositz hin und her, ihre Augen verfolgten die Arbeit des Scheibenwischers. „Der erste Job meines Lebens! Für das erste Gehalt werde ich dich zu einem Festschmaus einladen, denn schließlich ist mein Erfolg auch dein Erfolg."

„Mal sehen, ob dein erstes Gehalt für einen Festschmaus reicht."

49.

„Eine tolle Frau, ja … und ganz schön jung." Erasmus schob den Unterkiefer nach vorn und nickte mit dem Kopf. Luigi hatte eben die Pasta gebracht. Der Wein, ein heuriger Merlot, stand schon auf dem Tisch. Im „Da Capo" war es noch fast leer. Von der Theke her kam leise Musik, Semino Rossi trällerte eine italienische Schnulze.

„Du meinst: Ich bin ganz schön alt."

Erasmus stocherte in der Pasta herum, als suchte er nach dem nächsten Satz. „Alles relativ! Jedenfalls – ein tolles Mädchen, deine Natascha", wiederholte er, „und sehr jung." Das ´sehr´ dehnte er diesmal lang, als wollte er damit den Abstand zu Richards Alter hervorheben.

Richard verzog den Mund zu einem Grinsen. „Nur kein Neid, mein Lieber."

Erasmus stocherte weiter in den dampfenden Nudeln. „Nur Wenige können ihre Altersvorsorge durch die richtige Partnerwahl finanzieren. Diesen Slogan habe ich neulich auf einer Versicherungs-Werbung gelesen. Nun bist du einer der Wenigen. Ich gratuliere."

„Prost!" Sie stießen mit dem Wein an, den wieder Luigi für sie ausgewählt hatte.

„Altersvorsorge ist das Letzte, woran man denkt, wenn man sich eine junge Frau nimmt", entgegnete Richard. „Man will ja gerade das Alter vergessen machen."

„Vielleicht kann man es so sehen: Eure Ehe ist eine Art Generationenvertrag. Du hilfst ihr jetzt, sie hilft dir später." Beinahe hätte er noch „vielleicht" hinzugefügt.

„Mit dieser Konstellation kann ich leben."

Erasmus hob das Glas: „Ich trinke auf euren Generationenvertrag." Er nahm einen großen Schluck und widmete sich seiner Pasta. Doch nach dem Hauptgang kam er wieder mit seinen Bedenken: „Aber es ist ein ungleiches Spiel, jedenfalls im Moment. Die Karten sind so gemischt, dass immer *du* die Rolle des Spielführers hast. *Du* planst, realisierst, sorgst vor, und so weiter. Du bist der Kapitän auf dem Eheschiff."

„Das mag dir einseitig erscheinen", erwiderte Richard, „Doch was ist schlecht daran? Jeder gibt, was er geben kann. Jeder ist Geber und Nehmer, aufgerechnet wird nicht."

Luigi räumte die Teller ab und hielt die leere Flasche hoch: „Noch eine?"

„No, grazie Luigi. Il conto, per favore!"

Richard schlug den Mantelkragen hoch. Der Heimweg zu Fuß tat ihm gut. Es roch nach verfaulendem Laub, über dem Boden hing eine schwere Luft, wie zum Anfassen. Das Zusammentreffen von Regen und Hitze brachte die Natur regelrecht zum Kochen. Generationenvertrag? Altersvorsorge? Nein, in welch verwinkelten Gassen treiben sich Erasmus' Gedanken nur herum? Der würde Buch über Kredit und Debit führen. Jeder schreibt auf, was er für den anderen getan hat. Am Ende wird abgerechnet. Wer besonders tüchtig war, bekommt eine Prämie. Typisch Single. Nie richtig verliebt gewesen, nie in einer Umarmung die Besinnung verloren. Verheiratet mit Soll und Haben, eventuell noch mit Skonto. Einer, für den Liebe bestenfalls die Ouvertüre zu einem Stück mit dem Titel „Arterhaltung" ist.

Richard stampfte durch das nasse Laub, im Gesicht einen Nieselregen, dessen Tropfen nicht zu fallen, sondern in der Luft zu schweben schienen. Oder reicht etwa Erasmus' Blick bis ans Ende dieser verwinkelten Gassen? Was erwartet uns dort? Hat Erasmus vielleicht doch eine hellseherische Gabe, wie manche Kollegen behaupten?

Richard beschleunigte den Schritt. Natascha wartete sicher schon auf ihn.

50.

Richard erwachte und griff als erstes neben sich. Natascha? Ihr Bett war zerwühlt, aber leer. Dann der Blick zum Wecker: Neun Uhr! Ja, ihr Dienst hatte schon begonnen, während er noch seelenruhig in den Federn lag.

Er torkelte schlaftrunken in die Küche. Der Frühstückstisch war gedeckt und auf seinem Platz lag ein Zettel: *Mein Lieber, ich hoffe, du hast nach der gestrigen Spätschicht gut geschlafen. Guten Morgen! Ich zähle die Minuten, bis wir uns in der Firma sehen. Ich liebe dich. Deine Nataschenka. P.S. die Milchsuppe steht in der Mikrowelle.*

Milchsuppe zum Frühstück – eine Reminiszenz an ihre russischen Gewohnheiten. Warme Suppe aus Graupen oder milchigem Reis, süß, dickflüssig, darauf ein Klecks Butter, der wie Spucke auf der Oberfläche schwimmt. Für einen deutschen Magen nicht gerade der richtige Start in den Tag, aber Richard würgte die Suppe tapfer hinunter. Mit gutem Willen kann man sich an alles gewöhnen, sogar an Milchreissuppe zum Frühstück. Zwischen zwei Löffeln schielte er immer wieder hinüber zu dem Zettel. Auch er zählte die Minuten, bis sie in der Firma wieder „zufällig" aufeinander treffen. Ein Blick reicht dann, um ganze Gefühlslawinen auszulösen.

Gestern hatte Ludwig ihr eine Gehaltserhöhung angekündigt. Einfach so, schon nach zwei Monaten. „Als Ansporn", hatte er gesagt, „und als Dank für dein Engagement beim Kampf gegen das Bürochaos." Ja, einfach war es für sie wirklich nicht, jedem zu Diensten zu sein, immer gute Miene zu machen und das Mädchen für alles zu spielen.

Den Rest der Milchsuppe spülte er ins Klo und machte sich eilig auf die Socken. In der Firma küssten sie sich eilig, denn Natascha war wieder mal im Stress. Ein sogenannter Workshop war vorzubereiten, ein Arbeitsladen also, wobei der Großteil der Vorarbeit Natascha oblag.

Nach der Arbeit fuhren sie gemeinsam ins Stadtzentrum. Richard glänzte mit seinen Ortskenntnissen. Der Schlossplatz, der botanische Garten, die großen Brunnen der Stadt – alles Orte, zu denen Richard etwas erzählen konnte. Und der Schlossgarten, wo die Studenten auf Bänken unter alten Bäumen herumlungerten. Schwänzen die etwa die Vorlesung? Das hätten wir uns nicht gewagt, zu unserer Zeit wurden Anwesenheitslisten geführt.

Ihr Stadtbummel endete in „Cavadossis Taverne", die bei schönem Wetter ihre Terrasse öffnete. Der Geruch von nassem Laub hing über der Wirtschaft. Wie durch ein Kirchenfenster schickte die Sonne ihre Strahlen durch das bunte Blättermosaik der Bäume. Es war Herbst. Einer der Herbste, die man die goldenen nennt. Drei im Weckla mit Majo – das konnte Natascha schon selbst bestellen. Als der Kellner Senf statt Majo brachte, sagte sie zu ihm in feinstem Fränkisch: „Basst scho!" Nach dem Essen legte sie ihre Hand auf Richards Arm, schaute erst in die Runde, dann ihm in die Augen und sagte: „Basst scho."

Am nächsten Tag kam Natascha spät nach Hause. Richard hatte sich schon Sorgen gemacht. Sie hatte doch keinen Unfall? Immerhin war sie noch unsicher im Verkehr. Den kleinen Ciquecento – Richards Geschenk zum Geburtstag – beherrschte sie allerdings schon ziemlich virtuos.

Endlich rasselte der Schlüssel in der Tür. „Ich war heute nach der Arbeit auf Shoppingtour, da ist so dies und das an mir hängen geblieben", sagte Natascha, als sie mit mehreren Einkaufstüten ins Zimmer trat. „Soll ich das jetzt mal vorführen?"

Richard legte die Zeitung zur Seite und schaltete in Erwartung der Modenschau den CD-Player ein.

Mit den typischen Schritten eines Mannequins kam Natascha ins Zimmer zurück. „Wie steht mir der Badeanzug?"

„Er steht dir ausgezeichnet, komm mal her, ich will das Material prüfen!"

„Jetzt machen wir Modenschau. Die Schau ohne Mode kommt später." Natascha verließ das Zimmer, um kurz danach im nächsten Fummel zu erscheinen, ein ausgefranster Überhänger, irgendwas Peruanisches, dazu ein passender Hut und ein Jutesack als Tasche. Dann Jeans mit aufgeschlitzten Hosenbeinen, wie aus der Altkleidersammlung – das sei jetzt IN, beteuerte sie.

Richard wartete geduldig auf das Ende der Modenschau. Die letzte Nummer begann mit einem großen halbdurchsichtigen Tuch. Sie hüllte sich darin ein und schlüpfte in die Rolle der Raffinierten. Sie lockte ihn und er ließ sich locken, spielte den Naiven, während sie die Regie übernahm. „Zieh dich aus und leg dich auf den Teppich! Jetzt zapple nicht so. Was krümmst du dich? Versuche ruhig zu atmen, und konzentriere dich!

„Worauf?"

„Mach die Augen zu, dann siehst du es! Und nimm dir Zeit!"

„Leicht gesagt, bei dem was du machst."

„Denk an den Spruch von der Vorfreude!"

„Mach weiter, aber übertreibs nicht! Langsamer!"

„Nein, du bist viel zu unlocker. Gibt es das Wort Unlockerhaftigkeit?"

„Du hast es eben erfunden."

„Los, wir tauschen die Rollen. Spiel du den Verführer!"

„Komm her, verrücktes Weib."

„Du sollst mich verführen, nicht vergewaltigen."

„Du entziehst dich mir nur, damit ich dich umso fester nehme."

„Sei still! Tu's einfach!"

Als sie endlich erschöpft nebeneinander auf dem Teppich lagen, kam Richard ein Spruch von Pierre Louÿs in den Sinn: „Du kannst trinken, dann stillst du deinen Durst. Du kannst essen, dann stillst du deinen Hunger. Aber deine Lust stillst du nicht durch Befriedigung der Lust."

Richards Gefühle spotteten der Jahreszeit; für ihn war Frühling. Er fühlte sich jung. So jung war er lange nicht gewesen.

51.

Bei solchem Wetter machte es richtig Spaß, im Büro sitzen und arbeiten zu dürfen. Ein stürmischer Wind drückte Regen gegen die Fensterscheibe und hinterließ fadenförmige Spuren auf dem Glas. Richard beobachtete die schräge Wasserschraffur, die wie ein lebendes Kunstwerk ständig ihre Struktur änderte. Dunkles Grau überzog den Himmel und färbte auf die Landschaft ab. Der Bagger auf der Baustelle gegenüber wühlte sich durch den Schlamm, um die Grube für das nächste Firmengebäude auszuheben. Gewerbegebiete wuchern wie Krebsgeschwüre am Rand der Städte, verdrängen Wiesen, Wälder und Äcker, breiten sich aus, wie Öl auf einer Wasserlache. Die Stadtverwaltung drückt beide Augen zu, denn es geht auch um die Erhöhung der Gewerbesteuereinnahmen. Das Argument: Arbeitsplätze schaffen. Auch wahr.

Durch die geöffnete Tür des Büros konnte Richard hinüber in die Firmenlobby schauen, wo Natascha die Pflanzen versorgte. Das gehörte nicht unbedingt zu ihren Aufgaben, aber in den letzten Wochen hatte sie eine Art florales Samaritertum entwickelt. Er ging zu ihr in die Lobby und erschrak, als sie sich umdrehte. Aus ihren Augen floss das Wasser wie aus der Gießkanne, die sie in der Hand hielt. Das war kein Weinen, das war das Ausschütten von Leid.

„Nataschenka, milaja maja[1], was hast du?" Instinktiv fühlte er, dass die Pflanzen für sie nur eine Art Zuflucht waren.

„Sei mir nicht böse. Ich schaff' es nicht; ich meine meinen Job." Mit dem Handrücken strich sie sich übers Gesicht und

---

[1] Nataschalein, meine Liebe

wischte die Tränen ab. „Es liegt nicht an der Arbeit selbst, die gefällt mir. Aber das Chaos! Ständig kommt irgendein Mitarbeiter und will, dass ich etwas für ihn erledige. Bevor ich damit auch nur anfangen kann, steht schon der nächste an meinem Schreibtisch. Und jeder Auftrag ist immer der wichtigste. Ich habe den Schreibtisch voller Haftnotizen und weiß nicht, wo mir der Kopf steht. Dazu klingelt ständig das Telefon."

Es fiel ihr schwer, weiterzureden; hilflos hielt sie sich an der Gießkanne fest. „Ich weiß, ich bin unmöglich, du hast dich so um diesen Job für mich bemüht, und ich war voller Hoffnung. Aber es geht nicht, ich bin am Ende."

„Dann müssen wir etwas ändern." Richard versuchte, sie zu beruhigen und küsste ihr die Tränen von den Wangen.

„Ich bin ungeeignet für diesen Job. Wir müssen etwas anderes suchen. Etwas, das ich kann, Übersetzen zum Beispiel."

„Ich werde mit Ludwig reden, noch heute." Richard holte ihren Mantel und begleitete sie zum Parkplatz, wo sie sich in ihren kleinen Cinquecento setzte und langsam davon rollte.

Ludwig legte den Stift zur Seite und stand auf. „Ich kann sie verstehen, und es stimmt, was sie sagt, aber …" – Ludwig schob seine Nase zwischen die beiden fast geschlossenen Handflächen – „aber das gehört zum Job, oder besser gesagt: das *ist* der Job. Wir segeln nicht auf einem stillen Wasser, sondern kämpfen uns durch stürmische See. Du weißt selbst, eine Firma kann nur überleben, wenn sie auch mit Chaos fertig wird, und das kulminiert leider gerade bei den Assistentinnen. Wir können versuchen, es in etwas ruhigere Bahnen zu lenken, aber verhindern können wir das Chaos nicht."

Richard nickte. Ludwig hatte Recht. Aber Natascha war nicht irgendeine Assistentin, sondern seine Frau. Und kein Chaos der Firma, unabwendbar oder nicht, kann ihre Tränen rechtfertigen.

Die Dame auf dem Gewerbeamt schob die Brille auf die Stirn und sah Richard aufmunternd an. „Ja, so gründen Sie doch!" Richard schaute ungläubig in das Gesicht der Amtsdame, die ihn irgendwie an seine Mutter erinnerte. Füllige Figur, weiche Gesichtszüge und ein freundliches Lächeln, das nicht nur Fassade war.

„Sie brauchen keinen Gewerbeschein für ein Übersetzungsbüro. Gründen Sie einfach! Nur Ihr Arbeitgeber muss der nebenberuflichen Tätigkeit zustimmen. Und wenn Sie Mitarbeiter einstellen, müssen Sie die arbeitsrechtlichen Vorschriften einhalten." Sie reichte Richard eine dünne Broschüre: „Wie mache ich mich selbständig – ein Ratgeber".

„Also", sagte Richard fast feierlich, „ich gründe hiermit ein Übersetzungsbüro."

„Nur Mut, es gibt Dinge, die gibt es nur, weil man sie tut", sagte die Frau, klappte ihre Brille runter und gab ihm die Hand: „Gratuliere".

Als Richard Natascha in seine Pläne für ein eigenes Übersetzungsbüro einweihte, umarmte und küsste sie ihn. „Ich wusste, dass du mich verstehst."

„Ich bin dann dein Chef, ist dir das klar", warnte Richard.

„Ich kann mir nichts Besseres vorstellen."

„Wie ein übler Kapitalist werde ich dich ausbeuten."

„Ich bitte darum."

„Du wirst einen Hungerlohn bekommen."

„Mein Mann wird es billigen."

Eine schwere Last fiel von ihr. Sogar ein Glas Wein lehnte sie nicht ab. Richard schaute sie aufmunternd an. „Gemeinsam werden wir es schaffen."

52.

Richard musste ein neues Wort in sein Vokabular aufnehmen: Akquise. Davon gab es noch die warme und die
kalte Version. Richard hatte bislang weder warm noch kalt
akquiriert, er war Nichtakquirierer. Aber eins war ihm klar:
Ein Übersetzungsbüro ohne Aufträge ist wie ein Wasserfass
ohne Wasser.

Er hatte von Millionenaufträgen gehört, die vom russischen Staat an deutsche Firmen vergeben wurden. Von diesem Kuchen müsste sich doch ein Stück abschneiden lassen.
Die russische Atomwirtschaft zu modernisieren sei ein drin-
gendes Gebot, hieß es, nicht nur für Russland, für ganz Europa. Ein zweites Tschernobyl dürfe es nicht geben. Die
deutschen Nuklearexperten krempelten schon die Ärmel
hoch. Doch die konnten kein Russisch!

„*Was* sind Sie?", fragte Dr. Hinrich-Blasau, Bereichsleiter
des ortsansässigen Elektrokonzerns, nach einer distanzierten
Begrüßung. Hinrich-Blasau hatte Richard nach mehreren
Bittgesuchen eine Audienz gewährt. Mit übereinander ge-
schlagenen Beinen saß er hinter seinem Schreibtisch und
trommelte mit dem Stift auf die Glasplatte. Die Selbstsicherheit des jungen Mannes passte zur Gediegenheit des Büros.
Hier passte alles zusammen, oder wie man geschwollen sagt:
Eine sublime Einheit von Mensch und Arbeitsumfeld. Wahrscheinlich stammen sein Outfit und die Einrichtung des Bü-
ros von ein und demselben Designer. Zurschaustellung von
Upper Business Class – alles nur Theater! Manchmal stellte
Richard sich diese Typen zuhause in Strickjacke und Schlap-

perhosen auf dem Sofa vor, wie sie eine Bierflasche an den Mund setzen, oder wie sie den Mülleimer runter bringen.

„Physiker", sagte Richard.

„Und wieso glauben Sie, für uns Übersetzungsaufträge übernehmen zu können?"

Richard stockte einen Moment. Jetzt nur keinen Fauxpas, etwa in der Art: Weil meine Frau einen Job braucht. „Ich habe viele Jahre in Russland auf dem Gebiet der Kernphysik gearbeitet, habe Erfahrungen mit Übersetzungen, und meine Mitarbeiterin spricht Russisch als Muttersprache."

„Mm", sagte Hinrich-Blasau. Mit dem Zeigefinger fuhr er unter den Kragen seines Hemdes (wahrscheinlich Maßanfertigung), als suchte er dort nach der nächsten Frage. Dann erhob er sich aus seinem Sessel, richtete die Krawatte mittig aus und begann um seinen Schreibtisch zu wandern. Nach der dritten Umrundung blieb er vor Richard stehen. „Wie hoch ist Ihr Zeilenpreis?"

Richard hatte weder ein maßgeschneidertes Hemd noch Ahnung vom Übersetzungsgeschäft, er musste improvisieren. Biete ich uns diesem Hinrich-Blasau zu billig an, dann taugen wir nichts in seinen Augen, verlange ich zu viel, kommen wir gar nicht erst ins Geschäft. Er nannte einen Zeilenpreis, den er gerade noch für vertretbar hielt.

„Das passt", sagte Hinrich-Blasau trocken und ohne zu zögern, und Richard ärgerte sich, dass er nicht etwas höher gegangen war.

„Und Ihre Konditionen?", fragte Richard.

Hinrich-Blasau überreichte ihm ein Papier mit der sperrigen Überschrift: „Vertragsbedingungen für externe Dienstleister". Richard las: Alle Übersetzungen sind sowohl in Papierform als auch in elektronischer Form als .doc-Datei zu liefern; von uns genannte Termine sind unbedingt einzuhalten; bei Bedarf sind auch Übersetzungen über Nacht oder am Wochenende anzufertigen; … Es folgte noch ein Dutzend weiterer Auflagen. Richards Augen wurden immer größer. Er dachte an das Sprichwort von dem Anfang, der immer schwer ist. Ob die Ambitionen bescheiden sind oder kühn – irgendwann muss man den ersten Schritt tun. „Ja, das sind akzeptable Bedingungen. Ich meine, auf dieser Grundlage können wir ins Geschäft kommen."

Das Gesicht über der golddurchwirkten Krawatte des Dr. Hinrich-Blasau hellte sich auf. Er reichte Richard die Hand und eine Mappe mit dem ersten Auftrag: „Ich hoffe auf eine erfolgreiche Zusammenarbeit."

Ich auch, dachte Richard, als er das Zimmer verließ. Den ersten Auftrag hatte er in der Tasche, und das sollte keine Eintagsfliege sein, Hinrich-Blasau hatte von einem Jahresvertrag gesprochen, nach einer Testphase, versteht sich.

Von der nächsten Telefonzelle aus rief Richard Natascha an: „Können wir uns in einer Stunde im ´Capriccio´ treffen? Es gibt etwas zu feiern."

Im „Capriccio" überflog Richard bei einem ersten Glas Wein Hinrich-Blasaus Auftrag. Dokumentation über die Befestigung der Schaufeln am Rotor einer Turbine. Olala, das strotzte nur so von Spezialbegriffen, die auch für Richard Fremdwörter waren. Und morgen Nachmittag ist Abgabetermin!

„Was ist das, und was gibt es zu feiern?" Natascha stand plötzlich – noch in Mantel und Schal – neben ihm.

Richard schwenkte die Seiten in der Luft. „Unser erster Übersetzungsauftrag!"

Natascha schnappte sich die Papiere, warf ihren Mantel über die Stuhllehne und begann in Gedanken zu übersetzen.

Technische Termini, die sie nicht verstand, unterstrich sie mit einem roten Stift, den sie immer dabei hatte.

„Abgabetermin morgen Nachmittag", sagte Richard trocken.

„Na und? Machen wir eben eine Nachtschicht." Natascha hätte am liebsten sofort angefangen, aber der Kellner stand mit Block und Stift neben ihr und wartete auf die Bestellung. „Ich nehme nur einen Chefsalat und ein Wasser". Sie hatte es eilig, nach Hause zu kommen.

Am nächsten Vormittag – zum Glück ein Samstag – gab es nur noch wenige rote Unterstriche. Richard wälzte Spezialwörterbücher, Natascha feilte an den Formulierungen. Gegen vierzehn Uhr war der Rohentwurf fertig. „Roh ist nicht genießbar", sagte Natascha und ging mit der Sprachfeile nochmal über den Text. Um drei konnte Richard alles ausdrucken, auf Diskette speichern, verpacken und sich auf den Weg zum Auftraggeber machen.

An der Pforte: „Ich möchte Herrn Dr. Hinrich-Blasau das hier übergeben." Richard schwenkte den großformatigen Umschlag in der Luft.

„Na hören Sie mal, heute ist Samstag, Dr. Hinrich-Blasau ist erst am Montag wieder im Büro."

„Aber es ist ein dringender Auftrag."

„Dringend oder nicht dringend. Heute ist Samstag. Geben Sie her, ich lege es in das Postfach von Dr. Hinrich-Blasau."

53.

Am Arrival-Gate 5 im Frankfurter Flughafen wieder das gleiche Bild: Jede Menge Empfangskomitees, übertriebener Aufwand an floraler Begrüßung, erwartungsvolle Gesichter. Ein kleines Mädchen hüpfte um seine Mutter herum und schrie immer nur: „Papa, Papa, …"

„Ich muss endlich mal meine Eltern besuchen, und meine Freunde, mein Dorf, fast ein Jahr habe ich sie nicht gesehen", hatte Natascha gesagt und war vor zwei Wochen mit schwerem Gepäck und Richards guten Wünschen losgedüst. Heute musste sie – wenn alles klar ging –zurückkommen.

Die Ansage aus dem Lautsprecher war in dem Getöse kaum zu verstehen: Der Flug DA 060 aus Moskau ist gelandet. Das kleine Mädchen stellte sich auf die Zehenspitzen, alle Gesichter reckten sich zur Tür, hinter der die Koffer ihre Runden drehten. Nach und nach tröpfelten die Ankommenden heraus. Richard umklammerte seinen Blumenstrauß, der im Gerangel schon arg gelitten hatte. Unbeschreiblich, wie gleichgültig ihm die Menschen waren, die da in der Tür auftauchten. Dicke, Dünne, Hübsche, Hässliche, … das ganze Spektrum der menschlichen Spezies, nur Natascha kam nicht.

Der größte Teil der Blumensträuße war übergeben und bei wilden Umarmungen ramponiert worden. Ein Kusshagel war niedergegangen, und mit Sack und Pack waren alle abgezogen, das kleine Mädchen überglücklich auf dem Arm seines Papas. Ein abgerissener Koffergriff lag am Boden, die Schiebetür ruhte sich aus.

Wo war Natascha?

In Richards Kopf machten sich Vorwürfe breit. Ich hätte mitfahren sollen, wer weiß, was passiert ist. Man hat ja so manches gehört. In seiner Phantasie spielten sich abenteuerliche Szenarien ab: Er sah Natascha auf einer Moskauer Polizeistation, verhört von brutalen Kerlen, die ihr irgendetwas anhängen wollen, Drogenhandel oder politische Verleumdung, oder … Bisher hatte er sich über solche Geschichten lustig gemacht und mit dem Zeigefinger an die Stirn getippt. Jetzt kam ihm die Polizeistation gar nicht so unwirklich vor. Und es gibt Schlimmeres als Polizeistationen.

Die Absperrung war leicht zu überwinden und die Schiebetür merkte nicht, dass Richard von der falschen Seite kam. Am Transportband mit der Aufschrift „Delta Airlines – Moskau" – gähnende Leere. Das Band drehte noch seine Runden, aber kein Mensch und kein Koffer weit und breit.

„Wir können die List of Passengers abrufen", sagte die Dame am Schalter von Delta Airlines und tippte etwas in den Computer. Nataschas Name stand nicht auf der Liste. „Sollen wir uns mit der Delta-Airlines-Vertretung in Moskau in Verbindung setzen?" Während Richard noch überlegte, huschten die Finger der Dame schon über die Tastatur.

Dann auf dem Bildschirm die Antwort aus Moskau: Frau Natascha Claris ist hier bei uns in der Vertretung. Ihr wurde die Ausreise verweigert, weil ein Stempel im Pass fehlte. Die Delta-Airlines-Dame wunderte sich, dass Richard erleichtert aufatmete. Er steckte sich eine Pfeife an; blauer Rauch stieg auf, in dem sich die Polizeistation auflöste.

„Den kann ich nicht annehmen", sagte die Frau von Delta Airlines, als Richard ihr den Blumenstrauß in die Hand drückte.

„Doch, doch, Sie können! Thank you very much. Senden Sie bitte nach Moskau: Erwarte telefonische Nachricht – heute Abend. Thank you once more."

Richard saß den ganzen Abend neben dem Telefon. Gegen neun kam das Gespräch. Nataschas weinerliche Stimme aus Moskau: „Ich habe vergessen, mir in Wolgograd den Pass abstempeln zu lassen. Nun muss ich erst zurück nach Wolgograd wegen des Stempels, dann wieder nach Moskau und erst dann kann ich ausreisen."

Richards schmale Lippen konnte Natascha zum Glück nicht sehen, und auch nicht sein Kopfschütteln. Sie kannte doch die umständliche Sowjet-Prozedur mit all den obligatorischen Stempeln! Da muss man seine Gedanken eben mal auf das Wesentliche konzentrieren.

Auch nachdem er den Hörer aufgelegt hatte, kam sein Kopf nicht zur Ruhe. Mit einer halben Flasche Wein gelang es ihm schließlich, den Ärger hinunterzuspülen.

Drei Tage später fuhr er wieder nach Frankfurt. Die Begrüßung war etwas unterkühlt, einen Blumenstrauß hatte er diesmal nicht dabei.

54.

„Es muss heißen ʹDie Teilchen werden in der Nebelkammer nachgewiesenʹ und nicht ʹDie Teilchen beweisen sich im Kondensationsstübchenʹ. Fachausdrücke eben, Fachausdrücke aus der Physik." Richard bemühte sich, Ruhe zu bewahren und seiner Kritik den Mantel der Hilfsbereitschaft umzuhängen. Aber Natascha wollte sich diesen Mantel nicht anziehen; Richards Übersetzungsversion war ihr suspekt und seine angeblich wissenschaftlichen Argumente konnten sie nicht überzeugen.

„Fachausdrücke, Fachausdrücke.", wiederholte sie sarkastisch und zeigte mit dem Finger auf eine Stelle im Wörterbuch. „Hier, schau selbst, ʹКонденсационная камераʹ heißt ʹKondensationsstübchenʹ. Bitte, da hast du es schwarz auf weiß!"

Richard holte tief Luft und schaute mit einem Seufzer zur Uhr. Kurz vor Mitternacht, jeden Tag das gleiche Spiel! Nach anstrengendem Tag in seiner Firma – Korrektur von Nataschas Tagwerk. Übersetzungen, die am nächsten morgen abzuliefern waren und deren technische Termini Natascha – wie könnte es anders sein – überforderten. Doch das zu kompensieren, war *er* ja da. Wozu dieser nervenaufreibende Streit?

Natascha bemerkte Richards verzweifeltes Luftholen beim Blick auf die Uhr. Soll er halt wieder mal Recht behalten. „Gut, einverstanden, es heißt Nebelkammer. Du bist der Chef. Du trägst die Verantwortung – für den Nebel und auch für die Kammer."

So schnell aufzugeben, war sonst nicht ihre Art. In den drei Jahren seit Gründung des Übersetzungsbüros hatte sie

Streitvermögen entwickelt und sich zu wehren gelernt. Denn solche Meinungskarambolagen waren keine Seltenheit. Sie kämpfte verbissen mit Richard um Übersetzungsversionen, hauptsächlich bei technischen Themen. Diese mysteriöse Technik erwies sich als schier unüberwindliche Barriere, als Wand, an der sie sich immer wieder eine blutige Nase holte. Manchmal quälte sie sich stundenlang mit einem widerspenstigen Satz. Und wenn sie ihn endlich hatte, nahm Richard am Abend den Rotstift, strich alles durch und schrieb etwas völlig anderes darüber.

Es war zum Verzweifeln. Wozu hatte sie heute Nachmittag stundenlang in staubigen Wörterbüchern gewühlt, wenn dann alles falsch sein soll? Da hätte sie lieber wieder mal ins „Mocca" gehen können, in dieses Café in der Altstadt mit der altmodischen Möblierung und dem schnuckeligen Kellner mit den langen blonden Haaren, die ihm wie ein Kometenschweif durch den Raum folgen. Neulich hatte sie mit gespieltem Akzent ihre Bestellung aufgegeben. „Sind sie Französin?" hatte er ihr ins Ohr geflüstert und seine Augen verführerisch glänzen lassen. Hätte sie „Ja" sagen sollen? Womöglich hätte er sie auf Französisch zu einem Rendezvous eingeladen.

„Na fein! Gut, dass wir uns auf die Nebelkammer einigen konnten." Richard nahm den Stift, strich Nataschas Formulierungen durch und setzte seine Version darüber.

Eine Art Lustersatz, dachte Natascha, er steigert sich regelrecht in einen Rausch, wenn er mit dem Rotstift in der Hand den Lehrer spielen kann. Meine Version ist so falsch nicht, aber er will dem Text sein Siegel aufdrücken und seine Macht als Chef ausspielen. Er glaubt, immer Recht zu haben. Er nimmt sich einfach das Recht heraus, Recht zu haben. Aber so geht das nicht. Andere haben auch mal Recht, es gibt eine Demokratie des Rechthabens. Doch ich bin selbst schuld. Ich gebe zu oft nach, nicht nur bei Übersetzungen.

Gegen ein Uhr waren sie endlich fertig mit den Korrekturen. Richard druckte alles neu aus und packte es für die Auslieferung in Kuverts. Als er endlich ins Bett fiel, hatte Natascha sich schon unter die Bettdecke gekuschelt und die Augen geschlossen. Aber sie schlief nicht. Der Streit um den Nebel und die Kammer hing noch in der Luft, er war ihnen ins Schlafzimmer gefolgt. Eigentlich hätte Richard Lust, sie zu küssen und sich eng an sie zu schmiegen, seine Nase in ihre Haare zu wuscheln. Würde sie das jetzt, nach diesem Streit, auch wollen oder wenigstens dulden? Der Streit betraf doch nicht Küssen und Anschmiegen, sondern nur diese verflixte Nebelkammer. Werden wir es je schaffen, das zu trennen? Er bewegte seine Hand vorsichtig in Richtung ihrer Schulter.

Die Reaktion war knapp und eindeutig: „Gute Nacht!"

„Gute Nacht."

Der Projektionswecker schrieb mit roten Ziffern 03:05 an die Decke. Richard war noch immer wach und hörte Nataschas gleichmäßiges Atmen.

Was ist los mit uns? Wie ein Tag, der mit azurblauem Himmel und Sonnenschein begann, dann nach und nach in einen wolkenverhangenen Nachmittag überging und schließlich einem trüben Abend wich – so sind unsere Jahre vergangen. War es naiv zu glauben, dass sich der Alltag aus der anfänglichen Begeisterung und aus der Erinnerung an die erste Liebe speisen kann? Sind wir zu rasch in ein Zweier-Kanu gestiegen, ohne vorher zu prüfen, ob wir auch gemeinsam vorwärts kommen? Sitzen wir womöglich gar Rücken an Rücken und kommen überhaupt nur voran, weil der eine kräftiger paddelt als der andere? Nebelkammer oder Kondensationsstübchen – diese lächerlichen Sprachprobleme sind doch nur Blutstropfen, die aus einer tiefer liegenden Wunde kommen. Wir haben immer nur Pflaster aufgelegt, statt uns die Ursachen vorzunehmen. Ein konstruktiver Streit, ein Gewitter, hätte vielleicht die Luft reinigen können. Doch es gab ihn nicht, diesen Gewittersturm, aus Angst, er hätte vielleicht den Baum umgeknickt, an dessen Ästen noch die Blätter der ersten Liebe hängen.

Richard legte sich auf die Seite, sodass er Natascha sehen konnte und rückte nahe an sie heran, ohne sie zu berühren. Ihre Nasenflügel öffneten und schlossen sich im gleichen Takt, wie sich der Brustkorb bewegte. Ihre Augen waren nicht ganz geschlossen, durch einen schmalen Schlitz schien sie die Bilder für ihre Träume zu ziehen. Richard wünschte sich, Teil dieser Träume zu sein. Der Gedanke daran half ihm endlich einzuschlafen.

55.

Für morgen früh war in der Firma auf Ludwigs Anordnung eine neue Versuchsreihe geplant. Die Steuerung der Elektromotoren, über deren Wellen der Faden läuft, war neu zu berechnen und im Computerexperiment zu verifizieren. Die Kunstfaser wird aus einer Schmelze gezogen und dann dank wachsender Drehgeschwindigkeit von Motor zu Motor immer dünner, bis sie am Ende durch ein Kühlbad läuft und auf eine Spule gewickelt wird. Aber die Drehzahlen der Motoren stimmen noch nicht, die Fäden reißen manchmal, oder werden zu dick. Richard müsste deswegen dringend Erasmus anrufen, doch Natascha blockierte seit fast einer Stunde das Telefon.

„Wenn du die Soße zu früh dazu gibst, bilden sich Klümpchen." Natascha lief mit dem Hörer am Ohr durchs Wohnzimmer; Freundin Andrea war an der Strippe, das konnte dauern! Richard war genötigt mitzuhören. „Das ist wie bei allen Pulver-Soßen, sie klumpen gern." Es folgte eine längere Pause, in der Andrea wahrscheinlich die Klümpchen auflöste.

Dann hatten sie offenbar das Thema gewechselt, denn Natascha sprach statt von Soße von ihrer Staatsbürgerschaft: „Ja, ich habe sie schon voriges Jahr bekommen. Es wurde auch Zeit. Eine Feier gab es nicht, aber immerhin einen Strauß Blumen zur Urkunde."

Richard dachte an das kleine Emaille-Schild, das früher in öffentlichen Telefonzellen hing: „Fasse dich kurz!" Damals gab es noch Schlangen vor den gelben Häuschen, die stickig waren und nach Urin stanken. Heute sind die Häuschen pink, heißen CallPoint, stinken immer noch nach Urin und leiden an Vereinsamung oder Verschwindsucht.

Soll er etwa zur Telefonzelle rennen, um mit Erasmus sprechen zu können? Er machte sich durch Zeichen bemerkbar: Ich muss auch mal ans Telefon! Natascha nickte, als habe sie verstanden, doch sie hatte offensichtlich Andrea zugenickt. „Andrea, da bin ich deiner Meinung, das kann man vergessen, die Jagd wird er niemals aufgeben. Du kennst doch die Männer, ihre Hobbys sind ihnen heilig."

Richard war klar, dass nicht von ihm die Rede war, aber es fiel ihm ein, dass er selbst auch ein Mann war, und zwar ein Mann *ohne* jegliches Hobby, das ihm heilig sein könnte. Früher hatte er Tennis und Schach gespielt, in einer Band Saxophon geblasen und Bücher gelesen. Aber diese Hobbys hatte er dem Übersetzungsbüro geopfert, genauer gesagt: opfern müssen. Aber die neue Versuchsreihe konnte er unmöglich opfern … Er muss Erasmus unbedingt noch in der Firma erreichen. Energisch unterbrach er Nataschas Redefluss. Sie konnte gerade noch sagen: „Ich melde mich wieder", dann nahm er ihr das Telefon aus der Hand. Empört unterbrach sie ihre Zimmerwanderung und blieb vor ihm stehen. „Darf ich nicht mit meiner Freundin telefonieren? Was darf ich überhaupt?"

Richard starrte sie verständnislos an. „Wie meinst du das?"

Eigentlich darf sie doch alles. Oder fast alles. Was soll diese Frage? Aber er konnte sich jetzt nicht von ihrer albernen Gereiztheit aufhalten lassen, er musste Erasmus noch erreichen.

Natascha ging in ihr Zimmer. Ein paar Kubikmeter Raum, über die sie allein verfügte. Das Gefühl, die Hoheit über ihr

Leben auszuüben, hatte sie längst verloren. Sie schlug die Tür zu, dass die Scheibe schepperte. Luft, mehr Luft! Sie glaubte ersticken zu müssen. Vorsichtig öffnete sie das seit langem defekte Fenster. Am Knebel etwas anheben und den Flügel halten, damit die Klappmechanik nicht aus den Angeln fällt, so hatte er es ihr gezeigt. Gut gemacht Natascha, ohne Richards Hilfe ein schwieriges Fenster geöffnet. Mit einer Backe halb auf dem Fensterbrett sitzend atmet sie tief ein und beobachtet Richard durch die Glastür zum Wohnzimmer. Der Mann da drüben, der beim Telefonieren mit den Armen fuchtelt und wichtig tut, als gelte es, die Welt zu retten – das ist ihr Mann. Damals, als sie ihn kennen lernte und der Schein eines besseren Lebens auf ihren Alltag fiel, damals hatte sie freiwillig und freudig auf einen Teil ihrer Souveränität verzichtet. Seine Dominanz, die sie akzeptierte, ja sogar begrüßte, war damals nur ein abstrakter Begriff, der wenig Einfluss auf ihr Leben zu haben schien. Damals glaubte sie, alles sei möglich dank Richard, heute weiß sie, vieles ist unmöglich wegen Richard. Wie wenig gleicht der Richard von damals dem Mann, der ihr eben das Telefon aus der Hand gerissen hat. Oder hatte sie ihn damals nur mit anderen Augen gesehen, sehen wollen? Hatte sie wirklich *ihn* gewollt, oder nur seine Person als Vehikel für das, was sie eigentlich wollte: ein Leben in Würde, ohne materielle Sorgen. Sie schaute zum Fenster hinaus, in den Himmel, wo langsam die ersten Sterne zu funkeln begannen.

Was überhaupt ist Würde?" Bin ich etwa falschen Vorstellungen nachgelaufen? Habe ich gedacht, ein materiell abgesichertes Leben ist dasselbe wie ein Leben in Würde? Gut, er hält, was er verspricht. Aber ich habe mehr erwartet. Der Mann dort im Nachbarzimmer, von dem ich verdammt noch mal immer noch abhängig bin, der Mann, der mit lauter

Stimme über irgendwelche Motoren und Kunstfäden parliert und mit den Händen wie ein Dirigent herumfuchtelt, wird mir immer fremder.

Sie nimmt das Hochzeitsbild von der Anrichte: sie blutjung, er nicht mehr jung, aber auch nicht alt. Doch je älter er wird, umso deutlicher tritt der Altersunterschied zutage, den sie damals nicht wahrnahm, oder nicht wahrnehmen wollte. Nun muss sie die Metamorphose dieses einst ansehnlichen Mannes miterleben: Überflüssiges Fett, wohin man nur schaut, ein Netz von blau schimmernden Adern an den Beinen, und da, wo mal Haare waren – nur rosa schimmernde Kopfhaut. Hätte sie das nicht voraussehen müssen?

Die Tür ging auf, Richard reichte ihr das Telefon ins Zimmer.

56.

Natascha werkelte in der Küche, nebenan im Wohnzimmer war es still, fast gespenstig still. Eben noch hatten die Wände gewackelt, erschüttert von Trompetengedröhne und einem vielstimmigen Chor: Freudig begrühühüßen wir die eedlee Halle .... Wagner! Natürlich Wagner. Seit Wochen schon. Seit sie in Nürnberg die „Meistersinger" gesehen hatten, gab es nur noch Wagner. Kein Problem an sich, aber in dieser Lautstärke? Und immer wieder? Schließlich ist unser Wohnzimmer keine eedlee Halle, wo Minnesänger sich austoben können.

Am Tag des Opernbesuchs hatte sie einige Lektionen Englisch wiederholt, eigentlich war sie für die Oper zu müde und erschöpft gewesen. Aber sie hatten die Theaterkarten schon und Richard sprühte vor Begeisterung. Da wollte sie nicht die Unpässliche spielen und war bereit, Opfer zu bringen. Sie hatten gute Plätze, Rang Mitte, und der Anfang war ganz unterhaltsam, aber ab dem zweiten Akt hatte sie sehnsüchtig auf das Ende gewartet. Das zog sich hin. Erst musste ein Morgenleuchten besungen werden und dann sollten alle aufwachen. Sie – nahe am Einschlafen – hatte sich direkt angesprochen gefühlt. Dieses deutschtümelnde Mittelalter, was ging sie das an?

Nun aber, fünf Wochen nach den Meistersingern und fünfhundert Jahre nach dem Sängerwettstreit, konnte man doch verlangen, dass wenigstens zu Hause der berühmte Herr Wagner etwas leiser daherkommt. Na ja, verlangen nicht, aber darum bitten, im richtigen Ton. Das ist doch legitim.

Wie aber reagierte Richard auf ihre Bitte? Er stellte die Musik ganz ab, spielte den Beleidigten. Als könne er Wagner in ihrem Beisein eh nicht genießen.

Genau wie damals mit dem Rauchen. Weil sie der Rauch störte – und der stört ja wirklich, außerdem ist er ungesund, wie jedes Kind weiß – hörte er einfach ganz auf zu rauchen. War eingeschnappt und spielte den Verzichthelden. Ein eingeschnappter, entsagungswütiger Nichtrauchergatte. Nur weil sie immer die Fenster aufmachte, um wieder Luft zu bekommen. Luft bekommen ist doch ihr gutes Recht!

*****

Natascha kam ins Wohnzimmer. „Kannst du bitte die Musik leiser stellen?" Richard saß mit geschlossenen Augen im Sessel und hörte seinen Wagner. Sie hat bitte gesagt und ein freundliches Lächeln aufgesetzt. Es klang trotzdem wie: Dein Wagner-Gedröhne geht mir auf die Nerven. Zugegeben, das „Oh, lasset unsern Ruf erschallen …" dröhnte ziemlich laut durch die Wohnung. Aber seit wann kann ein Ruf leise erschallen? Der muss laut kommen, sonst verpufft die Wirkung.

„Bitte etwas leiser", wiederholte Natascha ihren als Bitte getarnten Protest. Richard musste sich erst von Tannhäuser verabschieden und von der Wartburg zurück ins Wohnzimmer finden. Er stand auf und drückte entgegen aller Gewohnheit mitten im Chor auf die Stop-Taste. Das schmerzte zwar im Kopf und in allen Gliedern, aber diesen Jubelchor muss man laut hören – oder gar nicht.

„Danke", sagte Natascha genauso freundlich, wie sie „Bitte" gesagt hatte. Dennoch klang es nicht dankbar, sondern als sei eine legitime Forderung nun endlich erfüllt worden.

Ähnlich war es ihm mit dem Rauchen ergangen. Rauchen sei ungesund, das wisse doch jedes Kind. Sobald er den ersten Zug tat, öffnete sie alle Fenster, auch im Winter. Nicht etwa wutentbrannt, nein, sondern mit einem freundlichen Lächeln. Ja, das kann sie perfekt: ihn lautlos anbrüllen.

Eine Zeit lang war er zum Rauchen auf den Balkon gegangen. Aber dann rief sie von drinnen: „Der Rauch zieht durch die Ritzen."

Nein, so geht das nicht weiter. Das Rauchvergnügen, dieses leichte Kribbeln auf der Zunge und der würzige Duft in der Nase waren ihm gründlich vergangen. Er warf die Pfeife in den Müll und verschenkte den restlichen Tabak.

Wie war das damals, als er Natascha von Frankfurt abgeholt hatte? Damals, als sie voller Hoffnung in Deutschland angekommen war. Da hatte er „Tristan" im Autoradio voll aufgedreht und munter Pfeife um Pfeife geraucht. Im Auto! Was muss sie da gelitten haben. Wie hat sie das nur ausgehalten?

57.

Richard ließ sich ins Bett fallen. Er schaute nicht auf die Uhr, aber es war lange nach Mitternacht. Wieder einmal hatten sie den Tag im Streit beendet; Übersetzungsprobleme, wie so oft. Die Meinungsverschiedenheiten gaben sich nicht mal mehr Mühe, im freundlichen Gewand aufzutreten.

Richard konnte, obwohl müde, nicht einschlafen.

Wer könnte ihm jetzt Gesellschaft leisten? Er entschied sich für Tosca und schob die Scheibe in den CD-Player auf dem Nachttisch. Bedenken, dass Puccini Natascha stören könnte, musste er nicht haben. Seit Monaten schliefen sie in getrennten Zimmern. Wegen Richards Schlafgeräuschen. Natascha hatte sich wie immer rücksichtsvoll ausgedrückt; das Wort Schnarchen kam ihr nicht über die Lippen.

Wieso hatte er früher nie geschnarcht? Oder hatte er geschnarcht, und Natascha hatte still drunter gelitten? Oder wird er gar zu Unrecht der Schnarcherei beschuldigt? Dass jemand beim Schlafen Lärm macht, ist von diesem Jemand schwer zu widerlegen. Man müsste das mit technischen Mitteln prüfen; zum Beispiel mit einem Geräuschrekorder die ganze Nacht auf Band aufzeichnen. Aber wenn dann das Band schweigt? Was tun? Rechenschaft fordern und Zusammenschlafen erzwingen?

Bei der Arie, wo Toska und Cavaradossi sich unter Küssen ihre Liebe gestehen, fiel Richard ein, dass er und Natascha sich nur noch selten küssten. Und wenn, dann nur flüchtig. Neulich hatte er bei Loriot gelesen: „Der Kuss ist der grundlegende Ausdruck der ehelichen Beziehung, nicht der Beischlaf." Dieser grundlegende Ausdruck war ihnen irgendwann abhandengekommen. Ihre Küsse wurden immer flüchtiger, bis sie schließlich zum bloßen Ritual der Lippenberührung wurden.

Der Projektionswecker warnte mit seinen roten Ziffern vor dem nächsten Morgen. Richard drehte sich so, dass er die projizierten Ziffern nicht sehen musste. Doch das half nichts, der Schlaf hatte gegen das Durcheinander in seinem Kopf keine Chance. Kein Tag mehr ohne Streit, ohne sinnlose Auseinandersetzungen über lächerliche Übersetzungsprobleme. Oft weiß er ein paar Stunden später nicht mehr, worum es eigentlich ging. Ständig drängt sich das Übersetzungsbüro in ihr Eheleben und vergiftet es.

Als es draußen dämmerte, ging ihm ein Licht auf: Liebe zwischen Mann und Frau und Weisungsbefugnis eines der Partner sind Kategorien aus zwei verschiedenen Welten, unverträglich und einander zersetzend. Unser Übersetzungsbüro hat das Potential zum Ehebrecher. Wir müssen uns übersetzerisch trennen, um gemeinsam leben zu können.

„Sie würden nicht nur finanziell gewinnen, wenn Sie meine Mitarbeiterin in Ihrer Firma fest einstellten." Richard hatte erneut um eine Audienz bei Herrn Dr. Hinrich-Blasau gebeten. „Vor Ort könnte sie viel besser mit den technischen Termini zurechtkommen." Richard saß wieder auf dem bequemen Stuhl vor dem Schreibtisch des Bereichsleiters, der diesmal eine dunkelblaue Krawatte zum hellblauen Maßhemd trug. Die Tür öffnete sich lautlos. „Mit Milch und Zucker?" Die Sekretärin blieb an der Tür stehen und lächelte Richard an. Ihre bloße Anwesenheit machte das sonst so sterile Büro irgendwie menschlicher. Nach Richards „nur Milch, bitte" verschwand sie genauso lautlos, wie sie gekommen war, und hinterließ einen Duft von Lavendel. Hinrich-Blasau drückte auf einen Knopf an seinem Schreibtisch, worauf sich ein Segment des Fensters, das die ganze linke Wand einnahm, geräuschlos zur Seite schob. Der würzige Duft des nahen Waldes strömte ins Büro und vermischte sich mit dem Lavendel der Sekretärin. Ein Spatz krallte sich an den Rand der geöffneten Scheibe und blickte Hinrich-Blasau an, als hätte auch er ein Anliegen. Richard schaute sich um. Was für ein Büro! Er dachte an das Arbeitszimmer im Kellergeschoss seines Hauses: niedrig und dunkel, vollgestopft mit Büchern, Akten und Computertechnik; ein kleines Fenster, das auf die bröckelnde Wand des Kellerabgangs schaut. Wenn er es öffnete, wehte der Geruch von feuchtem Mauerwerk herein. Ein Spatz hat sich an diesem Fenster noch nie festgekrallt.

„Der Umfang unserer Übersetzungen ist begrenzt. Wir können dafür keine eigene Kraft einstellen", kam es im feinsten Hochdeutsch aus Richtung des Schreibtisches.

Richard blieb hartnäckig: „Sie könnte daneben auch Arbeiten als Teamassistentin erledigen. Sie hat Erfahrung in diesen Dingen."

Hinrich-Blasau wühlte umständlich in einem Berg von Akten, die sich auf seinem Schreibtisch türmten. Richard hatte Zweifel, dass dieses Wühlen mit seinem Anliegen zu tun hatte. Er nippte an dem Kaffee, den die Lavendel-Sekretärin auf dem kleinen Beistelltisch serviert hatte. Obwohl der Kaffee nur lauwarm war und nach Automat schmeckte, ließ sich Richard nichts anmerken. Hier ging es um wichtigere Dinge als die Qualität des Kaffees. Hinrich-Blasau tippte etwas in den Computer, rümpfte die Nase und wühlte weiter in seinen Akten. Schließlich hielt er ein Blatt hoch und tippte mit ausgestrecktem Zeigefinger darauf: „Hier", rief er wie ein Archäologe, der beim Erde auslöffeln auf etwas Glänzendes gestoßen war, „hier, ich habe es ge-

263

funden. Wir könnten im Sektor B eventuell eine Teilzeitstelle besetzen."

Richard hätte ihn gern auf die glatt rasierte Wange geküsst, stattdessen fragte er trocken: „Wie sind die Konditionen? Und was heißt eventuell?"

„Ich muss das noch mit den Kaufleuten abstimmen. Aber ich bin zuversichtlich."

Ich auch, dachte Richard beim Hinausgehen. Besser hätte es nicht laufen können. Allerdings hatte er noch nicht mit Natascha über seine Nacht- und Nebelaktion gesprochen. Eigentlich wollte er ja nur vorfühlen.

„Ja, wunderbar. Wann kann es losgehen?", sagte Natascha, nachdem ihr Richard umständlich gebeichtet hatte, dass er vorgeprellt war. Ihre spontane Zustimmung war fast beleidigend für ihn; sie fragte nicht mal nach den Details und auch nicht nach dem Grund von Richards Vorstoß.

Als könne sie es gar nicht erwarten, unabhängig von ihm agieren zu können.

58.

„Hier sind Ihr Schreibtisch und Ihr Computer. Heute Nachmittag in der Besprechung werde ich Ihnen die Mitarbeiter des Sektors B vorstellen." Der Sektorchef deutete mit der Hand auf die nähere Umgebung des Großraumbüros. „In Ihre Aufgaben werden sie schnell hineinwachsen – typische Büroarbeiten: Korrespondenz, Übersetzungen, Reiseplanung und vieles mehr. Können Sie Englisch? Wir erwarten von Ihnen Flexibilität und großes Engagement." Er schaute auf die Uhr, gab Natascha die Hand und verschwand in seinem Glaskasten am Ende des saalartigen Büros.

Natascha kam sich vor wie ein Fremdkörper in einem surrenden Getriebe. Schüchtern schaute sie in die Runde. Mitarbeiter eilten hin und her oder riefen sich etwas zu, Telefone klingelten, Bürotechnik ratterte. Dieses Gefühl des Verlassenseins kannte sie von Flughäfen: viele Leute und trotzdem einsam. Was meinte der mit: ‚...und vieles mehr'? Und auf seine Frage nach dem Englisch hätte sie NEIN sagen müssen, aber dazu war gar keine Gelegenheit.

Das Telefon auf dem Schreibtisch, der jetzt angeblich ihrer war, klingelte. Sollte sie rangehen, galt das ihr? Eigentlich war ihr dieses Klingeln angenehm, offenbar nimmt doch jemand ihre Anwesenheit wahr.

„Hier ist Natascha Claris."

„Hier ist das Account-Management. Ich nenne Ihnen jetzt Ihren Account, schreiben Sie bitte auf!"

„Account?"

„Na den Account fürs Login."

"Ah ja, fürs Login."

„Nennen Sie mir für den Identification-Check bitte die Ident-Number auf Ihrer Staff-Card."

„Staff-Card?"

„Ja, der DINA5-Mitarbeiterpass, den Sie bekommen haben."

Natascha durchwühlte die Zettel, die man ihr an der Pforte in die Hand gedrückt hatte und nannte die Nummer, die fett gedruckt rechts oben auf dem Mitarbeiterpass stand.

"OK. Notieren Sie den Account erst mal, und ändern Sie ihn nach Belieben gleich nach dem ersten Login im Side-Map-Feld ´Controlling´. Das Check-Field ´New Access´ aktivieren Sie vorher bitte. Alles klar?"

„Ja, alles klar."

Klar war nach diesem Anruf gar nichts, außer, dass der Account xXL587vckrcl)trAb hieß, und dass man Groß- und Kleinschreibung beachten muss. Ändern Sie den Account nach Belieben ... mindestens zwölf Zeichen, Buchstaben und Sonderzeichen, keine Umlaute, kein Eszett, hatte der Mann vom Account-Management gesagt.

Den Hauptschalter am Computer fand Natascha ohne Mühe, der ist immer da, wo das Stromkabel reinführt, sie wippte den Schalter auf „Power" und wartete bis der Bildschirm sich mit „Geben Sie Ihren Account ein" meldete. Sie gab das kryptisch xXL587vckrcl)trAb ein und überlegte sich ein neues Wort für ihren Account. Am besten ich nehme: ´DurchHalten,Natascha!´, aber wie mache ich das? Sollte ich jemanden um Hilfe bitten? Gleich neben dem Glaskasten des Sektorenleiters saß ein Kollege mit Anzug und Krawatte. Er fuchtelte beim Telefonieren mit dem freien Arm durch die Büroluft und wischte mit der Hand nichtvorhandenen Staub von seinem Schreibtisch, der einen ziemlich aufgeräumten Eindruck machte. Ganz anders als die anderen Schreibtische.

Da, rechts, zwei Plätze weiter, eine Frau mit Brille und Hochsteckfrisur, deren Tisch aussah wie eine Sammelstelle für Altpapier! Und der junge Mann daneben! Wie ein Archäologe grub er in den Papierhaufen auf seinem Schreibtisch herum. Dann hielt er das Gefundene hoch, um es gleich wieder auf einen anderen Haufen zu legen. Die Frau links von ihm tippte mit dem Stift abwechselnd auf dem Computerbildschirm und auf ihre Stirn. Dann schaute sie hoch und lächelte Natascha an. Das tat gut, auch wenn das Lächeln wahrscheinlich nicht ihr gegolten hatte.

Plötzlich tippte jemand auf Nataschas Schulter: „Nur keine Bange! Nicht verzagen, Bernhard fragen! Darf ich mich vorstellen, dein Schreibtischnachbar, Bernhard, von der Regeltechnik."

„Natascha."

„Wenn's Probleme gibt, einfach fragen! Ein Bernhard im Büro ist wie ein Bernhardiner im Gebirge."

„Danke, Bernhard, hilfst du mir mal beim Ändern des Accounts?"

Bernhards Finger huschten über die Tastatur und öffneten eine Maske. „Bitte, in dieses Feld tippst du das alte Passwort ein und in das nächste Feld das neue. Das musst du natürlich geheim halten. Und dann drückst du Return, das heißt Newline, ich meine die Taste mit dem verdrehten L, L wie Linefeed."

Wie eine Orientierungs-Boje im tosenden Meer kam ihr dieser Bernhard vor. „Danke, Bernhard, jetzt komm ich alleine zurecht." Natascha gab nochmals *xXL587vckrcl)trAb* ein, und nachdem sie es in *DurchHalten,Natascha!* geändert hatte, öffnete sie ein neues Word-Dokument und schrieb in Arial, Schriftgröße 36: Ich muss das schaffen! Dann spielte sie mit der Maus in der Schrift herum, markierte das Wort

‚muss', drückte Del und schrieb: ‚werde'. Ich werde das schaffen! Format – Schriftschnitt: Fett, Schriftfarbe: rot. Speichern unter: MeinCredo.doc. Dann holte sie wieder Luft.

Die Datei MeinCredo.doc war nicht lange allein auf Nataschas Computer. Der Ordner „Übersetzungen" hatte sich nach einigen Wochen mächtig aufgebläht und auch im Ordner „Reiseplanung" herrschte Gedränge. Für Bernhard musste sie gleich am ersten Tag eine technische Dokumentation übersetzen. Der stockte bei der Durchsicht. „Woher kennst du bloß das seltene deutsche Wort Nebelkammer?"

„Na, hör mal, das kennt man doch!"

59.

„Natascha, haben Sie schon meinen Reiseantrag weitergeleitet?"

Der Anzugträger war von seinem Schreibtisch gleich neben dem Glaskasten des Sektorleiters aufgestanden und schaute Natascha fragend an. Er war ihr als von Buddozin vorgestellt worden. Georg von Buddozin. Als einziger des Sektors trug er einen Anzug und außerdem eine hoch gezwirbelte Frisur, deren öliger Glanz etwas nach Eitelkeit roch.

Natascha hatte ihn oft von ihrem Arbeitsplatz aus beobachtet. Wenn er aufstand und vor geöffnetem Fenster seine Lockerungsübungen machte, dachte sie unwillkürlich an Olympia. Bei Hitze zog er manchmal das Jackett aus und krempelte die Ärmel hoch. Dann bewunderte sie das fein verästelte Muster der Adern, die sich unter der gebräunten Haut abzeichneten.

„Selbstverständlich habe ich Ihren Reiseantrag weitergeleitet, Herr von Buddozin, gleich Gestern, sofort nach Ihrer Aufforderung", antwortete Natascha und mobilisierte ein Lächeln.

„Das war keine Aufforderung, das war eine Bitte". Buddozin näherte sich ihrem Schreibtisch, und als er so nahe war, dass es fast an Intimität grenzte, säuselte er: „Wie könnte man so einer schönen Frau mit Forderungen kommen? Man kann sie nur bitten, und hoffen, dass die Bitte erhört werde."

Das war seine Art zu scherzen, und Natascha nahm es nicht ernst. Aber dennoch drangen ein paar Tröpfchen dieser Schmeichelei in ihr bedürftiges Selbstbewusstsein und fanden dort einen dankbaren Haftgrund. Die anderen Kollegen, die Zeuge von Buddozins Komplimentausschüttung waren, lächelten, ohne von ihrer Arbeit aufzuschauen (Georg, übernimm dich nicht!).

Bernhard tat, als hätte er Georgs Säuselei nicht mitbekommen. War er etwa eifersüchtig? Er stand in der offiziellen Hierarchie des Sektors weit unten, aber Natascha erledigte seine Aufträge trotzdem vorrangig, als Dank für seine Hilfsdienste. Manche Kollegen schafften es auch, sich durch besonderen Charme, ein Stück in der Hierarchie nach oben zu hangeln. Natascha musste schließlich Prioritäten setzen. Sie hatte nach einem Jahr nicht nur den Eindruck, unentbehrlich zu sein, sie hatte auch allen Grund anzunehmen, dass sie es wirklich war. Wenn sie bei Dienstschluss mit ihren Absatzschuhen zur Ausgangstür klapperte, geschah es mitunter, dass einer der Kollegen – oder gar der Chef – sie Hilfe suchend an der Tür abfing. „Natascha, bitte, ich bräuchte Sie noch kurz, es ist extrem wichtig." Dann verzog sie das Gesicht, stöhnte hörbar und klapperte zurück zu ihrem Schreibtisch. Alle wussten, dass das Stöhnen nur Theater war. Wenn die richtigen Leute bei ihr anklopften, und wenn sie den richtigen Ton trafen, war Natascha gern zu ein paar Überstunden bereit. Wenn es sich einrichten ließ, informierte sie sogar Richard telephonisch über die Verzögerung. Es war nämlich schon vorgekommen, dass der eine Riesenszene gemacht hatte, weil sie nach Dienstschluss eigentlich mit ihm verabredet war und er vergeblich gewartet hatte.

Vorige Woche zum Beispiel: Sie hatten Richards Chef Ludwig mit Gattin zum Essen eingeladen, und Richard hatte sich bereit erklärt zu kochen. Er hatte gerade den Kochlöffel am Mund, um die Soße abzuschmecken, als der Anruf von

Natascha kam: „Unser Kollege aus Kiew verspätet sich. Sein Flugzeug konnte wegen Nebels nicht starten. Ich muss am Flughafen warten und ihn dann zum Hotel begleiten. Fangt schon mal mit der Vorspeise an."

Richard wäre beinahe der Kochlöffel aus der Hand gefallen. Er hatte plötzlich Angst, etwas ganz Schlimmes zu sagen, deshalb legte er lieber wortlos auf. Beim Essen versuchte er, seine miese Laune durch alberne Scherze zu überspielen. Ludwig lobte Richards Kochkunst und bedauerte, dass Natascha wegen dienstlicher Verpflichtungen diesen Festschmaus verpasse. Ja, der Braten war gelungen, aber der Abend trotzdem verdorben.

Die Gäste waren schon gegangen, als Natascha endlich in der Tür stand. „Entschuldige, der Nebel war schuld", sagte sie beim Hereinkommen und spürte sofort, dass ein Gewitter in der Luft lag. Richard zwang sich, es nicht gleich losbrechen zu lassen. Spontane Reaktionen bereute er meist im Nachhinein. Er schenkte sich umständlich ein Glas Rotwein ein, schwenkte das Glas vor der Nase und nickte dem Wein anerkennend zu. Dann tat er, als gäbe es nichts Interessanteres, als durch die Terrassentür hinaus in die Nacht zu schauen. Ein großer schwarzer Vogel (wahrscheinlich ein Rabe – Richard kannte sich in Flora und Fauna nicht aus) pickte wild auf der Wiese herum. Offensichtlich wehrte sich ein Regenwurm gegen sein Schicksal. Richard bemühte sich, seiner Stimme einen sachlichen Klang zu geben. „Du bist nicht der Chef dieses Sektors B. Dort dienst du nur der Karriere anderer, und deshalb umschwirren sie dich wie Fliegen. Sie schmeicheln dir, um dich ausnützen zu können. Ich finde, du solltest deine Prioritäten anders setzen."

Natascha überlegte, ob sie die bittere Pille einfach schlucken oder wieder ausspucken sollte. Wie so oft fühlte sie sich ungerecht behandelt. Für ihre berufliche Entwicklung muss sie Opfer bringen; das sollte auch Richard verstehen. Warum muss er sich immer einmischen? Es geht doch um *ihren* Job. Alles will er bestimmen, alles kontrollieren, immer gibt er Antworten auf Fragen, die sie gar nicht gestellt hat. Seine verdammte Dominanz und seine Gelassenheit, vor allem diese Abgeklärtheit, mit dem er an ihr rummäkelt, sind zum Kotzen. Wie er schon dasteht, ein Mann, der Argumente drechselt wie andere Männer Weihnachtspyramiden. Dass er ihr intellektuell überlegen ist, mag stimmen. Aber welche Rolle spielt das in einer Ehe?

„Gib zu, es passt dir nicht, dass ich diesen Job habe, ihn ernst nehme und ihm höchste Priorität gebe. Du siehst meine Abhängigkeit von dir schwinden."

Wie immer wenn sie erregt war, verlor sie die Kontrolle über ihre Stimmbänder, ihre Stimme kippte um eine Terz nach oben, klang unnatürlich laut und blechern wie aus einem Megaphon. Gewöhnlich tat sie ihm in solchen Situationen leid, doch nach dem Flop des heutigen Abends lag ihm nichts ferner als Mitleid. „Du vergisst, dass *ich* es war, der sich um deinen Job bemüht hat." Richard war, zumindest äußerlich, noch immer die Ruhe selbst, was Natascha erst recht in Rage brachte.

„Ja, natürlich, alles habe ich dir zu verdanken, jeden noch so kleinen Erfolg. Selbständig kann ich nur aufs Klo gehen, und auch darüber würdest du gerne wachen." Wütend und hilflos zugleich bemühte sie sich, ihre Hyperventilation in den Griff zu bekommen.

Richard versuchte, die Wogen zu glätten. „Ich will nicht alles bestimmen; ich meine nur: für das Wohl einer Ehe sollte jeder Partner freiwillig und geräuscharm sein Bestes geben, jeder auf dem Gebiet, das er am besten beherrscht. Und was heißt hier Abhängigkeit? Es wäre mir lieber, nicht alles einfädeln zu müssen. Mehr Autonomie deinerseits wäre mir sehr willkommen, sofern sie nicht nur aus Worten besteht. Nur zu tun, was von einem erwartet wird, ist nicht genug. Viel zu selten glänzt du mit eigenen Initiativen oder brauchbaren Vorschlägen. Du gibst immer nur deinen Senf dazu, die Wurst fehlt."

„Weil deine Dominanz mich erstickt. Ich kann nicht mehr atmen"

„Wieso kannst du nicht atmen, nur weil ich tief Luft hole? Was ich mache ist doch auch zu deinem Wohl. Selten sind zwei Pferde an einem Wagen gleich stark, dennoch fährt der Wagen schneller, wenn beide ziehen. Vorausgesetzt, sie ziehen in die gleiche Richtung."

Pferd, Wagen … geht es noch umständlicher? Natascha dachte an den Rat ihrer Freundin Andrea: Ihr müsst einfach ordentlich vögeln und alles andere vergessen. Doch das wäre für sie keine Lösung. Von der Sorte *alles andere vergessen* waren sie nicht, weder sie noch Richard. Nach dem Vögeln ist vor dem Vögeln, hatte sie Andrea geantwortet. Die hatte nur gelacht und gemeint, dann habe sie noch nie richtig gevögelt.

Natascha öffnete den Mund, wollte etwas auf Richards Rede erwidern, aber welchen Sinn hätte das gehabt? Er hat wieder mal die besseren Argumente. Zumindest bildet er sich das ein. Sie schwieg zu Pferd und Wagen und dachte an Senf und Wurst. „Ist noch was vom Essen übrig?"

„Nein, den Rest habe ich in die Mülltonne geworfen."

60.

„Warte einen Moment, ich komme mit", rief Bernhard Natascha nach. Sie hatte ihren Rechner heruntergefahren, ihre Jacke übergehängt und sich mit einem ‚Tschüs bis morgen' verabschiedet. Bernhard öffnete den obersten Schreibtischkasten und fegte mit einer Armbewegung seine Tischplatte leer, zog den Schlüssel vom Kasten und angelte sich seine Tasche. „Voila, ich geh' heute mal überpünktlich."

Als sich die große Schiebetür am Ausgang der Firma öffnete, kam ihnen eine Walze warmer Luft entgegen, als würde man einen Backofen öffnen. Sie traten aus der klimatisierten Arbeitswelt hinaus in den Sommer, der sich an diesem Nachmittag von der heißen Seite zeigte, ein Tag wie zum Abheben, fand Bernhard. In den Bäumen gaben die Vögel ein Zwitscherkonzert, vereinzelte Wolkenhäufchen drapierten den stahlblauen Himmel. Bernhard zog das Jackett aus, öffnete den obersten Knopf seines Hemdes und zeigte auf sein Auto. „Ich könnte dich ein Stück mitnehmen."

„Wohin?"

„Wohin du willst."

„Ich muss noch ins Zentrum, ein paar Sachen einkaufen."

„Das passt gut, ich muss zum Optiker wegen meiner neuen Brille. Anschließend lade ich dich zu einem Tässchen Kaffee ein."

„Warum nicht?" Natascha machte es sich auf dem Beifahrersitz bequem. Dieser Bernhard ist immer nützlich; ohne aufdringlich zu wirken lässt er seinen Charme spielen, und wie er sich manchmal bemüht – direkt liebenswert.

Als sie endlich einen Parkplatz im Zentrum gefunden hatten, schlug Bernhard vor: „Okay, treffen wir uns in einer Stunde an der großen Steinkugel vor der Sparkasse."

„Abgemacht."

Bernhards Brille war noch nicht fertig; sie war eh nur ein Vorwand, denn der vereinbarte Liefertermin war erst eine Woche später. Er schlenderte an den Auslagen der Geschäfte vorbei zur Sparkasse, drehte in Erwartung Nataschas drei Runden um die große Steinkugel, berührte den glatt geschliffenen Granit mit der Hand und fragte sich: Warum dreht sich die Kugel? Was treibt sie an? Ja, und was treibt mich an?

„Aus dem Kaffee wird nichts." Natascha stand plötzlich hinter ihm und unterbrach Bernhards Grübeleien. Ihr Stirn zierte eine steile Falte, in der Hand hielt sie den Absatz ihres rechten Schuhs. Bernhard musterte den abgebrochenen Absatz, dann den Schuh. „Attraktiv aber unpraktisch."

„Und ziemlich kaputtbar", gestand Natasche mit einem Seufzer.

Bernhard überlegte nicht lange: „Ich wohne hier in der Nähe. Wir fahren zu mir, und während ich deinen Schuh repariere, kannst du uns Kaffee kochen."

„Kannst du das, ich meine den Schuh reparieren?"

„Buddozin würde sagen: Wenn es um eine schöne Frau geht, kann ich alles."

„Na, dann los! Ich vertraue auf deine Heimwerkerqualitäten."

So ganz in der Nähe wohnte Bernhard allerdings nicht; mit dem Auto brauchten sie immerhin eine halbe Stunde, um die Platten-Wohnsiedlung am südlichen Stadtrand zu erreichen.

„Meine Frau hat Spätschicht", sagte Bernhard, während sie im Lift in die achte Etage rauschten, als wäre die Abwesenheit seiner Frau ein gutes Omen für das Gelingen der Schuhreparatur. Die Wohnung sah so aus, wie sich Natascha Bernhards Wohnung vorgestellt hatte, einfach und praktisch, ein wenig kleinkariert.

Während Bernhard das Werkzeug herbeiholte, kochte Natascha Kaffee. Dann setzte sie sich auf das breite Fensterbrett, neben sich die Kaffeetasse, und beobachtete, wie er den Hammer schwang, die Klebstofftube ausdrückte, mit dem Handbohrer zwei kleine Löcher in den Absatz bohrte und dabei irgendwelche Fachausdrücke murmelte.

Wenn Richard *Lochbohren* sagt, dachte Natascha, dann klingt das nach Erläuterung eines komplexen Vorgangs mit Vorbereitungen und Nacharbeiten und diversen Extravaganzen, wenn Bernhard *Lochbohren* sagt, dann klingt das nach Loch bohren, kurz und verständlich. Auf Bernhards Stirn bildeten sich kleine Schweißperlen, die im hereinfallenden Sonnenlicht glänzten. Natascha nippte am Kaffee und beobachtete Bernhards Werkelei. Eigentlich habe ich ihn noch nie so gesehen. Am Schreibtisch in der Firma wirkt er klein und eher belanglos, hier entfaltet er sich regelrecht. Die Lust an dem, was seine Hände tun, steht ihm ins Gesicht geschrieben. Ist er auch so bei der Sache, wenn er die Schuhe seiner Frau repariert, oder bringt er die einfach zum Schuster? Auf seinem Nacken wachsen die Haare bis in den Hemdkragen hinein, wahrscheinlich ist auch seine Brust behaart. Auf dem Kopf herrscht ein heilloses Durcheinander, wie eine Einladung zum Herumwuscheln.

Natascha hielt sich mit beiden Händen an der Kaffeetasse fest. Sie hatte kaum einen Schluck getrunken. Ob er auch so aus sich herausgeht, wenn er seine Frau umarmt? Wie ist sie?

Was tut sie? Sitzt an der Kasse im Supermarkt – hatte Bernhard maulfaul gesagt. Wie oft treiben sie es wohl miteinander? Und wo? Im Bett, hier auf dem Küchentisch?

„Voila, fertig!" Wie eine Trophäe führte Bernhard den Schuh vor, mit beiden Händen, in der Pose eines Schuhverkäufers. Er kniete sich vor Natascha hin und streifte ihr den Schuh über. Seine Hände wanderten über das weiche Leder, streiften Nataschas Fesseln und glitten langsam nach oben. Natascha bewegte sich keinen Millimeter. Diese Hände, die eben noch den Hammer geschwungen haben, übten eine magische Kraft auf sie aus. Eine aufgestaute elektrische Spannung wollte sich entladen. Statt den fertigen Schuh zu bewundern, schloss Natascha die Augen. Wie lange ist es her, dass sie Lust auf bedingungslose Kapitulation hatte? Wann hat sie zuletzt gewünscht, alles zu vergessen und sich wehrlos zu ergeben? Nicht kämpfen, sondern sich einfach nur fallen lassen.

Dann die Explosion. Bernhard reißt Natascha hoch und drückt sie gegen die Wand. Sie kann sich gerade noch den Slip herunterreißen, dann schlingen sich ihre Beine um seine Lenden. Die Umgebung löst sich auf, nur Bernhards animalische Laute dringen an Natascha Ohr. Ineinander verkrallt wie ein junges Liebespaar pressen sie ihre Leiber an die Wand, den einzigen Widerstand gegen die Ekstase zweier Besinnungsloser.

Nataschas erster Gedanke, als sie wieder zu sich kam: Was wäre, wenn es Richard nicht gäbe. Wäre einer wie Bernhard, einer, der mich nach einer Schuhreparatur in einen orgiastischen Rausch versetzt, ein Mann fürs Leben? Könnte er mir das geben, was ich offensichtlich vermisse? Anderseits: Kann orgiastischer Rausch solide Sicherheit ersetzen?

Solch ein Rausch ist nur die Würze. Aber wenn die Speise fehlt ... Ohne Würze schmeckt das Leben nicht, aber von Würze allein kann man auch nicht leben.

Natascha drehte sich zu Bernhard und küsste ihn auf den Mund. „Wir müssen, was eben passiert ist, vergessen. Nein, nicht vergessen, aber wir müssen es aus der Liste des Denkbaren streichen."

„Ein Streichkonzert der traurigen Art."

Natascha schaute auf die Uhr. „Oh weh, ich schaff' es nicht."

„Was schaffst du nicht?"

„Carmen."

„Wer ist Carmen?"

„Richard hat Theaterkarten für heute."

„Oh, tut mir leid."

„Mir nicht."

61.

Wenn sie nicht bald kommt, verfallen die Karten. Über sechzig Euro pro Karte. Mein Gott, ist Kultur teuer. Dabei sind es nur Plätze im Seitenrang, Carmen bei halb verdeckter Bühne. In spätestens einer halben Stunde müssten wir losfahren. Richard schaute auf die Uhr. Vierzig Minuten bis zum Opernhaus, dann noch Parkplatz suchen, Garderobe abgeben, und so weiter.

Jetzt ist es fast schon zu spät. Vor dem Spiegel braucht sie mindestens eine halbe Stunde, im Turbogang fünfundzwanzig Minuten. Umziehen – zehn Minuten. Zu spät. Wir schaffen es nicht. Noch mal anrufen? In der Firma geht niemand ran. Handy: Hier ist die Mailbox von Natascha … Ein letzter Blick zur Uhr, ein letzter Versuch am Telefon. Dann brachte Richard das Auto in die Garage zurück und schenkte sich ein Glas Roten ein. Seine Stimmung pendelte zwischen Enttäuschung und Wut.

Erst gestern hatte es Ärger gegeben. Nachdem Richard den Opernführer aus dem Bücherregal genommen hatte, stand er in einer Staubwolke. Mit dem Zeigefinger konnte er Muster auf den Regalboden malen. „Hier müsste wohl wieder mal geputzt werden." Natascha tat, als hätte sie nichts gehört, aber Richard konnte ihre Empörung riechen. Er kratzte sich an seinem spärlich behaarten Schädel. Oh, das war gründlich danebengegangen. Warum reagiert er immer so undiplomatisch auf banale Dinge wie Staub auf den Bücherregalen. Daran stirbt doch keiner, und den Büchern ist es egal. Bosheit hatte er allerdings nicht in den Satz gepackt, jedenfalls nicht absichtlich. Den Staub einfach ignorieren, war ja auch keine Lösung. Obwohl sie tat, als hätte sie seine Frage nicht gehört, antwortete Natascha: „Am Samstag kommt unsere Putzfrau". Sie sah sich schon wieder in der Rolle der Schuldigen. Kritik – ja, aber *wie* er das immer sagt! Wie ein Richter im Gerichtssaal. Vor dem ersten Satz ist das Urteil schon gefällt – schuldig! Dabei ist Staub das Normalste von der Welt, entsteht quasi aus dem Nichts. Wenn er ihn so stört, warum wischt er ihn nicht selber weg, sind doch eh seine Bücher, der größte Teil jedenfalls. Würde er weniger Staub aufwirbeln, hätte er weniger zu meckern. Kann man auch mit Herummeckern Staub aufwirbeln? Er schon. Er kann einfach alles.

Richard stand reglos da und schaute sie mit großen Augen an „Putzfrau?"

„Ja, Putzfrau. Ich habe eine Putzfrau engagiert, stell dir mal vor, ohne dich zu fragen."

Der Trotz in dem ´ohne dich zu fragen´ war nicht zu überhören. Wider Willen schürte Richard das Feuer: „Muss das sein? Bist du überlastet?"

Aus ihrem Mund kam sofort das Echo: „Bist du überlastet?"

Wie er das hasste, diese ironische Wiederholung seiner Worte.

„Bist du zu geizig, mir eine Putzhilfe zu gönnen?"

Eine Putzfrau hielt Richard tatsächlich für entbehrlichen Luxus, denn schließlich arbeitete Natascha nur halbtags, theoretisch jedenfalls. War er wirklich geizig?

Als endlich Nataschas Schlüssel in der Tür rasselte, hatte bei „Carmen" in der Oper das Vorspiel schon begonnen.

„Entschuldige, wir hatten Gäste aus Moskau. Bernhard hat die Leittechnik vorgeführt und über die aktuellen Pläne referiert; ich musste dolmetschen. Es war ein Notfall."

Richard ging im Zimmer auf und ab, die Hände in den Hosentaschen. Eine innere Stimme warnte ihn: Du darfst jetzt nicht die Beherrschung verlieren. Der Ton macht die Musik, sagt Natascha immer, und zumindest damit hat sie Recht. Also, Richard – um den richtigen Ton bemühen! „Deine Arbeit scheint nur aus Notfällen zu bestehen. Das könnte man akzeptieren, würde sie angemessen honoriert."

„Aha, ich verdiene zu wenig."

„Zu wenig für das, was du tust: stets zu Diensten sein."

„Denk' mal an unseren letzten Theaterbesuch. Der war ins Wasser gefallen, weil du plötzlich auf Dienstreise nach Hamburg musstest. Ein Auftrag, den nur der Herr Doktor Claris ausführen konnte, sonst niemand. Damals hast du die gleichen Worte gebraucht: Es ist ein Notfall."

Richard drehte noch eine Runde im Wohnzimmer. Er wollte sie nicht verletzen, aber er wollte Klarheit. „Verstehst du nicht? Es geht nicht nur um diese Theatervorstellung. Tausendmal haben wir das schon besprochen: Man muss Prioritäten setzen. Eine Familie ist wie eine kleine Arbeitsgemeinschaft. Das Zauberwort heißt: Arbeitsteilung. Ich steuere den größten Teil zum Familienbudget bei und erwarte dafür, dass du unseren familiären Belangen den Vorrang gibst."

Da waren sie wieder, die Terz in ihrer Stimme und das Megaphon: „Von meinen Kollegen bekomme ich die Anerkennung, die ich bei dir vergeblich suche."

Richard zuckte zusammen. Nataschas letzter Satz ließ ihn aufhorchen. Stimmt das mit der Anerkennung? Ihre Worte waren wie mit der Axt geschlagen. Schlug er genauso zurück, war der Schaden vielleicht irreparabel. Wieso bekommt sie von mir keine Anerkennung? Bedeutet nicht unsere Ehe per se Anerkennung? Eine selbstverständliche Anerkennung, ohne viele Worte. Oder bilde ich mir das nur ein?

Beide Hände in den Hosentaschen schaute er zu Terrassentür hinaus. Draußen schwarze Nacht. Die Straßenlaterne warf einen spitzen Kegel, der fast die Wiese ihres Gartens erreichte. Der Rasen müsste wieder mal gemäht werden, und die Büsche verschnitten. Wir leben nur noch die Parodie unserer Träume. Vielleicht sind unsere Träume zu verschieden, in unterschiedlichen Welten geboren, mit unterschiedlichen Zielen. Ihre Kindheit und Jugend in dem Dorf da hinten an der Wolga hat sie geprägt, hat ihr vielleicht einen Ehrgeiz eingegeben, der ihr jetziges Handeln bestimmt. Wie viel Autonomie kann eine Ehe vertragen? Bei welchem Grad der Autonomie beginnt die Ehe zur Farce zu werden? Oder ist Autonomie für das Zusammenleben geradezu eine Notwendigkeit, der Kitt, der die Ehe zusammenhält?

Richard war nicht gewohnt und auch nicht willens, Unklarheiten in der Luft hängen zu lassen. Er drehte sich zu Natascha um, die immer noch wie angewurzelt in der Mitte des Zimmers stand. „In deiner Firma bekommst du Anerkennung, solange sie dich brauchen und ausnützen können. Danach kennen sie dich nicht mehr, dann bist du Luft für sie. Ich brauche dich immer."

„Ob ich *dich* immer brauche, danach fragst du nicht."

Richard zuckte. Noch ein Schlag mit der Axt!

„Wir sollten mal in Urlaub fahren, möglichst weit weg und möglichst lange."

62.

Über eine Stunde hatten sie schweigend in der Sonne gelegen, bis Natascha ihr langes Schweigen mit einem Stöhnen beendete: „Diese Hitze macht mich verrückt." Sie schaute Richard vorwurfsvoll an, als wäre der zuständig für die Temperatur auf Gran Canaria. Richard lag auf dem Rücken und versuchte, nicht zu reagieren. Er schaute zu, wie Flugzeuge ausgefranste Striche auf das makellose Blau über dem Atlantik malten. Die Strandliegen und die Schirme waren inklusive, das schöne Wetter auch, nur die Drinks musste man extra bezahlen. Serviert wurden sie von einem jungen Spanier mit pomadiger Igelfrisur, Boxershorts und einer offenen weißen Weste. „Ich José", hatte er sich Natascha am ersten Tag vorgestellt und sie dann in ein holpriges Gespräch verwickelt. Richard übersah er. Josés eingeölten Muskelpakete glänzten in der Sonne und bei jedem Schritt rasselte ein goldenes Kettchen am Fußgelenk. Immer wenn er in der Nähe vorbeiging, unternahmen Nataschas Augen einen kleinen, unauffälligen Ausflug über das Josésche Gebirge von Muskelpaketen.

Ohne die faserigen Muster der Kondensstreifen aus den Augen zu lassen, antwortete Richard: „Ja, du hast Recht, es ist ziemlich heiß. Aber das wollten wir ja gerade, der Kälte entfliehen, uns von der Sonne verwöhnen lassen."

„Sonne schon, aber wenn die Hitze zur Qual wird ... nein danke!"

Richard tat, als gäbe es nichts Interessanteres, als Flugzeuge und deren Kondensstreifen zu beobachten. In Gedanken war er beim letzten Winterurlaub. Das gleiche tierische Problem, nur mit umgekehrtem Vorzeichen: Damals war es nicht die Affenhitze, sondern die Hundekälte, unter der Natascha litt. Dabei hatten sie prächtiges Wetter, Sonnenschein und einen Schnee, der dem Wort Pulver alle Ehre machte. Minus sechs Grad – zu kalt für Natascha. Und dann der eisige Wind, der aus purer Heimtücke immer gerade ihr ins Gesicht blies.

Natascha drehte sich zu Richard: „Und dazu noch dieser Wind, der einem den Sand ins Gesicht bläst. Ich beiße ständig auf Dreck."

Richard konnte kaum ein Lächeln unterdrücken. Auf den Wind hatte er schon gewartet. Als nächstes kommt wahrscheinlich der Lärm gestern Abend im Hotel. Ist es wirklich Unzufriedenheit, die sie treibt, oder nur der Drang, die Langeweile mit irgendwas zu füllen? Und wieso ist immer *er* der Adressat ihrer Beschwerden, obwohl er sich für Wind und Wetter nicht zuständig fühlt? Anderseits, das muss er zugeben, zeugt sein offensichtlicher Empathiemangel auch nicht gerade von einer guten Partnerschaft. Aber was ist eine *gute* Partnerschaft? Wenn der eine des anderen Macken vorbehaltlos akzeptiert, ohne WENN und ABER, ohne Kritik und Murren? Und gilt das auch bei Abwesenheit von Not? Gilt das auch unter strahlender Sonne auf weißer Liege mit kühlen Drinks, serviert von einem kettenrasselnden Muskelpaket?

Natascha drehte sich auf der Liege mit dem Rücken zum Wind. „Ich hoffe nur, dass die Leute über uns heute Abend nicht wieder Ramba-Zamba machen. Eine Zumutung, dieses Stühle-Rücken! Wie nennt man das? Reise nach Methusalem?"

„Jerusalem!"

Richard hatte gestern Abend das Kopfkissen um die Ohren geschlungen und hätte vor Wut am liebsten in die Matratze gebissen. Bis spät in die Nacht dauerte das Gepolter über ihnen. Natascha hatte sich schlafend gestellt, was seine Wut noch mehr angestachelte. Sie hätte doch wenigstens seine Empörung teilen können. Er hatte sich vorgenommen, beim Hotelmanager vorzusprechen und ein anderes Zimmer zu verlangen. Doch heute, hier auf der weißen Liege unter blauem Himmel bei einem kühlen Drink sah die Welt ganz anders aus. Sich mit dem Personal anlegen? Nein, dazu hatte er jetzt keine Lust. Er hatte auch keine Lust, mit Natascha zu streiten, schon gar nicht hier, wo die Sonnenbader auf den Nachbarliegen schon große Ohren machten und dankbar dafür waren, die Banalität ihrer eigenen Ehe relativieren zu können.

Natascha schlürfte den letzten Rest aus ihrem Glas und reichte es mit einem Lächeln José. „Richard, hör mal, wir könnten uns beim Hoteldirektor beschweren. Sie müssen uns ein anderes Zimmer geben. Gehst du gleich mal hin? Bitte, Richard. Du willst doch, dass ich mich wohl fühle."

„Ja, mein Schatz, das will ich. Aber ich will auch, dass *ich* mich wohl fühle. Deshalb gehe ich jetzt nicht zum Hoteldirektor, sondern Schwimmen. Kommst du mit?"

„Nein, das Wasser ist mir zu kalt."

„Nanu, gestern war es doch zu warm."

„Ja, gestern schon, aber heute ist es zu kalt."

63.

„It's your life!", rief der Kursleiter in die Runde. So hatte er bis jetzt jede der drei Sitzungen – er sagte dazu Coachings – eröffnet. Und noch mal, etwas lauter: „It's your life!" Dabei tat er einen Ausfallschritt nach vorn und bewegte die geöffneten Hände im weiten Bogen von innen nach außen, in Richtung der im Kreis sitzenden Kursteilnehmerinnen. Sein Haupthaar glänzte seidig und das funkelnde Piercing an seinem linken Ohr tanzte bei seinen Bewegungen wie ein Irrlicht durch den Raum. Die schlanken Finger untermalten mit komplizierten Verrenkungen, was sein Mund sagte. Mit geschmeidigen Bewegungen durchpflügte er den Raum oder drehte Runden um den Stuhlkreis. Die sieben Frauen saßen wie Schülerinnen im Sexualkundeunterricht: Rücken gerade, Brust raus, Augen nach vorn, Hände auf den Oberschenkeln, bereit, ihr Innerstes zu offenbaren. Es gab auch Männerkurse und gemischte, aber Natascha wollte lieber monogeschlechtlich gecoached werden. Unter Frauen fällt es leichter, seine Eheprobleme auszubreiten, und diese so oder so zu meistern, dazu waren sie hier.

Von ihrer Kollegin Ilona war ihr die YourLife-Akademie empfohlen worden. Die helfen dir in jeder Lage, die managen dein Karma. Du bist danach ein ganz anderer Mensch, sicher und selbstbewusst, sieh mich an. Natascha musste ihr Recht geben, selbstbewusst wirkte Ilona, obwohl Natascha den Verdacht nicht los wurde, dass es Ilona mehr um die Wirkung als um das Selbstbewusstsein selbst ging.

Der Coach rief zum dritten Mal: „It's your life!" Diesmal ließ er die geöffneten Handflächen langsam von oben nach unten sinken, als würde sich ‚your life' von höherer Stelle auf die Frauen senken. „Wo ihr auch steht in eurem Leben, wo euer verkümmertes Selbstbewusstsein auch dahinwelkt, ich hole euch ab und bringe euch an das Ufer der Selbsterkenntnis und Internalsatisfaktion."

Er sprach alle Kursteilnehmerinnen mit Du an und hatte sie gebeten, auch untereinander das Du zu pflegen. „Ich heiße Urs Erban, nennt mich einfach Urs", hatte er zu Beginn des ersten Kurses gesagt.

Er stellte sich ins Zentrum des Stuhlkreises und alle Aufmerksamkeit auf sich ziehend sagte er: „Um in spirituelle Resonanz zu kommen, sprechen wir am Anfang gemeinsam die Sätze: *Die tiefe Einsicht meines Unterbewusstseins verwirklicht all meine Gedanken, Gefühle und Vorstellungen. In mir herrschen Harmonie, Ausgleich und Seelenfrieden.*"

Sie sprachen die Sätze mehrmals gemeinsam und durften sich nun – wie die Sänger eines Chores – aufeinander eingestimmt fühlen

„In den bisherigen Sitzungen haben wir versucht, euer Selbstwertgefühl zu stärken – mit Erfolg, wie eure Reaktionen beweisen." Urs kratzte sich am Ohr mit dem Piercing. „Heute wollen wir zur Wahrheitsfindung schreiten. Nicht zur Wahrheit als allgemeine Kategorie, sondern zur eheproblemrelevanten Wahrheit. Die Frage lautet: Was ist das Hauptproblem eurer Ehe? Blickt in euch hinein und zieht diesen Pfropfen heraus, an dem ihr würgt. Brigitte, du fängst an!" Urs kratzte sich wieder am linken Ohr. Um das Piercing herum war schon ein rosa Fleck entstanden.

Brigitte, eine stämmige Blondine, Ende zwanzig, errötete. Ein Problem habe sie schon mit ihrer Ehe, aber worin das besteht, das könne sie so ruckartig nicht sagen.

„Öffne dich, sag es einfach unruckartig", ermunterte sie Urs mit einem kleinen Klaps auf die Schulter.

„Mein Mann", Brigitte versagte fast die Stimme, „mein Mann betrügt mich schon seit sechs Monaten. Mit einer Balletttänzerin. Das muss man sich mal vorstellen, mit so einer Bohnenstange!" Jetzt schluchzte sie und bedeckte mit beiden Händen ihr Gesicht. Auf und ab bebte ihr schwerer Busen.

Urs stellte sich hinter sie, legte beide Hände auf ihre Schultern und tröstete: „Dir wird geholfen werden, Brigitte, sei gewiss." Er nahm einen Kosmetik-Spiegel aus der Gürteltasche und musterte sein linkes Ohr. „Nun du, Gertrude".

Gertrude sagte, ihr Mann verlange, dass sie ihren Job aufgebe. Damit habe sie ein Problem. Die nächste Teilnehmerin beschwerte sich, dass ihr Mann sie zwingen wolle, arbeiten zu gehen. Das sei ihr Problem. Und so weiter. Urs hörte sich alles geduldig an, stellte Fragen und kratzte sich am Ohr.

„Jetzt du Natascha!"

Natascha schnellte aus ihrer geduckten Haltung hoch. „Mein Mann und ich, wir haben uns auseinandergelebt."

Urs fuhr mit den Fingern durch seinen silbergrauen Pferdeschwanz. „Nun", sagte er in fürsorglichem Ton, „das wollen wir mal bisschen auseinander trieseln. Was sind die Kondensationskeime in diesem Brei der Unzufriedenheit?"

„Es ist die Freiheit, die mir fehlt", sagte Natascha, „die Freiheit, nach meiner Fasson zu leben. Ich sehne mich nach spontanen Verrücktheiten, nach Ausbrüchen aus dem Ehekäfig. Ich bin noch nicht mal vierzig, ich will – wenn ich Lust habe – Tanzen gehen oder mit Freunden und Bekannten rumfahren und flirten. Ich ..."

„Wart' mal", unterbrach sie Urs „und dein Mann?"

„Mein Mann ist wesentlich älter, schon über sechzig. Für spontane Verrücktheiten hat der kein Verständnis. Für ihn muss alles geplant sein. Und logisch, ja, vor allem logisch muss alles sein. Eine Logik zum Kotzen."

Sie sackte auf dem Stuhl zusammen, erschrocken über ihre eigenen Worte.

„Wie lange plagt dich das schon?", fragte Urs.

„Schon ein paar Jahre, aber es wird immer schlimmer.".

„Und warum hast du nicht schon früher den Ausbruch gewagt?"

„Ich brauchte ihn, war völlig abhängig von ihm. Erst dein Coaching, Urs, hat mir die Augen geöffnet. Ich habe begriffen, dass ich all meine Wünsche erfüllen kann, wenn mein Wille nur stark genug ist."

Urs strahlte zufrieden. „Was wirst du tun? Willst du darüber reden?"

„Nein!", sagte Natascha, „ich muss mich erst selbst im Haus meines neuen Selbstvertrauens zurechtfinden."

„Gut, Natascha, wenn du das nicht willst, dann ist das auch okay. Echt, kein Problem. Du bist eine mutige Frau. Ich gratuliere dir."

Als sich der Kreis schloss und alle sieben Frauen ihr Herz ausgeschüttet hatten, sagte Urs: „Wir werden die Probleme später analysieren. Jetzt kam es nur darauf an, dass jede von euch den Mut hat, sich zu öffnen."

Brigitte musste aufs Klo. Urs machte eine Pause. Am Waschbecken kühlte er sein linkes Ohr. Natascha ging zum Fenster und schaute hinaus auf das angrenzende Gewerbegebiet. Frauen und Männer in blauen Kitteln gingen über den Hof zur Kantine. Durch die hell erleuchteten Fenster konnte man in die Büros schauen. Ein Mann umarmte eine Frau und küsste sie. Das Büro als Treibhaus für Ehebruch, oder als Schauplatz der Befreiung. „Ich brauche ihn nicht mehr. Mein Selbstbewusstsein hat Laufen gelernt", sagte Natascha leise zu sich selbst.

Am Ende der Kursstunde verteilte Urs an alle Teilnehmerinnen ein Merkblatt. Zu Hause sollten sie mehrmals am Tag den Text aufsagen:

Die unendliche Kraft meines Unterbewusstseins durchströmt mein ganzes Sein; sie nimmt Gestalt an als Harmonie, Gesundheit, Friede, Freude und materieller Überfluss.

„Tschüs, bis zum nächsten Mal", rief Urs in die Runde, zog seinen Pferdeschwanz aus dem Ring und hielt die Hand an das gerötete Ohr. „Vergesst nicht, die Kursgebühr zu überweisen!"

Auf dem Gang wurde Natascha von Gertrude in ein Gespräch verwickelt. Gertrude habe ihrem Mann (ein Physiker!) von dem Kurs und von Urs erzählt, und wie wunderbar der sich in die Seele von Frauen hineindenken könne. Daraufhin sei ihr Mann regelrecht explodiert. Mit hochrotem Kopf habe er losgeschimpft. Dieser Möchtegernpsychologe sei ein Hobbyklempner der Seele, der versuche, den Menschen weiszumachen, mit genügend Willen könne man jedes Ziel erreichen. Schamanistische Heilsversprechen habe ihr Mann das genannt und diese YourLife-Akademie sei so akademisch wie ein Medizinmann im afrikanischen Busch. Daraufhin habe sie, Gertrude, sich das alles nochmal überlegt. Obwohl sie sich unter schamanistischen Heilsversprechen nichts vorstellen könne, habe sie sich entschlossen, nicht mehr an den Kursen teilzunehmen. Fragend schaute sie Natascha an. Doch die schüttelte nur den Kopf und antwortete, sie glaube an die erbanistische Heilwirkung. Der Glaube sei schließlich Teil des Erfolgs.

Wie der Knabe vor dem Einschlafen sein Mantra hersagt, so spulte sie von nun an während der Küchenarbeit ihre Sprüche herunter: „Die unendliche Kraft meines Unterbewusstseins ..." Wieder und wieder, bis sie glaubte, durch die

Wiederholung würde wahr, was sie sprach. Sie meinte regelrecht zu spüren, wie in ihrem Inneren Energie freigesetzt wurde.

64.

„Ich werde am Wochenende Andrea besuchen", sagte Natascha beiläufig zu Richard.

„War das eine Frage oder eine Mitteilung?"

„Ich muss dich nicht fragen, wenn ich meine Freundin besuchen will."

„Vielleicht hätte ich mitfahren wollen."

„Willst du?"

„Nein, der gebe ich nicht mehr die Hand", sagte Richard und verzog das Gesicht zu Grimasse.

„Na also, das hab ich mir gedacht."

Bei ihrem letzten Besuch vor einem Jahr hatte Andrea en passant mitgeteilt, dass sie sich von Stefan getrennt habe, en passant, als handele es sich um die Trennung von einer verschlissenen Handtasche, die lange Zeit nützliche Dienste versehen hat, deren Zeit aber abgelaufen war. Den Grund hatte sie auch parat: auseinandergelebt. Sie und Stefan hätten sich auseinandergelebt, und zwar gründlich und endgültig. Richard hatte nicht den Eindruck, dass es ihr Leid tat. Um sich zu rechtfertigen hatte sie eine abenteuerliche Geschichte auf Lager, eine Mischung aus Schwärmerei und Selbstbetrug. Sie wolle noch ein Studium beginnen, wofür Stefan kein Verständnis habe. Sie sei nun über vierzig, und müsse die Weichen stellen. Das habe aber – und das sage sie reinen Herzens – absolut nichts, aber auch gar nichts mit Ulf zu tun.

„Ulf? Wer ist Ulf?", hatte Richard gefragt.

Ulf sei der Herr, den sie während ihrer letzten Kur kennen und schätzen gelernt habe. Ein netter, aufgeschlossener Mann mit Lebensart. Sie hätten bei ihren Spaziergängen im Kurpark lange Gespräche geführt, und Ulf habe wahnsinnig einfühlsam reagiert. Gegen Ende der Kur hätten sie gemeinsam beschlossen, dass Andrea zu Ulf ziehe, um die Geschichte nicht noch komplizierter zu machen.

Richard hatte nur mit dem Kopf geschüttelt: „Was ist daran kompliziert? Du hast einfach Stefan mit allen Problemen auf der Scholle in Kirchhausen sitzen lassen. So einfach ist das.“

Zwei Monate später hatte Andrea Natascha wissen lassen, dass sie inzwischen eine eigene kleine Wohnung in Plauen bezogen habe. Herr Ulf habe sich als nicht zukunftsträchtig erwiesen. Wahrscheinlich sei er noch irgendwo eheartig gebunden. In Andreas letzten Briefen war er nun nicht mehr der eloquente Herr Ulf mit Lebensart, sondern das Arschloch, und sein Name war fortan tabu.

Andrea holte Natascha vom Bahnhof in Plauen ab. Einen Tisch fürs Mittagessen hatte sie in einem Gourmet-Restaurant im Zentrum reservieren lassen. „Wahnsinnig schick“, schwärmte sie. Die Preise? Ja, die seien auch wahnsinnig schick, aber sollte sie etwa mit ihrer Freundin in der Bahnhofskneipe speisen? Andrea bestellte ein Cordon bleu, vorsichtshalber zeigte sie mit dem Finger auf die Karte, als der Ober die Bestellung aufnahm, Französisch sei nicht ihr Ding; Natascha nahm gefüllte Ente mit gerösteten Kartoffeln. Von Wein hatten beide keine Ahnung, also bestellten sie eine Cola mit Eis. Die Tische waren mit weißen Tischdecken und Servietten in Form eines Schwans geschmückt, in der Mitte eine Vase mit echten Nelken. Von der Decke hingen schwere Leuchter und an den Wänden Gemälde, die sich alle aufs Essen bezogen. Eine lustige Bauerngesellschaft, die an schweren Holztischen tafelte; auf dem nächsten Bild ein Picknick auf einer Decke in der freien Natur.

Eine Garnitur von schwerem Besteck ließ ahnen, dass sie eigentlich noch eine Vor- und Nachspeise hätten bestellen sollen. Obwohl sie vom Hauptgericht nicht satt waren – es war recht übersichtlich – verkniffen sie sich die Nachspeise. „Die Preise, die Preise!", flüsterte Natascha Andrea ins Ohr.

Nach dem Essen kramte Andrea aus ihrer Handtasche eine Schachtel Zigaretten hervor. „Komm, wir rauchen eine". Gegen alle Gewohnheit nahm Natascha tatsächlich eine Zigarette und ließ sich Feuer geben. Eine Weile schwiegen sie und bliesen den blauen Rauch gegen die Nelken auf der Tischmitte, bis Natascha in einem Hustenanfall fast erstickt wäre. Die anderen Gäste schauten erschrocken in ihre Richtung. Andrea, der der Vorfall peinlich war, drückte schnell ihre Zigarette in den Aschebecher und klopfte Natascha wie wild auf den Rücken. „Geht's wieder? Du hast mir einen wahnsinnigen Schrecken eingejagt."

Fluchtartig verließen sie das schicke Restaurant.

Nachmittags saßen sie auf Andreas Balkon, lümmelten lässig in den Ikea-Korbsesseln und nippten am Kaffee. Andrea spielte an ihrer Kette mit dem großkalibrigen Zirkon, ein Andenken an das Arschloch. Aus ihrem Mund sprudelte, was sich in ihrem Kopf angesammelt hatte. Aus dem Studium sei leider nichts geworden, aber ansonsten – alles wahnsinnig super. „Ich kann tun und lassen, was ich will. Und manchmal will ich eben gar nichts und mache die Beine lang." Hin und wieder erinnere sie sich zwar noch an das bodenständige Landleben in Kirchhausen, an die eigenen Pferde und den Geruch von Erde und Heu. Aber sie bereue keinen Schritt, sie habe alles richtig gemacht.

„Und du, wie geht es dir? Was macht Richard, dein rastloser Ratgeber?"

„Er leidet immer noch unter dem manischen Zwang, mir helfen zu müssen, doch seine Hilfe ist mir mehr und mehr entbehrlich, ja manchmal sogar lästig."

Andrea setzte die Kaffeetasse ab und holte tief Luft. „Der führt doch sein ganzes Hilfetheater nur auf, um dich in Abhängigkeit zu halten. Was erhofft er sich davon? Deine nie endenwollende Dankbarkeit. Das Einzige, das er akzeptiert, ist seine eigene Meinung. Lass' dir keine Fesseln anlegen, hol dir bei mir eine Portion Selbstsicherheit. Mach dich frei von seiner Longe!"

„Besonders stört ihn, dass ich meinem Job höchste Priorität gebe.

„Wahnsinn! Typisch Richard! Hättest du denn eine Alternative zu ihm?"

„Na ja, ich will nicht angeben, aber ich bekomme Komplimente von vielen Seiten, hauptsächlich von meinen Kollegen, Männer in meinem Alter. Männer mit Niveau und Lebensart."

„Bist du schon mal fremdgegangen?"

„Na ja, das erzähl ich dir später mal. Es war kein Fremdgehen, es war eine Art Explosion, eruptionsartig, wie Explosionen nun mal sind."

„Toll! Mal was Neues. Und ein erster Schritt, dich von Richard frei zu machen. Warum zögerst du? Zieh einen Schlussstrich! Jetzt!", sagte Andrea. „Du darfst dir nicht seine Ansichten aufdrängen lassen, auch nicht, wenn er Recht hat. Es ist *dein* Leben. Pfeif auf seine Erfahrung, die er selbstgefällig ins Schaufenster stellt! Schau mich an! All die lästigen Zwänge, Rücksichtnahmen und Abhängigkeiten habe ich abgestreift wie eine picklige Haut."

„Ja, vielleicht hast du Recht. Es wäre Zeit, sich aus seiner Umklammerung zu lösen. Nach fünfzehn Jahren – endlich

Schluss mit seinem intellektuellen Gelaber und seiner Bevormundung."

„Was hast du auch von ihm noch zu erwarten? So gehässig das klingt: Er hat seinen Zweck erfüllt. Und er hatte doch auch seinen Spaß, schließlich hast du ihm deine Jugend geopfert."

„Na ja, ein Opfer war es nicht direkt."

„Überleg mal, bald wird er in Rente gehen. Die Kräfte versiegen, die körperlichen, aber auch die finanziellen. Ein Motor wird zum Ballast, wenn er sich nicht mehr dreht. Womöglich musst du ihn noch pflegen. Hat er nicht jetzt schon ein schwaches Herz?"

„Ja, aber das spürt man kaum."

Andrea legte Natascha die Hand auf den Arm. „Mir graust, meine Liebe, wenn ich an meinen Onkel denke; nach seinem Herzinfarkt konnte er nichts mehr selber machen, sogar der Arsch musste ihm abgewischt werden. Wahnsinn! Denk an später! Neulich, als ich meine Oma im Krankenhaus besucht habe, hat im selben Zimmer eine alte Frau ihrem dementen Mann den Suppenlöffel zwischen Daumen und Zeigefinger gedrückt und zum Mund geführt. Der größte Teil der Suppe ging auf das Lätzchen, das man ihm wie einem Baby umgebunden hatte. Das Personal hat keine Zeit für solche Löffelübungen. Du bist nicht dazu geschaffen, einem alten Mann mit dem Löffel Suppe in den Mund zu träufeln. Verlass ihn! Wenn ihm erst der Saft aus den Mundwinkeln läuft, ist es zu spät."

Natascha nickte nachdenklich. Sie dachte an den Löffel, an den triefenden Saft und an die versiegenden Kräfte. Und an eine Zukunft ohne Richard.

Unten auf der Straße lärmten Kinder. Ein Junge hatte ein Mädchen in den Schwitzkasten genommen, die anderen

Mädchen trommelten mit den Fäusten auf seinen Rücken. Vom Balkon unter ihnen waren Trinksprüche und Schmatzgeräusche zu hören, Duftschwaden von gegrilltem Fleisch zogen herauf.

Andrea stand auf. „Es reicht! Ich kann das Wort *Richard* nicht mehr hören. Komm, wir gehen in die Disco. Lass uns unsere Verrücktheiten ausleben, mal so richtig die Sau rauslassen.“

Der Türsteher vor der Disco behauptete, man sei voll. Zwei Mädchen mit Zahnspange ließ er aber problemlos passieren: „Gehören zum Inventar!“, sagte er lächelnd und musterte dabei Andrea und Natascha von oben herab.

Sie warteten geduldig vor der Tür, während picklige Zahnspangenträger rein- und raus gingen. Irgendwann dämmerte es ihnen: Für die Disco waren sie eigentlich zu alt, außerdem passte ihr Outfit nicht hierher, war irgendwie unpassend. Ein paar Häuser weiter gab es ein Café. Das hatte keinen Türsteher aber genügend freie Tische. Es dauerte nicht lange, da setzten sich zwei Typen zu ihnen an den Tisch und begannen, sie anzubaggern.

Andrea flüsterte Natascha ins Ohr: „Na also, geht doch! Wahnsinn!“

65.

Ich habe mich in Sie verliebt. Ich trage die ganze Fülle je-
der erdenklichen Romantik und Erotik in meinem Herzen, die
sich bei mir seit über zehn Jahren angesammelt haben ....

Das war Nataschas Handschrift, ohne Zweifel. Richard
glaubte betrunken zu sein oder unter Drogen zu stehen. Er
hielt den Zettel mit spitzen Fingern von sich weg, als bestün-
de Gefahr, sich zu infizieren. Wie kam dieser Brief, offenbar
eine Kopie, in sein Postfach? Wer war der eigentliche Adressat?

Er schaute zur Sekretärin.

Die hob fragend die Augenbrauen: „Ist Ihnen nicht wohl?
Sie sehen so gelb aus. Stimmt etwas nicht?"

„Doch, doch, alles in Ordnung."

Hastig las er weiter:

Sie haben eine erotische Ausstrahlung, verbunden mit ei-
nem tollen männlichen Körper, mit einer verzaubernden
Stimme, mit einem exzellenten feinen Humor, mit Optimis-
mus und Fröhlichkeit; ein Mann mit Stil, ein Gentleman.
Während der Arbeit im Büro gehorchen mir meine Augen
nicht mehr. Ein Magnet zieht sie unaufhaltsam in Ihre Rich-
tung.

Ein Scherz, eine ironische Reflexion vielleicht? Dann
müsste am Ende die Aufklärung kommen. Kommt aber
nicht. Nein, es geht offenbar um die große Liebe. Da fließt
alles zusammen: Sehnsuchtsgesäusel, pseudoreligiöse Erge-
benheit, spätpubertäre Bewunderung ... Schwülstiger kann
man Liebe nicht erklären. Hatte sie damals für ihn auch solche Sätze gedrechselt?

Richard stützte sich an seinem Schreibtisch ab, stand unbeweglich, obwohl in seinem Inneren ein Sturm tobte. Es ist zum Davonlaufen, aber so schnell kann er gar nicht rennen, um der Vorstellung zu entgehen, seine Frau könnte es mit diesem *tollen männlichen Körper mit einer verzaubernden Stimme und einem exzellenten feinen Humor* treiben oder treiben wollen. Statt davonzulaufen ging er in die Cafeteria, den Brief in der Hand und das Gesicht voller Fragezeichen. Einen Cognac könnte er jetzt vertragen, der könnte ihm helfen, dieses Pamphlet zu verdauen. Aber Alkohol gab es hier nicht. „Einen Espresso bitte, ohne Zucker."

Er setzte sich in die hinterste Ecke und wendete das Blatt hin und her. Wessen intrigante Hand hatte ihm diese Botschaft zugespielt? Ein Umschlag ohne Absender, von jemandem, der anonym bleiben will. Ein Petzer oder vieleicht eine Petzerin, die Natascha eins auswischen will. Aber warum?

Er rührte mit dem Löffel im Espresso, obwohl des da nichts zu rühren gab, und zermarterte sich das Hirn. Vielleicht gibt es noch ein anderes weibliches Wesen, das den bewussten Körper toll und seine Ausstrahlung erotisch findet; eine Nebenbuhlerin, zerfressen von Eifersucht. Wahrscheinlich aus demselben Büro; wie sonst hätte sie Nataschas Liebeserguss kopieren können?

Richard wartete, bis sich der Staub in seinem Kopf gelegt hatte. Vor seinem inneren Auge erschien die sexy Unterwäsche, die Natascha in letzter Zeit bevorzugte. Nur ein schmales Schnürchen zwischen den Backen. Geschenkverpackung? Ganz sicher nicht für ihn, aber für wen? Für den mit der erotischen Ausstrahlung, mit dem tollen männlichen Körper und dem exzellenten feinen Humor? Nicht nur exzellent ist der Humor, auch noch fein, was immer das bedeuten mag.

Was ist Fremdgehen, und wo beginnt es? Beim Denken an jemand anderen? Beim platonischen Verlangen? Beim Schreiben von Liebesbriefen? Oder geht man erst fremd, wenn man mit jemand anderem vögelt?

Er trommelte mit dem Löffel an die Tasse und starrte Löcher in die Luft. Vielleicht ist er zu konservativ. Ein Brief ist noch keine Affäre, ein Funke noch kein Brand. Aber er ist ein Stachel, und ein Stachel unter der Haut kann leicht zum Geschwür werden. Der Stachel heißt Misstrauen. Dieses Misstrauen nagt am Menschen wie ein aufdringlicher Parasit, ein Parasit, dessen Lieblingsspeise Vertrauen ist.

Richard kannte solche Geschichten zur Genüge, doch meist waren die Rollen vertauscht: Die Frau schnuppert am Anzug des Mannes. Riecht sie das Parfüm einer anderen, beginnt sie zu suchen, erst in den Taschen, dann im Kalender, dann in der Post, am Ende in seinem Verhalten. Wenn er mit Blumen spät nach Hause kommt, hat er sich schon verraten. Bringt er keine Blumen mit – ebenfalls. Misstrauen steigt wie Rauch empor, nicht zu fassen, weil es keine Fakten gibt, die man glauben oder widerlegen könnte. Und wenn das schwelende Feuer zum Brand wird, ist es meist zu spät.

Richard steckte den Brief in die Brusttasche und brachte die leere Tasse an den Tresen zurück.

66.

„Ich muss noch schnell was besorgen." Natascha stand mit Schal und Mantel in der Tür.

Richard schaute von der Zeitung auf: „Jetzt am Sonntagabend? Was denn besorgen?"

„Ich bin bald wieder zurück." Eilig zog sie die Tür hinter sich zu.

Da war es wieder, das Misstrauen, der schwelende Argwohn. Hat sie etwa die „Geschenkverpackung" angezogen? Schnell warf er die Jacke über und konnte gerade noch sehen, wie sie um die Straßenecke bog. In großem Abstand folgte er dem hellen Mantel, in dem seine Frau steckte. Sie beschleunigte den Schritt. Hat sie ihn etwa entdeckt? Nein, sie war völlig auf ihr Ziel fixiert. Zwei Straßen weiter trat sie in einen Hauseingang. War das ein Trick, ihn zu enttarnen? Er wechselte die Straßenseite und blieb hinter einem Busch in Deckung. Nach einer Minute kam sie wieder aus dem Haus, gefolgt von einem Mann in dunklem Mantel und Hut. Sieht so ein Mann mit erotischer Ausstrahlung und exzellentem, feinem Humor aus? Einträchtig gingen der dunkle und der helle Mantel nebeneinander bis zum Ende der Straße, wo sie in einem Haus verschwanden. Bei Richard läuteten die Alarmglocken; eine heimliche Absteige, ein Liebesnest? In der dritten Etage ging hinter gelben Rollos das Licht an. Für einen kurzen Moment zeichneten sich Schatten auf dem Rollo ab, schemenhaft nur, aber zwei Personen waren deutlich zu erkennen. Richards Augen starrten auf das Fenster wie festgeklebt. Nach ein paar Minuten wurde es dunkel hinter den Rollos. Richard schaute sich um. Die kleine Grünanlage, wo er Deckung gefunden hatte, war menschenleer. Nur eine schwarze Katze schlich um seine Beine, ihr Schnurren war der einzige vernehmliche Laut in der abendlichen Stille. Der Mond warf silbernes Licht durchs Geäst. Sonst geschah nichts, jedenfalls nichts, das seiner Neugierde hätte Nahrung bieten können. *Ich habe mich in Sie verliebt. Ich trage die ganze Fülle jeder erdenklichen Romantik und Erotik in meinem Herzen* .... Ist sie gerade dabei, ihr Herz auszuschütten?

In Deckung wartend hatte Richard Zeit, über sein Tun nachzudenken. Noch nie hatte er sich in der Rolle des heimlichen Spähers begeben. Wenn er über die Peinlichkeit seines Vorgehens nachdachte, befiel ihn eine Lawine der Selbstverachtung. Habe ich das nötig, meiner eigenen Frau nachzuspionieren? Habe ich ein Recht dazu?

Während er nach Gründen suchte, sein Tun zu rechtfertigen und dabei Gelegenheit hatte, an seiner Intelligenz zu zweifeln, öffnete sich plötzlich die Haustür, die beiden kamen heraus und verschwanden heftig gestikulierend um die nächste Ecke. Nun aber schnell. Wie ein Hundertmeterläufer rannte Richard los. Er schaffte es gerade noch – eine Abkürzung nehmend – vor Natascha die eigenen vier Wände zu erreichen. Hastig griff er zur Zeitung und versuchte, seine Atmung unter Kontrolle zu bringen. „Na, alles erledigt?", fragte er wie beiläufig, als Natascha ins Wohnzimmer kam.

„Ja", war die knappe Antwort.

Hatte er mehr erwartet?

Am nächsten Tag, noch vor der Arbeit, fuhr er zu dem Haus, wo Natascha den Herrn im dunklen Mantel getroffen hatte. Unschlüssig stand er vor der verschlossenen Haustür. Wie soll man am Klingelbrett erkennen, ob hier einer mit exzellentem, feinem Humor wohnt? Fünf Etagen, zehn Namen, immer nur Familiennamen, im Erdgeschoss: „Immobilienbüro Schuckert". Richard machte ein Foto vom Klingelbrett mit allen Namen und trabte wie ein erfolgloser Detektiv davon.

An diesem Abend hatte Natascha nichts zu besorgen. Sie saß gemütlich im Sessel und las Zeitung, die Beine übereinander geschlagen. Richard lief Kreise durch die Wohnung und wartete darauf, dass sie die Zeitung freigab.

Das Telefon klingelte. „Wird es nun was mit der Wohnung?"

Richard stutzte: „Welche Wohnung?"

„Entschuldigung, falsch verbunden."

Als Richard die Zeitung endlich bekam, vertiefte er sich in die Aktienkurse. Nebenbei bemerkte er, dass eine Zwischenseite fehlte. Die mit den Immobilienanzeigen war es aber nicht. Als das Telefon wieder klingelte, war Natascha schneller. Sie nahm das Telefon und ging noch vor dem ersten Wort aus dem Raum. Das macht sie jetzt immer beim Telefonieren. Hat sie etwas zu verbergen, oder hat sie ein schlechtes Gewissen? Oder sehe ich einfach nur Gespenster? Doch die fehlende Seite der Zeitung ist ganz sicher kein Gespenst. Warum hat sie diese Seite herausgenommen, worum geht es auf dieser Seite?

Richard musste nicht lange suchen. Natascha hatte zwar schon einige Übung im Verstecken von diversen Artefakten, aber Richards Forscherdrang – manche nennen es auch Schnüffelei – war sie nicht gewachsen. Unter ihrem Kopfkissen wurde er fündig. Ganz oben auf der herausgetrennten Seite in großen roten Lettern: „Schmetterlinge im Bauch". Einige der Schmetterlingsbäuche waren mit Leuchtstift markiert, alle – wie immer auf solchen Seiten – mit tollen Eigenschaften: Gut auss., sympath., sportl., intell. ...

Warum sucht sie auf den Schmetterlingsseiten, wenn sie doch den Mann mit dem feinen Humor schon gefunden hat?

Vielleicht nur eine Macke, ein Hilfsdienst für eine Freundin? Früher glaubte er nichts, was er nicht gesehen hatte, jetzt glaubte er nicht mehr, was er sah.

Hatte er Angst vor Gewissheit?

67.

Das Jahr hatte kalt und grau begonnen, die Tage schleppten sich dahin wie ein kranker Hund. Es regnete, und es war
Sonntag. Sie waren im Wohnzimmer beschäftigt. Natascha
sortierte Kochrezepte, Richard sichtete die Post. Die Kuverts
mit dem Aufdruck *Sehr wichtig. Sofort öffnen!* legte er unge-
öffnet zur Seite. Ein Wahnsinn, diese Verschwendung von
Papier.

Er war völlig unvorbereitet, als plötzlich aus Nataschas
Richtung ein Satz durchs Wohnzimmer flog, ein Satz wie ein
Pfeil: „Ich werde mich von dir trennen."

Der Pfeil bohrte sich in seine Brust, aber Richard reagierte
nicht. Er klammerte sich an den Brief, den er gerade in der
Hand hielt, seine Augen klebten an dem zuletzt gelesenen
Wort: ´Persönlich´. Dann schaute er hinaus in den Garten.
Wenn es aufhörte zu regnen, könnte man noch ein Stück
spazieren gehen.

Noch ein Pfeil schwirrte durchs Zimmer, der ihn von hinten traf: „Ich habe schon eine Wohnung gemietet. Ende des
Monats ziehe ich aus."

Richard faltete umständlich den Brief zusammen und
steckte ihn zurück ins Kuvert. Nun also doch! Schlagartig
passten die Puzzleteile, die ihm in letzter Zeit Rätsel aufgegeben hatten, zusammen. Eine Wohnung hat sie schon, der
Makler Schuckert wird sich freuen, und erst der Herr mit
dem feinen Humor! Die dunklen Wolken, die in den letzten
Wochen heraufgezogen waren, hätten ihn warnen müssen.
Aber auch wenn ein Gewitter sein Kommen ankündigt, er-
schrickt man erst wenn der Donner kracht, zumal, wenn der
Blitz sein zackiges Unwesen hinter dunklen Wolken treibt.

Richard suchte nach einem Komplizen im Kampf gegen das Chaos in seinem Kopf, und sein Blick fiel auf die Cognacflasche. Mit einer Akkuratesse, die im Moment völlig unangebracht war, füllte er den Schwenker genau bis zu der Stelle, wo er am weitesten aufbaucht. Er nahm einen Schluck und hörte das Echo der Worte, die sich in seinen Kopf eingenistet hatten: ... trennen ... Wohnung ... ziehe aus, ... trennen ... Wohnung ... ziehe aus, ...

Er stand in der Mitte des Wohnzimmers, das ihm plötzlich fremd vorkam. Ein moderner Esstisch aus dunkel gebeiztem Holz, sechs lederbezogene Stühle – akkurat ausgerichtet. Die Bücherwand, bis an die Decke vollgestopft mit Büchern, gelesene und ungelesene, Couch und vier Sessel, eine Polsterlandschaft auf dicker Teppichwiese. Der alte Schreibschrank, Biedermeier, sechs kleine Schübe und ein Staufach, darauf die Bronzebüste Dantes Alighieris, starr geradeaus blickend. Ein russischer Samowar aus Messing, eine Vase, gekauft in einem Dorf bei Luxor, angeblich echt Alabaster, eine japanische Schmuckdose, schwarz lackiert, mit Intarsien ... Sammelsurium aus einer Zeit, die jetzt durch zwei Pfeile in die Vergangenheit katapultiert worden war.

Richard spürte eine bleierne Müdigkeit, die er gern auf den Alkohol geschoben hätte. Nicht reagieren! Einfach irgendwo hinlegen und schlafen oder tot stellen. Aber das war jetzt auch keine Lösung. Er muss etwas sagen. Der nächste Schluck Cognac verhalf ihm zum ersten Wort: „Warum?"

Natascha legt die Kochrezepte beiseite und blickte ihn selbstsicher an. „Wir haben uns auseinandergelebt."

Auseinandergelebt – das Wort kam ihm bekannt vor; irgendwann hatte er es schon gehört. Schon damals hatte es ihn irritiert. Man kann zusammenleben oder getrennt leben, aber sich auseinanderleben? Dieses Reflexivum klingt nach

Schicksal; wir haben es nicht getan, es wurde mit uns getan. Oft muss das Schicksal als Grund herhalten, wenn alles schon vorbei ist und niemand die Schuld auf sich nehmen will. Ist nun alles vorbei? Er schaute hinüber zu Dantes Büste. „ … lasst alle Hoffnung fahren …" Richard schaute ihn mit großen Augen an: Wo ist mein Vergil, der mich an die Hand nimmt?

Der nächste Schluck schmeckte nach Seife, aber nach guter. Richards Blicke wanderten auf dem Fußboden umher. Das Parkett muss ausgebessert werden, ein Riemchen hat sich gelöst und steht ein Stück hervor. Wann hatte dieses sogenannte Auseinanderleben begonnen, wann hatte der Boden, auf dem sie sich bewegten, Risse bekommen? Früher hatte er in ihren Augen stets alles richtig gemacht (was natürlich nicht stimmte), zuletzt war alles falsch (was ebenso wenig stimmte). All seine Aktivitäten, all seine Gesten galten nichts mehr. Was hatte er neulich bei Benoîte Groult gelesen: „Die gleiche Geste kann ärgern oder rühren, je nachdem ob man nach einem Grund sucht, mit jemandem zu leben oder jemanden zu verlassen." Hat sie einen Grund gesucht – und gefunden? Oder war dieses *auseinandergelebt* gar kein Schicksal, sondern längst beschlossene Sache? Hat sie diese Trennung von vorn herein ins Drehbuch unserer Beziehung geschrieben? Und wo steht mein Name im Abspann dieses Films? Ganz hinten, bei den Komparsen, den lebenden Requisiten?

Sein Blick fiel durch die Terrassentür hinaus in den Garten. Eine Krähe schien sich über irgendwas zu freuen. Sie hüpfte auf dem Kirschbaum herum und genoss das Wippen der Äste. Der Baum schmückte sich schon mit grünen Spitzen. Einen Meter über dem Boden hatte er sich in seiner Jugend in zwei Stämme geteilt. Auseinandergelebt! Man sollte dieses Wort verbieten! Ein sperriges Ding, aus vielen Silben zusammengesetzt. Ein hässliches Wort, über das man stolpert, sobald man versucht es zu begreifen. Es fing wieder zu regnen an. Die Krähe beschwerte sich lautstark, ließ einen weißen Klecks fallen und suchte das Weite.

Hätte er fremdgehen sollen? Wenigstens einmal? Erstaunlich, manchmal binden sich Frauen stärker an Partner, die gezeigt haben, dass sie nicht davor zurückschrecken, mal in anderen Jagdgründen zu wildern.

Richard war zum Heulen, doch ein Mann heult nicht. Das hatte sein Vater gesagt, damals, als das rote Aufziehauto kaputtgegangen war. Schreien darf ein Mann aber doch! Alles herausschreien! Aber sein Mund war wie versiegelt und die Kehle wie ein ausgetrocknetes Flussbett. Er schwieg, als wäre ihm die Sprache abhandengekommen. Er stand einfach da, in der einen Hand das Cognacglas, für die andere hatte er keine Verwendung.

Dass ihre Liebe langsam erodiert war, konnte er nicht leugnen. Aber gibt es eine Liebe zwischen Mann und Frau, die nicht im Laufe der Jahre erlahmt? Kurvenreich und steinig war ihr Weg, lange Strecken, die mit Streit gepflastert waren. Doch ist das ein Grund sich zu trennen, nach sechzehn gemeinsamen Jahren?

Beim Anblick seines Spiegelbildes in der Terrassentür dämmerte es ihm: Ich habe einen prinzipiellen Makel: Ich bin alt, alt und behaftet mit all den Mängeln, die Altsein mit sich bringt. Was ich erwarten kann ist allenfalls Verständnis, aber nicht Respekt oder Wertschätzung, von Liebe ganz zu schweigen. Mit Riesenschritten nähere ich mich dem traurigen Zustand, da ich mich selbst bei allem, was ich tue, frage: Lohnt sich das noch? Meine Brauchbarkeit neigt sich dem

Ende zu, bald werde ich auch als Geldquelle versiegen. Ich bin nutzlos geworden.

„Hast du nichts zu sagen?", fragte Natascha.

Sie war auf eine Auseinandersetzung gefasst und bereit, sich zu verteidigen. Sicher kommt er mit logischen Argumenten und Weisheiten, seinen eingeübten Lehrsätzen, bis zum Erbrechen repetiert und alle legitimiert durch seine Lebenserfahrung. Lange hatte sie von diesen Erfahrungen profitiert, aber Erfahrungen anderer können auch zum Hemmschuh werden. Sie hat ihre eigenen Erfahrungen gemacht, aus denen neue Lebensziele erwuchsen. Neue Horizonte haben sich aufgetan, in denen sie die Träume ihrer Jugend wieder erkannte. Träume, in denen sie mit Madame Bovary und Anna Karenina gesprochen und an ihrem Schicksal teilgenommen hatte. Aber sie hatte auch verstanden, dass es ein Unterschied ist, Träume zu haben oder Träume zu leben.

„Nein, ich habe nichts zu sagen, ich gehe duschen, und das Parkett muss repariert werden." Richard scheute die große Aussprache. Jede Diskussion würde den Anschein erwecken, da wäre was zu retten. Doch letztendlich hatte er begriffen: Es war zu spät. Er war müde. Draußen kroch die Dunkelheit über die Wiese, ein Flugzeug blinkte sich durch den Himmel, das Cognacglas war leer.

Der abstrakte Begriff Trennung wurde zum konkreten Datum. Ein Umzugswagen mit roter Plane und protziger Aufschrift „Ihr Umzug – bei uns in besten Händen" stand vor der Tür. Zwei Arbeiter in blauer Montur schleppten Möbel und Kartons. Natascha ordnete an und kontrollierte, übte sich in Selbständigkeit. Ihre neue Freiheit hatte begonnen, und dieser Auszug war für sie der erste Akt. Richard stand untätig dabei, die Hände in den Hosentaschen. Selbst wenn er gewollt hätte, er war schlichtweg unfähig, beim Auszug zu helfen. Dann, als alles verstaut war, schwang sie sich auf den Beifahrersitz des Transporters. Kein Händedruck, keine Abschiedsfloskel. Was hätten sie auch sagen sollen?

Richard schaute ihr nach. Natascha Smirnowa, geboren am Ufer der Wolga, Kind der Sowjetzeit, Zeugin der Perestroika, Bürgerin des vereinten Deutschlands, seine Frau, demnächst Exfrau.

Sie schaute sich nicht mal um.

68.

Die Scheidung war eine ähnliche Farce wie die letzte Zeit ihrer Ehe – ein Gezerre und Geschiebe um Kleinigkeiten und Kleinlichkeiten. Richard hatte vorgeschlagen, das Ganze ohne Anwälte zu bewerkstelligen. Doch so sicher war sich Natascha ihres neuen Selbstvertrauens noch nicht, dass sie dem zugestimmt hätte.

Das Trainingsgelände für ihr Selbstvertrauen aber war ihre Firma, der Sektor B, in dem sie ihre Stellung Schritt für Schritt zementieren konnte. Natürlich war es ihr nicht entgangen, dass der Charmeur, Sportsmann und Spitzenverdiener (und ledig war er auch) Georg von Buddozin in der letzten Zeit seine Aufmerksamkeit ihr gegenüber intensiviert hatte. Sie machte keinerlei Versuch, irgendwelche Abwehrkräfte zu mobilisieren; sie ließ es nicht nur geschehen, sondern sandte hier und da kleine, aber eindeutige Signale der Zustimmung aus. Deshalb hielt sich ihre Überraschung in Grenzen, als er ihr anbot, sie zum dreitägigen Abteilungstreffen in Garmisch (das alljährliche Brainstorming, wie es offiziell hieß) in seinem Wagen mitzunehmen. Eine Möglichkeit, sich näher kennen zu lernen, hatte er gesagt, und diese Möglichkeit wollte Natascha nicht ungenutzt lassen – im Gegenteil: Da Georg, der Ritter, sie auf sein Ross bat, konnte sie gar nicht anders, als dankbar nicken. Die anderen Kollegen fuhren mit dem Charterbus; das war vielleicht lustiger, aber längst nicht so aufregend, wie neben Georg über den Asphalt zu fliegen.

Als er früh zeitig, exakt zur vereinbarten Zeit, auftauchte, stand sie schon reisefertig vor dem Haus. Ganz Kavalier sprang er aus dem Wagen, begrüßte sie mit jovialem Lächeln und verstaute erst Nataschas Gepäck im Kofferraum und dann sie auf dem Beifahrersitz. Noch bevor er die Autotür mit lässigem Schwung zuschlug, bot er ihr das DU an. „Wir arbeiten nun schon so lange eng zusammen …".

Dann drehte er den Zündschlüssel, der Motor brüllte auf und von Buddozin, jetzt Georg, legte den Gang ein. „Dreihundertfünfundvierzig PS", sagte er trocken. Natascha hätten auch zwanzig oder hundert PS fasziniert, ihr ging es schließlich nicht um Pferdestärken. Als der Blitzstart sie an die Rücklehne drückte, und der Wagen bald darauf hinausschoss auf die Autobahn, fühlte sie sich frei, freier ging es nicht. Niemanden hatte sie fragen müssen, niemandem Rechenschaft ablegen, keine Lügen erfinden – frei – frei – frei! Richard war in unendliche Ferne gerückt. Genüsslich atmete sie den animalischen Duft der Ledersitze ein. Georg bediente den Wagen mit einer Lässigkeit, die ihr manchmal eine Art Unbehagen machte, von dem sie nicht wusste, ob es Furcht oder eher Bewunderung war. Von der Seite musterte sie sein Profil. Kantige Gesichtslandschaft ohne überflüssige Fettpolster, das Kinn in einer Vertikalen mit der Nasenspitze. Der silbrige Schein der Schläfen mochte der Kunst eines raffinierten Coiffeurs zu verdanken sein. Wenn die kräftige Hand den nächsten Gang einlegte, ging ein Zittern durch Nataschas Körper.

Nach wenigen Kilometern steckte sich Georg die erste Zigarette an. „Du hast doch nichts dagegen?", fragte er der Form halber. Nein, Natascha hatte nichts dagegen. Aber nach der fünften Zigarette frage sie, ob sie das Fenster ein wenig öffnen dürfe. „Das bringt die Klimaanlage durcheinander", sagte Georg. „Oh, dann lieber nicht." Eher wollte sie im

Rauch ersticken, als an Georgs Prachtschlitten irgendwas durcheinander bringen.

Natascha schaute nach rechts, wo die Landschaft mit goldenen Raps-Teppichen ausgelegt war. Die Felder und Wiesen flogen wie rasende Farbflecken vorbei. Das Altmühltal lag schon hinter ihnen. Sie fühlte sich verpflichtet, für Unterhaltung zu sorgen und begann Anekdoten aus ihrem Leben zu erzählen, ein buntes Gemisch von Dichtung und Wahrheit, das Georg gar nicht zu hören schien. Er fiel ihr oft ins Wort mit Erklärungen zu Sehenswürdigkeiten, die an der Strecke lagen. Beim Passieren der Hopfenfelder in der Holledau begann er einen Vortrag über die Bierherstellung zu halten, der fast bis München andauerte. Ansonsten schimpfte er über die Trödler auf der linken Spur, schaute gebannt auf die Straße und gelegentlich auf die Stelle, wo Nataschas Beine aus dem kurzen Rock ins Freie traten.

Vor dem Hotel in Garmisch angekommen, schälte sich Natascha aus dem niedrigen Sitz und reckte die Glieder. Toll so ein Porsche-Flitzer, aber nicht sehr bequem. Georg sagte nur: „Man fährt nicht Porsche, um bequem zu sitzen."

Der Brainstorm des Vormittags kam als ein laues Lüftchen daher, und die wenigsten Mitarbeiter waren bei der Sache. Georg hatte sich gleich in den Biergarten des Hotels abgesetzt, wo er mit Bernhard einen Bierstorm zelebrierte. Eigentlich warteten alle auf die für den Nachmittag geplante Exkursion zur Zugspitze.

Mit dem Bus fuhren sie bis zum Eibsee und dann mit der Seilbahn hinauf zum Gipfel. Oben angekommen flatterten Natascha mächtig die Knie, dennoch ließ sie sich von Bernhard überreden, hinüber zum Gipfelkreuz zu klettern. Eigentlich war sie kein Freund von solchen Kraxeleien, aber unter Bernhards Obhut fühlte sie sich sicher. Georg saß derweil mit Sonnenbrille und einer Maß Bier auf der Terrasse der Gipfelbaute und erzählte seinen Tischnachbarn (ob sie es hören wollten oder nicht), wie er vor Jahren zu Fuß über das Höllental die Zugspitze erklommen habe. Eine extreme physische Herausforderung sei das gewesen. Die anderen nickten beflissen, nippten an ihrem Bier und nannten Georg, einen Helden des Wettersteingebirges.

Am Abend trafen sich alle Brainstormer in der Hotelbar. Als Natascha eintrat, kam Georg auf sie zu und forderte sie mit galanter Verbeugung zum Tanzen auf. Er roch angenehm nach einem dezenten Rasierwasser. Seine Tanzbewegungen hatten etwas Überraschendes: Wenn Natascha meinte, es gehe nach rechts, ging es nach links, oder er schob sie nach vorn, wenn sie zurück wollte. Aber das Unerwartete gefiel ihr, ob nach links oder rechts, vorwärts oder rückwärts, von diesem Mann ließe sie sich sonst wohin schieben. Und wie er ihre Hand hielt, fest und männlich. Ob die schwarzen Härchen auf seinen Fingern gefärbt waren?

Zu vorgerückter Stunde begann die Tombola. Georg nahm kein Los. Er habe kein Glück im Spiel, sagte er, lächelte Natascha vieldeutig an und zog sich mit seinem Glas und Bernhard an einen der hinteren Tische zurück. Nataschas erstes Los war eine Niete, mit dem zweiten gewann sie einen Fitnessgürtel.

„Den kann sie ihrem Mann schenken, für den Kampf gegen seinen Schwabbelbauch", sagte Georg zu Bernhard hinter vorgehaltener Hand.

„Ja, weißt du nicht, dass sie geschieden ist?", fragte Bernhard.

„Waaaas? Warum sagt mir das keiner?"

„Wir wussten nicht, dass es für dich wichtig ist."

„Na, hör mal!"

„Geschieden? Von Richard?"

„Ja, von wem sonst?"

Der intellektuelle Platzhirsch hat also aufgegeben, dachte Georg, oder er wurde aufgegeben. Versager, typisch Akademiker. Die glauben, das fehlende *von* vor dem Namen durch ein *Dr.* kompensieren und mit ihrem Intelligenzgeschwafel imponieren zu können. Er schaute hinüber zu Natascha. Die sah jetzt irgendwie anders aus, wirklicher, vor allem erreichbarer. Dasselbe Bild, aber in einem anderen Rahmen.

Natascha lauschte den Worten des Abteilungsleiters. „Wir sind ein Team. Einer muss sich auf den anderen verlassen können. Keine Sentimentalitäten! Wir dienen ein und derselben Sache. Nur wer seiner Arbeit höchste Priorität gibt, hat einen festen Platz in unserem Team."

Georg war geistig abwesend. In seinem Kopf hallte das Echo von Bernhards Worten. Geschieden! Somit zu haben. Die rechte Hand hielt das Martiniglas, die Finger der linken trommelten auf die Glasscheibe des Tisches. Wer zu haben ist, will genommen werden. Legal, ohne jedes Abenteuer. Statt der Verruchtheit des Verbotenen – die Gefahr möglicher Konsequenzen. Die Härchen auf seinen Fingern sträubten sich. Bernhard war nach draußen verschwunden. Auch ich könnte verschwinden, dachte Georg, mich einfach verdrücken. Ich bin doch ein freier Mann, zu nichts verpflichtet.

Er trank aus und ging auf sein Zimmer.

Natascha wunderte sich nicht über Georgs Verschwinden. Er wird seine Gründe haben. Hinter dem Wort ´Gründe´ sah sie in undeutlichen Bildern das, was sie sich für den heutigen Abend erhoffte. Eine Weile musste sie allerdings noch in der Bar ausharren. Der Form halber tanzte sie mit einigen Kollegen und übte belanglose Konversation. Dann ging auch sie auf ihr Zimmer. Nach dem Duschen zog sie ihren halbdurchsichtigen Kimono an. Die Uhr zeigte kurz nach Mitternacht. Um die Wartezeit zu verkürzen griff sie zum „Spiegel", den ihr Georg wegen eines Artikels über die Russenmafia geliehen hatte. Schon der erste Absatz strotzte vor Übertreibungen. Nie finden diese Journalisten das richtige Maß. Für einen sensationellen Artikel verbiegen sie die Feder in jede gewünschte Richtung. Doch sie konnte sich nicht auf die Machenschaften der Mafia konzentrieren, zu sehr war sie auf etwaige Geräusche draußen im Gang fixiert. Im Radio wurden die Einuhrnachrichten verlesen, im Haus war Ruhe. Sie zog noch einmal die Lippen nach, dann rückte sie den Sessel in die Nähe der Tür, damit sie das Klopfen nicht etwa überhörte. Auf dem Gang suchte ein später Heimkehrer sein Zimmer. Flüche ausstoßend fand er es am anderen Ende des Ganges. Dann wieder Ruhe. Diese verdammte Ruhe! Sollte sie etwa selbst ...? Nein, ausgeschlossen. Georg kannte doch ihre Zimmernummer, er hatte doch ihren Koffer herauf getragen. War er vielleicht in die Bar zurückgegangen und dort versackt? Runtergehen? Nein, ausgeschlossen. Wenn er dann gerade käme. Vorsichtig, auf ihren Kimono bedacht, legte sie sich quer aufs Bett.

Sie erwachte mit Kopfschmerzen. Die Augen weigerten sich, die Helligkeit hereinzulassen, jede Form von Licht könnte ihren Kopf zum Platzen bringen. Doch das laute Klopfen und Rufen an der Tür ließ sich nicht ignorieren.

„Natascha, sieben Uhr, auf zum Joggen!"

Ihr war, als hätte sie keine Minute geschlafen. „Mir ist schlecht, Bernhard", rief sie zurück, und das war nicht gelogen.

Im Frühstücksraum erschien sie nur, um mitzuteilen, dass sie unpässlich sei. Dann verschwand sie wieder, nicht ohne zu registrieren, dass auch Georg fehlte.

Georg sei wegen dringender persönlicher Angelegenheiten schon nach Hause gefahren, ließ Bernhard am Nachmittag beiläufig verlauten. „Du kannst selbstverständlich mit uns im Bus zurück fahren. Kein Problem. Neben mir ist noch ein Platz frei, du darfst sogar deinen Kopf an meine Schulter lehnen."

Selbst am Abend noch verspürte sie dieses Klopfen hinter ihren Schläfen. Irgendwie musste sie ihren Frust abbauen. Sie ging hinunter in die Lobby und rief Andrea an, der sie die Fahrt nach Garmisch und ihre damit verbundenen Hoffnungen in den tollsten Farben geschildert hatte. Bevor Andrea noch *Hallo* sagen konnte begann Natascha zu schimpfen: „So ein Blödmann, lädt erst zur Oper ein und nach der Ouvertüre lässt er die Vorstellung platzen." Zu gern hätte sie laut ins Telefon gebrüllt, aber die Kollegen in der Lobby wurden schon aufmerksam.

Andrea am anderen Ende der Leitung versuchte sie zu beruhigen: „Lass dir von diesem Georg nicht dein Selbstvertrauen ramponieren."

„Vielleicht habe ich etwas erhofft, das nur in meiner Einbildung existierte. Oder ist Georg wirklich das Arschloch, für das ihn viele halten?"

„Lass diesen Porschefahrer einfach links liegen, diesen eingebildeten Fatzke! Er hat dich nicht verdient."

„Aber woran lag es? An der Brille? Am zu kleinen Busen? Oder an seiner verdammten Arroganz?"

Andrea machte ihr Mut: „Ein Georg macht noch keinen Herbst. Dein Sommer hat gerade erst begonnen. Nutze ihn!"

69.

Natascha, ein Handtuch als Turban um das frisch gewaschene Haar geschlungen, machte es sich auf dem Sofa ihrer Wohnung bequem, schlug die Zeitung auf und suchte auf der Kontaktseite nach Singles, die Schmetterlinge im Bauch haben.

Die Komplimente ihrer Kollegen waren seit ihrer Scheidung seltener geworden. Georg von Buddozins Schmeicheleien klangen nach dem Garmisch-Reinfall entweder ironisch oder so übertrieben, dass sie schon an Beleidigung grenzten. Bernhard und seine Frau hatten beschlossen, ein Kind zu machen, bis jetzt zwar ohne Erfolg, aber sie arbeiten daran, hatte Bernhard gesagt. Der Chef, der zu Weihnachten und Ostern bei ihr zu Hause aufgekreuzt war um ihr ein kleines Geschenk zu überreichen, hatte nicht auf ihre Avancen reagiert. Er hatte zwar einen exzellentem, feinen Humor, aber als es ernst wurde, oder hätte werden können, war es vorbei mit seinem Humor.

Die wollen alle nur flirten, ernst gemeinte Absichten: Fehlanzeige. Woran lag das? Etwa daran, dass sie jetzt die Komplimente für bare Münze nehmen und sich mehr erhoffen könnte?

Zum Glück bot die Wochenendausgabe der Zeitung ein weites Feld für Kontaktsucher und solche die gesucht werden wollten. Allerdings, selber Annoncen in der Zeitung zu schalten – nein, soweit war sie noch nicht, das schien ihr fast, wie sich zu prostituieren; sich anbieten und dabei seine Vorteile herausstellen und Defizite verheimlichen. Aber auf Annoncen antworten ist was ganz anderes. Man wird gesucht, und da ist es legitim, seine Vorzüge zu nennen. Außerdem kostet Annoncen aufgeben Geld.

Natascha saß im Negligé auf dem Sofa und kaute an einem Zwieback. Ihr Finger glitt zur Rubrik: „Mann sucht". Über fünfzig kann man vergessen, Männer über fünfzig sind in Endzeitstimmung und ohne Esprit. Die haben zu viel zu verbergen und zu wenig vorzuweisen, oder sie suchen eine potentielle Pflegerin. In Punkto Finanzen allerdings haben diese Kandidaten meist mehr zu bieten, als die Jüngeren. Sie wischte die Zwiebackkrümel von der Zeitung.

Hier, in der dritten Spalte, ganz oben, das wäre doch was:

Gut auss., sympath., aufgeschl., intell. Mann, 45/190, gesch., ungeb., schlk., sucht selbstb., schlk. Frau bis 42 J. mit Herz und Bldg.

Ein Top-Kandidat! Selten sucht ein Mann ausdrücklich eine selbstbewusste Frau. Selbstb. heißt doch selbstbewusst? Sie stand auf, streifte ihr Negligé ab, putzte sich die Zähne und setzte sich nackt mit Papier und Stift an den Tisch

Hallo!

Ich melde mich auf Ihre Kontaktanzeige in der Zeitung. Wahrscheinlich stürzen sich hunderte Frauen auf Sie. Ich will aber nicht eine von Hunderten sein. Ich möchte etwas Besonderes sein oder vielleicht für Sie werden. Habe ich Ihr Interesse geweckt? Dann antworten Sie mir.

Ihre N.

Das reicht fürs erste. Bild gibt's – falls er anbeißt – erst beim nächsten Mal.

Rein ins Kuvert, Absender drauf, fertig. Vor ihrer Trennung von Richard, musste sie immer schreiben: Antwort bitte postlagernd, sonst hätte Richard in seinem Kontrollwahn womöglich die Post abgefangen und Wind von ihren heimlichen Aktionen bekommen. Antworten kamen damals selten. Dieses ´noch gebunden´ erwies sich als Handicap, es schreckte die meisten Männer ab. Niemand wollte sich mit einem Eifersuchtsdrama herumschlagen. Einmal hatte sie sich mit einem Kandidaten in einem Café getroffen und war schwer enttäuscht von diesem angeblich tollen Kerl. Nein, Männer gibt es! Man sieht doch, wer über fünfzig ist. Die lügen wie gedruckt. Der ältlichen Wahrheit ein junges Mäntelchen umhängen – das ist doch dasselbe wie lügen. Soll man etwa den Personalausweis verlangen? Und was ist gut aussehend? Doch wohl etwas anderes als bieder. Und von Intelligenz ganz zu schweigen. Der konnte nicht mal das Wort Sahnebaiser richtig aussprechen, geschweige denn dieses Ding und den Kaffee bezahlen! Auch noch geizig. Nein Danke!

Oder der große Blonde, Olaff mit zwei f, mit dem sie sich an den Weihern hinter Kosbach getroffen hatte. Der kam nach dem dritten Satz gleich auf die Bedeutung von Sex in einer Beziehung zu sprechen. Sex sei das Animalische im Menschen, das Überbleibsel alles Ursprünglichen, und sei somit die eigentliche Essenz einer Beziehung. Natascha hatte schon befürchtet, dass er gleich animalisch zur Sache kommen wollte. Nachdem sie kategorisch abgelehnt hatte, Sex als die Essenz einer Beziehung zu betrachten, war er einfach abgehaun, hatte sie stehen lassen auf dem schmalen Wall zwischen zwei Weihern, an deren Ufer die Frösche im Schilf quakten.

Sie wischte die Zwiebackkrümel in die hole Hand und schleckte sie mit der Zunge auf. Irgendwann klappt es!

Der Top-Kandidat, der die selbstbewusste Frau per Annonce gesucht hatte, hüllte sich in Schweigen. Macht nichts, das ist wie bei der Jagd: zum Erfolg braucht es viel Geduld.

Oder sollte sie doch eine eigene Annonce aufgeben? Aber das geht ins Geld. Ihre finanziellen Probleme ließen sich nicht mehr ignorieren. Irgendwann müsste sie mal ihre Ausgaben mit den Einnahmen in Einklang bringen, denn die roten Zahlen auf ihren Kontoauszügen wurden immer bedrohlicher. Ständig tauchten unvorhergesehene Forderungen auf, und fällige Rechnungen verfolgten sie wie aufdringliche Gespenster. Zahlungsziel überschritten – sie konnte diese Floskel schon nicht mehr hören. Was sie sich vor der Trennung heimlich beiseite gelegt oder bei Freundinnen deponiert hatte, war längst aufgebraucht. Von Richard war nichts mehr zu holen. Der hat jedes Interesse an Geld bringender Arbeit verloren, sitzt zu Hause, liest Bücher, hört Musik und streichelt den Rasen am Haus. Ein psychologisches Scheidungsphänomen sei das, hatte ihr Anwalt gesagt. Da sei nichts zu machen. Er habe vierzig Jahre brav gearbeitet, hatte Richard dem Anwalt erklärt, davon sechzehn Jahre für ein Unternehmen, genannt Ehe, das in Konkurs gegangen sei. Das reiche!

70.

Der November begann mit Schneeregen und dunklen Wolken von Horizont zu Horizont. Kaum geboren starben die Tage einen tristen Tod, ein Tag wie der andere. Als noch jeden Morgen der Wecker klingelte und Richard zur Arbeit eilen musste, war er voller Vorfreude auf die Zeit, in der er den ganzen Tag würde tun können, was ihm gerade in den Sinn kam. Jetzt war die Zeit da, und er tat es nicht. Das Saxophon stand in der Ecke, ungelesene Bücher lagen herum ... Wozu? Immer öfter hing diese Frage über allem, was er hätte tun können, aber nicht tat. Und mit fortschreitendem Alter hing eine zweite Frage daneben: Lohnt sich das noch? Eine provokante Frage, die das eigene Ende antizipiert. Bis dahin müsse er eben die Zeit totschlagen, hatte der alte Zacharias, sein Weinhändler, gesagt und eine Flasche Roten der Lieferung gratis beigelegt. Wie macht man das? Er hatte noch nie irgendjemanden oder irgendwas totgeschlagen. Jetzt soll er Zeit totschlagen.

Durch die geöffnete Terrassentür hörte er, wie ein heftiger Regenguss niederging, passend zu seiner Stimmung. Seine Gedanken waren in graues Tuch gehüllt, er kam sich vor wie eine Theaterkulisse nach dem Ende der Saison, abgestellt und dem Verstauben überlassen. Was kommen wird, war ungewiss, was vorbei war, begann langsam zu verblassen. Natascha – nur noch ein leiser Ton im Hintergrundrauschen seiner Erinnerung. Damals, nachdem sie mit ihren Umzugskisten das Haus verlassen hatte, musste er gegen die plötzliche Stille ankämpfen, denn jäher Streitentzug kann auch zu Stress führen. Dieser Stress steigerte sich zur Wut, als er beim Aufräumen der Wohnung ihr Brautkleid fand.

Das hat sie bestimmt absichtlich liegen lassen! Ihre Art der psychischen Folter. Beim Anblick des Kleides überschwemmte ihn die Erinnerung wie ein Tsunami; Bilder stürzten auf ihn ein: die feierliche Zeremonie, alle Gäste festlich gekleidet, Blumen auf dem Tisch, dahinter die freundliche Frau vom Standesamt, Puccinis Musik schwebt im Raum, steigt empor, zerfasert an der Decke … Butterflys zarte Stimme – „Hier an der Schwelle zur Liebe …" – makabres Echo aus weiter Ferne. In diesem Kleid, mit einer Perlenkette im Haar, hatte sie neben ihm gestanden … bis dass der Tod euch scheidet … Er packte das Kleid und warf es ins Kaminfeuer. Wie von Sinnen schürte er mit dem Haken die Glut, bis der Stoff zu einer schwarzen Masse zusammenschrumpfte und als blauer Rauch im Schornstein verschwand.

Doch die Erleichterung blieb aus, die Tristesse stand im Bleigewand neben ihm. Er schenkte sich ein Glas Roten ein, sagte Prost, trank und wartete. Worauf eigentlich? Dass das Telefon klingelt, oder dass es an der Wohnungstür schellt? Wahrgenommen werden, besser noch gebraucht werden, egal von wem und wofür. Aber es klingelte weder das Telefon noch die Türglocke. Stille kann schwerer zu ertragen sein als Lärm. Manchmal stand er im Haus und horchte in diese nervenaufreibende Stille. Keine quietschende Wasserleitung, kein surrender Staubsauger, kein Kinderlärm, nur sein eigener Atem und das Ticken der Uhr.

Für sich selbst zu Kochen war kein Problem. Aber warum sollte er auf den Esstisch einen Blumenstrauß oder eine Kerze stellen? Für wen? Langsam fand er es auch lächerlich, sich selbst zuzuprosten und dabei mit dem Glas an irgendeinen Gegenstand anzustoßen. Was hatte der alte Zacharias neulich gesagt? Wenn der Wein nicht mehr schmeckt, ist das

Leben vorbei. Ein Glück, der Wein schmeckte noch, und das gleichmäßige Bum – Bum in der Brust war auch noch da. Er lebte noch! Lebt er wirklich noch? Ein Blick auf die Uhr: erst um zwei. Noch sechs Stunden bis zur Tagesschau.

Eine Frage schlich sich immer wieder durch die Hintertür in seine Gedanken: Warum? Er zermarterte sich das Hirn, aber fand keine Antwort auf diese Frage. Wir haben uns auseinandergelebt – das ist doch keine Antwort auf die Frage „warum". Das ist höchstens eine Floskel, die wieder die gleiche Frage provoziert. Dem großen Streit, der das Fundament hätte zum Wackeln bringen können, waren sie immer ausgewichen, aus Angst, der Baum, in dem noch die Erinnerung an ihre erste Liebe hing, könnte umfallen. Laute Wagnermusik, Staub auf den Bücherregalen, Milchsuppe zum Frühstück, zu kaltes Meerwasser oder Kondensationsstübchen statt Nebelkammer... kann daran eine Ehe zugrunde gehen? Sind das etwa Gründe, sich zu trennen?

Von bloßem Aktionismus getrieben fuhr er ins Stadtzentrum, einfach so, er brauchte nichts und wollte nichts. In seinem Stamm-Café in der Fußgängerzone fand er einen freien Tisch am Fenster. Charly, der eigentlich Karl hieß, schon Rentner war, und hier als Kellner arbeitete, weil er – wie er Richard gestanden hatte – unter die Leute kommen will, also Charly eilte mit einer Serviette über dem Arm herbei: „Wie immer, Richard?"

„Ja, aber einen Doppelten."

Dieses Lokal hieß jetzt nicht mehr Café, sondern Coffee-Shop, und von der ehemals gemütlichen Atmosphäre war – außer Karl – so gut wie nichts geblieben. Dafür gab es *Coffee to go* im Pappbecher mit Deckel und Trinkschnabel, wie ihn normalerweise Babys benutzen. An den Tischen lümmelten junge Leute, die mit der einen Hand die Kaffeetasse und mit der anderen den Laptop bedienten, und statt von Karl von Charly bedient werden wollten. Der hatte sich allerdings standhaft dagegen gewehrt, bei der Arbeit auf die Serviette über dem Arm zu verzichten. Auch bestand er darauf, von Richard mit Karl statt mit Charly angesprochen zu werden.

Durch das breite Fenster konnte Richard die Menschen auf der Fußgängermeile verfolgen. Die Mädchen hatten wieder die dicken Wollstrümpfe angezogen. Darüber ein kurzes Höschen oder einen knappen Rock, am Arm einen Mann mit glänzender Gelfrisur. So geht man jetzt. Schön, diese Jugend.

Er sprach mit sich selbst, bemüht, die Lippen nicht zu bewegen. Wenn man allein lebt, neigt man zu Selbstgesprächen, die in der Öffentlichkeit peinlich werden können. Ich sollte mich verkabeln, mir wenigstens so einen kleinen Knopf mit Strippe ins Ohr stecken. Dann würde sich niemand mehr über mein Palaver wundern; ich könnte ja telefonieren.

Interessiert verfolgte er den vorbeilaufenden Film auf der Fußgängermeile. Noch immer gelang es ihm nicht, beim Anblick der hübschen Mädchen mit Gleichmut zu reagieren – auch ein Zeichen, dass er noch lebte.

Gegenüber an der Ecke leierte der Drehorgelmann mit dicken Wollhandschuhen zum dritten Mal den gleichen Lehár herunter: „Gern hab ich die Frau'n geküsst" –. Der muss sie wirklich gern geküsst haben, oder es gab keine andere Platte.

Natascha? Da drüben vor dem Schaufenster, neben dem jungen Mann, der seinen Arm auf ihrer Schulter parkt. Im Schaufenster spiegeln sich ihre Gesichter wider. Ja, kein Zweifel, das ist sie. Mit dem Finger zeigt sie auf irgendetwas in der Auslage. Jetzt fummelt sie mit der linken Hand an seiner Wange herum. Der Mann dreht seinen Kopf in ihre

Richtung und lächelt. Nicht übel der Kerl, aber zu jung für sie.

Doch was geht ihn das an. Von ihm aus kann sie mit Bratt Pitt oder James Bond spazieren gehen. Komisch nur, dass er gerade jetzt an sein kleines gelbes Dreirad denken muss. Das hatte ihm ein fremdes Kind geklaut, um dann in seiner Sichtweite dreist lachend damit herumzufahren.

„Darf's noch was sein, Richard?"

„Ja, Karl, noch einen Doppelten bitte."

Sie zieht den Mann in den Schmuckladen hinein. Fast widerwillig heftet Richard seine Augen an die Tür, hinter der sie verschwinden. Das dauert! Dann tauchen sie wieder auf. Sie dreht noch in der Tür den Kopf zu ihm, und er hält seinen Kopf etwas schräg, um auf ihre Mundhöhe zu kommen. So verharren sie eine Weile in inniger Berührung. Richard kommt es wie eine Ewigkeit vor. Sie hebt die linke Hand, spreizt die Finger und lässt sie vor seinen Augen tanzen.

So ein Theater! Richard wendet sich ab.

Ich habe ihr vor langer Zeit auch einen Ring geschenkt, vor Zeugen sogar, ein goldenes Ding ohne Stein, dafür mit Gravur – auch damals spreizte sie die Finger und säuselte dazu: „Meine Eintrittskarte ins Paradies". Immerhin habe auch ich einen Kuss dafür bekommen, wieder vor Zeugen. Wann war das? Scheiß drauf! Lange her! Aber was lange her ist, wird deshalb nicht unwahr.

Noch einmal lässt sie ihre Hand vor den Augen des Großzügigen tanzen und strahlt ihn dankbar an. Er wehrt mit generöser Geste ab. Wirklich ein schicker Mann. Der geht bestimmt drei Mal pro Woche ins Fitness-Center und lässt sich regelmäßig von einer Coiffeuse die Haare zwirbeln.

Was hatte Natascha zu dem Mediator gesagt, der den hoffnungslosen Versuch unternahm, ihre Ehe zu kitten?

Schon vor zehn Jahren habe sie sich von ihrem Ehemann trennen wollen. Schon damals sei ihr klar gewesen, dass sie den falschen Mann geheiratet habe. Warum sie sich dann nicht längst getrennt habe, wollte der Mediator wissen. „Weil ich ihn noch brauchte."

So abwegig ihm damals diese Antwort erschien, ein klein wenig hatte sie ihn auch geschmeichelt. Was für ein schönes Gefühl, gebraucht zu werden! Klingt pathetisch, aber eigentlich ist das überhaupt der Sinn des Lebens: Gebrauchtwerden. Obwohl ich der Falsche war, gab ich ihr immerhin die Chance, sich zu etablieren und nach dem Richtigen zu suchen.

Eigentlich erstaunlich, wenn ich mir den jungen Mann da drüben ansehe, will sich kein Hassgefühl bei mir einstellen, mehr noch, es keimt sogar eine gewisse Bereitschaft, Natascha zu verstehen. Er passt vom Alter her besser zu ihr. Eine banale biologische Tatsache, deren – leider nicht unbeteiligter – Zeuge ich bin. Banal und zum Kotzen.

„Noch einen Cognac?"

„Nein, es reicht, Karl. Was macht das? Aha. Bitte, der Rest ist für dich."

Nur raus hier. Der nächste Cognac haut mich um.

Natascha und ihr Neuer waren verschwunden. Richard ging an der Drehorgel vorbei: Gern hab ich die Frau'n geküsst. Er warf eine Münze in die Büchse und ließ sich von der Menschenmenge treiben. Diese Städte lösen das Individuum auf. Der Mensch ist nur ein winziger Punkt in einem Kosmos menschlicher Leiber, wie ein Tropfen in einer Welle des Meeres, auf- und abgerissen im Rhythmus der kollektiven Bewegung. Ein Meer von Köpfen, Brüsten, Bäuchen, Beinen ... Die Stadt hält sie alle in den Falten ihres

Geräuschvorhangs gefangen. Hinter diesem Vorhang wuseln sie herum, jeder auf seine Art. Bewegung ist alles. Nur nicht innehalten! Zögern ist ein Zeichen von Schwäche und die Schwachen verlieren.

Richard wusste nicht mehr, wo er war. Vier Doppelte! Oder waren es fünf? Die entgegenkommenden Autos zerschnitten mit ihren Lichtkegeln den zähflüssigen Brei der Dunkelheit. Menschen überholten ihn, kamen ihm entgegen, gingen durch Unterführungen, über Brücken. Sie sahen alle aus wie Bekannte, aber sie grüßten nicht. Er kannte seine Stadt nicht mehr.

„Kann ich Ihnen helfen?" – eine Männerstimme dicht hinter ihm.

Richard erschrak. Ein junger Mann hielt ihn am Ärmel fest. „Sie wollten gerade bei Rot die Straße überqueren."

„Oh, bei Rot?"

„Ja, bei Rot! Also, kann ich Ihnen helfen?"

„Ja, wo ist der nächste Taxistand?"

„Gleich da drüben. Kommen Sie, ich bringe Sie hin."

Richard nannte dem Taxifahrer seine Adresse und schloss die Augen. „Gern hab ich die Fraun' geküsst. " Als Teenager hatte er das auf dem Akkordeon gespielt und dazu gesungen. Seine Mutter hatte spöttisch gefragt: Welche Frauen?

Heute kann er darüber lachen.

71.

Die Pause, auf die sie sich so gefreut hatte, wird bald zu Ende sein. Ungeduldig schaute Natascha in die Runde. Wo bleibt Klaus-Dieter nur? Zwei Gläser Sekt! Das kann doch nicht so lange dauern.

Der Platz vor dem Festspielhaus war hell erleuchtet, auf der äußersten linken Seite sogar in gleißendes Licht getaucht. Dort gab die Bundeskanzlerin dem Fernsehen ein Interview, und einige der festlich gekleideten Operngäste versuchten, sich ins Bild zu drängen. Denen war es offenbar wichtig, hier gesehen zu werden; in Tristan und Isoldes Liebeswirren einzutauchen war nicht die Hauptsache.

Weiter unten, hinter der Absperrung – die Masse der neugierigen Gaffer. Viele von ihnen hatten bis zuletzt ihr Schild ´Kaufe Karte´ vor der Brust hergetragen. Vergebens! Die meisten waren leer ausgegangen, trotz der enormen Summen, die geboten wurden, Fünfhundert Euro pro Karte, die müssen doch verrückt sein, verrückt oder fanatisch. Natascha dachte an Richards erfolglose Versuche, wenigstens einmal in die heiligen Hallen eintreten zu dürfen, wo noch der Odem des Meisters wabbert. Wenigstens eine Oper, egal welche, erleben an diesem geweihten Ort – so verrückt war Richard. Er hat es nie geschafft, Bayreuth war ein Traum geblieben, trotz aller Liebe zu Wagner. Fast tat er ihr im Nachhinein Leid. Beim Kampf um Festspielkarten ist Wagnerliebe nicht entscheidend, Beziehungen muss man haben. Aber Richard hatte keine. Ganz anders Klaus-Dieter, der war zwar alles andere als ein Wagnerianer, aber zwei Karten für den „Tristan" – kein Problem für ihn. Wo bleibt er nur?

Natascha presste ihr schwarzes Täschchen an die Hüfte. Der Stehkragen ihres Kleides zwang sie, den Kopf aufrecht zu halten. Ein Kleid müsse die Haltung seiner Trägerin forcieren, hatte die Schneiderin bei der letzten Anprobe gesagt. Haltung forcieren – als hätte sie das nötig. Unauffällig prüfte sie die Schleife am Rücken des cremfarbenen Festkleides. Saß genau richtig, alles in Ordnung. Nur der Federbusch im Haar wurde von dem Wind, der um den Grünen Hügel blies, etwas gezaust. Sie fand sich passend angezogen. Mit ihr konnte sich Klaus-Dieter in dieser illustren Gesellschaft sehen lassen; er hatte es sich ja auch genug kosten lassen.

Den ersten Akt hatte sie ohne Probleme überstanden. Die Sitze waren zwar unbequem, aber das war sie vom Büro gewöhnt. Vor ihr saß ein kleinwüchsiger Mann mit Glatze. Lustig war das, wie sich die Sänger scheinbar über die Glatze bewegten und dann im Haarkranz verschwanden. Das Orchester, das man komischerweise nicht sah, gab sich wirklich Mühe. Manchmal etwas laut, aber sonst recht ordentlich. Genauso die Sänger, nein, da konnte man nicht meckern. Nach dem ersten Akt wurde heftig applaudiert, heftig und ziemlich lange. Natascha musste mal aufs Klo und hatte Durst. Diese Theaterluft trocknet einem die Kehle aus. Wo bleibt Klaus-Dieter nur? Seit einer Viertelstunde ist er verschwunden. Wegen zweier Gläser Sekt! Na hallo!

Fast zwei Monate hatte sich der 'Gut auss., sympath., aufgeschl., intell. Mann, 45/190' Zeit gelassen, bevor er endlich auf Nataschas Zuschrift reagiert hatte und ein erstes Date vorschlug, im Schlossgarten neben dem Reiterstandbild des Markgrafen Christian Ernst (zum Glück wusste sie von Richard, wer das war und wo der stand). Schon von weitem hatte sie den Mann mit der Rose, der sich ihr näherte, taxiert

– groß und schlank, mit einem Touch ins Künstlerische. Äußerlich das ganze Gegenteil von Richard, der sich in biederer Seriosität gefiel. Und jünger als Richard war er auch, viel jünger; den konnte niemand für ihren Vater halten. Die Rose, das verabredete Erkennungszeichen, baumelte lässig in seiner linken Hand. Für seine fünfundvierzig hatte er noch einen erstaunlichen Pelz auf dem Kopf. Das konnte man gut und gerne Frisur nennen. ´Gut auss.´ war nicht übertrieben, auch ´45/190´ konnte man gelten lassen. Nachdem er sich mit „Angenehm, Klaus-Dieter" vorgestellt und ihr die Rose überreicht hatte, entstand eine kurze Verlegenheitspause, die Natascha mit einigen Bemerkungen zu Christian Ernst geschickt überbrückte. Dann schlugen sie den Weg zur Orangerie ein. Natascha drehte sich noch mal um, fast kam es ihr vor, als hätte Christian Ernst ihr zugenickt. Wollte er ihr Mut machen? Sie hatte zwar schon einige Dates hinter sich, aber etwas mulmig war ihr dennoch. Zwei völlig fremde Menschen treffen aufeinander, einige Eigenschaften passen zusammen, das wissen sie aus der Annonce, oder hoffen sie. Aber was sagen die fünf Zeilen einer Annonce schon über einen Menschen aus, über das, worauf es in einer Beziehung ankommt.

Auf dem Weg zur Orangerie begann Klaus-Dieter Natascha zu erklären, warum er so lange nichts hatte von sich hören lassen, er habe anderen Zuschriften den Vorzug gegeben und dabei herbe Enttäuschungen erlebt.

Offen und ehrlich ist er ja, dachte Natascha, die meisten tun so, als wäre man die erste und einzige Kandidatin.

Noch 400 Meter bis zur Orangerie.

Wo er wohne? Na ja, er habe ein Haus am Stadtrand, keine große Villa, nein, das nicht, aber ein sehr geräumiges

Haus, mit Partykeller, zwei Bädern, Swimming-Pool und Doppelgarage. Eigentlich viel zu groß für einen Alleinleber.

Natascha nickte und dachte an ihre Zweizimmerwohnung in der dritten Etage.

Beruf? Ja, einen Beruf habe er auch. Offensichtlich einen komplizierten, denn es dauerte 100 Meter, bis Natascha wusste, was er tat, wenn er nicht gerade mit einer Rose bei Christian Ernst auftauchte: Selbständiges Allroundtalent. Oder so ähnlich.

Noch 200 Meter.

„Und Sie?"

„Ich sitze den ganzen Tag im Büro, korrespondiere, korrigiere, organisiere, telefoniere, präpariere, perforiere und so weiter."

„Teamassistentin?"

Genau getroffen, auch das ′intell.′ schien zu stimmen.

Noch 10 Meter bis zur Orangerie.

Klaus-Dieter hielt sich strikt an die Abmachungen, die sie im Vorfeld getroffen hatten. Er legte sich nicht fest und versuchte auch nicht, Natascha an einem etwaigen Rückzug zu hindern. Aber nach Rückzug war ihr an diesem sonnigen Tag überhaupt nicht zu Mute. Eher nach *wer wagt gewinnt*.

„Dann schaun mer mol", sagte Klaus-Dieter vor der Orangerie ziemlich abrupt, gab ihr die Hand und verschwand in Richtung Parkplatz.

Schaut er sich noch mal um? Ja, er schaute.

Wahrscheinlich hat er heute noch andere Zuschriften abzuarbeiten, dachte Natascha. Jedenfalls sah sie ihn auf ihrem Heimweg vorbeifahren, in einem bulligen Geländewagen, schwarz mit einem springenden Pferd auf der Motorhaube. Immerhin hat er ihr zugewinkt.

Ein Haus mit Swimming-Pool und Doppelgarage! Das klang nach einem Wohlstand, von dem Natascha nur träumen konnte. Jeden Euro dreimal umdrehen – das zehrt ganz schön am Ego. Zwar kann sie tun und lassen, was sie will, ist niemandem Rechenschaft schuldig, aber Freiheit genießen kann auch schwer sein, manchmal sogar schwerer, als Unfreiheit erdulden.

Na, schaun mer mol, hatte er gesagt, hoffentlich war das nicht sein letztes Wort.

Drei Tage nach dem Date im Schlossgarten kam Post von Klaus-Dieter; nun hatte Natascha es schriftlich, dass sie keine Enttäuschung war, sondern – wie er schrieb – ein Lichtblick. Dieses Kompliment streichelte ihre Seele. Sie konnte sich noch immer als begehrenswert fühlen. Zum Teufel mit den vielen unverbindlichen Komplimenten der Kollegen, denen keine Taten folgten! Kein Selbstbewusstsein ist so robust, dass es nicht gelegentlich einer Bestätigung bedarf. Sie hatte sich von Richard getrennt, aber sie war nicht beziehungsunfähig. Sie war ein Lichtblick.

Wo bleibt er nur? Natascha stellte sich auf den Treppenabsatz des Festspielhauses und hielt Ausschau nach Klaus-Dieter. Über dem Grünen Hügel lag eine feierliche Stimmung. Aus den Fenstern des Opernhauses fiel warmes Licht auf den Vorplatz und floss über Wege und Wiesen. Von der Absperrung her, wo die Zaungäste sich drängten, zuckte ein Blitzlichtgewitter herüber. Halt! Ist das nicht Richard? Dort in vorderster Reihe der dunklen Masse hinter dem Absperrseil. Der schwache Lichtschein der Laterne hob nur einen Teil des Gesichts aus dem Dunkel. Diese Nase und die hohe Stirn – die kannte sie doch. Und sein abgewetztes grünes Kordjackett! Na klar, kein Zweifel, das war Richard, allerdings schon wieder halb verdeckt von einer Dame, die heftig mit den Armen in Richtung Festspielhaus fuchtelte.

„Hast du Bekannte entdeckt?" Klaus-Dieter stand plötzlich mit zwei Sektgläsern in der Hand neben ihr.

„Nein, ich glaube, ich habe mich geirrt. Komm, lass uns anstoßen, die Pause ist gleich zu Ende."

Klaus-Dieter hob das Glas: „Auf Richard!".

„Welchen Richard?"

„Na, Richard Wagner!"

Der zweite Akt war nicht so schön wie der erste, aber genauso lang. Der Mann in der Reihe vor Natascha, der Kleinwüchsige mit Glatze und Haarkranz, hatte den Platz mit seiner Frau getauscht. Die trug eine aufgebauschte Hochsteckfrisur, zwar halbdurchsichtig, aber Natascha konnte nun das Geschehen nur noch durch dieses Haargestrüpp verfolgen. Und der Hintern tat ihr auch weh. Gern hätte sie auf den dritten Akt verzichtet, aber selbst wenn Klaus-Dieter sie danach gefragt hätte, sie hätte sich keine Blöße gegeben, sie hätte durchgehalten. Außerdem: vielleicht stand Richard noch immer da draußen und entdeckt sie womöglich beim Abgang. Und das vor dem dritten Akt!

Epilog

Richard legt den Stift zur Seite und reibt sich Augen und Waden. Der Aufstieg zur Hütte hat arg an seinen Kräften gezehrt. So bald wird er nicht wieder den Gang ins Tal wagen, jedenfalls nicht der rotierenden Kugel wegen.

Beethovens Fünfte wechselt von Moll zu Dur, durch Dunkelheit zum Licht, das Revolutionäre muss dem Festlichen weichen. Allegro Presto, Richard dreht den Regler auf, der triumphale Jubel des Finales lässt die Hütte erbeben. Er steht trotz schmerzender Waden auf und nimmt Haltung an, dieser Musik muss man Respekt zollen.

Dann absolute Stille. Nur hin und wieder zerrt der Wind an den Spanten und lässt die Balken seiner Hütte knarren. Claudius leert – hörbare Schmatzlaute von sich gebend – endlich seinen Fressnapf. Richard schenkt sich einen Cognac ein und steckt sich eine Pfeife an. Ja, er ist schwach geworden, hat sein Entsagungstheater aufgegeben und wieder zu Pfeife und Tabak gegriffen. Niemand beschwert sich deswegen, niemand reißt die Fenster auf. Genüsslich lässt er den Rauch über die Zunge streichen und dann mit weißen Schwaden in den Raum entweichen. Ein intimes Vergnügen. Er schaut auf die Wanduhr, ein altes Stück mit Pendel und Gong, das er als junger Mann mal aus zwei defekten Uhren zusammengebastelt hat. Dieser Regulator hat ihn überallhin begleitet und tickt und tickt und tickt. Jedes Ticken ein Schritt auf einem langen, kurvenreichen Weg, unumkehrbar und nicht wiederholbar. Früher, als er jung war, war die Zeit einfach lautlos vergangen, jetzt spürte er fast körperlich, wie jedes Zeitpartikel auf Nimmerwiedersehen verschwindet.

Was sollten wir auch mit all den Zeitpartikeln tun, wenn sie nicht in der Vergangenheit verschwänden?

Der Bodensatz im Cognacglas schaut ihn traurig an. Zwanzig Jahre im Eichenfass gereift und dann so schnell durch die Kehle geronnen. Da der ehemalige Barschrank dem Umzug zum Opfer gefallen war – Biedermeier passte einfach nicht in die rustikale Hütte –, steht die Flasche immer in Griffweite neben dem Sessel. Einen Doppelten bitte, Herr Claris! Na ja, macht nichts, ist halt etwas mehr geworden. Striche gibt es ja nicht an diesen bauchigen Gläsern, die man – weil sie Schwenker heißen – vor dem Trinken herumschwenken muss. Richard schmeckt dieser Tropfen auch ungeschwenkt. Seine Mutter hatte ihm bei seinem letzten Besuch im Seniorenheim eine Flasche Armagnac in die Hand gedrückt. „Denk mal an mich, mein Junge, wenn du den trinkst!" Seitdem trinkt der Junge nur noch Armagnac und denkt bei jedem Schluck an seine Mutter. Dreiundneunzig Jahre und müde vom Leben, das Gesicht voller Resignation und dem Wissen um das baldige Ende. „Mein Junge, mein Junge ...", hatte sie zu dem grauhaarigen Richard gesagt, „es geht zu Ende." Und sie hatte Recht, vom Armagnac war noch ein Drittel übrig, als das Seniorenheim einen freien Platz annoncierte. Seinem Vater war ein Seniorenheim erspart geblieben. Der hatte – penibel wie immer – an einem Märzabend vor zwanzig Jahren seine Aktentasche für den nächsten Tag gepackt, frische Unterwäsche zurechtgelegt und war schlafen gegangen. Sein letzter Schlaf. Ein Blutgerinnsel im Gehirn hatte über Nacht seinem Leben ein geräuschloses Ende gesetzt. Mein alter Herr, wie viele seiner Freunde ihren Vater nannten, hatte Richard nie gesagt. Sein Vater war kein Herr. Er war der Mann, der ihm gezeigt hatte, wie man Fahrradreifen flickt, Bretter glatt hobelt und wie man das Bierglas hält – und leert. Er war kein Herr, er war sein Vater. Die paar Bücher, die bei ihnen zu Hause herumstanden, hatten bunte Deckel und viele Bilder. Vater und Mutter hatten die Bücher kaum berührt. Für die Kinder, …. alles für die Kinder. Die flogen bald aus, bauten eigene Nester und lasen ihre eigenen Bücher. Wie schwer es doch ist, Eltern die Liebe zu geben, die sie verdienen. Bis zu ihrem Tod ist man ihr Junge, egal wie alt man ist. Zum Wohl alter Junge, auf Mutter und Vater!

Richard nimmt das Glas, stößt mit der Stehlampe an und nimmt einen großen Schluck. Claudius hebt den Kopf, gähnt, schließt die Augen wieder und streckt die Pfoten.

Als vor den Fenstern schon der Tag heraufzieht und hinter den Bergen die Sonne zu ahnen ist, legt Richard den Stift zur Seite, greift mit Daumen und Zeigefinger unter die Brille und reibt sich die Augen. Die Pfeife ist kalt, Beethoven hat sich verabschiedet und drüben im Ziegenstall lassen Drusilla und Agrippina ihr Morgengemecker hören. Wann werden sie endlich den Lastenaufzug reparieren? Drusilla humpelt, man muss sie zum Veterinär bringen. Und der Stall muss vergrößert werden, Agrippina ist wieder trächtig, und das Wasserfass ist fast leer. Es hat lange nicht geregnet. Warum regnet es nicht, wenn eine Wolke an den Berg stößt? Alles hat eine Ursache, einen Grund, nur kennen wir ihn oftmals nicht. Dafür regnet es manchmal, wenn man es gar nicht erwartet.

Warum hat der wortkarge Italiener immer nur *Simonetta mia* gemurmelt?

„Weiß der Teufel" hatte Immo-Reichel gesagt. „Aber ich kenne den Grund, ich weiß, was den Italiener umtrieb. Ich bin der Teufel, ein müder, alter Teufel in Gesellschaft zweier Ziegen und eines Hundes", murmelte er vor sich hin. Simonetta mia… Das kleine rote Auto, die ligurische Küste, fußgemalte Bilder im Sand und eine Liebe, die starb, bevor sie richtig begann. Starb, durch seine Schuld. Wo ist das Foto? Ah, hier, in der Brusttasche, arg lädiert ist es, eine Erinnerung aus verschlissenem Glanzpapier. Simonetta winkt lachend aus dem kleinen roten Auto, das auf den Zaun des Esplanada zufährt. Sein Zaun muss repariert werden, sonst kommen die Rindviecher zu nahe heran. Bei diesem Gebimmel kann kein Mensch schlafen. Jetzt schlafen! Auf der Bank am Kamin wenigstens probeweise die Augen schließen. Welch behagliches Gefühl, schlafen und träumen!

Es sitzt auf einem umgekippten Boot am Meeresstrand, neben sich Drusilla und Agrippina, die der Kleinen das Gesicht leckt, Claudius tollt im seichten Wasser. In der Ferne sieht er Simonetta. Sie rennt auf ihn zu, die Sandalen in der Hand, im Haar das kupferfarbene Licht der untergehenden Sonne. Erst als sie näher kommt, erkennt er, dass es nicht Simonetta, sondern Natascha ist. Natascha im Kostüm und mit ernster Miene; neben ihr, barfuß, der Anwalt. Sie öffnet den Mund, heraus kommt ein einziges Wort: Auseinandergelebt. Der Anwalt nickt, zückt seinen Stift und sticht Richard mitten ins Herz.

Zwei Hirten, die ein vermisstes Kalb suchen, hören das Gebell. Claudius steht mit beiden Vorderpfoten am obersten Riegel des Zauns und bellt, als wolle er das ganze Tal zusammenrufen. Die Hirten gehen in die Hütte und finden Richard, neben der Kaminbank am Boden, in der Hand ein ramponiertes Foto, auf der Rückseite ein einziges Wort: *Simonettamia.*

Die Hand war schon kalt.

Die in diesem Roman auftretenden Figuren und ihre Handlungen sind frei erfunden. Ähnlichkeiten mit tatsächlich existierenden Personen sind rein zufällig.